KB267738

무라카미 하루키

《1Q84》

어떻게 읽을 것인가

무라카미 하루키

1Q84

어떻게 읽을 것인가

가토 노리히로 외 지음 | 박연정 옮김

하루키의 하늘에는
달이 두 개 떠 있다

완벽한 문장 같은 건 존재하지 않아. 완벽한 절망이 존재하지 않는
것처럼 말야.

이 문장을 기억하는 사람은 무라카미 하루키의 골수팬이라
고 장담한다. 분명하다. 바로 하루키의 첫 번째 장편소설이자
데뷔작 《바람의 노래를 들어라》의 첫 도입부 문장이다. 작품이
발표된 것은 1979년. 이미 30년이라는 세월이 흘렀다. 작품 속
주인공은 1978년 시점에 29세(하루키와 같은 나이)인 '나'로 설정
되어 있다. 또 하나의 중요인물은 '쥐'이며 나와 쥐사이의 관계
를 형성하는 구도는 이후 초기 삼부작이라고 불리는 《1973년의
핀볼》《양을 둘러싼 모험》까지 유지된다(그래서 '쥐 삼부작'이라
고도 한다). 이 세 작품은 흔히 작가 하루키가 전공투 체험을 거
치면서 상실한 것들에 대한 체념과 허무, 그리고 그 극복과정

을 표현한 것이라고 평가된다.

전공투全共鬪는 하루키 초기 문학에 큰 영향을 미치고 있다는 평을 듣는다. 전공투란 '전국학생 공동투쟁회의' 의 약자로 1960년대 후반에 일어난 전국적인 대학 투쟁을 말한다. 학생들이 대규모의 투쟁조직으로 결집된 배경에는 정부의 대학에 대한 학비 인상과 커리큘럼 개편을 비롯한 일련의 조치가 있었으며, 학생들은 '대학의 이념과 학문의 주체' 를 외치게 된다. 이 운동은 점차 대학을 '부르주아 이데올로기 생산공장' 으로 만들어가는 국가권력과의 싸움으로 확산되었으며, 특히 1968년과 그 이듬해(1969년 도쿄대 야스다강당 공방전)에 걸쳐 수많은 대학이 파업에 동참하였다. 이후 운동은 가두전으로 번져갔고, 학생들은 기동대의 가스총과 맞서 싸우는 상태가 되었다. 대학내에는 기동대가 상주하였으며, 수많은 학생들이 체포되었다(하루 연행수가 2천명에 이른 시점도 있었다).우리의 386세대라면 유사한, 아니 동일한 광경을 떠올리기가 어렵지 않을 것이다. 내게도 그런 광경이 선연하다.

하루키의 대학생활은 전공투 시절과 중첩된다. 설령 그가 비운동권이었을지라도(직간접적으로 많이 관련돼 있었다고 한다) 그 시대의 경험과 체험은 자기화되지 않을 수 없었을 것이다. 초기의 하루키 작품에는 전공투 장면들이 흘러가는 사건처럼, 무관심하

고 초연하게 새겨져 있었지만, 그것은 유효하고도 강렬하게 작
품들을 한 방향으로 이끌어 갔다. 그것은 바로 상실이었다.

　이러한 초기 경향이 대중과의 접점을 찾은 것은 바로 《노르
웨이의 숲》^{한국에서는 〈상실의 시대〉로 소개되었고 그 제목은 탁월한 선택이었다}에서였다. 이
작품은 가히 광풍이라 할만한 인기를 구가하며 전 세계적으로
천만부 이상이 팔려나갔고, 일본에서는 하루키에게 영향을 받
은 '하루키칠드런' 이라 불리는 후대의 인기작가군을 생성하고,
한국에서는 하루키 붐을 일으키는 원동력이 되었다. 본 글에서
이 작품에 대한 얘기는 건너뛰려고 한다. 《1Q84》에 대한 얘기까
지 하려면 지면이 너무 협소하다.

　그럼 한 번 문제를 제기해보자. 하루키의 장편 소설은 몇 편
인가? 수십편? 백편? 아니다. 단 12편이다. 초기 삼부작 뒤의 하
드보일드 소설 《세계의 끝과 하드보일드 원더랜드》, 그 다음 작
품이 《노르웨이의 숲》¹⁹⁸⁷이므로 장편 다섯편 째 만에 작가는 세
계적인 인기작가의 반열에 들어선 것이다. 우리가 아는 하루키
의 수많은 작품은 단편 소설집 12편 외에 에세이, 논픽션, 여행
서, 사진집 등으로 그 수가 40권을 넘는다. 작품의 편수로 보면
그는 소설가라기보다는 에세이스트에 가깝다.

　여기에서 지극히 개인적인 나만의 평가가 발생한다. 하루키
는 **자신을 쓰는 작가**다. 어느 대학 일본문학수업에서 그런 말을

했던 적이 있다. 나는 하루키가 얄밉다. 두 가지 의미에서. 그 천재적인 글솜씨가 얄밉고, 자기신변적인 글을 무작위로 써서 소위 하루키를 소비해주는 소비국들에게 냅다 내다팔고 자신은 일년의 반 이상을 미국에서 소비하는 그런 하루키가 얄밉다고 말이다. 그의 글을 읽고 있으면 그 유려한 묘사법과 개성있는 인물설정, 제대로 배치되어 있는 소도구 등 무엇하나 흠잡기가 힘들었다. 그래서 얄미웠다.

결국 하루키 문학에 대한 내 자신의 결론은 이렇게 나왔다. 하루키는 **호기심**의 작가다(수많은 에세이 작품이 그 반증이라고 본다) → 그는 **발견**하고 **포착**한다 → **흡수**한다 → **인용**한다 → **자기화**한다 → 그는 **자기를 쓰는** 작가가 된다. 우리 독자는 바로 하루키를 소비하고 있는 것이다. 자기화된 그의 글쓰기는 그래서 보는 작품마다 기시감을 불러 일으킨다. 다음 작품이 나오더라도 전 작의 후속편 같은 착각, 이미 본 것 같은 느낌, 그의 작품 속의 기시감은 바로 글이 자기화되어 있기 때문이라는 내 나름의 결론에 도달했다.

하고 싶은 이야기는 더 있지만 서둘러서 《1Q84》로 향해보자. 1997년과 그 이듬해에 하루키는 논픽션 소설(장편 소설 12편에 넣지 않았다)《언더그라운드》《약속된 장소에서 언더그라운드2》 를 발표한다. 두 작품은 모두 인터뷰집으로 옴진리교사건에 대

한 르포르타주라 할 수 있다. 옴진리교는 아사하라 쇼코麻原彰晃를
교주로 하는 신흥종교단체로서 교단에서는 그를 신성법황이라
칭하면서 죽은 자의 목소리를 들을 수 있다고 믿었다. 1984년
(1984년이다!)에 요가도장 '옴의 모임'을 결성하면서 시작된 이
단체는 1987년에 옴진리교로 개칭하였는데, 일본 전역을 공포
에 빠뜨리게 되는 유명한 사건을 일으킨다. 바로 1995년에 일어
난 지하철 사린 사건이다. 이는 신경가스인 사린을 지하철에
무차별 살포한 테러사건으로 12명이 사망하였고, 5천명 이상의
부상자가 발생하였다. 경찰은 교주 아사하라 쇼코를 체포하였
고, 그는 사형 판결을 받았다. 하루키가 옴진리교사건의 수많
은 관계자를 인터뷰하고 재판을 방청하면서 집필한 논픽션 작
품인 《언더그라운드》가 2009년 《1Q84》로 가는 행보 속에 놓여
있다는 사실은 많은 점을 시사한다.

　《1Q84》를 읽으면서 가장 매력적으로 다가오는 점은 가속도
붙은 글솜씨라 하겠다. 그 외에도 장점을 들라고 하면 수도 없
이 많다. 다양한 기법과 장치, 그리고 상징성, 퍼즐 맞추기처럼
진행되는 스토리, 장대한 구상과 세부적인 묘사의 기묘한 조화,
간혹 보이는 언어 유희, 세태 비틀기, 디테일한 표현과 소도구
로 형상화되어가는 생생한 캐릭터, 소품 하나도 소홀히 하지 않
는 치밀함… 하지만 순수한 독자 입장에서 가장 뛰어난 특징을

꼽는다면 가속도 붙은 흡인력있는 문장 진행이라 할 것이다. 이전에도 존재하던 특징이지만 《1Q84》에서는 뭐라고 표현할까, 영화 촬영 기법 중 하나인 카메라를 들고 찍는 핸드헬드와 비슷한 글쓰기 기법이 느껴졌다. 객관화되어 있지 않은 삼인칭 사용(하루키의 삼인칭 사용은 최근에 들어서다)과 고정되어 있지 않은 시선, 치고 빠지고, 좁히고 퍼지며 뛰어 달려나가다 정지하는 글쓰기 솜씨는 독자를 그 속도에 휩쓸리도록 유도한다.

그러면 이제 첫 번째 명제로 돌아가서 하루키의 '자기 쓰기'에 대해 이야기해보자. 결론적으로 《1Q84》의 아오마메青豆와 덴고天吾는 모두 하루키다. 덴고는 이제까지 하루키가 써왔던 여러 소설 속 주인공 '나'라는 인물과 흡사하다. 이견이 없을 것이다. 그러니 각설하고 아오마메로 넘어가보자. 왜 아오마메가, 그것도 여성이 하루키라고 주장하고 싶은 것인지 두 가지만 들어보자.

솔직히 이제까지 하루키 소설 속 주인공은 대부분이 남성이었는데 여성이 주인공이라니, 소설을 읽기 시작할 때부터 의심을 가지기 시작한 것은 사실이다. 아오마메는 한순간 얼굴이 뒤틀어져서 완전히 딴 얼굴로 변하는 이중성을 지닌 여성이다. 그리고 그녀가 좋아하는 남성상은 머리가 벗겨진 남성이다. 그 시선은 일반적인 여성의 시선이 아니다.

그럼 남자 주인공 덴고는 어떤가. 그는 열일곱 살 소녀로 이 세상 사람같지 않은 아름다움을 지닌 데다 순수하고 아직 초경 전이지만 가슴만은 풍만한(세상에 이런 일이!), 애니메이션에서나 나올만한 후카에리와 섹스를 한다. 이건 모든 남성들의 로망이다. 그런데도 여자주인공 아오마메는 하필이면(정말 하필이면) 머리가 벗겨진 나이든 사내만을 좋아한다. 그것 역시 남성의, 그것도 나이든 남성의 로망이다. 나이가 들어도 사랑받기를 원하고 남성성을 확인받고 싶은.

또 하나, 아오마메는 자신이 스스로 개발하여 갈고 닦은 특제 아이스픽(작품 속 표현에 따르면 관념처럼 날카롭고 차갑게 날이 서 있는)으로 자신만이 아는 신체의 한 부분, 죽음으로 이르는 그 포인트를 적확히 찔러서 살인할 수 있다. 인간의 신체구조와 모든 흐름을 파악하고 있으며 이미 체득자기화하고 있다. 아이스픽은 하루키의 펜과 닮아 있다. 하루키는 자신이 체험한 모든 것을 자기화하고 그것을 어떻게 구사할지 이미 알고 있다. 어디에 흐름이 막혀 있고 어디를 뚫어주어야 하는지, 심지어 어느 곳을 자극하면 모든 것이 마비되는지를. 결국 '선구'의 리더를 살해한 후 아오마메가 느끼는 감정, 즉 자신이 한 일이 옳은 것인지 혼란스러워하는 모습은 《언더그라운드》를 통해 옴진리교를 비판함으로써 그들을 펜으로 살해했던 자신 속의 혼란과 겹쳐진다. 결국 거대한 실체에 대한 끝없는 탐구와 천착, 그 뒤의 회의와 반성 등 모든 과정을 자기화한 뒤의 하루키 모습이 자꾸 겹쳐서 떠오르는 것이다.

결론적으로 아오마메와 덴고, 두 사람은 모두 하루키 자신이다. 현실의 1984년에서는 존재하지 못하지만 1Q84년에는 있을 수 있는, 아니 자기화된 하루키월드에서는 존재가능한 자신이다. 그래서 하루키의 하늘에는 두 개의 달이 항상 떠 있을 것이다. 사실 이 글을 쓰면서 하루키의 번역활동에 대한 문제를 거론하고 싶었다. 간단하게만 언급 해보자. 하루키의 작품활동 중 가장 많은 부분을 번역이 차지하고 있다는 사실을 간과해서는 안된다. 50편 이상 되는 번역서(중앙공론사에서 《무라카미 하루키 번역라이브러리》라는 이름으로 총서를 발행중이다)를 낸 하루키는 항상 일본어와 영어 사이에서 많은 부분을 포착하거나 획득하고 때로는 절망하거나 포기해왔을 것이다. 그래서 더욱 하루키의 하늘에는 달이 두 개다. 아오靑마메와 덴天고의 푸른 하늘靑天에 버젓이 두 개의 달이 떠 있듯이, 그런 세계에 그는 존재한다.

다시 한 번, 내가 알고 느끼는 한 하루키는 호기심의 작가다. 《1Q84》에서 보이는 다양한 시도와 수많은 메타포의 사용은 그의 창작의 원천을 다시 되돌아보게 한다. 글을 쓰는 작업이 어느 작가인들 힘들지 않겠냐마는, 그래도 그 고통을 즐기면서 영어와 일본어 사이에서 길항하는 하루키의 모습이 떠오른다. 그

왕성한 창작 에너지는 호기심, 그리고 바로 읽기의 힘에서 나온다고 해야 할 것이다. 호기심이 왕성한 환갑의 하루키를 보는 것이 그래서 이제는 얄밉지 않고 즐겁다. 더구나 흔히 노벨문학상의 전 단계라고 말하는 예루살렘상 수상식에 참석해서(이스라엘이 가자지구를 공격한 직후여서 정치적으로 예민한 시점이므로 모두들 말리는데도) 기꺼이 상을 받으며 모두 말리면 더 하고 싶어하는 성격이라고 연설을 하던 그의 모습은 얼마나 천진하고 개구지던가. 그 호기심은 노벨상으로까지 연결되지 않을까?

하루키의 창작 원천이 호기심이라고 할지라도 그 뒤에 감춰진 노력(엄청난 독서력을 포함해서)은 상상 그 이상일 것이다. 바흐의 평균율 클라비어처럼 선과 악, 생과 사, 남과 여, 빛과 그림자, 시스템과 개인, 허구와 현실 등을 아우르며 만들어내는 우주의 음율, 그리고 그것과 함께 하루키의 호기심과 필력은 계속 균형을 이루며 더욱 성장할 것이다. 그것은 끊임없는 자기화를 통해 완벽한 문장으로 다가가려는 그의 노력과 과정에 다름아니다.

Beat Goes On.

일반적인 역자 서문을 떠나 작품에 대한 나름의 평을 써보라는 주문에 편하게 몇 자 적다보니 이번 번역에 대한 이야기를 빼놓은 것 같다. 흥미로운 글들이 무척 많다. 여러 논자들의 평을 엮어 놓다보니 균질한 수준은 아니나, 날이 살아 있는 글, 깊이 있는 글, 새로운 시선의 글들이 많으니 기대하셔도 좋을 것 같다. 마지막으로 《1Q84》 평론집을 선뜻 맡겨주신 이주현 사장님과 좋은 글 쓰라며 격려해준 예문 식구들께 감사드린다. 그리고 내 삶의 동인動因 권서연에게 사랑을 보낸다.

2009년 12월
박연정

CONTENTS ————

일러두기

* 본문 글 중 《1Q84》의 원문 페이지를 인용 수록한 부분은 원서 기준임을 밝혀둡니다.
* 1, 2, 4, 11, 13, 14, 27의 글은 인터뷰를 통해 작성되었으며, 원래 대화식의 정중한 문체로 이루어져 있으나 다른 논평과의 통일감을 위해 '−다' 체로 수정하였습니다.

1Q84

⋮

이 거대한 소설의 세계가 지극히 작고 초라한,
아무것도 아닌 장면으로 지탱되고 있다는 점이 진정 가슴을 죄어온다.
《1Q84》가 일궈낸 가장 큰 결실은 거기에 있다.

노골적인 엔터테인먼트성은
왜 도입되었을까?

격이 다른 스케일의 '세계문학'

가토 노리히로(加藤典洋) ：1948년생. 문예평론가. 2004년 《텍스트로부터 멀리 벗어나서》와 《소설의 미래》로 제7회 구와바라 다케오(桑原武夫)학예상 수상. 저서로 《문학지도: 오에(大江)와 무라카미와 20년》 등이 있다.

《1Q84》에 대한 내 평가는 지극히 높다. 다른 작품과는 완전히 격이 다르다. 이제까지의 일본문학과 크게 차이가 나버린 것이다. 이미 코너를 돌아버려 후속주자에게는 그의 모습이 보이지 않게 된 느낌이다.

《해변의 카프카》가 나왔을 때 아사히신문 취재에 '세계수준의 작품'이라 대답해서 과장했다는 비웃음을 산 기억이 있다. 하지만 지금 다시 돌이켜봐도 당시의 표현 그대로라는 사실을 알 수 있다. 노벨상 수상 여부를 떠나서 후보로 지목될 만한 작품으로 받아들여진 것도 사실이다. 《1Q84》도 야마기시회ヤマギシ會,

농업과 목축업을 기반으로 이상사회를 지향하는 코뮌. 사단법인으로 정식명칭은 '행복모임 야마기시회'다 –역주가 그 모델이라는 이야기가 화젯거리인 것 같지만 전혀 관심 없다. 이번 소설에 대한 내 관심은 그런 차원이 아니다.

우선 이해하기 쉬운 부분만 거론하자면, 중요한 것은 그토록 큰 작품에 노골적으로 엔터테인먼트성이 도입되어 있다는 점과, 그 의미가 이제까지와는 확연히 다르다는 점이다. 일본인 독자라면 책을 읽으면서 〈필살사사인〉必殺仕事人, 1979년부터 1981년까지 아사히 방송에서 방영된 시대극 드라마. 무대는 에도 시대로 사회적으로는 어엿한 직업을 가진 주인공들이 억울한 사연을 가진 이들에게 금전을 받고 복수를 대신해 주는 이야기다 -역주을 떠올렸을 법하다. 법률적으로 처벌할 수 없는 사안을 '바로잡기' 위해 악을 무찌른다. 일본사회에서는 아무래도 여성의 입장이 약한 편이다. 재판으로 끌고 가도 해결되지 않을 일이기에 암살자가 등장하는 것이다. 현대사회도 에도시대江戶時代, 1603년에서 1868년의 근세시대 -역주와 상황은 그다지 다르지 않다. 이전 작품 《세계의 끝과 하드보일드 원더랜드》에서는 멋있다는 생각에 하드보일드 소설을 도입했고, 《양을 둘러싼 모험》도 마찬가지였다. 하지만 하루키는 이번 작품에서 암살자 '필살사사인'을 멋있다는 생각에 도입한 것이 아니다. 그 드라마는 하루키가 절대 눈여겨보지 않을 일본 텔레비전의 오락 프로그램이기 때문에 차원이 다르다. 단지 그는 그 드라마를 '발견'하고 '인용'했을 뿐이다.

《1Q84》에는 소재, 등장인물 등 작품전체의 관계 방식에서 환유적일반적으로 어떤 낱말 대신에 그것을 연상시키는 다른 낱말을 쓰는 비유법을 말함이라고 할 수 있는 행동이 저변을 흐르고 있다. 예를 들어 주인공 아오마메의 얼굴이 마치 다른 사람의 얼굴로 변하는 것처럼 구깃구깃 움직여간다. 또한 시금치를 즐겨 먹는, 다마루의 개가 죽는 이야기도 나온다. 이것은 뽀빠이의 이미지다. 아오마메의 얼굴이 변하면, 도서관에서 그녀 뒤에 있던 고등학생이 깜짝 놀란다는 장면에서 턱뼈가 튀어나온 뽀빠이를 닮은 외국인 아저씨 에피소드를 떠올렸다. 외국독자들도 비슷한 느낌을 받을 것이다. 결국 뽀빠이개의 몸 안에서 폭발이 일어난 사실은 마지막에 아오마메의 얼굴이 사라진다는 복선일지 모른다. 더구나 데즈카 오사무手塚治虫의 만화가 아닐 진데, 다른 작품에서 나왔던 우시카와牛河라는 못된 등장인물이 《1Q84》에 동일한 이름으로 나온다. 역할도 동일하다. 여기저기서 키치화된 엔터테인먼트성이 의식적으로 인용되어 사물이 '대입' 가능한 것으로 등장한다. 영화로 말하면 《벅스버니》나 《고스트버스터즈》같다. 실사 속에 애니메이션이 혼합되어 움직인다. 이토록 대규모적인 엔터테인먼트성을 의식적으로 도입함으로써만 헤쳐 나갈 수 있는 순수문학적이랄까, 문학적인 깊이가 《1Q84》 전체를 통해 형성되어 있다. 바로 이 점이 중요한 포인트이다.

예전부터 일본에서는 대중문학과 순수문학을 구별하는 것은 잘못이라는 논의가 있어왔고 엔터테인먼트와 순수문학 사이의 문턱을 제거하자는 의견도 있었다. 하지만 그 실천을 위해서는 이렇게 해서는 안 된다는 구체적인 모습이 작품이라는 형태로 제시되어야 한다. 바로 《1Q84》가 그 답변이다. 하루키는 '이렇게 해서는 안 된다'는 말을 계속 해왔지만, 이번에는 방식을 바꾸어 '이렇게 멋진 것이 어떻게 하면 가능한지'를 보여주었다. 엔터테인먼트성을 도입하면 더욱 재미있어진다는 기존의 논의를 넘어 방법론적으로 더욱 진전시켜 보여주었다. 《1Q84》는 엔터테인먼트성을 도입함으로써 더 깊이 헤쳐 나갈 수 있음을 시사한다.

이에 근접한 작품으로는 나카가미 겐지^{中上健次, 1946~1992, 피차별 부락} 출신의 소설가로서 육체노동으로 생활을 꾸려나가며 작품을 썼다. 1976년 작품 〈곶〉으로 아쿠타가와 상을 수상하였으며 혈족을 중심으로 한 토착적 작품 세계를 구축했다. 1992년 46세의 나이로 사망하였으며 저명한 평론가 가라타니 고진(柄谷行人)은 그와 더불어 근대 문학이 끝났다고 평한다 -역주의 《천년의 유락^{愉樂}》이나 《기적》을 들 수 있다. 여담이지만, 어느 야쿠자가 야마구치^{山口}파 삼대 두목을 저격한 후 도망쳤다가 몇 개월 후에 고베^{神戸} 롯코산^{六甲山} 속에서 부패된 시체로 발견된 적이 있었다. 손톱과 발톱, 치아가 모두 빠져 있고, 얼굴을 알아볼 수 없을 만큼 처참히 가격당한 흔적이 있었다. 이름은 나루미 기요시^{鳴海淸}였던 것 같다. 나카가미의 《기적》은 이 야쿠자를 염두에 두고 주인공으로 조형했다는 이야기를 들은 적이 있다. 나중에는 영화화되기도 했다. 저격 사건이 일어난 것은 1978년이었고, 당시 나는 캐나다로 떠날 무렵이어서 무사히 도망쳤으면 하는 생각에 캐나다에 도착해서 뉴스를 찾아봤던 사실을 기억한다. 《1Q84》에서는 암살 후에 얼굴을 바꾸는 이야기가 나오는데, 야마구치파 저격사건의 나루미 생각이 났다. 얼굴이 뭉그러진다, 얼굴을 바꿔야만 살 수 있다, 바로 그런 세계인 것이다. 얼굴을 바꾼다는 것도 환유적이다. 《천년의 유락》도 《기적》도 나카가미 겐지가 뒷골목과도 같은 세계를 팽창시켰기에 가능한 일이었다. 이것은 무라카미 류가 《반도에서 나가라》에서 북한을 차용한 것과는 다르다. 오히려 문학을 깊이 헤쳐 들어감으로써 엔터테인먼트와 조우하고 야쿠자의 세계와 맞부딪치는 방식이다. 한쪽^{하루키}은 날아서, 한쪽^{나카가미}은 헤쳐들어가서 순수문학과 대중문학의 문턱을 이제까지와는 다른 방식으로, 그 나름의 이유로 무화無化시킨다는 점에서 닮았다.

하지만 내가 진정 말하고자 하는 바는 그 다음이다. 이 거대한 소설의 세계가 지극히 작고 초라한, 아무것도 아닌 장면으로 지탱되고 있다는 점이다. 이 점이 진정 가슴을 죄어온다. 《1Q84》가 일궈낸 가장 큰 결실은 거기에 있다.

소년이 괴롭힘을 당하던 소녀를 단 한 번 구해준다. 어느 날

아무도 없을 때 그 소녀가 옆에 다가와 잠자코 물끄러미 얼굴을 올려다보다 손을 잡는다. 이것이 소설 속 주인공 아오마메와 덴고가 만나는 단 한 번의 장면이다. 모든 것은 거기에서 시작된다. 한 사람은 NHK 수금원의 아들이고, 또 한사람은 증인회라는, 여호와의 증인을 떠오르게 하는 종교단체 회원의 딸이다. 이 작은 장면이 그토록 큰 세계를 지탱한다. 그 사실이 소설을 '훌륭하다' 고밖에 표현할 수 없도록 만든다. 즉, 이토록 엔터테인먼트성이 농후한 SF적인 세계가 펼쳐지는 한편, 크고 깊은 선과 악의 상호 '대입가능' 한 이야기가 전개되고, 그 대칭점에 지독히 가난하고 검소한 발전도상국 같은 에피소드가 깔려 있다. 앞으로 어떻게 이야기가 펼쳐질지 상상할 수도 없는 시점에서 이야기는 이런 형태로 실현되어 나타난다.

　내게 겨우 그 정도로밖에 표현을 못 하느냐며 비난들 하겠지만, 지금의 나로서는 그렇게밖에 말할 수 없다. 이 커다란 세계가 그렇게 참담하고 초라한 것에 의해 지탱된다는 '훌륭함' 은, 소설이 번역되면 뉴욕의 독자, 페루의 독자, 남아프리카의 독자에게도 전달될 것이고 그 핵심이 드러날 것이다.

　이제까지 하루키 소설은 그의 심미안에 의해 합격한, 보기 좋은 것만을 모아 완성되었다. 일본에는 그가 싫어하는 것이 굉장히 많다. 이를테면 그는 라면을 먹지 않는다. 그러나 《언더그라운드》 같은 경험을 거치면서 점차 될 수 있는 한 보기 흉한 것, 지금 여기에 있는 것, 실제로 존재하면서 자신에게 작용하는 것에서 다시 시작해야 한다는 사실을 깨닫게 되었고 그 결과 여기까지 온 것이다. 하지만 '어쩐지 거친 소설이다' '어두운 소설이다'라는 속성만으로는 소설이 완성될 수 없다. '어쩐지 거칠고' '어두운' 무엇이 존재하지만 소설에서는 달빛을 받으며 전혀 다른 무엇으로 변해야 한다. 훌륭한 소설 속에는 이런 과정이 일어나며 이는 《1Q84》에서 오롯이 실현되었다.

예를 더 들자면, 아르헨티나 사람들이 읽는다 해도 훌륭한 작품이라는 사실은 분명 전달될 것이다. 물론 일본의 독자층도 다양하지만 외국 독자층의 범위가 압도적으로 넓다. 대단히 부유한 곳도 있지만 극히 궁핍한 곳도 있으며, 후자가 더 많이 존재한다. 《1Q84》라면 아프리카에서도 읽힐 것이다. 침술로 살인을 하는, 엑조틱한 암살자인 사이비종교 증인회의 검소한 딸과 가난한 NHK 수금원의 아들 이야기. 이 모든 것이 일체화되어 있다는 느낌이 든다. 《어둠의 저편》 이후 하루키는 주로 영어 독자층을 염두에 두고 작업을 해왔는데, 그렇게 함으로써 가능한 지향점이었다는 사실을 새삼 느끼게 된다.

《1Q84》를 읽기 직전까지 무라카미 하루키의 '우물'이라는 표상에 대한 글을 쓰고 있었다. 이번 봄에 미국의 대학에 갈 기회가 있어서 강연 내용을 정리해야 했기 때문이다. 그런데 흥미로운 점은 하루키의 작품에서 우물이라는 형상은 사실, 우물 형태 이외에도 엘리베이터라는 형태로도 나타난다는 점이다. 엘리베이터는 우물을 뒤집어놓은 형태다. 우물과 엘리베이터를 함께 놓고 살펴보니, 하루키의 우물 형상이 초기의 《바람의 노래를 들어라》부터 《태엽감는 새》까지 일관되게 나타났으며, 《태엽감는 새》 제3부 마지막에서 하나의 존재방식을 제시한 후에 사라진다는 점을 알 수 있었다. 그 다음 작품인 《스푸트니크의 연인》에서는 주인공이 그리스 섬에 가서 "이제 이 섬에는 연못이 없다"고 말한다. "엘리베이터는 페리보트^{대형여객선}와도 다르다, 왜냐하면 사람이 가득차면, 즉 만원^{滿員}이 되면 움직이지 않기 때문"이라며 '엘리베이터'도 부정된다. 이제 우리는 우물도 엘리베이터도 없는 암흑 세계로 이행했다는 사실이 등장인물의 입을 통해 선언된 것이다.

그런데 우물이 없어지면 어떻게 될까? 세계는 어떻게 변할까? 《1Q84》에는 그 답이 제시되어 있다. 확실히 '우물'이 나온다. 우물이 존재했던 《태엽감는 새》까지 하루키의 소설은 은유적인 세계였지만 우물이 사라지면서 환유적인 세계로 변했다는 사실을 알 수 있다. 이번 소설은 분명하게 그 점을 말해준다.

은유적인 세계에서 환유적인 세계로 변했다는 것은 어떤 의미일까? 환유적인 세계는 《스푸트니크의 연인》《해변의 카프카》《어둠의 저편》으로 이어져 왔는데, 《1Q84》를 《어둠의 저편》의 연장선상에서 말하면, 거기서는 화자가 '우리들'이었지만 이번에는 '우리들'이 달 두 개가 되어 이 이야기의 세계를 내려다보고 있다. 등장인물이 '우리들'을 올려다보고 '우리들'이 두 개의 달이 되어 하늘에 떠 있는 것이다.

이런 엄청난 작품이 나왔는데 평론가나 비평가가 "BOOK3가 나오는 걸까, 아직 알 수 없다"고 하는 것은 잘못되었다. 옴진리교가 어떻다느니 그런 국지적인 말을 할 때가 아니다. 사태에 대한 적절한 대응이 아니다.

나는 무라카미 하루키의 소설이 이른바 일본을 벗어난 형태로 쓰이게 되었다는 점에서 그 의미가 크다고 본다. 근거리 세계에 대해서만 관심을 피력했다면 일본의 전후^{2차대전 이후} 사상은 전혀, 또는 거의, 해외에서 이해받지 못 하고 여기까지 왔을 것이다. 예를 들어 레비나스가 《전체성과 무한》에서 "전체성이라고는 하지만, 유대사상에는 이제까지의 서양세계와는 전혀 다른 사고방식이 존재한다. 유대사상에서 보면 서양세계의 사고방식은 무한에 대한 전체성이다"라고 선언함으로써 서구세계의 사고방식에 타격을 입힌 것처럼 말이다. 또는 슬라보예 지젝이 동유럽의 사상경험을 배경으로 새로운 사고방식을 흥미롭게 제시하여 한 편의 지적 엔터테인먼트를 연출한 것처럼, 일본의 패전 이후의 사상(내 자신의 언어로 표현하면 전후적戰後的 사고)이 어떤 것인지를 서양세계에도 통할 수 있는 형태로 제시할 수 있었으면 한다. 혹은 그런 작가가 출현한다면 일본의 전후사상이 이제까지와는 전혀 다른, 대단히 재미있는 사상경험의 '도가니'였다는 사실이 분명해질 것이다. 그 지점에서 거꾸로 우리가 알게 되는 사실도 적지 않을 것이다. 이는 물론 전후민주주의나 포스트모던사상과 같은 서구사상의 이입형태가 아닌, 그런 것들에 대한 저항 속에 자신을 형성해온 요시모토 다카아키吉本隆明[1], 쓰루미 순스케鶴見俊輔[2], 다케우치 요시미竹內好[3], 에토 준江藤淳[4], 나카노 시게하루中野重治[5]같은 사상가들의 사상을 말한다. 그러나 안타깝게도 요시모토 다카아키의 사상조차 거의 번역되어 있지 않

역주 1) **요시모토 다카아키(吉本隆明, 1924~)** 사상가이자 평론가. 전후 최대의 사상가로 평가된다. 문학, 사회, 서브컬처, 정치, 종교 등 광범위한 분야에 대한 평론활동을 펼치고 있다. 특히 《공동환상론》(1968)에서는 국가로 대표되는 모든 제도가 인간의 관념적, 심적인 작용에 의해 창조된 것이라는 논지를 펼쳤다. 작가 요시모토 바나나의 부친이기도 하다.

2) **쓰루미 순스케(鶴見俊輔, 1922~)** 평론가이며 철학자, 대중문화연구자. 1960년 도쿄 공업대 교수로 재직 중 안보조약체결에 항의하며 사임하였다. 리버럴리즘의 입장에서 전후 일본을 대표하는 오피니언 리더로서 "지식인은 어떻게 전쟁에 가담했는가"라는 지식인 비판과 반성이 그 기저에 깔려 있다.

다. 더구나 번역하는 사람들이 전후사상의 핵심을 이해하지 못하기에, 논리적이지 않다고 간주되어 아시아적인 편향, 혹은 지적 후진국이 가진 사상의 병적인 징후로 일축돼 버린다. 일본의 지식인으로서 서구세계와 접촉해온 사람들 대부분이(쓰루미 순스케를 예외로 하면) 모두 서구류의 사고방식에 자신을 맞추고, 서구로부터 이해받기 쉬운 쪽으로 사고방식을 '단련' 하여 몰이해와의 정면충돌을 피해왔다. 그 결과가 바로 지금의 우리 모습이다. 하지만 전후사상이 해외 독자에게 전혀 전해지지 않았냐 하면, 그렇지만도 않다. 미야자키 하야오宮崎駿, 무라카미 하루키 작품의 기묘함, 기괴함, 난해함이 한데 모여 만들어진 매력으로 해외의 독자, 관객을 매료시키고 있다.

《센과 치히로의 행방불명》이 미국 아카데미상 해외애니메이션 부문의 후보가 되었을 때, 기자회견에서 미야자키 하야오 감

역주 3) **다케우치 요시미(竹內好, 1910~1977)** 평론가로서 중국현대문학연구의 기초를 구축하였다. 1960년 도쿄도립대 교수로 재직 중 안보조약체결에 항의하며 사임하였다. 일본근대문화의 근대주의적 성격과 일본사회에 대한 날카로운 비판으로 큰 반향을 일으켰다.

4) **에토 준(江藤淳, 1933~1999)** 평론가로서 《작가는 행동한다》(1959) 등을 통해 전후세대의 문학을 보완하는 평론 활동으로 높은 평가를 받았다. 보수파 논객으로도 알려져 있으며 도쿄공업대학 교수, 게이오대학 교수 등을 역임하였다.

5) **나카노 시게하루(中野重治, 1902~1979)** 시인이자 소설가, 평론가, 정치가. 도쿄대학 재학 중 좌익 활동에 심취하였으며 1932년 일본프롤레타리아 문화연맹 대탄압으로 투옥되었다. 이후 전향하여 집행유예로 풀려났으며 전후에는 다시 공산당에 입당하여 많은 활동을 펼쳤다.

독이 "미국인들은 흑백논리가 뚜렷한 것만 받아들이기에 내 작품을 이해하기 힘들 것이다. 상은 받지 못 할 것이다"라는 코멘트를 했다. 그러나 상을 받았다. 왜 수상을 했는지는 어려운 문제지만, 왜 전세계에서 미야자키 하야오의 애니메이션을 수용하는가라는 질문의 대답은 분명하다. 기묘하고도 '이해하기 힘든' 미지의 매력에 가득 차 있기 때문이다. 이것은 하루키에게도 동일하게 적용할 수 있다. 두 사람이 가진, 이제까지 서구 문물에서 찾아볼 수 없는 '이해하기 힘든' 매력이 전후 일본사회의 경험과 그 정신사를 배경으로 만들어졌기 때문이라고 생각한다.

《바람 계곡의 나우시카》 7권까지 정독해보면, 미야자키 하야오가 1980년대 후반에 누구보다 먼저, 얼마나 깊이 전후적인 문제를 홀로 마주했는지 알 수 있다. 마찬가지로 무라카미 하루키의 《태엽감는 새》에서 《해변의 카프카》에 이르는 이행 과정을 보면 거기서 새롭게 나타나는 기묘한 질의 변화를 느낄 수 있다. 《태엽감는 새》 1, 2부에는 여러 가지 수수께끼만 산만하게 흩어져 있을 뿐 정확한 실마리가 없다는 비판이 있었다. 주조 쇼헤이中條省平나 야스하라 겐安原顯 같은 사람들이 화를 내며 비판하는 글을 썼다. 그렇지만 다음 작품 《해변의 카프카》에서는 수수께끼가 풀리지 않았다는 비판은 나오지 않았다. 그 이유는 바로 그 지점에서 하나의 이륙이 일어났기 때문이다. 서구적인 문학

공간에서 비서구적 문학공간으로, 하루키의 소설이 심화되어 더욱 이질적인 소설로 받아들여졌기 때문이다. 이제는 유클리드 기하학과 같은 균질공간이 아니다. 내 언어로 표현하자면 은유적인 세계에서 환유적인 세계로 변한 것이다.

《1Q84》에서도 주인공 아오마메는 리더를 만나러 가지만, 그는 악의 화신이 아니다. 아오마메는 리더를 부정할 수 없다. 암살 지령자인 노부인의 입장에서 보면 악의 화신이지만 실제로 만나보니 다르게 전개되었던 것이다. 독자 입장에서도 '리더는 원래 악인이어야지' 라는 반발이 일지 않는다. 《바람계곡의 나우시카》 마지막에서 '왕' 이 더할 나위 없이 극악한 인물인 줄 알았는데 기묘하게도 나우시카와 가까운 인물로 변모하는 것과 유사하다. 바로 그 지점에서 전제로 놓여 있는 것이 일본 전후성의 문제라고 생각한다. '너는 악에서 선을 만들어야 한다. 그 이외에는 방법이 없기 때문' 이다.

그렇지만 이런 사실이 새삼 놀랍지도 않다. 무라카미 하루키의 초기의 관여형태commitment는 초연함detachment이라는 형태로 시작되었다. 더구나 소설 작법으로서의 초연함은 있는 그대로 쓰지 않는 것에서 출발했다. 있는 그대로 써버리면 독자는 흥이 깨져버린다. 1970년대 말부터 80년대 초반은 바로 그런 시대였다. 하루키의 초기 단편 3부작 《중국행 슬로보트》《가난한 숙모

이야기》《뉴욕 탄광의 비극》은 작법으로서 초연함의 흔적을 잘 보여주는 재미있는 단편이다. 이후 하루키는 《어둠의 저편》을 집필할 때, 《중국행 슬로보트》를 다시 읽고 참고한 것 같다. 두 작품을 나란히 읽어보면 그 사실을 알 수 있다. 이번 작품 《1Q84》를 읽으면서 그 저변에는 《가난한 숙모이야기》가 있을 것 같은 판단이 들었다.

《1Q84》에는 마지막에 덴고의 아버지가 나온다. 하지만 그는 친부가 아니라 대체된 아버지라고 여겨진다. 이 점 역시 환유적인 태도이겠지만, 다케다 다이준武田泰淳, 소설가로서 제1차 전후파 작가로서 활약 -역주이 《후지富士》를 집필하다가 글에 진척이 없을 때 미시마 유키오三島由紀夫, 소설가로 대표작 《금각사》, 1970년에 할복자살 -역주 사건이 일어났다. 다케다는 이 사건으로 작품을 완성할 수 있었다고 한다. 사실 《1Q84》의 첫 원고는 5천매 정도였다는 이야기를 들은 기억이 있다. 그 사이에 부친이 돌아가셨고 예루살렘 연설2009년 2월 무라카미 하루키는 예루살렘상을 수상하였고 시상식 연설을 통해 "만일 높고 단단한 벽과 그에 부딪쳐 깨지는 계란이 있다면 나는 언제나 계란 쪽에 서 있을 것"이라는 천명을 하였다. 이후 '벽과 계란'의 의미에 대한 많은 논란이 일어났다에도 그 내용이 나온다. 이런 여러 사항과 맞물려, 아버지의 죽음으로 끝나는 이야기 형태로 2부까지 소설이 나왔다는 사실은 어떤 관계가 있을 것이다. 어쨌든 극대에서 극소까지 사정거리가 긴, 압도적이고 격이 다른 스케일을 가진 작품이라 생각한다.

왜 이런 이야기가
전개되어야 했을까?

가와무라 미나토(川村湊) : 1951년생. 문예평론가. 2008년 《고즈 천왕(牛頭天王)과 소민 쇼라이(蘇民将来)전설》로 요미우리문학 상 수상. 저서로 《무라카미 하루키를 어떻게 읽을까》 등이 있다.

다들 이렇게 말한다. 《1Q84》는 이제까지 무라카미 하루키 세계의 집대성이라고. 나도 그렇게 생각한다. 다만 말로 표현하면 집대성이지만, 테마로 놓고 보면 응축되어 있지 않기에 그점을 정확히 문제로 의식하면서 풀어가는 모습이 표현되지 않았다고 본다. 소설의 완성도라기 보다는 문학의 문제로서, 혹은 기술적인 문제가 아닌 본질적인 문제로서 왜, 지금, 하루키가 이런 이야기를 전개했을까를 따져봐야 한다. 예를 들면 《해변의 카프카》에는 카프카 소년이 절대적인 악과 싸우는 자세가 존재했다. 이번에는 분명 《태엽감는 새》에 나온 듯한 악도 존재하고, 《해변의 카프카》에 나온 듯한 테러리스트도 존재하고, 혹

은 단편집이지만 《신의 아이들은 모두 춤춘다》에 나온 신흥종
교적인 것이 얼마나 인간을 파괴하는가라는 문제도 존재한다.
최근의 테마가 모두 한꺼번에 밀치고 나온 것 같은 양상이지
만, 전부 뛰쳐나온 것에 비해 개별적인 테마는 단순한 해결에
그치고 만다. 분명 옴진리교를 상정했을 텐데 이번 작품에서
악의 분신인 존재가 너무나 깔끔하게, 아오마메라는 여성 암살
자에게 살해된다. 살해되었다고는 하지만 스스로 죽음을 원했
으니 일종의 자살이라고 해야 할까? 그런 자살적인 행위에 의
해 그 인물의 모든 것이 해결된다는 것으로 얼버무리고 넘어간
다는 느낌을 받았다. 즉 악의 화신인 교주는, 교주로서 여러 사
람을 끌어들였다는 책임이 있는 데다, '후카에리'라는 여자 아
이의 아버지로서 아버지가 딸을 범한다는 무시무시한 짓까지
했는데도 그런 악의 화신이 간단히 자살해 버린다. 자살이라고
는 하지만 다른 사람의 손을 빌렸을 뿐, 스스로는 아무런 행동
도 하지 않았다. 그 전후 맥락도 서술되지 않는다. 교주가 대체
어떤 인물이며, 그 교단 내부에서 무슨 사건이 있었는지도 기
술되지 않고 그저 호텔에서 마사지를 받다가 살해된다. 결국
자살한 셈이지만 말이다. 그것은 결코 문제나 의문점이 해결된
것이 아니며, 악의 화신과 테러리즘과 종교에 대한 해답도 절
대 될 수 없다. 더구나 아오마메라는 여주인공도 죽어버린다.

그녀가 무엇을 문제 삼고 있는지 이해하기 어려운 부분도 있지만, 가정내 폭력으로 친구가 자살하자 그 복수의 화신이 되어 암살자가 된다는 것인데 그 점도 의아하다. 그녀 자신이 스스로가 지닌 죄의 무게를 못 견디는 것도 아니다. 재생하듯 한 번 더 소생할 것 같은 가능성도 존재하지만, 만일 두 권으로 완결된다면 그녀는 죽음으로 끝을 맺게 되는 셈이다. 그 결과 여러 문제가 돌출되고 있다. 고만고만한 주제를 가진 각각의 문제는 전혀 해결되지 않고, 도저히 해결되지 못할 주제여서인지 내용이 점점 깊어지기 보다는 오히려 얕은 여울 바닥에서 깨작거리다 확 뛰어넘어버리는 느낌이다. 문제를 산같이 쌓아 놓고는 훌쩍 날아서 넘어가버리는 바람에 허탕을 치는 기분이 들었다. 도스토옙스키를 꺼내놓을 거라면 조금 더 문제를 삼고(비록 해결을 못하고 마지막에 집어 내던져도 좋으니) 더 진지하게 임해주었으면 싶었다. 이야기 속에서 팽팽한 긴장감을 느끼게 하다 막판에 낮은 산등성이 언저리에서 어물쩍 넘어가는 점이 무척 불만이다.

그래도 평가할 수 있는 점은 역시 이야기가 재미있다는 사실이다. 아오마메는 암살자이지만 밸런스가 깨져 있는, 미인인 듯하지만 한순간 얼굴이 일그러지는 외모다. 그녀의 성격도 외모와 유사한 점이 흥미롭다. 그녀와 짝을 이루는 여경찰도 스토리상으로나 등장인물 설정으로도 재미있다. 가장 흥미로운 점은 고속도로에 관한 부분이다. 2차원이라고까지 할 정도는 아니겠으나 이 세계가 '비껴나간' 곳으로 기록되어 있다. 패럴렐 월드 병행세계라기보다는 '비껴나간' 세계다. 대부분은 변하지 않았지만 달이 두 개라든가 야마기시회를 모델로 한 것 같은 단체에 들어가거나, 연합적군도 존재하는, 여러 가지가 조금씩 현실과 비껴나가면서 이야기가 흥미 깊어진다. 《세계의 끝과 하드보일드 원더랜드》는 완전히 두 개의 세계가 별개로(물론 관계는 있지만) 존재하다가 마지막에는 별개로 존재하면서도 어디에선가 연결되어 있었다. 《태엽감는 새》도 그런 부분이 존재한다. 그에 비하면 《1Q84》는 두 개의 세계가 병행하면서 앞으로 나아간다기 보다 이미 연결되어 있다. 연결되어 있지만 두 주인공은 만나지 못한다. 서로 목격은 하지만 만나지 않는다. 이런 조형은 이제까지 두 개의 서로 다른 세계가 뒤틀어져 있는 것보다는 단순한 구조지만 현실성이라고 할까, 그런 의미에서 리얼리티가 도사리고 있어서 흥미롭게 읽을 수 있었다.

그 밖에 주목을 끌었던 점은 여고생이 소설을 써서 베스트셀러로 만들어낸다는 사실이다. 그것이 현실의 모 출판사라는 얘기도 있지만 그런 이야기를 분위기 싸늘해지게 슬쩍 꺼내놓는다는 점이 재미있었다. 하지만 그 편집자가 대체 어떤 험한 꼴을 당할까 기대를 잔뜩 했는데 그저 회사를 쉰다는 말 뿐 그 후에는 사라져서 나오지도 않는다. 그가 문단에 복수하겠다는 이야기도 나왔지만 복수를 했는지도 도통 알 수 없다. 문장을 쓸 수 없고 글도 모르는 사람이 아무리 고스트라이터가 뒤에 있다 해도, 신인상 수상작가가 되어 기자회견을 한다는 건 무리한 설정이다. 엄청나게 무리하다. 뒤집어 말하면 그 부분에서 무라카미 하루키가 오늘날 일본 문학의 세계, 소위 문단에 대해 가지고 있는 생각을 읽어낼 수 있다. 즉 편집자나 출판사를 신뢰하지 않고 지지하고 있지도 않다. 이런 식으로 문학상을 야유할 게 아니라, 자신이 문학상 선정위원이 되든 무라카미 하루키 상을 제정해서 후진작가를 키우든 일본문학의 발전에 기여해 보겠다는 마음 정도는 가져도 좋지 않겠는가?

어떤 의미에서는 《양을 둘러싼 모험》처럼(그 작품은 일종의 모험담을 쓰려했다는 생각이 들지만), 또는 《태엽감는 새》처럼, 만주 이야기를 끌어내고 전쟁을 거론하고 길랴크인도 내보내고, 그렇게 이야기를 어수선하게 만들어서 단순한 권선징악이 아닌 다른 어떤 것을 제시하는 방법론이 존재한다고 생각했었다. 그런데 이번 경우에는 스토리가 앞으로 치고 나오는 데다 재미있기도 하고, 어떤 때는 포르노그래피적으로 어떤 때는 호러소설처럼 또 어떤 때는 미스터리하게 다양한 요소들이 잇달아 모습을 드러내고 있다. 작가 자신 속에서 그런 요소들을 해금한 것일까? 이제까지 사용했던 《해변의 카프카》의 카프카나 《태엽 감는 새》의 노몬한 사건¹, 만주라는 역사적인 큰 이야기가 《1Q84》에서는 모두 송두리째 비껴나간다. 체호프가 나오고 사할린 섬이 나오고 사할린에 잔류한 조선인이라는 보디가드의 내력이 나오는데, 그러한 요소들이 어디에선가 큰 흐름에 합류되거나, 본줄기와 얽혀 들어갈 것으로 기대했지만 별다른 맥락없이 나와 버리기만 하고 그걸로 끝이었다.

그렇다면 《1Q84》는 《어둠의 저편》적인 세계를 다시 한 번 다른 형태로 만들어낸 것은 아닐까? 하지만 스토리적으로는 어떤 연결도 없고 등장인물도 관계가 없다. 그 점도 의외였다. 지금까지의 하루키는 단편을 쓴 후 그것을 장편으로 만들거나, 장편을 쓰다 다 못 쓴 부분을 다음 세계로 만들어 연결해왔기에 작품군 속에 어느 정도 맥락이 존재했다. 그의 초기 삼부작² 이라는 작품군도 처음부터 삼부작을

<hr>

1 1939년 만주와 몽골의 국경지대인 노몬한에서 일본군과 몽골이 충돌한 사건. 당시 몽골과 동맹을 맺은 소련이 기계부대를 파견하여 일본군은 전멸한다 ―역주

2 무라카미 하루키의 문단 데뷔 작품인 〈바람의 노래를 들어라〉에서 시작하여 〈1973년의 핀볼〉 〈양을 둘러싼 모험〉을 의미한다. '쥐 삼부작' 이라고도 한다. 이 세 작품을 통해 작가의 전공투 체험을 거쳐 상실한 것들에 대한 체념과 허무, 그리고 그 극복과정을 표현했다고 평가된다 ―역주

염두에 두었다기 보다는, 이야기가 점차 발전하면서 작가 자신도 '쥐'는 과연 어떻게 되었을지 생각을 거듭하다 《양을 둘러싼 모험》까지 도달했다고 본다. 《1Q84》는 결국 《어둠의 저편》의 연장도 아니고, 그렇다고 해서 전혀 다른 세계도 아니다. 작품 속에서 아오마메에게 살해당하는, 가정내 폭력을 행사한 남자들은 《어둠의 저편》의 폭력적인 남자들에 대한 처벌이다. 이대로는 끝나지 않는다던 중국인 마피아 대신 아오마메가 복수를 한 셈이다. 하지만 그것이 단순히 이야기로서의 정의의 실현이 아니라는 점은 확실하며, 그래서 더욱 확실하게 파고들었으면 하는 기분이 들었다.

그 외에 신경 쓰이는 존재가 있다면 리틀 피플이다. 그 의미가 잘 와 닿지 않지만 선악 양자 중에 하나를 택하라고 하면, 악의 입장에 서는 존재다. 그런데 이들이 결국 단순한 난쟁이 같은 이야기가 되어버린 것 같다. 조지 오웰의 《1984년》의 빅 브라더에 반하는 존재로서 리틀 피플이라고 했을 텐데, 왠지 비대칭적이다. 결국 TV 피플같은 존재다. 하루키의 작품에는 고양이들이 나오거나 TV 피플이 나오거나, 그런 소도구나 조연의 역할이 재미있게 설정된다. 일종의 흥미거리로서 제공되는 것이겠지만 《1Q84》에는 그런 요소가 많이 부족했다. 리틀 피플이 그 역할을 완수했어야 하지만, 일정 수준까지 미치지 못했다.

이야기 하나하나를 보면 재미있지만 약간 날림공사 같은 느낌이 든다.

그리고 작품을 읽은 사람이라면 모두 다 얘기하듯이 아버지와의 관계도 중요한 요소다. 친자식이 아닐지 모르는 주인공이 치매에 걸린 아버지를 찾아간다. 아버지와 아들의 갈등은 《해변의 카프카》에도 몇 번 나온 적이 있는데, 이 문제를 사소설적으로 읽을 필요는 전혀 없겠지만, 아버지와 자식의 갈등이라는 문제는 역시 큰 문제다. 아버지는 결국 "이 사람은 내 아들이 아니야"라고 분명히 밝히지만 그 부분도 역시 얼마간 애매하게 처리하는 게 나았을 것이다. 하루키 작품답지 않은 지나친 표현이라는 느낌이 들었다. 아버지와 자식의 화해가 아니라 결별이라고 해야겠다.

이 작품의 무대는 1984년이다. 우리 같은 세대는 하루키와 한두 살 정도 밖에 차이가 나지 않아 마치 어제의 일을 읽는 것 같지만, 십대나 이십대가 읽으면 옛날이야기이거나 적어도 현대 이야기는 아닐 거라고 생각할 것이다. 그 지점에서 다시 비껴나가기가 생성되는지 모른다. 하루키는 이 작품을 도대체 누구에게 읽히려 했던 걸까? 그 점이 약간 마음에 걸렸다. 덧붙여서 'Q'에 대해 후지이 쇼조藤井省三는 《아큐정전阿Q正傳》과의 관련을 거론했지만 나는 《스미야키스트Q(의 모험)》작가 구라하시 유미코(倉橋由美子)의 장편소설로 1969년에 간행되었다. 스미야키당의 당원 Q가 외딴 섬에 있는 감화원이라는 집단에 잠입해 공작을 펼치며 분투하는 이야기로 풍자와 비유가 특징적이다 -역주을 떠올렸다.

현시점에서는 '취급주의'

이시하라 지아키(石原千秋) : 1955년생. 일본 근대 문학 연구가. 저서로 《교양으로서의 대학입시 국어》《수수께끼 풀이 무라카미 하루키》 등이 있다.

소설가에게 필요한 것

무라카미 하루키를 '현대의 나쓰메 소세키夏目漱石, 1867~1916. 소설가이며 영문학자로 '일본 근대문학의 아버지'이며 '국민 작가'라 평가된다. 비판적 윤리의식과 올바른 사상성으로 동시대의 생과 사상에 대한 문제를 근원적으로 고민한 작가이며, 그 주제는 동서양, 사랑과 에고이즘, 지식인의 고독과 불안 등 폭넓은 깊이를 보인다 -역주' 라고 평가하는 말이 종종 들린다. 그럴 때마다 나쓰메 소세키 만년의 '유일한 자전적 소설'인 《미치쿠사道草》가 떠오른다. 道草에는 두 가지 의미가 중첩되어 있다. '길가에 핀 풀'이라는 단어 자체의 의미(우리말로는 노방초(路傍草))와 주된 일상에서 벗어나 시간을 보낸다는 의미가 있다. 그런 이유로 한국에서의 번역서는 〈길 위의 생〉과 〈한눈팔기〉로 각각 출간되어 있다 -역주

이 작품은 소세키가 영국유학 후 돌아와 《나는 고양이로소이

다》를 발표하기까지 3년간의 시간을 1년으로 압축해서 그린 소설이다. 일가 중에 가장 먼저 출세했다는 이유로 여러 친척들이 돈을 요구해 와 곤경에 빠진, 제일고등학교와 도쿄제국대학 교관인 주인공 겐조健三가 뜻하지 않은 일로 원고를 쓰게 되고 생각지도 못한 원고료를 받게 된다. 양아버지에게 이른바 '절연의 증표'로 백 엔을 넘겨주며 실질적인 이야기는 끝을 맺는다. 이 소설에 대해서는 하스미 시게히코蓮實重彦, 1936~. 프랑스 문학가, 문예평론가, 영화 평론가, 소설가, 전 도쿄대학 총장. 1970년대에 슈퍼 에디터 야스하라 겐이 편집했던 문예잡지 〈바다〉를 통해 프랑스 현대사상의 논자로 두각을 나타내기 시작했다. 이후 1980년대를 대표하는, 다방면의 아카데믹한 논자로 유명하다 -역주의 '겐조가 교관으로 일하는 것보다 원고를 쓰는 것이 뜻밖에도 '수익'이 더 좋다는 사실을 깨닫게 되는 이야기'1903년에 영국 유학에서 돌아와 제일고등학교와 도쿄대학 강사로 근무하게 된 소세키는 1905년에 발표한 처녀작 〈나는 고양이로소이다〉가 문단의 호평을 받게 되고, 그 후 〈도련님〉으로 인기 작가의 지위를 굳히게 된다. 1907년에는 모든 교직을 사퇴하고 아사히신문사에 취직하여 전업 작가로서의 길을 걷는다 -역주라는 뛰어난 견해가 있다(〈수사와 이익: 《미치쿠사》론을 위한 노트〉《매혹의 작가론집》).

무라카미 하루키는 재즈카페를 접고 이른바 배수의 진을 치고서 《양을 둘러싼 모험》을 집필한 후, 다수는 아니지만 자신에게는 열렬한 독자가 있다는 사실을 실감했다고 회상한다〈달리기를 말할 때 내가 하고 싶은 이야기〉. 당시 하루키가 상정한 독자는 십만 이하였을 것이다. 그 후 번역을 포함하여 왕성한 집필활동을 펼치는 모습을 보면 원래 글쓰기를 좋아하기도 했겠지만, 하스미 시게히코의 말을 빌린다면 재즈카페보다 소설가가 '수익'이 더 좋다는 사실을 깨달았을 것이다. 오해의 소지가 없도록 미리 밝혀두자면 이 말은 하루키를 비판하려는 것이 아니다.

최근에 '소설이 상품으로 유통되고 소비되어야만 하는 조건'을 한탄하는 문장을 보았다(오쿠이즈미 히카루奧泉光, 1956~. 소설가로 1994년에 《돌의 내력》으로 아쿠타가와상 수상 -역주의 서평 〈아사히신문〉 2009년 6월 7일). 오쿠이즈미 나름대로 위화감을 느끼게 된 어떤 상황이 존재하겠지만, 지금 문제가 되는 건 오히려 소설이 '상품'으로서 '소비'의 가치가 없다고 여겨지는 상황일 것이다. 게다가 오쿠이즈미는 메이지明治, 1868~1912 시대의 소설가가 소설을 '근대적인 상품'으로 만들기 위해 피나는 노력을 했다는 사실을 알고 있을까? 시마자키 도손島崎藤村, 1872~1943. 낭만주의 시인이자 자연주의 대표작가다. 부친을 모델로 근대 일본 태동기 모습을 담은 《동트기 전》은 명작으로 손꼽힌다 -역주 같은 문학가도 문학을 분명 '사업'이라 불렀다. 무라카미 하루키도 프로인 이상 "나는 원고료가 들어오지 않는 원고는 절대 쓰지 않는다"(《보수에 대하여》《무라카미 하루키당》)라고 말한다. 당연하다.

《1Q84》에도 '보수'에 관한 논의가 들어 있다. 편집자 고마쓰와 소설가 지망생인 입시학원 수학 강사 가와나 텐고가 후카에리의 《공기 번데기》를 내놓으려는 계획에 대해, 후카에리의 실질적인 보호자 에비스노는 "결국 자네들은 각자 다른 동기가 있군. 금전도 명예도 아닌 동기가"라며 무상의 행위가 좋다는 점을 강조한다. 이것이 '밖으로 내세우는' 도덕이다. 예를 들면 자원봉사를 '강제' 하고 '이용' 하는 도덕이다. 사실 에비스노는 후카에리의 부모를 '선구' 라는 교단에서 유인해내기 위한 '미끼' 로 고마쓰와 덴고의 계획을 이용하려는 것이다. '선의' 만큼 이용되기 쉬운 것도 없다.

그러나 가정내 폭력을 휘두르는 남성의 살해를 아오마메에게 의뢰한 '노부인' 은 "당신은 틀림없이 옳은 일을 했어요. 하지만 그건 무상의 행위여서는 안 돼요"라고 한다. 마치 드라마 〈필살사사인〉에 나오는 두목 같다. 그 이유는 '아무 것도 섞이지 않은 순수한 마음은 그것대로 위험한 것' 이기 때문이다. 고마쓰도 자신들의 계획은 '아이들 놀이' 가 아닌 이상 금전이 얽힌다며, '보수' 받기를 주저하는 덴고에게 말한다. '정의' 의 두려움을 아는 것이 '노인' 이나 '어른' 의 지혜라고. 무엇보다 '노부인' 은 아오마메에게 '보다 광범위한 정의를 위해' 일해줄 것을 요구하는데 그러기 위해서는 아오마메가 자살을 해야만 하는 상황이다.

무라카미 하루키에게로 이야기를 돌려보자.

하루키가 처음으로 쓴 리얼리즘 소설 《노르웨이의 숲》의 밀리언셀러 달성은 그에게는 뜻밖의 '오산' 이었을 것이다. 독자수도 '보수'도 너무 컸다. 그것은 하루키에게 소수이지만 열성적인 독자들에게 지지를 받던 '마음 편한' 상황이 붕괴되었다는 것을 의미했다_(달리기를 말할 때 내가 하고 싶은 이야기). 그래서 《댄스 댄스 댄스》라는, 《노르웨이의 숲》 이전의 독자들이 아니면 알기 힘든 소설을 써서 이른바 거품(이런 표현은 실례지만)을 거두어내는데 착수했던 것 같다. 하루키는 자신의 작품에 적합한 독자수를 알고 있었음에 틀림없다. 그러나 성공하지 못 했다.

이후 하루키는 거품을 떠맡기 위해, 즉 꺼질 것 같지 않은 자신의 사회적 책임을 행사하기 위해 시행착오를 반복하기 시작한 것 같다. 그런 연유로 《태엽감는 새》와 《해변의 카프카》는 아무리 살펴봐도 소설로서의 균형이 깨져있다. 하지만 이제 모든 준비는 끝났다. 《1Q84》는 내용적으로는 사회참여의 형태를 제시한 《언더그라운드》의 피를 이어받았고, 형식적으로는 하루키가 능숙하게 구사하는, 주인공을 교차로 배치하는 서술방식을 사용했으며 이전부터의 독자도, 자신에게는 과분할 만큼 너무 많은 독자들도 동시에 받아들일 수 있는 각오를 나타낸 소설이다.

《소세키와 삼인의 독자》를 집필했을 때부터 나는 소설가에게는 얼굴이 보이지 않는 거품과도 같은 독자와의 고유한 '대화' 방식이 있다는 확신을 가졌다. 하루키의 경우에는 《1Q84》가 하나의 대답이었을 것 같다. 한편 독자들 입장에서는 〈벽보다 계</sub>

란〉이라는 취지의 '예루살렘상' 수상 연설을 상기하면서, 혼란한 현세계에 대한 어떤 '대답'을 기대하며 앞다투어 하루키의 책을 샀을 것이다.

막상 읽어보면 아오마메의 부모가 믿는 '증인회'는 '여호와의 증인'을 연상시키고 후카에리가 있었던 '선구'는 '야마기시회'나 '옴진리교'를 연상시키기 때문에(이따금 드러나는 '시나노마치信濃町라는 지명도 창가학회니치렌(日蓮)교를 믿고 이를 선전유포하기 위한 불교법인으로 1930년에 설립되었다. 본부는 시나노마치에 있다 -역주를 연상시켜서 의미심장하다) 지나치게 그 '대답'을 찾으려한 느낌이 없지 않다. 그러나 제대로 된 소설가라면 소설을 그렇게 쉽사리 알기 쉬운 메시지의 도구로 쓰지 않는다는 믿음이 내게는 있다. 알기 쉬운 메시지라면 수상 소감 연설을 이용하는 것으로 족하다.

자기언급적인 소설

하루키의 소설 텍스트에는 자기언급적인 요소가 존재하는데, 특히 《1Q84》에는 그런 경향이 현저하다.

하루키 소설과 융 심리학의 관련성은 이제까지 많이 지적되어 왔으며, 《1Q84》에는 또렷이 '융'의 이름이 수록되어 있다. 또한 하루키의 주인공들이 여성의 가슴에 집착한다는 것도 주지의 사실이다. 《1Q84》의 한 명의 주인공, 아오마메(하루키의 소설에서는 보기 드문 여성 주인공이다)는 확연히 좌우 비대칭인 가슴이 자신의 아이덴티티라고 느끼며, 아오마메와 친구가 된 나카노 아유미는 풍만한 가슴의 소유자이며, 또 한 명의 주인공인 덴고도 불가사의한 소녀 후카에리의 풍만한 가슴에 시선을 빼앗긴다.

그리고 예전에 지바현 이치카와시 초등학교 동창으로 이제까지 그런 사실도 모른 채 서로 마음을 주던 두 주인공의 연령은 29세다. 바로 하루키가 데뷔작인 《바람의 노래를 들어라》를 썼던 연령이라는 사실에 주목할 필요가 있다. 특히 덴고는 **작가지망생**인 입시학원 수학 강사이며 긴밀하게 알고 지내는 편집자 고마쓰(왠지 모르게 스스로 '슈퍼에디터'로 자칭하는 '아스하라 겐=줄여서 야스켄'을 방불케 한다)로부터 후카에리의 미완성 소설 《공기 번데기》 문장을 철저하게 고쳐달라는 의뢰를 받아서 신인상을 받도록 만들 정도의 문장력을 가진 사람이다.

그것만이 아니다. 《1Q84》에는 분명히 두 군데에 이른바 '소설론'이 기술되어 있다(이하 ①은 'BOOK1'을, ②는 'BOOK2'를 나타낸다).

그럼에도 불구하고 《공기 번데기》를 이루고 있는 문장은 결코 자기 혼자 이해하면 된다는 타입의 문장은 아니었다. (중략) 그것은 아무리 봐도 **다른 누군가**가 손에 들고 읽을 것을 전제로 써내려간 문장이었다. 그렇기 때문에 더욱 《공기 번데기》는 문학작품으로 만들 목적으로 쓰지 않았음에도 불구하고, 더구나 문장이 유치한데도 불구하고 인간의 마음에 호소하는 힘을 지닐 수 있었다. 그렇지만 그 **다른 누군가**란 어쩐지 근대문학이 원칙적으로 염두에 두는 '불특정다수의 독자'와는 다른 것 같았다. 덴고는 읽고 나서 그런 기분이 들었다.(① p.128)

《1Q84》에서 이 **다른 누군가** 는 후카에리와 공동으로 '리틀 피플'에 대항하는 '항체'를 만들 역할을 해야 할 바로 덴고였다. 신흥종교단체 '선구'의 '리더'라 불리는 교주이자, 7년 전에 열 살의 후카에리를 '강간'한 아버지 후카다 다모쓰深田保는 자신의 딸 후카에리가 불러들여온 '리틀 피플'의 '대리인'에 불과하다고 한다. 그리고 자신을 살해하러 온 아오마메에게 이렇게 설명한다.

"덴고는 리틀 피플과 그들이 수행하는 작업에 대한 이야기를 썼네. 에리코가 이야기를 제공하고 덴고가 그것을 유효한 문장으로 전환했지. 두 사람의 공동작업이었어. 그 이야기는 리틀 피플이 영향을

미치는 모멘트에 대항할 항체로서 역할을 완수했네." (② p.284)

'리더'는 《공기 번데기》가 베스트셀러가 된 사실을 '항체'를 '유포'한 것이라고 한다. 그렇기에 '리틀 피플'은 '작업'이 방해를 받자 화를 낸다는 것이다.

문제는 후카에리의 문장(실제로 후카에리가 말하고 그것을 보호자 에비스노의 딸 아자미가 받아 적은 것이지만)은 덴고만을 독자로 선택한 것인데, 덴고가 그것을 '불특정다수의 독자'를 위해 '유효한 문장으로 전환'시킨 것이다. 바꿔 말하면 후카에리가 '이야기'를 가져오고 덴고가 그 '대리인'이 된 것은 아닐까? 그렇다면 이것은 후카에리가 '리틀 피플'을 끌어와서 '리더'가 그 '대리인'이 된 구도와 동일하다. 여기서 소설가와 신흥종교 '리더' 사이에 예기치도 못한 유사성이 발생한다. 후카에리는 '리더'에게는 '리틀 피플'을, 덴고에게는 '이야기'를 부여한 것이다. 더구나 '덴고天吾'라는 이름은 어딘지 모르게 종교적이다. 이야기상에서는 그가 '리더'와 등가의 인물이라는 증거일 것이다.

중요한 점은 소설가는 그런 행위를 혼자서 실행한다는 사실이다. 즉, 고유한 이야기를 '불특정다수의 독자'를 향해 열어 보여주는 것이 소설가의 작업이다. 소설가라는 직업에 대한 하루키의 자기언급이라 할 수 있다. 특히 시선을 끄는 부분이 있다.

"이야기상으로 흥미롭게 완성되어서 마지막까지 힘차게 독자를
견인해가지만 공기 번데기, 리트 피플이 무엇인가라는 문제에서
우리는 마지막까지 미스터리한 의문부호의 웅덩이 속에 남겨진 채
끝난다. 어쩌면 그것이 저자가 의도한 바일지 모르지만 그런 자세
를 '작가의 태만'이라고 받아들이는 독자가 결코 적지 않을 것이
다. 이번 처녀작에 대해서는 일단은 **괜찮다**고 할지라도 저자가 앞
으로도 오랫동안 소설가로서의 활동을 계속해갈 생각이라면, 어떤
의미심장한 것이 있는 것처럼 내보이려는 그런 자세에 대해 머지
않아 진지한 검토를 요구받게 될지 모른다."라고 한 비평가는 말
을 맺고 있었다.

 덴고는 그것을 읽고 의아했다. 만일 작가가 "이야기상으로는 흥
미롭게 완성되어서 마지막까지 힘차게 독자를 견인해간다"는 점
에서 성공했다면 어느 누구도 작가를 태만하다고 할 수는 없지 않
은가? (② p.123)

'한 비평가'의 《공기 번데기》평을 지문을 통해 슬며시 비판하
는 부분이다. 무엇보다 이 '비평가'는 보통 '작가'라고 써야 할
부분을 '저자'라고 두 군데에서 언급하고 있는 점에서 거의 아마
추어일 것이다. 프로 비평가라면 '저자가 앞으로도 오랫동안 소
설가로서의 활동을 계속해갈 생각이라면'과 같은 문장은 절대로

쓰지 않는다. 아마추어 냄새가 나는 글을 쓰는 '비평가'를 등장시켜서 그것을 비판하려는 것이 이 문맥의 취지일 것이다.

주목하고 싶은 점은 거의 아마추어적인 '비평가'의 '태만'과 비슷한 비판을, 이제까지 하루키 자신이 받아왔다는 점이다. 예를 들면 《세계의 끝과 하드보일드 원더랜드》의 '야미쿠로' 같은 존재는 독자를 '마지막까지 미스터리한 의문부호의 웅덩이 속에 남겨' 놓는 점에서 《1Q84》의 '리틀 피플'과 무척 닮은 존재다. '야미쿠로'를 이해할 수 없다고 아무리 '비평가'에게 비판받더라도 하루키는 《1Q84》에 '리틀 피플'이라는 존재를 이식시켰다.

다음의 인용은 덴고의 이야기론이다.

이야기의 역할은 크게 잡고 말하자면 하나의 문제를 다른 형태로 치환하는 것이다. 그 이동의 질이나 방향성에 따라 해답의 존재방식이 이야기를 따라 암시된다. 덴고는 그 암시를 손에 들고 현실의 세계로 돌아온다. 그것은 이해할 수 없는 주문이 쓰여진 종이조각 같다. 때로는 정합성整合性이 결여되었으며 금세 실제적인 도움을 줄 수도 없다. 하지만 그것은 가능성을 품고 있다. 언젠가 자신이 그 주문을 풀 수 있을지 모른다. 그런 가능성이 그의 마음을 저 깊은 곳에서 촉촉이 덥혀준다. (① p.318)

무라카미 하루키는 소설에서는 직접적인 '대답'을 내놓지 않는 작가인 것 같다. 그것은 작가로서 실로 정당한 자세다.

'리틀 피플'이란 누굴까?

작가가 '대답'을 내놓지 않더라도 독자에게는 '대답'을 상정할 자유가 있다. 그것이 바로 독자의 즐거움이다. 예를 들면 '리틀 피플'은 '일곱 난쟁이'를 근거로 하고 있는 듯한데(② p.474), 그들은 누구일까?

《1Q84》에서는 당연하다는 듯 조지 오웰의 《1984년》을 언급한다. 에비스노가 덴고에게 하는 말을 빌어서다. "조지 오웰은 《1984년》에서 자네도 알다시피 빅 브라더라는 독재자를 등장시켰지. 물론 스탈린주의를 우화화한 것"이라고 한다. 그러나 현대는 독재자가 빤히 보이는 시대라서 "이 현실 세계에 이제 빅 브라더가 등장할 막[*]은 없다" **"그 대신 리틀 피플이라는 존재가 등장했다"**[강조점 논자]고 한다.

그렇다면 민주주의 체제에서 '리틀 피플'은 이야기상으로는 '수수께끼의 존재'로서 기능하지만 독자의 독해에서는 '대중'＝우리들의 '집단적 무의식'[융]이 '우화화된 것'으로 밖에는 이해할 수 없다. 예술이란 '대중'의 무의식에 작용하려는 활동이라는

것은 문학이론의 상식이라 할 수 있는데, 그런 의미에서 덴고가
'리틀 피플적인 것' ^{강조 원문}이라고 바꿔 말하는 것은 상징적이다.
'예루살렘상' 수상 연설에서 하루키는 이렇게 끝을 맺는다.

우리들 한 사람 한 사람에게는 선연하게 존재하는 정신이 깃들어
있습니다. 시스템에는 그러한 것이 없습니다. 우리는 시스템에 의
해 착취되어서는 안 됩니다. 시스템을 제멋대로 내달리게 해서는
안 됩니다. 시스템이 우리를 만든 것이 아닙니다. 우리가 시스템을
만들었습니다."(하라가 마키코^{原賀眞紀子} 번역, 《주간 아사히》 2009년
3월 6호)

이런 표현을 보면, 즉각 요시모토 다카아키(p.30 역주1 참조)의
〈공동환상과 개별 환상은 대립한다〉^(공동환상론)는 테제가 떠오른다.
요시모토 다카아키는 그것이 '국가' 라는 시스템과 '개인' 사이
의 숙명이라고 했다. 그에 비하면 하루키의 연설은 너무 순진하
다고 해야겠지만, 이스라엘의 가자지구 폭격이라는 상황에서는
이렇게 간단히 표현할 수밖에 없었을 것이다. 그렇다해도 하루
키의 연설 끝부분이 순환논법에 빠져 있다는 점은 피해갈 수 없
다. "우리가 만든 시스템은 불가피하게 우리들을 착취한다"라
는 대목 말이다. 시스템에 대해 '우리' 가 절대적인 주체가 될 수

없는 이상, 이 순환논법에서 달아날 수가 없다. 사실 '이스라엘'이라는 인공적인 '국가'도 대부분의 '우리'가 원했기 때문에 지금도 시스템으로 계속 유지되고 있기 때문이다.

푸코 이후의 권력론에서는 거대 권력장치인 국가와 개인의 대립은 바야흐로 '빅 브라더'와 개인 간의 촌극 같은 대립일 수밖에 없다. 푸코는 개인이 주체화되는 것은 권력을 내면화하는 것에 다름 아니라는 사실을 밝혔다. 즉 민주주의라는 시스템에서는 **리틀 피플적인 것**이 권력이다. 그런 의미에서 《1Q84》는 '포스트=예루살렘상 수상 연설'이라 할 수 있다.

《1Q84》는 하루키로서는 드물게 삼인칭소설 형식을 채용한 때문일까? 이제까지와는 거의 쓰지 않았던 기묘한 '주'가 상당수 삽입되어 있다. 예를 들면 이런 형태로 말이다.

아오마메는 또 한 잔의 진 토닉과 스틱 야채를 주문한 후(그녀는 아직 저녁을 먹지 않았다) 계속 책을 읽었다. (①, p.103)

이런 '주'는 '만주철도^{남만주철도주식회사}'라는 극히 짧은 것을 제외하더라도, 잘못 헤아리지 않았다면 전부 14군데에 퍼져있다. 그 내용을 지문 속에 자연스럽게 넣는 것은 결코 어렵지 않았을 것이다. 인용문도 예를 들면 "아오마메는 또 한 잔의 진 토닉, 그리고 아직 저녁을 먹지 않았기에 스틱 야채를 주문한 후 계속 책을 읽었다”라고 하면 될 상황이었다. ‘주’를 사용하면 지문의 화자보다 한 단계 높은 화자가 지문의 화자조차 알지 못하는 바를 독자에게 전해주는 느낌이 발생한다.

그렇다면 왜 이런 무리를 했을까? 그것은 소설 텍스트 안에서 독자의 위치를 명확히 하고 싶었기 때문이 아닐까? 독자가 소설 텍스트 안에서 자신의 위치를 의식하는 특별한 순간은 알지 못했던 일이 분명히 제시될 때다. 그럼으로써 독자는 항상 알지 못 하는 위치에서 소설 텍스트를 읽을 수밖에 없다는 점을 인지하게 된다.

특히 독자는 소설 텍스트의 ‘공백’의 ‘존재’를 인지하게 된다. 그럼으로써 독자는 그 ‘공백’을 읽으려고 다음을 서두른다. 《1Q84》의 독자는 한 단계 위의 화자로부터 14번이나 ‘너는 모른다’라는 속삭임을 들은 것이다. 그것은 독자의 무지를 지적한 것이며 ‘공백’으로의 유혹이기도 하다. 그렇게 보면 ‘리더’는 ‘리틀 피플’이 자신이 죽은 후의 ‘공백’을 무엇보다 두려워한다는 말을 했었다. 마치 곡예를 부리는 듯 아슬아슬한 논지 전개라는 점에 양해를 구하고 굳이 표현한다면 결국 ‘리틀 피플’은 ‘우리들’인 것이다.

무척 평범한 결론이다. 그러나 현시점에서 《1Q84》의 독자는 일단 결론으로서 이를 받아들일 수밖에 없다. 게다가 '공백'을 읽으려고 서두른 독자는 '리틀 피플'이 활약하기를 바랐던 건 아닐까? **활약할 것**이라는 표현이 너무 강하다면 **활동할 것**이라고 바꿔 말해도 좋다. 독자가 소설을 읽으면서 갖게 되는 기대와 현실의 일상적인 기대는 전혀 다르지 않다. 만약 다르다면 최소한 '우리들' 독자는 '공백'을 읽기 위해 서두르지는 않았을 것이다. 그리고 《1Q84》 최대의 '공백'은 '리틀 피플'의 정체이다. 결국 '우리들'은 자신의 그림자를 쫓아 다음 이야기를 향해 서둘러 갔던 것이다.

'옳은' 것에 대한 무라카미 하루키적 방향전환

《1Q84》에는 또 한 가지의 현저한 특징이 있다. 그것은 '옳다'라는 단어가 많이 사용되며 그 사용방식이 이제까지의 하루키 소설과는 다르다는 점이다. 예를 들면 이렇게 쓰여지고 있다.

노부인은 가볍게 기침을 했다. "제 말 들으세요. 어떻게든 이것만은 기억해줘요. 우리들은 완벽하게 옳은 일을 했어요. 우리들이 그 남자가 범한 죄를 벌하고 앞으로 일어날 일을 막은 겁니다. 더 이상의 희생자가 나오는 걸 저지한 거죠. 무엇 하나 마음에 둘 필요

는 없어요." (② pp.362-363)

이제까지 하루키의 소설에서 '옳다'라는 단어는 섹스와 대단히 강한 친화성을 가지고 있었다. 그리고 부정사와 함께 사용되는 경우가 많았다. 더욱이 사용빈도는 높지 않았고 신중하게 쓰였다. 전형적인 예를 들어보자.

그날 밤 나는 나오코와 잤다. 그렇게 하는 것이 옳았는지 아닌지 나는 알 수가 없다. ^{〈노르웨이의 숲〉}

《1Q84》에서는 '옳다'라는 단어가 잘못 헤아리지 않았다면 전부 14번이나 사용된다('잘못 헤아리다'라는 의미의 단어도 두 번 나왔다). 그리고 대부분이 '노부인'에 의해 앞의 인용문과 같은 의미로 사용된다(그 다음으로 많은 경우는 덴고가 고마쓰의 계획에 대해 회의를 표명할 때다). 그러나 이 '노부인'은 과연 '옳은' 것일까? 그녀가 말하는 '옳은' 것을 위해 아오마메는 '분명' 자살을 하게 된다. 반복하면, 그래도 '노부인'은 '옳았던' 것일까? 《1Q84》는 이제까지 하루키 소설이 신중히 여겼던 '옳다'라는 단어를 여러 번, 더구나 반어적으로 사용하고 있다. 여기에서 하루키의 방향 전환의 일단을 볼 수 있다.

언제부터인지 하루키는 언제 끝날지도 모르는 '거대한 이야기'를 계속 써오고 있는 것 같다. 그것을 가능케 한 것은 무라카미 하루키의 자기신화화다. 하루키는 이전의 소설을 새로운 소설의 신화=프레텍스트pre-text처럼 기능하도록 하며, 이전에 사용했던 몇 가지 부분을 '인용'하면서 새로운 이야기를 써나가는 작가다. 예를 들면 새로운 직소 퍼즐을 조립할 때 이전에 썼던 피스를 몇 개 섞어 넣어두는 느낌이라고 할까? 그 피스를 본 기억이 있는 독자는 이전 소설 전체를 중첩시켜서 새로운 소설을 읽는다. 그것이 여기서 말하는 '인용'의 의미다.

작품을 예로 들면, 《1Q84》는 《태엽감는 새》를 상당히 변형한 속편이라고 할 수 있다. 《태엽감는 새》의 노몬한 사건과 《1Q84》의 만주는 거의 연결되어 있다. 《1Q84》에서 재단법인 '신일본학술예술진흥회'에서 보낸 대리인 역할을 하는 전무이사 우시카와는 《태엽감는 새》에서 와타야 노보루綿谷昇의 비서와 동일한 이름을 갖고 동일한 역할을 한다는 점을 누구나 알 수 있다. 또한 《1Q84》에서 아오마메를 서포트하는 다마루タマル는 《태엽감는 새》의 '나'를 서포트하는 가노 그레타加納クレタ와 가노 마루타マルタ의 환생일 것이다. 특히 한자가 아닌 일본글자로 표기된 '다마루'는 '마루타'의 철자바꾸기anagram라 할 수 있다.일본의 고유 문자 중 하나

인 가타카나로 표기된 두 인물의 이름은 각각 다마루(タマル)와 마루타(マルタ)이며, 이는 맨 앞에 있는 'タ'가 맨

뒤로 간 형국이다. 그러나 일본음의 한국어 표기법상, [ta]음이 단어의 첫머리에 올 경우에는 '다'로 표기되는 원칙에 따라 각각 '다마루'와 '마루타'가 된 것이다 -역주 덧붙여 《1Q84》에는 '소니와 세어'라는 말이 몇 번 나오는데, 이 단어가 내게는 자꾸 언어학자 '소쉬르'로 보인다. 만년의 소쉬르가 애너그램anagram, 문자의 순서를 바꾸어 다른 단어나 문장을 만드는 놀이 연구에 빠져 있었다는 사실은 잘 알려진 이야기다.

결국 이 '거대한 이야기'는 끝나지 않는다. 이어지는 이야기가 《1Q84》의 'BOOK3'로 쓰여질 것인지("그리고 방아쇠에 건 손가락에 힘을 주었다"로 끝나는 아오마메의 '자살'은 성공하지 않았을지도 모르고 "아오마메를 찾자, 덴고는 다시 마음을 굳혔다. 무슨 일이 있건, 그곳이 어떤 세계이건, 그녀가 가령 누구이건"이라는 맺음방식을 보면 덴고가 '저쪽'에 갈지도 모른다) 그렇지 않으면 《1Q84》를 상당히 변형한 속편 형식의 새로운 제목을 가진 소설로 쓰여질지 아직 알 수 없다. 그렇기에 '대답'은 영원히 연기될 것이다.

*

이런 이유로 몇 가지 의미에서 《1Q84》는 현시점에서는 '취급주의'다.

삶에 대한 모멸,
반복되는 '죽음의 이야기'

이 소설은 문학적으로 잘못되어 있다

사사키 아타루(佐佐木中) : 1973년생. 철학가, 이론종교학가. 저서로 《야전(夜戰)과 영원: 푸코 · 라캉 · 르장드르》 등이 있다.

이 소설은 **잘못되어** 있다. 픽션에 '옳고 그름'이 문제가 되는가 라는 당연한 의문이 있을 거라 생각한다. 하지만 그런 의문 이전에 이 소설은 **결정적으로 잘못되어** 있는 소설이다. 왜 그럴까?

무라카미 하루키는 이전에 옴진리교 사건을 접하고 큰 충격을 받았다고 했다. 또한 옴진리교 교주인 아사하라 쇼코가 전했던 강력한 이야기에 저항할 수 있는 이야기, 원리주의적인 컬트 집단이 전해주는 이야기에 대항하는 이야기를 만들어내야 한다며, 그것이 자신과 같은 소설가의 책무라고 했다. 진지한 발언이며 올바른 자세라고 생각한다. 여기에 이견은 없을 것이다.

우선 이 점을 확인하고 들어가자. 소설에 나오는 '선구' 처럼 신좌익 붕괴 이후 출현한 사이비교단에 공통된, 특히 옴진리교에서 전형적인 형태로 발언되는 언설이 있다. ‘바르드의 인도’라는 세뇌 비디오에서 아사하라 쇼코의 말, “너는 죽는다, 반드시 죽는다, 절대로 죽는다. 죽음은 절대로 피할 수 없다”는 언설이다. **‘어차피’** 죽는 것이기 **‘때문에’** 어떻게든 해야 한다는 ‘죽음의 공포’를 부추겨서 행동으로 몰아세우는 이야기다. 더구나 죽음의 위협을 받으며 행하는 ‘어떤 것’도 사실 ‘죽음’ ‘절멸’과 표리일체인 구제를 위해 존재한다. 어떤 행동을 하더라도 죽음과 절멸인 것이다. 본래 종말론은 이 세계에 끝이 있다는 사고방식이기에 자신이 살아 있는 동안 종말이 찾아오지 않는다 해도 종말론이라 이름한다. 하지만 옴진리교적인 종말론은 자신이 살아 있는 동안 종말이 오기를 바란다. 그들의 논리 근저에 흐르는 것은 “어차피 죽는 것이기 때문에 지금 죽고 싶다. 그리고 내 죽음과 이 세계 전체의 절대적인 죽음, 즉 멸망을 일치시키고 싶다”는 기묘한 욕망이다. 자신의 죽음과 세계의 죽음이 일치되고 ‘모든 것’의 종말이 ‘하나’가 된다는 꿈같은 절대적인 향락의 순간, 그것이 누구나 바라는 종말의 순간이라고 한다.

죽음으로, 죽음의 공포를 선동함으로써 죽음으로 더 나아가는, 그리고 스스로의 죽음과 세계의 멸망이 일치하는 절대적 순간으로 이동한다. 이것은 나치적인 언설이다. 토마스 만은 일찌기 이런 명언을 남겼다. "나치스의 본질이란 전쟁을 위한 전쟁, 스스로가 내포된 죽음과 멸망을 위한 전쟁이다"라고 말이다. 푸코를 비롯한 여러 사람들도 나치스는 결국 '자살'을 그 목적으로 한다고 했다. 더구나 세계와 함께 스스로를 죽음에 이르게 하는 것이다. 히틀러는 텔레그램71호에서 이 세계 다른 모든 민족을 멸망시킴과 동시에 "독일인의 생존조건을 파괴하라"고 명령한다. "내 죽음의 순간이 모든 타자, 모든 세계의 죽음, 즉 멸망의 순간과 일치한다"는 명제를 '절대적 향락'으로 꿈꾸고 있었다. 이 죽음의 이야기, 죽음을 선동하는 이야기, 그리고 모든 죽음이 일치하는 순간으로 가는 이야기, 이것이야말로 무라카미 하루키가 대항해야 하는 이야기의 전모다.

무라카미 하루키는 옴진리교적인 이야기에 대항할 것이라고 확실히 말했다. 그러므로 이 죽음의 이야기에 대항해야 한다. 그렇다면 《1Q84》는 과연 그런 소설인가? **그렇지 않다.** 완전히 거꾸로다. 이 '죽음의 이야기'는 반복된, 그리고 강화된 죽음의 이야기가 되어 버렸다.

주인공 중 하나인 아오마메라는 여성이 있다. 그녀는 자신의 삶과 이 세계의 생을 모멸하며, 반대로 그것을 해소해 줄 죽음과 멸망을 사랑하며 그 속에 빠져 있다. 어느 노부인이 이끄는 단체에 속해서 아오마메는 살인을 한다. 이 단체는 강간이나 가정폭력의 피해자인 여성을 보호하는 한편, 그 행위자인 남자를 차례로 죽여 간다. 아오마메는 그 집행자로서 사람들을 죽인다. 아이스픽이라는 지극히 남근적인^{팔루스, phallus} 무기로 남성을 살해하는 팔루스 사냥을 한다. 그리고 아오마메는 이따금 롯폰기 등지의 바에서 남자 사냥을 한다. 그 파트너가 된 아유미라는 경찰도 권총을 무척 좋아한다. 따분하고 평범한 '팰릭 걸'^{서구의 터프한 전사적인 여성들에 반해 일본의 세일러 문을 비롯한 전투미소녀를 구별하여 전자를 팰릭(Phallic) 마더, 후자를 팰릭 걸이라 한다. 팰릭은 '팔루스=페니스를 가진'이라는 의미로 일종의 완전성을 상징한다 -역주}들의 이야기다. 그 자체는 그냥 괜찮다고 해두자. 하지만 '피로 범벅된 팔루스적인 여성들에 의한 팔루스 사냥'에 대해 두 사람은 이런 이야기를 나눈다.

"그치만 아오마메 씨 (……) 이 세상은 이치도 안 통하고 친절한 마음도 부족한 것 같아" / "하지만 이제 와선 교환도 안 되지" / "반품유효기간은 벌써 지나버렸고" / "영수증도 내다버렸어" / "그래도 뭐 상관없잖아. 이런 세상 따위 눈 깜짝 할 사이에 끝나버린다구" 아오마메가 말했다. "그거 정말 재미있을 것 같다" / "그리고 왕국이 우리에게 찾아오는 거야" / "아, 어떻게 기다려" 아유미가 말했다.

이런 내용은 두 번 반복된다. 아오마메는 종말과 죽음에 빠져 있다. 그녀는 항상 말끝에 '죽고 싶다'고 하며 무척 강하게 '삶'을 모멸한다. 1980년대에 경제적으로 풍요로운 사회를 향수하며 무엇 하나 부족함이 없는데도 자신의 인생을 '의미 없고 역겨운, 남겨진 찌꺼기 같다'고 한다. 노부인의 의뢰로 '선구'의 리더를 살해해야 하는 힘든 임무 앞에서도 이렇게 말한다. "내겐 잃을 게 아무 것도 없어요. 일도 이름도 도쿄에서의 지금 생활도, 내게는 별반 의미가 없는 것들이에요"라고 말이다. 공허하고 역겨운 삶에 대한 묘사는 그 밖에도 모습을 드러낸다.

아오마메는 삶을 경멸하고 죽음에 경도되어 있으며 종말을 동경하고 팔루스적인 흉기로 팔루스를 가진 남성을 살해하고, 그러다 지치면 팔루스를 사냥하며 시간을 보낸다. 아유미는 마음속에 '결락'을 안고 있다고 묘사된다. 그 결락을 메우기 위해 죽음과 팔루스를 원하는 것이다. 그러나 아오마메에게는 하나의 구원이 존재한다. 아유미와 달리 자신 속에는 결락이 아닌 '사랑'이 있다고 말한다. 다시 말해서, 열 살 때에 종교단체에 속해 있다는 사실로 따돌림을 당했던 자신을 감싸 준, 또 하나의 주인공 덴고에 대한 20년 동안의 사랑이 있다고 한다.

삶의 모멸과 죽음과 종말에 대한 갈망, 그리고 팔루스 향락에 덧칠된 아오마메를 그 세계에서 구제해 줄 유일한 것은 덴고에 대한 사랑이다. 죽음과 종말 이야기의 탈출구로서 그녀는 이미 사랑을, 사랑 이야기를 지니고 있었다고 말한다. 그렇지만 덴고에·대한 사랑을 이야기할 때 아오마메는 항상 죽음을 말한다. 그에게 안기면 "그 자리에서 당장 죽어도 상관없어, 정말"이라고 한다. 어쩌다가 그를 만나게 되면 "어쩌면 그를 죽이고 싶은 생각이 들지도 몰라. 헤클러&코흐로 그를 우선 쏴 죽인 후에 내 뇌수를 쏴서 뚫어버릴 지 몰라" "하지만 대신 그를 위해 죽을 수 있어. 그걸로 됐어. 난 웃으면서 죽을 수 있어"라고 말이다. 그녀의 내부에서 덴고에 대한 사랑은 결정적으로 죽음과 결부되어 있다. 다른 예를 들어보자. 《1Q84》는 이야기가 전개됨으로써 다른 현실이 창조되는 테마로 일관되어 있는데, 《1Q84》라는 세계를 만들어냈다고 여겨지는 〈공기 번데기〉라는 소설이 존재한다. 그것은 덴고가 후카에리의 원고를 철저하게 리라이팅해서 태어난 소설이다. 그 소설을 아오마메가 읽는 장면이 나온다. 그 소설 바로 그 장면에서 아오마메는 이렇게 말한다. "자신이 덴고가 만들어낸 이야기 속에 있다, 그의 몸속에 있다, 그의 체온으로 감싸여, 그의 심장박동에 이끌리고 있다, 그건 분명 그의 문체일 것이다. 얼마나 멋진 일인가"— 바로 뒤에는 이렇게 이어진다. **"이것이 왕국이야**, 그녀는 생각한다. 나는 죽을 준비가 되었어. 언제라도."

결국 아오마메의 덴고에 대한 사랑이란 죽음이다. 아오마메의 이야기는 한없이 피로 얼룩져 죽음과 팔루스로 갇혀 버린다. '무거운' 것과 '가벼운' 것을 굳이 병렬해서 보여주려는 하루키 특유의 아이러니컬한 표현이 이 작품 속에도 나타난다. 아오마메는 '가정내 폭력을 휘두르는 비열한 남자들'과 '편협한 정신을 가진 종교적 원리주의자들과 똑같을 만큼' '이 세상에서 가장 혐오스러운 것'으로 '변비'를 든다. 아오마메는 가정내 폭력을 휘두르는 비열한 남자들을 살해하고 종교적 원리주의에 대항하기 위해 사람을 죽인다. 그렇다면 변비 때문에도 사람을 죽일 수 있다는 말이 된다. 하루키적인 아이러니는 이 지점에서는 전혀 효과가 없다. 재미있지도 않고 감흥도 없다. 또한 하루키는 아오마메의 입을 빌어 팔루스로의 직접적인 폭력이 '세계의 종말'이라고 한다. 가벼운 농담일지 모르지만 지극히 썰렁하기만 하다. 아오마메의 사랑 이야기는 사실 죽음과 팔루스와 종말만으로 이루어져 있다는 증거로서만 유효할 뿐이다.

다짐해두지만, 결코 등장인물의 행동이 윤리적으로 잘못되었다는 이야기를 하는 것이 아니다. 아오마메의 행동이나 사상이 정치적으로 이상하다는 이야기를 해봤자 아무 소용없다. 이 소설은 정치적이나 윤리적으로 잘못되어 있는 것이 아니다. **문학적으로 잘못되어 있다.** 무라카미 하루키는 아사하라 쇼코적인 죽음의 이야기에 대항하기 위해 이야기를 만든다고 스스로 말했다.

그러나 이제까지의 아오마메 이야기에는 어떤 저항도 없었을 뿐
아니라 옴진리교의 죽음의 이야기를 강화시키기까지 했다.

이제 덴고의 이야기로 화제를 돌려보자. 한 마디로 말하면 이
렇다. 주인공이며 아오마메를 구제해 줄 사랑의 대상인 덴고가
하는 일은 '선구'의 리더가 하는 일과 완전히 동일하다. 아오마
메는 '선구'의 리더를 살해하러 갔다. 하지만 그에 대한 기묘한
공감이 싹튼다. "당신을 살해하지 않아도 될 1984년이 존재할
지 모른다"고 말해버릴 정도로 말이다. 실제로 후카에리의 아버
지이기도 한 리더는 아오마메의 덴고에 대한 사랑도, 어느 시점
에 갈라져 나온 '1Q84'년의 세계에 있다는 사실을 아오마메가
깨닫고 있다는 사실도 모두 알고 있었다. 아오마메가 '선구'의
리더를 죽이러 간 것은 그가 자신의 딸인 후카에리를 포함한 교
단의 나이 어린 소녀들을 강간했기 때문이지만, 실제로 그의 말
을 들어보면 후카에리를 비롯한 소녀들은 '공기 번데기'에 의
해 만들어진 복제품이었다. 더구나 그의 행위는 강간이 아닌
'다의적인 교접'이며 그럼으로써 마치 신의 목소리를 듣는 것
처럼 '리틀 피플'의 목소리를 듣는다고 했다. 이것은 '퍼시버<sup>지각
자</sup>'인 소녀들과 '리시버^{수신자}'인 리더의 교접에 의해 이루어지며
수신된 목소리로 이야기를 만들어가는 것이다. 그런데 덴고도
그와 동일한 행동을 한다. 후카에리라는 퍼시버와 덴고는 그야

말로 교접을 했다. 리라이팅이라는 의미에서도, 그리고 육체적으로도 말이다. 그럼으로써 현실 세계 그 자체를 생성해내는 이야기를 만든다는 점도 동일하다. 분명 ‘리틀 피플’이 만들어낸 ‘공기 번데기’에 의해 후카에리의 실체인 ‘마더’와 그 복제품인 ‘도터’는 분열하며, 전자는 덴고와 후자는 아버지인 리더와 ‘교접’하는 것이다. 하지만 후카에리 자신이 “나는 어디에선가 도터와 바뀌어버린 건 아닐까”라며 자신과 도터의 차이가 부정확하다는 사실을 말한다. 그러므로 ‘동일’하다.

‘동일’한 행동을 한다는 말은 ‘교접’에서도 마찬가지다. 리더는 자신의 딸의 도터을 강간한다, 즉 ‘교접한다’. 요컨대 이는 근친상간이다. 이 때 그는 리틀 피플의 의지에 “거역할 수 없었다” “내가 그것을 원한 게 아니다”라며 수동성을 강조할 따름이다. 마찬가지로 후카에리와 ‘교접하는’ 장면에서 덴고는 ‘심한 무력감’ ‘자신의 의사로……컨트롤할 수 없다’고 말하며 ‘모든 것은 그의 손이 닿지 않는 곳에서 이루어지고 있었다’ ‘신체는 완전히 마비되었고 손가락 하나 움직일 수 없었다’고 묘사된다. 아오마메도 어릴 적부터 가입되어 있던 ‘증인회’로 인해 어쩔 수 없이 인생을 그렇게 보내는 것으로 묘사되어 있다. 결국 이곳에서는 모두가 피해자다. 무라카미 하루키는 옛날에 자신이 가해자가 되는 상황에 공포를 느낀다고 했었다. 이 소설에서는 모든 가해자 전원이 다 자신을 피해자라고 생각한다. 수동적이었다, 어쩔 수 없었다고 진술한다. 모두 '시스템'에 종속된 '계란하루키의 예루살렘상 수상식에서의 연설 '높고 단단한 벽과 그에 부딪쳐 깨지는 계란이 있다면 나는 언제나 계란 쪽'을 빗대어 표현한 것'이다. 그 계란이 강간을 하고 사람을 죽이는 데도 말이다.

자네가 죽으면 덴고는 구제된다는 리더의 말을 믿고 아오마메는 마지막에 자살을 한다(자살미수일 가능성도 남아 있지만). 사랑 때문에 하는 자살이다. 무라카미 하루키는 '죽음의 이야기'를 사랑 이야기 내지는 사랑을 상실한 이야기로 대항할 수 있을 거라 생각했을지 모른다. 하지만 그건 어디까지나 유한성의 이야기, **'어차피** 당신은 유한하다, **때문에'**라는 위협의 이야기다. 더구나 앞에서 서술한대로 아오마메의 사랑은 죽음 그 자체다. 그 사랑의 대상인 덴고는 리더와 완전히 동일한 행동을 한다 — 결국 그 지점에서 중요한 시선이 드러난다. 《1Q84》의 세계, 달이 두 개 떠 있는 세계는 덴고와 후카에리가 만들어낸 이야기에 의해 창조된 것처럼 묘사되어 있다. 앞에 나왔던 에피그램epigram: 경구, 또는 짧은 풍자시 -역주이 말하는 것처럼 "이곳은 보여지기 위한 세계, 모든 것이 다 만들어진 것, 하지만 나를 믿으면 모든 것이 진짜가 된다" 이야기를 들려주면 그것이 현실을 만들어낸다. 그야말로 아사하라 쇼코의 말이 현실로 나타나 사람을 죽인 것처럼 말이다. 그리고 실제로 덴고와 후카에리가 만들어낸 이야기에 의해 만들어진 《1Q84》속 '현실'의 '진짜' 세계도 결국 공포와 죽음의 세계이며 죽이거나 살해당하며 죽음을 열망하고 종말을 갈망하는 것이다. 결국 덴고의 이야기도 '죽음의 이야기'이며 아사하라의 이야기와 전혀 다르지 않다. 조금만 더 부언해보자. 무라카미 하루키 자신은 '죽음의 이야기'를 정확하게 반복하고 강화한 소설을 '들려주고' 그것을 전 세계에 산포함으로써 어떤 현실을 만들어내려는 것일까? 거칠게 표현한다면, 하루키가 하는 행동은 아사하라 쇼코의 행동과 다르지 않다. 덴고가 하는 행동이 리더와 다르지 않은 것처럼 말이다. 몇 번이라도 반복할 수 있다. 이 소설은 윤리적 정치적으로 틀렸다고 말하려는 것이 아니다. 이야기를 들려줌으로써 현실을 만들어낸다는 '문학' 전쟁에서 스스로 대항하겠다고 확언했던 죽음의 이야기를 반복 강화했다는 의미에서 이 소설은 **문학적으로 완전히 잘못되어 있다.**

무릇 이야기로써 이야기와 싸울 수 있는가, 그것은 20세기 문학의 유산을 무시하는 행동이 아닌가. 하고 싶은 말은 아직 많지만 이쯤에서 자중하겠다. 그런데 이 소설은 구성상 BOOK3를 쓸 수 있도록 되어 있다. 하루키 스스로도 그 다음을 쓸 것인지 곰곰이 생각중이라는 말을 들었다. BOOK3는 나올 것이다.

무라카미 하루키는 아사하라 쇼코에게 대항하는 이야기를 만들어낼 것이라고 단언한 이상, 이 소설을 이렇게 끝맺어서는 안 된다. 그것은 소설가로서 그의 의무다. 무라카미 하루키라는 세계적 작가가 이런 사실을 모를 리가 없다. 그가 다음 권에서 내 모든 의혹을 불식시키고 아사하라적·원리주의적·나치스적인 죽음의 이야기를 전복시킬 수 있는 진정한 소설을 완성시킬 것이라 믿는다. 그 완성을 바라 마지않는 바다.

005

디스렉시아 무녀는
길랴크인의 꿈을 꾼다?

사이토 다마키(齋藤環) **:** 1961년생. 정신과의사. 저서로 《박사의 기묘한 사춘기》 《심리학화되는 사회》 《 '문학' 의 정신분석》 등이 있다.

아버지의 쇠약과 시스템의 양의성

《1Q84》의 소설세계는 지극히 다면적인 이해가 가능하다. 그곳에는 양의적, 혹은 다의적인 대립이 존재하며, 또한 과잉이라고 할 정도의 다양한 상징적 세부로 가득 차 있다. 예를 들면 덴고의 출생=발작, 또는 아오마메의 비대칭적인 유방, 두 개의 달 등 어느 각도에서 파악하는가에 따라 복수의 닮은꼴들을 대립시킬 수 있다.

왜소한 존재로 어디에나 산재하는 '리틀 피플' 은 《1984년》의 '빅 브라더' 와의 대비라는 점에서 무라카미 하루키가 말하는 '시스템' 의 은유라는 사실은 거의 틀림없다. 강력한 감시와 검열을 행사하는 부성적인 빅 브라더에 대비해 《1Q84》의 세계에서는 부성적인 것이 철저하리만치 쇠약하다.

그 쇠약함을 상징하는 것이 '두 개의 달'이다. 이 세계에는 초월적인 존재가 복수로 존재한다. 부성이란 그 단독성 내지 단일성으로 인해 상징적인 힘을 발휘하므로, 두 개 이상의 존재가 생기는 순간 상징성을 잃고 실체화되며 어쩔 수 없이 쇠약해져버릴 수밖에 없다.

리틀 피플은 '날조된 아버지'에게 빙의한다. 소녀에게 파괴적인 치욕을 가하며 절대적으로 사악한 존재로 여겨졌던, 사이비집단 '선구'의 리더는 사실, 그들의 꼭두각시에 불과했다. 또 다른 예로는 덴고의 아버지를 들 수 있다. 치매에 걸려 시설에서 여생을 보내는 '아버지'의 침상에 '공기 번데기'가 나타난다. 그 출현은 덴고에게 희망을 가져다주지만, 만일 이 장면의 번데기 출현에도 리틀 피플이 관여되어 있다면 그들의 존재는 양의적인 것이다.

그 양의성은 분명 '시스템' 그 자체의 양의성과 중첩된다.

이쯤에서 무라카미 하루키의 예루살렘상 수상 연설을 상기시켜 보자.

"우리들은 모두 정도의 차이는 있을지라도 높고 견고한 벽에 직면해 있습니다. 그 벽의 이름은 '시스템'입니다. '시스템'은 우리들을 지켜주는 존재라고 생각되지만, 때로는 자기증식하여 우리들을 죽이고 나아가 우리들로 하여금 타자를 냉혹하고도 효과적, 조직적으로 죽이도록 합니다."

여기에서 자명한 사실인 것처럼 거론되는 '시스템'은 과연 무엇일까?

우리는 즉각 인터넷을 연상할 것이다. 그 다음에 떠오르는 것은 이동감시 시스템이나 감시카메라 등의 치안 시스템일지 모른다. 또는 의료나 교육, 법률 등의 '제도'일지 모른다. 적어도 확실한 점은 '시스템'은 정치가의 얼굴로 나타나지는 않는다는 사실이다. 정치가는커녕 본래 인간의 얼굴을 지니고 있지 않다(그러므로 시스템은 아바타로서의 '캐릭터'를 요청한다). 분명 '시스템'이란 개인을 익명화하는 모든 관계성을 지칭하는 것 같다. 하루키가 말하는 것처럼 그러한 것을 만든 것은 우리 자신일지 모른다. 그렇지만 우리의 생활은 모두 시스템에 의존해 있으며 그런 까닭에 시스템의 지배에 만족할 수밖에 없다. 시스템에 가담하지 않는다는 것은 모든 의미에서 고립화를 선택하는 것이다. 그러므로 대부분의 사람은 시스템에 거역할 생각은 하지도 않는다. 모든 접속을 절단하고 틀어박힌다면 가능할지 모르지만 그것은 개인으로서 극히 취약한 상태에 머무르게 됨을 의미한다.

이와 같은 '시스템'은 이미 아버지라는 이름을 가지고 있지 않다.

그것은 관념이나 상징을 매개로 '우리'를 지배하는 존재가 아니다. 그것은 '쾌적함'이나 '불안'이라는 감각을 통해 신체성에 직접 호소하는 형식으로 우리를 빈틈없이 포위하고 있다. 신체성을 매개로 하는 지배는 지배되고 있다는 자각 없이 끝없이 양자관계에 접근해 갈 것이다. 그러나 이 양자관계는 '주인과 노예'라는 대립구조로부터는 한없이 멀기 때문에 투쟁은 일어나지 않는다. 개인과 시스템의 관계는 항상 상호침투적이며 그런 까닭으로 서로 의존적이기까지 하다.

예를 들면 《1Q84》에 묘사되어 있는 두 개의 '악', 즉 '가정내 폭력'과 '사이비'의 지배가 그런 형태를 지니고 있다.

확실히 양자 모두 피해자는 존재한다. 그러나 피해자는 반드시 일방적인 피해자라고는 한정할 수 없다. '아오마메'의 친구인 '오쓰카 다마키'의 예가 전형적이다.

그녀는 처음에 '데이트 폭력'의 피해자가 된다. 이윽고 그녀는 스스로 바라던 불행한 결혼생활에 들어가고 남편으로부터 끊임없는 가정내 폭력을 당하다 자살한다. 그녀가 아오마메에게 보낸 마지막 편지는 다음과 같다.

"나는 아무리 해도 이 지옥에서 벗어날 수 없어. (중략) 나는 무력감이라는 끔찍한 감옥에 갇혀 있어. 스스로 이곳에 들어와 자물쇠를 걸어 잠그고 저 멀리 열쇠를 집어 던진 거지. (중략) 가장 심각한 문제는 남편도 아니고 결혼생활도 아닌 나 자신 속에 있어. 내가 느끼는 모든 고통은 내가 받는 게 당연해. 다른 누구를 비난할 수도 없어.”

다마키의 갈등에 분명히 각인되어 있는 것처럼 가정내 폭력이나 사이비에 의한 지배는 항상 양의적이라는 사실이다. 그러한 지배는 종종 피해자 자신이 스스로 받아들인 것이라 여겨지게 되며, 그런 까닭에 피해자는 가해자 이상으로 자신을 책망하게 된다. 자신을 가두는 감옥이라는 의미에서 그 갈등은 ‘히키코모리_{방이나 집 등 특정 공간에서 나가지 않는, 은둔형 외톨이}’와 유사하다.

그렇다면 ‘사이비’는 어떨까? 사이비 피해에도 그런 양의성이 존재할까?

사이비 집단의 아이들은 분명 일방적인 피해자다. 예전의 아오마메가 그랬던 것처럼 말이다. 아오마메는 부모가 ‘증인회’ 신자라는 이유로 남들보다 힘든 어린 시절을 보내야 했다. 사이비의 지배로부터 도망치는 것은 부모와의 절연을 의미했다. 말이 나온 김에 덧붙여 보면, 하루키가 모델로 한 것이 여호와의 증인이건 야마기시회건 모두 심각한 아동학대의 온상이라는 사실은 잘 알려져 있는 바다.

그렇다면 어른이 된 아오마메는 자유를 구가하고 있을까? 유감스럽게도 그렇지 못 했다. 아오마메는 다른 사이비 집단에 들어가 버렸기 때문이다. 바로 "여성에게 폭력을 휘두르는 남성은 살해되어도 어쩔 수 없다"는 교의를 가진 사이비 집단이다.

극히 단순화해서 말하면 《1Q84》는 이러한 시스템에 대한 덴고와 아오마메 각각의 싸움을 테마로 한다. 아오마메는 그 탁월한 살인술(《1Q84》에 드물게 보이는 흠집 중 하나. 조금 더 그럴싸한 살인방법은 없었을까?)에 의해, 덴고는 자신이 가진 소설기술을 구사하여 후카에리의 이야기를 다시 고쳐 씀으로써 싸움은 성립된다. 두 사람의 싸움은 처음에 교차되지 않는 병행세계에서 이루어진다. 그들은 열 살 때의 어떤 결정적인 경험에 의해 서로에게 서로를 근거로 하는 관계를 설정하고 격렬하게 '하나가 될' 것을 희구한다. 그들의 '이루어지지 않는 조우' 야말로 이 이야기의 주요한 엔진이다.

어째서 시스템과의 싸움에 덴고와 아오마메가 선택된 것일까?

그들은 각각 커다란 결여를 지니고 있다. 덴고의 아버지는 친아버지가 아니며 그 수수께끼 같은 어머니의 기억을 떠올릴 때마다 심한 발작을 일으킨다. 아오마메의 부모는 사이비교단 '증인회' 의 신자로 그 교의에 의해 그녀의 소녀시대는 철저하게 파손되어 버렸다.

그들은 각자가 안고 있는 결여로 인해 시스템에 전면적으로 의존하거나 안주할 수 없었다. 하지만 시스템과의 싸움에서는 그 취약함이 그(그녀)들의 최대의 무기였던 것이다.

디스렉시아 무녀

덴고가 발견하고 소설의 리라이팅이라는 형식으로 협력하는 열일곱 살 소녀 '후카에리'도 역시 결락을 안고 있는 무녀다.

후카에리는 난독증디스렉시아을 가지고 있다. 그녀의 말은 우선 '아자미'가 받아 적은 후 덴고에 의해 소설로 리라이팅됨으로써 비로소 전달 가능한 형태가 된다.

문장을 쓸 수 없는 후카에리와 이야기를 만들 수 없는 덴고. 여기에서도 결여와 취약함에 의한 깊은 결합이 생성된다. 만일 덴고에게 이야기를 짓는 재능이 있다면 후카에리와의 협업 collaboration은 있을 수 없었다. 그렇다면 《1Q84》에서 후카에리의 장해는 어떤 의미를 갖는 걸까?

후카에리의 '장해'는 일반적인 디스렉시아 사례보다도 무척 상태가 안 좋은 것으로 묘사되어 있다. 디스렉시아는 문자는 읽을 수 없어도 지능은 정상이며 회화도 가능하다. 적어도 후카에리가 보여주는 일종의 언어장해(한 번에 한 문장밖에 말 할 수 없다든지)는 디스렉시아에게 전형적인 증상이라 할 수 없다. 물론 그 이외에도 아스퍼거 증후군집단에 적응하지 못해 사회적 관계 형성이 어렵고, 복잡한 주제에 집착하는 정신발달 장애 -역주 같은 발달장해 합병이 의심될 정도다.

하지만 병이 심해서 그렇게 됐는지는 모르겠지만, 그녀에게는 일종의 천재적인 능력(《헤이케 이야기平家物語》가마쿠라鎌倉 시대에 성립된 이야기로서 헤이케, 다이라(平) 씨 가문의 영화와 몰락을 그렸다. 정확한 성립연대는 알려져 있지 않으나 13세기경이라 추정되며 총 13권으로 이루어져 있다 -역주의 한 구절을 암송해 보이는 것 같은)이 부여된다. 더 나아가면 천재 이상으로, 위상이 다른 두 세계를 연결하는 무녀의 위치가 그녀에게 부여되고 있다.

후카에리도 역시 뛰어난 양의적인 존재다. 그녀는 처음에 아무것도 모른 채 리틀 피플과 선구의 리더인 아버지를 매개해 버린다. 그러나 선구에서 도망쳐 나온 후에는 리틀 피플과 대립하며 그녀 나름의 싸움을 개시한다.

후카에리는 리틀 피플을 위한 통로를 만들 수 있다. 그녀는 리틀 피플의 도움을 받아 공기 번데기를 만든다. 번데기 안에는 후카에리의 '도터'가 태어난다. 도터는 퍼시버로서, 마더는 리시버로서 기능을 분담한다. 달이 두 개인 사실도 하나가 마더이고 다른 하나가 도터임을 의미한다.

도터는 리틀 피플의 통로로서도 중요한 존재다. 그렇지만 도터를 남겨두고 선구에서 빠져나온 후카에리는 리틀 피플의 방해를 받는다. 그녀와 친한 상대는 리틀 피플에 의해 멸망해버린다.

소녀의 도터는 부친인 선구의 리더를 리시버로 바꾸었다. 선구 안에서 리틀 피플은 복수의 도터=퍼시버=무녀를 만들고, 리더는 그들 도터와 '다의적으로 교접'을 계속한다. 선구에서 도망쳐 나온 후카에리는 덴고와 함께 소설을 쓰고 '반 리틀 피플의 모멘트'를 확립하려고 한다. 즉 리틀 피플에게 대항하는 항체를 만들어서 그것을 산포하려 한다. 그것이 그녀의 전략이다.

죽음 직전에 리더는 아오마메에게 선택을 강요한다. 자신을 죽이면 덴고는 살아남는다. 왜냐하면 그들이 만든 항체가 무의미해져 버리기 때문이다. 단 그 경우에는 조직이 아오마메를 말살할 것이다. 자신을 죽이지 않으면 덴고는 리틀 피플에 의해 파괴된다. 물론 이 경우에 아오마메는 살아남는다고 말이다.

벼락천둥이 내리치던 같은 날, 후카에리는 덴고와 몸을 섞는다. 그것은 무엇을 의미하는가? 분명 그 행위=액막이는 덴고 자신을 리시버로 바꾸었다. 그렇게 함으로써 덴고는 리틀 피플에 대한 항체를 획득하고 쉽사리 파괴되지 않는 존재로 변한 것이다.

여기에서 다시 이전 질문으로 돌아가자. 후카에리는 어떤 이유로 리틀 피플에게 협력하거나 또는 싸울 수 있었을까?

모성적 지배의 위상

리틀 피플=시스템의 지배는 모성적 지배다.

그것은 부성처럼 외부로부터 우리를 억압하고 절단하는 것이 아니다. 그것은 우리 내부에 깊게 침투하여 마치 우리 자신이 그것을 바라는 것 같은 형태로 안쪽에서 우리를 지배한다.

부성적 지배는 규범=초자아의 도입에 의해 이루어지며, 그 과정은 필연적으로 '부친살해'를 요구한다. 바꿔 말하면 타자로서의 아버지를 살해하지 않고는 규범의 도입은 완결되지 않는다.

그러나 모성적 지배는 그것과 완전히 다르다. 그 과정은 어머니와의 신체적 동일화에 의해 이루어지기 때문에 '모친살해'는 거의 불가능하다. 이와 거의 동일한 의미로 우리는 시스템과 우리를 연결하는 굵은 탯줄을 절단할 수는 없다.

이러한 지배 구도는 우선 두 단계로 나누어질 것이다.

지배의 첫 단계는 '여성화'다. 시스템은 우리 존재에게 일시적인 '여성성'을 덧입힌다. 정신분석적인 용어법에 따른다면 '여성'이란 모든 기술 가능한 '본질'을 결여한 표층적=신체적 존재다. 그렇다면 다시 질문해보자. 시스템이 우리를 여성화한다는 것은 어떤 것일까?

그것은 우리가 과도하게 '커뮤니커티브communicative한 존재'가 되는 것을 의미한다.

커뮤니케이션에 있어서는 항상 본질이 아닌 신체성이 요구된다. 그래서 중요한 것은 '메시지' 보다 '연결되어 있다는 사실' 이며, '내용' 보다는 '분위기' 가 된다. 이런 종류의 접속은 '신체' 를 배제하고는 존재할 수 없다. 본질을 결여한 신체성의 전형이 '캐릭터' 다. 우리가 캐릭터화된다고 할 때 그곳에는 눈에 보이지 않는 시스템의 요구에 의해 생성되는 여성화의 계기가 내포되어 있다.

'커뮤니커티브한 캐릭터' 의 전형은 리틀 피플의 교섭대리인으로 덴고의 앞에 나타난 '우시카와' 다. 키가 작고 머리가 벗겨진, 치열이 고르지 못 한 중년의 왜소한 남자. 그 기묘한 복장은 《1Q84》 등장인물 중 어느 누구보다 정성스럽게 묘사되고 있다. 그러고 보면, 이 인물은 낯이 익다.

《태엽감는 새》에 등장하는 의원 비서 우시카와, 바로 그 사람이다. 하루키 작품 중에 가장 커뮤니커티브한 캐릭터가 뚜렷한 인물이다. 그의 존재는 작품 횡단적이라는 점에서도 캐릭터의 요소를 충분히 채우고 있다. 우시카와라는 캐릭터는 시스템과 서로 의존관계에 있다는 의미에서는 뛰어나게 상징적인 위치를 가지고 있는 것이다.

이와 같이 살펴보면 시스템과 캐릭터의 관계는 순환적이고도 상호의존적이다. 그리고 신체적 동일성으로 인해 지배형태는 모녀관계, 즉 '마더'와 '도터' 사이에서 가장 자주 발생한다. 어떤 것인지 더 알아보자.

어머니는 딸을, 주로 신체를 통해 '동일화' 함으로써 지배한다(필자의 저서 《어머니는 딸의 인생을 지배한다》 참조). 어머니는 딸에 대해 '여성답게 있기'를 강요하지만, 그것은 '스스로의 욕망=본질을 억압하여 타자에게 욕망 받을 신체를 획득하라'는 명령에 다름 아니다.

'커뮤니커티브한 신체'는 그 변주다. 그것은 커뮤니케이션에 원활하게 접속하도록 본질을 포기하고 접속에 특화된 신체=캐릭터를 획득하라는 지시에 따라 발생한다. 여기에 근본적인 분열이 잉태되며 캐릭터는 근원적인 공허감을 안게 된다.

어머니는 딸의 신체를 가정교육을 통해 지배한다. 여기에 결정적인 중요성을 가지는 것은 어머니의 말이다. 어머니로부터 계속 이구아나라는 말을 들은 딸은 자신을 이구아나로밖에 인식할 수 없는 것처럼 말이다. 그렇다. 어머니의 신체성은 어머니 자신의 말을 통해 딸에게로 전달된다. 다시 말하면 모든 딸의 신체에는 어머니의 말이 인스톨되고 채워지는 것이다. 아무리 어머니를 부정하려 해도 딸들은 항상 이미 부여된 어머니의 말대로 살아갈 수밖에 없다. 그렇기 때문에 '모친살해'는 불가능하다.

시스템 역시 어떤 종류의 언어작용을 통해 우리를 지배하려

한다. 그것은 '커뮤니커티브하게 존재하라'는 명령이다. 이 명령에 따라 한 번 캐릭터화된 우리는 오로지 환원적으로 스스로의 캐릭터를 계속 강화할 수밖에 없다. 자신의 캐릭터에서 하차한다는 건 실질적인 '죽음'을 의미하기 때문이다.

비非히스테리적 무녀

일반적으로 무녀는 빙의를 통해 미디어가 된다. 그러나 무녀의 자질로서 가장 중요한 '히스테리성'은 후카에리와 전혀 관계가 없다. 분명 《헤이케 이야기》를 암송하는 단락에서 그녀는 어떤 것에 빙의된 것처럼 보인다. 그러나 그 빙의는 무속인의 행동이나 여우로 빙의하는 것처럼 신체적=시각적 동일화에 의한 것이 아니다.

문자를 빼앗긴 후카에리는 들은 것을 그대로 기억하는, 이른바 청각적 직관과 같은 능력을 지닌다. 《고지키古事記》712년에 성립된 일본에서 가장 오래된 역사서로 전 3권으로 이루어져 있다. 히에다노 아레(稗田阿礼)가 암기하고 있던 천황기 등의 내용을 구술하고 이를 받아 적어 오노 야스마로(太安万侶) 등이 편찬한 것으로 기록되어 있다. 위서라는 설도 존재한다 ―역주를 구술한 히에다노 아레나 유카라아이누 민족에게 전해 내려오는 서사시의 총칭 ―역주를 구승한 지사토 나미知里ナミ처럼 그녀는 '이야기'에 빙의되어 있다. 후카에리의 존재는 '문자' 대 '이야기'라는 대립의 특징으로서 중요하다.

정신분석에서 '히스테리'란 다양한 신체 언어를 이용하면서 '여성이란 무엇인가'를 끊임없이 질문하는 존재다. 그런 까닭에 히스테리적인 사람은 간혹 유혹자가 되기도 한다.

히스테리적인 사람은 시스템에 의존하면서 시스템에 반항한다. 겉으로는 시스템에 반발하면서도 그(그녀)들은 스스로가 시스템 없이는 생존할 수 없는 존재라는 것을 알고 있기 때문이다. 지배를 자각하고 지배에 반발하면서도 살아남기 위해 지배에 의존하지 않을 수 없는 히스테리적인 자들이야말로 바로 우리 자신의 희화화일 수밖에 없다.

그런 의미에서 분명 후카에리는 시스템이 상징적 기능을 대신하는 현대사회에서 처음으로 명시적으로 요구된 '비 히스테리적인 무녀'다.

그녀는 훌륭한 여성적 신체를 가지고 있다. 하지만 그녀의 언어는 장해로 인해 결손을 내포하고 있다. 그녀는 개체로서는 커뮤니케이션을 잘 하지 못 하며 그녀의 이야기에 귀를 기울이기 위해서는 복수의 매개자가 필요하게 된다.

상징적인 의미에서 무엇보다 중요한 사실은 후카에리가 문자를 읽지 못 하고 의문문을 잘 구성해내지 못 한다는 점이다. 그런 연유로 그녀는 스스로의 여성성을 되물을 수 없다. 즉 그녀는 이

중 혹은 그 이상의 이유로 인해 히스테리적인 자가 될 수 없다.

이와 같은 '비 커뮤니커티브한 매개자'라는 역설에서 후카에리는 시스템의 지배를 벗어난다. 문자와 의문부호를 결여한 존재는 내성과 자기언급이 불가능하기에 시스템 하에서 재귀再歸적=서로 의존적인 자기동일성을 강요받을 수 없다. 그것은 결국 어떤 식의 증상화=캐릭터화를 벗어난다는 점을 의미한다.

고유한 문자는 고쳐 쓰여진다. 역사가 고쳐 쓰여지는 것처럼 말이다. 그러나 '이야기' 일본어에서 이야기는 '物語'라 표기된다. 이는 이야기라는 보편의 의미와 일본의 고유한 이야기 장르인 '모노가타리'(10세기 이후에 발달)의 두 가지 의미를 지닌다. 이 부분에서의 '이야기'는 모노가타리 즉, 들려주는 이야기를 포함한 포괄적인 이야기라는 개념으로 쓰이고 있다 -역주는 고쳐 쓰여질 수 없다. 어느 누구도 이야기를 들려주는 그 목소리를 막을 수 없다. 이야기에 부여된 고유한 시공간은 애초에 현실과는 다른 위상을 가짐으로써 그곳에 그대로 계속해서 존재하는 것이다. 가령 '현실'이 고쳐 쓰여진다 해도 말이다. 그렇다, '1984년'이 '1Q84년'으로 되었다고 '길랴크인'이나 '고양이 마을'이 사라지는 것은 아니다.

후카에리가 지각하고 덴고가 받아들인다. 그것은 도로로 걸어 다니지 않는 길랴크인과 그들의 존재를 기록한 체호프의 관계를 상기시킨다.

"그녀는 리틀 피플이 다니는 통로를 거슬러 올라가 그들이 찾아온 장소로 들어가려 한다. 이야기가 그녀의 탈 것이 된다. 그리고 덴고가 파트너가 되어 그 이야기의 가동을 도울 것이다. 덴고 본인은 그 때 자신이 무슨 일을 했는지 그 의미를 이해하지 못 했을 것이다. 혹은 지금도 아직 이해하지 못 할지 모른다"

후카에리의 이야기는 일종의 백신이다. 덴고에 의한 리라이팅은 항원의 독을 약화시켜 병원성이 없는 백신으로 정제하는 과정과 비슷하다. 둘이 만든 '책'은 많은 사람들에게 투여되고 사람들이 항체를 만드는 데 도움을 줄 것이다. 리틀 피플=시스템에 대항할 항체를 말이다.

이해하는 건 말로 할 수 없고 말하는 것은 이해할 수 없다는 사실. 퍼시버와 리시버, 또는 지각자와 수신자의 분업관계는 바로 이 지점에서 발생한다. 물론 그들 개체로서는 각각이 안고 있는 결손으로 인해 시스템에 대항할 수 없다. 그러나 그들의 짝짓기야말로 시스템에 외부라는 존재를 만들어 내기 위한 거의 유일한 방법이다.

개인이나 집단의 동일화를 촉구하는 이야기가 아니라 새로운 관계를 매개로 하며 또한 관계에 의해 매개되는 이야기, 그런 이야기는 성급하게 독해될 수 없다. 우선 우리 속에 기억되고 관계 속에서 반복됨으로서서 다시 거듭나는 과정을 거쳐야만 한다. 《1Q84》 또한 그런 이야기의 하나로서 쓰여지지 않았을까?

006

닮은 것은 전복시키는 것

무라카미 하루키와 《1Q84》의 투명세계

스즈무라 가즈나리(鈴村和成) : 1944년생. 문예평론가, 프랑스 문학연구가. 저서로 《무라카미 하루키 클로니클 1983-1995》 《무라카미 하루키와 고양이 이야기》, 역서로 《랭보 시집》 등이 있다.

누군가 "호호오"라고 했다. / 어쩐지 내 목소리 같았다.

– 레이먼드 챈들러 《안녕, 사랑하는 사람》무라카미 하루키 역

무라카미 하루키가 이토록 명확한 주제를 가진 소설을 쓴 적은 없었다. 주제는 바로 옴진리교를 모델로 한 원리주의적인 종교집단(신흥종교) '사이비' 집단이다.

《언더그라운드》와 《약속된 장소에서》 등 두 권에서 하루키가 옴진리교에 의한 지하철 사린사건을 리서치했다는 것은 잘 알려진 사실이다. 이 두 권은 문제작임에는 틀림없지만, 하루키다움, 이른바 무라카미에스크무라카미 하루키적인, 또는 하루키적 풍경을 의미 −역주적인

재미가 결여되었다는 원망의 시선이 있었다.

인터뷰집이기 때문에 다양한 의견이 분출되었지만, 작가 하루키의 이름으로 나오는 논집인 이상 그의 개인적인 주관에 의해 다수의 목소리가 어느 정도 하나의 목소리, 하나의 진실로 집약되어 통일되지 않을 수 없다. 많은 희생자를 낸 지하철 사린사건이라는 **사실**의 중대성 때문이겠지만 결국 평론 성격의 책이어서 하루키의 가장 귀중한 자질인 유머가 배제되었다. 그런 의미에서 이 두 권의 인터뷰집은 '고지식한' 것이 될 수밖에 없었다.

신작 《1Q84》에서 하루키는 논픽션 인터뷰집을 일대 장편소설로 전환했다. 다시 말하면, 하나 밖에 없는 진실을 복수의 허구로 탈구축했다고 볼 수 있다. 즉, 하나의 바위 같던 '옴진리교적인 것'을 복수성의 세계에 풀어 헤쳐 놓고 결론(끝)을 '차연差延, 데리다의 조어로 차이와 지연의 합성어. 의식의 현재성에 흡수되지 않는 문자의 기능 -역주' 하는, 소설 본래의 눈부신 효과를 유감없이 발휘한 것이다. 하루키는 '소설'로써 '옴진리교'를 공격했다.

《1Q84》에서는 '소설'이라는 미디어가 이중, 삼중으로 유효하게 기능한다. '진실'에 대한 '픽션'이라는 기능이다. 옴진리교적, 컬트적인 '큰 이야기'를 다루는 '작은 이야기'로서의 소설이라는 기능이다. '끝(종말)'의 이야기인 옴진리교에 대해 '끝이 없는 끝'의 이야기인 소설을 대응시킨 것이다.

한편으로는 소설과 옴진리교가 서로 흡사하다는 사실도 인지해야 한다. 성급히 말하면, 지하철 사린사건의 범인인 옴진리교 신자와 《1Q84》의 히로인인 아오마메가 서로 닮았고, 종교단체 옴진리교와 《1Q84》의 종교단체 '선구'가 닮은 것처럼, '옴진리교'와 '소설'은 닮았다. 그들 사이의 유사성은 전복시킨다는 데 있다.

본래 하루키가 《언더그라운드》를 쓰게 된 동기는 옴진리교가 만들어낸 이야기와 소설이 만들어내는 이야기가(모두 '끝=종말'을 어느 시점에서 조합시킨다는 의미에서) 흡사하다는 자각이 자리 잡고 있었다. 소설(단어의 진정한 의미에 있어서)은 '종말 이야기', 즉 아포칼립스를 어떻게 탈구축하는가에 달려 있다고 해도 좋다.

차이는 있을지라도 등장인물은 옴진리교적인 '신흥종교'에 관계되어 있다. 1985년의 장편 《세계의 끝과 하드보일드 원더랜드》 이후 하루키의 소설에서 익숙한 구조인, 한 쌍의 주인공이 설정되고 홀수 장의 주인공은 히로인인 아오마메, 짝수 장의 주인공은 작가지망생이자 학원 강사인 가와나 덴고가 자리한다. 1984년 시점에서 두 사람 모두 29세이고, 20년 전 초등학교 때 손을 잡고 서로 사랑하는 사이가 되었지만 그 후 두 사람의 교류는 전혀 없다. 교차하면서 전개되는 덴고의 파트와 아오마메의 파트는 서로 만나지 않은 채, 언제 접점을 가질 것인지 언제 만날 것인지 서스펜스를 잉태하며 스토리가 전개된다.《세계의 끝과 하드보일드 원더랜드》《해변의 카프카》에 공통된 패럴렐 월드적인 구성이다.

'패럴렐 월도' 적이라고 한 이유는 '리더' 라 불리는 등장인물의 발언을 통해 "패럴렐 월드 같은 것이 아니네. 저쪽에 1984년이 있고 이쪽에 분기된 1Q84년이 있을 뿐, 그것이 병렬적으로 진행하는 것이 아니야"라며 《1Q84》에 대한 자기언급적인 발언을 하기 때문이다. 적어도 아오마메와 덴고, 두 주인공은 《세계의 끝과 하드보일드 원더랜드》에서의 두 남녀의 '나' 처럼 차원이 다른 세계의 주인이 아니다. 두 사람은 땅으로 이어진 '현실세계' 에서 만난다. 혹은 스쳐 지나간다. 어쨌든 그것이 '현실세계' 에서 일어난다는 점에서는 동일하다. 그런 의미에서 이것은 SF에 자주 나오는 "패럴렐 월드 같은 것이 아니다."

두 주인공을 비교해보면 압도적으로 히로인이 재미있다. 그녀는 평범한 방식으로는 살지 않는다. 위험한 매력의 소유자다. 자세히 보면 '아오마메' 라는 이름도 두렵다.

하루키는 이번 장편에서 처음으로 브레히트의 '낯설게 하기[異化]' 와 유사한 수법을 히로인에게 적용시켰다. 독자는 아오마메에게서는 이상화된 자신의 모습을 찾아 볼 수 없다. 아오마메를 우상화할 수 없다. 종래의 하루키 작품처럼 아오마메에게 자신을 동일시할 수 없으며, '무라카미 하루키'를 중첩시킬 수도 없다.

《1Q84》에서 아오마메는 가까이 다가서면서 동시에 멀어져 간다. 한마디로 말하면 유혹한다. 뛰어난 소설의 여주인공이 갖추고 있는 조건이다. 나스타샤 필리포브나도스토옙스키 〈백치〉처럼 엠마 보바리플로베르 〈보바리 부인〉처럼 그리고 나오코〈노르웨이의 숲〉처럼 말이다.

아오마메는 선악이라는 양면의 얼굴을 가진다. 가정내 폭력의 희생자인 여성들의 수호신적인 존재인가 하면, 이 세계에 '신의 나라=왕국'을 가져다줄 묵시록아포칼립스의 여성이기도 하다. "······어쩌다 얼굴을 찡그리면 아오마메의 얼굴은 극적일 정도로까지 일변했다. 얼굴의 근육이 제멋대로의 방향으로 강하게 경련이 일어나고 조작된 좌우의 일그러짐이 극단적일 정도로 강조되며 여기저기에 깊은 주름이 잡히고 눈이 재빠르게 움푹 들어가고 코와 입이 폭력적으로 일그러지고 턱이 뒤틀리며 입술이 말려올라가 희고 큰 이가 다 드러났다." 이건 거의 요괴 변화다. 이런 괴물 같은 얼굴에서 자신의 얼굴자화상을 발견하려는 독자는 없다. 아오마메는 독자의 나르시시즘에 호소하지 않는다.

아오마메는 스포츠클럽에서 근육 트레이닝과 마셜 아츠격투기를 담당하는 강사다. 남근중심적인 것을 분쇄하는 여전사의 파워 전개, '쿨하고 터프한 아오마메'라고 자칭하는 것처럼 '무적의 섹스머신'이며 전투적 휴머노이드humanoid: 인간의 모습을 한 로봇의 풍모를 가진 비정한 암살자다.

1984년에서 1Q84년으로 이행하고 묘하게도 하늘에 달이 두 개 나란히 떠 있는 것을 본 아오마메는 '세계는 정말로 종말을 향하고 있는지 모른다'고 생각한다. 그리고 "왕국이 찾아온다"라고 소리 내어 말한다. 그러자 "기다릴 수 없어"라는 목소리가 들린다.

'세계의 끝'과 '왕국'의 도래를 '기다릴 수 없다'고 생각하는 사람이 많다. 그런 시대의 공기가 생생하게 전달되어 온다. 그것은 1984년 시대의 공기이기도 하며 동시에 1Q84년 시대의 공기, 2009년 혹은 200Q년 시대의 공기이기도 하다. 연도에 Q를 집어넣음으로써 소설의 현재시점인 1984년은 **독자**의 **현재**시점으로 순식간에 미끄러져 들어온다.

묵시록적 재앙의 시간성이란 바로 그런 것이다. 마치 요괴처럼 다양한 시대로 빙의한다. 그리고 이전된다. 재앙은 **아직** 일어나지 않았을지 모른다고 하지만 **이미** 일어나고 있다. 옴진리교를 탄생시킨 정신세계가 결코 타인의 일이 아닌 것이다.

《세계의 끝과 하드보일드 원더랜드》에는 도쿄의 지하에 서식하는 '야미쿠로'라는 괴물이 나온다. '야미쿠로'를 만들어서 등장시킨 지 10년 후에 지하철 사린 사건을 알게 된 하루키는 《언더그라운드》의 '표적 없는 악몽'에서 이렇게 쓰고 있다. "옴진리교단의 다섯 명의 '실행자'들이 뾰족한 우산 끝으로 사린이 들어간 비닐봉지를 찢어냈을 때 그들은 '야미쿠로' 무리를 도쿄 지하에, 그 깊은 어둠의 세계에 풀어놓은 것과 마찬가지였다."

하루키는 지하철 사린 사건의 '실행자'들에게서 《세계의 끝과 하드보일드 원더랜드》의 '야미쿠로'를 찾아내고 전율했다. 자신의 소설에서 튀어나온 마괴들이 현실에 모습을 드러내자 충격을 받은 것이다. 자신이 창조한 가공의 생물체 '야미쿠로'에서 지하철 사린 사건의 실행범으로, 그리고 다시 《1Q84》의 여주인공 아오마메로, 마치 엑스레이로 투시하는 것처럼 유사한 페르소나의 창백한 영상을 볼 수 있다. 아오마메가 자신을 《화려한 패배자》의 페이 더너웨이에 비유했듯이 《양들의 침묵》의 조디 포스터, 《레지던트 이블》의 밀라 요보비치, 《툼레이더》의 안젤리나 졸리, 《캣우먼》의 할리 벨리, 《핸콕》의 샤를리즈 테론 등 하루키가 '참고'했을 법한 쿨하고 파워풀한 슈퍼 우먼의 활약이 눈길을 끈다. 사랑스러운 매력과 두려움을 한 몸에 가진 블루 빈blue bean, 아오마메(靑豆)에게 주목해보자.

아오마메가 공포의 테러리스트라는 점은 여성에게 폭력을 휘두르는 남자에게는 '제재를 가해야 한다' '무슨 일이 있어도 세계의 끝을 확실하게 안겨줘야 한다' 라는 정의의 사명감에 따른 것이지만(옴진리교의 실행범들도 종말론적 사명감에서 치명적인 사린을 몸에 지녔던 것이며, 적어도 범행 당시는 행위의 정당성을 믿었다), 철저한 준비에서 냉혹한 결행에 이르기까지 그녀의 행동에는 빈틈이 없다. "그녀는 공구를 갖추고 시간을 들여 조그맣고 가느다란 아이스픽처럼 보이는 특수한 기구를 만들어냈다. 그 바늘 끝은 가차 없는 관념처럼 날카롭고 차갑게 날이 서 있었다(《언더그라운드》에서도 사린 테러 실행범의 우산 끝의 날이 서 있었음을 상기하라). 이윽고 그녀는 여러 가지 방법으로 정성 들여 연습을 했다. 그리고 마침내 자신이 납득할 수 있는 선에서 그것을 실행에 옮겼다. 주저 없이, 냉혹하고 적확하게, 왕국을 그 남자들의 머리 위에 도래시켰다. 그리고 난 후 기도문까지 올렸다.……하늘에 계신 아버님. 당신의 이름이 영원히 거룩하옵시며 당신의 왕국이 우리에게 임하옵시도록……."

아오마메에게 필적할 만한 매력적인 캐릭터는 그녀와 짝을 이루어 등장하는 남자 주인공 덴고가 아니다. 덴고에게는 아오마메가 가진 악의 찬란함이 없다. 선악을 넘나드는 복잡하고 다면적인 인격을 부여받지 못했다. 무엇보다 아오마메의 '야미쿠로' 적인 심연이 결여되어 있다. 작가는 《바람의 노래를 들어라》 말미에 니체의 말을 빌어 데릭 하트필드라는 가공의 작가 묘비에 다음과 같은 말을 썼다. "한낮의 빛이 밤의 어둠의 깊이를 어찌 알랴."

'밤의 어둠의 깊이'를 채우는 초대형 거물을 《1Q84》에서 찾으라고 한다면, 사이비 종교단체 '선구'의 '리더' 말고는 없다. 가장 중요한 인물인 그는 짝수 장인 덴고의 파트와 홀수 장인 아오마메의 파트 양쪽에서 다루어진다.

우선 덴고의 파트부터 살펴보자. 《공기 번데기》라는 베스트셀러 소설을 덴고와 공동으로 쓴 소녀 작가 '후카에리', 즉 후카다 에리코의 아버지 후카다 다모쓰는, 전공투운동이 절정이던 60년대 말에 일부 학생을 조직하여 홍위병과 같은 선구적인 부대를 만들고 과격파 학생들을 데리고 '다카시마학원'에 들어갔다. 작품 속에서 문화인류학자인 에비스노는 이렇게 말한다. "다카시마가 하는 일은 (……) 아무런 사고도 못 하는 로보트를 만들어내는 일이지. 사람의 머리에서 스스로 사고하는 회로를 제거해 버렸어." 조직의 심부름꾼으로 조연 역할을 한 우시카와 (《태엽감는 새》 이후 재등장)의 말처럼 '위대한 인용원으로서의 픽션' '조지 오웰의 위대한 고전'인 《1984년》에 묘사된, 일체의 '사고 범죄'를 근절하는 전체주의적 체제다.

'사고범죄'란 '자유와 평등이라는 개념'을 사고하는 것조차 범죄로 간주하는 것을 의미한다. 그런 "위험한 사상이 떠돌면,

의식이 공백상태에 빠지도록 주의를 기울여야 한다.”(1984년) 결국 사람의 무의식을 컨트롤하고 지배하는 것이다. 그러나 아버지인 후카다 다모쓰와 함께 살아온 ‘후카에리’에 의하면 “다카시마학원은 즐거웠다.”

이 지점에서도 일반 소설이었다면 당연히 미화될 여주인공의 의식이 ‘공백상태’에 놓여 있으며(오웰에 의하면 ‘세뇌’ 되어 있으며) ‘낯설게 하기’가 이루어져 있음을 주의해야 한다. ‘후카에리’의 너무나도 쿨하고 무표정한 반응, 감정이 결여된 불가해한 말투는 유아기의 마인드 컨트롤 체험에 의한 것이라고 설명할 수 있다.

‘다카시마학원’에서 배워야 할 것을 3년 정도 습득한 후카다는 자신의 일파를 데리고 야마나시 현에 새로운 코뮌, ‘선구’를 만든다. 이윽고 코뮌은 무장투쟁파와 온건파로 분열되며 후카다는 후자와 함께 ‘선구’에 남는다.

이 즈음 후카다의 딸 ‘후카에리’는 코뮌에서 탈주하여 후카다의 대학 동료이며 절친한 친구인 에비스노에게 몸을 의탁한다. ‘후카에리’가 아오마메와 마찬가지로 어릴 때 ‘신흥종교’의 세례를 받았다는 점은 중요하다. 아오마메도 어릴 적 ‘증인회’의 신자였다. 아오마메의 짝인 덴고 역시 어린 시절에 NHK수금원인 아버지와 함께 수금을 하러 각 가정을 돌아다니다 ‘증인회’ 신자를 모집하는 아오마메와 그의 어머니를 보게 되는데, 그들이 스쳐 지나가는 장면은 서로가 공유했던 마인드 컨트롤 체험의 트라우마를 시사하는 것이다.

한편 ‘선구’에서 분리된 무장투쟁파는 ‘여명’이라는 이름으로 거침없는 질주를 하다, 결국 산 속 모토스本栖호수 근처에서 경찰부대와 총격전을 벌이며 괴멸한다. 후카다가 이끄는 ‘선구’는 그 후 외부와의 교류를 끊게 되었고 후카다의 소식도 좀체 알 수 없다. ‘선구’는 종교법인의 인가를 받아 강대하게 사이비화한다. 이 폐쇄 집단 속에서 사라진, ‘후카에리’의 아버지 후카다 다모쓰의 그 후 행방은 어떻게 된 것일까?

그리고 아오마메의 파트에서는 ‘선구’의 교조, ‘리더’라는 베일에 싸인 인물에 대한 불온한 정보가 흘러나온다. ‘리더’는 열 살 전후의 소녀를 여러 명 강간하였으며 그 소녀들을 측근으로 옆에 두고 ‘무녀’ 역할을 시키고 있다는 것이다. 더구나 최초의 희생자는 ‘리더’의 친딸이라고 한다. 결국 아오마메가 이 ‘리더’의 암살을 의뢰받는다.

두 개의 선이 겹쳐진다. 이 ‘리더’는 바로 소식이 끊어진 ‘선구’의 후카다 다모쓰였다. ‘후카에리’는 ‘리더’의 딸이었다. 아오마메가 ‘리더’가 숙박하는 호텔 오쿠라로 들어가자 ‘리더’의 모습이 나타나면서 동시에 ‘1Q84년’이 그 전모를 드러낸다. 그야말로 묵시록적인 카타스트로피다.

큰 가치전환이 일어난다. 아오마메에게는 강적이며 열 살 전후의 소녀들을 거듭 강간하는 극도로 위험한 변절자였던 '리더'가 어둠의 저편으로 모습을 감추려 하며, 선악의 피안이자 '신들의 황혼'인 저쪽으로 이동하는 것이다(영화 《지옥의 묵시록》의 커츠 대령처럼 말이다).

하지만 그는 《지옥의 묵시록》의 암흑의 주인공과는 달리 자신을 신비한 카리스마의 인물로 생각하지 않으며 '리틀 피플'의 '대리인'이라 칭한다. 그 뿐만 아니라 '무녀'인 딸 '후카에리'가 지각한 것을 받아들이는 퍼시버에 불과하다고 한다. "제일 처음으로 리틀 피플이라는 존재를 끌어 들인 것은 내 딸이라네. 그 아이가 열 살 때였지. 지금은 열일곱이고. 그들리틀 피플은 어느 순간 암흑 속에서 나타나 딸을 통해 이곳으로 찾아왔네. 그리고 나를 대리인으로 만들었지. 딸이 퍼시버지각하는 자이고 내가 리시버수신하는 자가 되었어."

사람들을 두려움에 떨게 하는 신비한 교조, 어둠의 교단에 군림하는 절대적인 '리더'가 사실 자신의 딸보다 하위에 위치하며, '무녀'인 딸의 목소리를 듣는 것에 전념하는 '수신자'에 불과했다. 그는 남근중심적인 부성원리의 세계로부터 멀리 떨어져 있으며 '여자아이'들의 영역, 독자에게는 친숙한 무라카미 월드의 주인이다. 이 지점에서 카타스트로적인 뒤집힘이 일어나며 이상한 나라의 앨리스에 비견할만한 유머러스하고 하루키적인, 이 소설 최대의 가치관 전복 장치가 나타난다.

'리틀 피플'이란 오웰의 《1984년》에서는 '빅 브라더'라 불리는 전체주의국가 권력의 중추에 위치하는 악의 상징이었지만, 《1Q84》의 세계에서는 하루키의 단편 《TV피플》에 등장하는 것 같은, NHK를 정점으로 하는 거대한 매스미디어 권력의 주변에 무리지어 있는 '작은 사람들'에 불과하다. '리틀 피플'이란 '축소복사' 'TV피플'일 것이다. '무녀'의 심부름꾼이다. 모두 '대리보충supplement, 자크 데리다'이다. 실체는 없다. 더구나 그 '대리인'인 '리더'의 육체는 붕괴의 위기에 처해 있으며 아오마메에게 암살되기를 바랬다.

뾰족한 바늘 끝을 '리더'의 목덜미 포인트에 갖다대는 아오마메의 목소리는 "이미 죽음을 가져다주는 기묘한 투명성을 띠고 있었다." '투명성'이란 선악의 피안, '신들의 황혼'의 투명성을 말한다. 그 후 아오마메는 덴고의 목숨을 구하기 위해 스스로 총구를 입에 넣고 "덴고"라고 부르며 방아쇠를 당긴다. 죽음의 '저편'으로 승천한 그녀는(덴고와 함께 하나가 됨과 **동시에** −천국天國/덴고天吾로 이어지는 사랑!) '리더'의 죽음의 '기묘한 투명성' 세계로 이동하여 '리더'와 함께 '1Q84' 년의 전면적인 도래를 맞이하며 '이 책'에 **포함되어** 가는 것은 아닐까?

《1Q84》의 Q라는 문자는 독자들을 그런 Question으로 유도한다. 하루키는 이 장편에서 종말을 하늘에 매달아놓고 탈구축하는 카타르시스의 '투명'한 효과를 최고도로 발휘한 것이다.

007

'무엇이' 가 아니라
'어떻게' 쓰여졌는가?

겉모습에 속지 않도록

고노스 유키코(鴻巢友季子) : 1963년생. 번역가. 저서로 《메이지(明治)다이쇼(大正) 번역 원더랜드》, 역서로 에밀리 브론테 《폭풍의 언덕》, 버지니아 울프 《등대로》 등이 있다.

1. 평균율의 아름다운 일그러짐

무라카미 하루키의 작품에서는 처음 정면으로 다루어졌다는 '아버지와 아들' 의 테마나, 리틀 피플의 '정체' 처럼 《1Q84》에 무엇이 쓰여졌는지(그것을 어떻게 읽을 것인가, 무엇에 준거하는가)는 많이 다루어지는 것 같으니, 이 글에서는 《1Q84》가 어떻게 쓰여졌는지를 주로 다루고자 한다. 우선 이 소설은 작품 속에도 나오는 바흐의 '평균율 클라비어곡집' 의 포맷에 따라 장조와 단조의 푸가가 교차로 연주되듯이 아오마메여성와 덴고남성의 이야기가 교차로 쓰여져 있다. BOOK1과 BOOK2가 각각 24장이라는 구성도 이 곡집장단 24조×2권을 본뜬 것이다. 그야말로 아름다운 호응과 컴포지션이다. 덴고와 아오마메는 1984년 이야기 시점에서 29세다. 곧 30세가 된다. 초등학교 동창생이라는 설정이니 모두 1954년에 태어난 것이다.

제1장(다시 표현하면 푸가 No.1)은 '겉모습에 속지 않도록'이라는 제목이 붙은 아오마메의 파트다. 그렇다. 이 책은 아오마메의 이야기부터 시작된다. 방금 '이 이야기는……'이라고 표현하지 않은 데는 이유가 있다. 앞머리는 야나체크의 '신포니에타'가 라디오에서 흘러나오는 택시 안. 이 곡을 듣던 아오마메는 '비틀림과 유사한 감각' '신체의 모든 조직이 자근자근 물리적으로 쥐어짜내지는 느낌'을 받는다. 그녀는 수도 고속도로의 엄청난 정체 속에 속을 태우다 운전수의 제안으로 택시에서 내려 고속도로 비상계단을 '비뚤어진 왼쪽 귀를 가끔 드러내면서' 내려간다. 좌우의 귀는 형태와 크기가 현저히 다르며 그 균형의 일그러짐 탓에 얼굴을 찡그리면 '여기저기에 깊은 주름이 잡히고 눈이 재빠르게 움푹 들어가고 코와 입이 폭력적으로 일그러지고 턱이 뒤틀리며……' '눈 깜짝할 사이에 완전히 다른 사람이 될' 정도로 섬뜩한 변모를 이룬다. 귀가 기묘한 파워를 발휘하는 점은 《양을 둘러싼 모험》에 나오는 귀 모델을 상기시킨다. 그녀가 귀를 '해방'시키면 '동일한 사람이 아닌 것 같다'며 '나'를 기겁하게 만드는 변화가 일어난다.

　제2장 '조금 특별한 아이디어' 는 덴고의 파트다. 한 살 반 때 보았던 기억, 어머니와 다른 남자의 성행위. 수수께끼 같은 과거의 단편적 플래시백은《해변의 카프카》의 나카타에게서도 보이는, 하루키 작품에 중요한 요소다. 입시학원 강사이면서 소설가를 지망하는 덴고는 문학 신인상의 후보작을 걸러내는 작업을 하고 있으며, 열일곱 살 후카에리의 '공기 번데기' 와 만나 그 세계로 끌려 들어간다(후카에리=후카다 에리코.《어둠의 저편》에서 곤히 잠들어 있는 언니 아사 에리. 후카深에리와 아사淺에리로 짝을 이루는 것은 단순한 우연일까?). 일본어에서 후카는 '깊다', 아사는 '얕다' 는 뜻 −역주

　제3장에서 지상으로 내려온 아오마메는 목적지로 서둘러 가는 도중에 "경찰의 복장이 평상시와 다르다는 것을 알아차렸다." 권총도 오토매틱으로 변했다. 이윽고 아오마메는 쿨하게 한 명의 남자를 죽인다. 이어서 제4장에서 덴고는 '공기 번데기' 의 리라이팅을 맡는다. 제5장은 아오마메의 원나잇스탠드, 제6장은 덴고의 리라이팅 작업, 제7장은 아오마메와 고용주 노부인의 대화, 그리고 아오마메에게는 기억이 없는 '여명' 의 사건에 대해. 제8장은 만주에서 귀환한 덴고의 아버지 이야기와 덴고와 후카에리의 대면. 제9장은 아오마메가 과격파 사건을 조사하며 '신포니에타' 를 듣고 '몸이 **뒤틀리는** 것 같은 감각' '신체 조직이 걸레처럼 비틀려 짜여가는 감촉' 을 느꼈다는 기억이

되살아나고 그것이 무엇인가의 시작이었다고 알아차린다. 이만큼 격렬한 신체감각이 제1장의 장면에서는 간단히 묘사되어 있다. 일부러 그렇게 한 것인지 아니면 제9장까지 쓰고나서 생각이 나서 나중에 제1장에 삽입한 아이디어인지, 아니면……. 어쨌든 아오마메는 자신이 1984년과는 다른 ‘1Q84년’으로 들어왔다고 생각한다. 제10장은 덴고와 후카에리의 보호자 에비스노와의 면담, 후카에리가 살았던 농업 코뮌 ‘선구’와 분파 ‘여명’에 대한 이야기가 진행된다. ‘여명’의 이름은 들어본 기억이 있지만 자세한 생각은 나지 않는다, ‘일의 전후가 뒤섞여 있다.’ 덴고는 ‘마치 상반신과 하반신이 각각 다른 방향으로 뒤틀어지는 것 같은’ 감각을 느낀다.

이렇게 보면 아오마메와 덴고는 어느 시점에서 똑같은 신체감각을 체험한다. 아오마메의 1Q84로의 이동은 ‘신포니에타’의 첫 부분을 들었을 때, 신체가 뒤틀어지는 감각과 함께 시작되었다(사실 이 곡은 덴고가 좋아하는 곡이다). 한편 덴고의 이동은 엄밀히 말해 언제 시작되었는지 알 수는 없으나 그것은 ‘걸레처럼 비틀어진’ 순간에 완결된 것은 아닐까? 그런데 BOOK2의 제13장에서 ‘선구’의 리더가 말하는 대로 아오마메와 덴고가 ‘말하자면 같은 열차로 이 세계에 실려 온’ 것이라 한다면 그 전환 포인트는 거의 동시에 일어났을 거라고 생각하는 것이 자연스럽다.

"자네 아오마메를…… 그 차량에 태운 것도 그 덴고의 그런 리시버로서의 능력일지도 모른다"라고 한다면 시간적으로 덴고가 아오마메를 뒤따라 온 것이라고는 생각하기 힘들다. 결국 아오마메와 덴고가 '걸레처럼 비틀어진' 감각을 경험한 시점이 겹치게 된다.

다시 말해서, BOOK1의 아오마메와 덴고의 이야기는 시간 계열 순으로 배치되어 있지 않다는 해석이 성립될 수 있다. 아오마메의 1Q84로의 이동을 먼저 적고, 덴고의 이야기는 그보다 거슬러 올라간 시점에서 시작된다. 제1장 첫머리와 제10장 마지막이 시간적으로 중첩되며 아오마메의 택시에서 지상으로의 이동, 남자 살해, 모르는 남자와의 하룻밤, 여명의 조사 부분까지가 덴고가 에비스노를 만나고 나서 리라이팅을 하는 8일간의 스페이스에 들어간다. 덴고의 '공기 번데기' 리라이팅이 완성된 후에 아오마메는 달이 두 개 떠 있다는 사실을 알아차린다.

덴고는 '시간이 일그러진 형태로 진행될 수 있다는 사실'을 알고 있다고 한다(BOOK1 제22장). 혹시라도 이 책은 귀를 덮고 있을 때는 '대체적으로 단정한 계란형'을 한 아오마메의 얼굴과 비슷해서, 언뜻 보면 대칭을 이루며 요일도 질서 정연하게 진행되는 듯 느껴지지만, 사실 일그러진 어긋남을 내포하고 있지 않을까? 이 같은 독서방식이 작가의 의도에 반하는 일일지 모르겠으나, 내게는 시간의 어긋남을 다시 엮어가며 읽는 편이 더 이해가 잘

된다. 덴고가 증인회의 여자아이를 조용히 떠올리는 오후, 아오마메는 남자의 목에 아이스픽을 꽂고 살인을 하게 된다……?

'평균율 클라비어'처럼 정돈된 겉모습에 속지 않도록, 이라며 책이 스스로 일러주는 것 같다.

2. 종합소설의 의미

하루키 작품의 인칭문제에 대해서도 이미 많은 논의가 이루어져 있다. 내 경우를 예로 들어보면, 《1Q84》 이전 작품인 《어둠의 저편》 서평에서 인칭 변화에 대한 상세한 글을 썼다. 하루키의 일인칭 소설에는 우울감이 의식적으로 삽입되어 전체를 꿰뚫어 볼 수 없게끔 '시야협착'의 불안한 요소가 동력이 되고 있다는 점과 "하루키 문학에서의 멜랑콜리란 그의 일인칭 문체의 어조로서만 묘사될 수 있는 것이었다. 인칭이란 '형식'이 아니라 '내용'이며 정신의 존재양식이다. 인칭을 바꾼다는 것은 많건 적건 작품의 정신을 바꾼다는 것을 의미한다. 무라카미 하루키는 지금 현재 일어나는 정신^{인칭}의 변화과정을 이러한 형태^(어둠의 저편)로 투과시켜 보여주는 것은 아닐까"라는 내용이었다.

그 후 작가 본인의 입으로 인칭에 대해 몇 번 언급한 적이 있다. 다음은 그 중 하나다.

— 번역과는 전혀 관계없이, 무라카미 씨의 독자로서 관심이 있어서 질문드립니다. 《해변의 카프카》에서는 일인칭과 삼인칭, 《어둠의 저편》에서는 삼인칭이라는 형식으로 글을 쓰셨는데, 이런 인칭의 변화와 이전에 무라카미 씨가 "나는 《카라마조프가의 형제들》 같은 글을 쓰고 싶은 바람이 있다"고 말씀하셨던 기억이 있는데, 그 꿈을 결부시켜 생각해도 좋을까요? 즉, 더욱 큰 것을 쓰기 위해 최근작에서 인칭변화의 실험을 했다고 파악해도 좋을까라는 질문입니다. 그렇지 않으면 다른 의도가 있어서 인칭변화를 시도하셨나요?

— **무라카미 하루키**: 《카라마조프가의 형제들》 같은 소설을 쓰고 싶다고 했던 건 일종의 종합소설, 19세기적인 종합소설이라는 문맥으로 말한 것입니다. 종합소설이란 무엇인가 하면, 그 정의가 어렵기는 하지만 여러 가지 세계관, 다양한 원근법을 하나에다 채워 넣고 그것들을 엮어냄으로써 무언가 새로운 세계관이 떠오르도록 하는 것이라고 생각합니다. 결국 원근법을 몇 가지로 나누기 위해서는 아무래도 인칭의 변화가 필요하게 됩니다.

— 시바타 모토유키

《번역교실》 2006 도쿄대 번역 강좌에서 학생 질문에 대한 답.

역주: 시바타 모토유키(柴田元幸, 1954~). 미국문학 연구자이자 번역가, 소설가. 도쿄대 대학원 교수로 무라카미 하루키와의 교류가 두텁다. 두 사람의 공저로 《번역야화》가 있다.

《1Q84》는 하루키가 데뷔 30년만에 처음으로 완전한 삼인칭으로 완성한 장편소설이다. 과거에 단편집 《신의 아이들은 모두 춤춘다》에서 삼인칭이 사용되었고, 《해변의 카프카》에서도 절반은 삼인칭 문체, 《어둠의 저편》에서는 '우리들' 이라는 일인칭 복수 형태를 사용하면서 실질적으로 삼인칭 다시점 문체를 시도했다. 《어둠의 저편》에서 완전한 삼인칭 문제로 이행하지 않았던 것은 아직은 약간의 수순이 필요했기 때문일 것이다. 외국 문학의 번역가이기도 한 하루키가 인칭의 기능에 대해 극히 자각적인 것은 당연한 일이며, 자신의 작품 속에서 그것을 변화시키게 되면 시간과 품이 드는 것도 이상한 일이 아니다.

일인칭 일시점 문체에서는 '나' 를 내부에서 묘사하는 것은 적당치 않다(실제로는 거의 불가능하다). 《태엽감는 새》에서 '나' 가 어두컴컴한 우물에 갇힌 채 자신의 얼굴을 구석구석 꼼꼼히 어루만져 보면서 그동안 얼마나 자신의 얼굴 모습을 알지 못했는지 실감하는 장면이 있는데, 일인칭으로 글을 쓴다는 것은 상징적으로 그런 상태가 아닐까? 데뷔 이래 하루키의 주인공/화자는 이른바 멜랑콜리의 어두운 온기에 틀어박혀 자신의 얼굴을 손으로 어루만지고, 독자는 그의 목소리와 눈을 통해 사물을 보고 들었다. 그러나 삼인칭 다시점 소설로의 접근을 보여주는 최근에는 멜랑콜리의 누에고치에서 벗어난 것 같은 변화를 느낄 수 있다.

무라카미 하루키는 앞서 말한 '종합소설'을 다른 장소에서는 이렇게 설명했다. '여러 사람의 여러 시선이 존재하며, 여러 이야기가 존재하면서 종합적인 하나의 장을 만드는 것'이라고 말이다. 《1Q84》에는 같은 연령의 남녀 '덴고'와 '아오마메'를 중심으로 하는 파트가 교차로 나타나며 등장인물도 많다. 이 작품에 대한 요미우리 신문의 인터뷰에서 작가는 이렇게 답한다.

"나는 발자크처럼 세속 그 자체를 다룬 소설을 좋아하며, 이 시대의 세계 전체를 입체적으로 묘사하는 내 나름의 '종합소설'을 쓰고 싶었다. 순수문학이라는 장르를 넘어서 다양한 접근을 하고, 많은 것을 끌어내고 확보하여 지금 존재하는 시대의 공기 속에 인간의 생명을 채워넣기를 바랐다."

《1Q84》야말로 이전부터 예고했던 '종합소설'이라고 해석해도 될 것이다. '이 시대의 세상 전체를 입체적으로 묘사한다' '순수문학이라는 장르를 넘어서 다양한 접근을 하고 많은 것을 끌어내어 확보'한다. 그야말로 《1Q84》가 성공을 거둔 포인트다. 이란·이라크 전쟁이 계속되는 거품 경제 직전의 일본을 무대로, 아오마메가 '전투복'으로 갈아 입은 준코 시마다나 호텔 바에서 내놓는 국산 위스키 같은 세세한 풍속묘사도 나온다. 고도 성장기의 물질사회에서 정신의 의지처를 잃은 사람들이 '영성적spiritual'인 것을 추구하며 자연으로 회귀하고 물질과 정신의 융합을 구가하는 뉴 사이언스로 내달리고, 신흥종교가 차례로 등장했던 당시의 세상을 반영하여, 작품 속에는 원시공산주의 단체 '다카시마학원', 그곳에서 독립한 후에 사이비교단이 되는 농업 코뮌 '선구', 가정내 폭력에 시달리는 여성들을 위한 '세이프하우스', 수완가인 편집자가 꾸며낸 리라이팅 작품 출판1984년은 고타리 유지(神足祐司)가 프로듀스한 《금혼권(金魂巻)》이 히트한 해이 그려진다. 암살자 아오마메와 여경찰인 '아유미'가 펼치는 '한밤의 향연' 묘사도 정성이 들어가 있고 엔터테인먼트성도 높다. 순수문학이라는 협소한 개념으로는 분류할 수 없다.

그렇지만 《1Q84》가 '사람들의 여러 가지 시선, 원근법, 세계관을 한데 엮어 새로운 세계관이 떠오르게 하는' 구조를 지녔는가 하면, 의문이 생긴다. 그것은 이 소설 전체가 삼인칭이면서 다시점 문체가 아닌, 대부분 아오마메와 덴고 각각의 일인칭 시점으로 변환 가능한 일시점 병치로 쓰여져 있기 때문이다. 한 가지만 예를 들면, 교단 리더를 저 세계로 보낸 후 그곳을 떠나려는 아오마메에게 그 부하가 막 공격을 하려는 장면이 있다. 그 일순간 마음의 움직임은 다음과 같이 묘사된다.

그의 본능은 '이 여자를 붙잡아야 한다' 고 알려주고 있다. 바닥에 내다 꽂은 후 힘껏 체중을 싣고 우선 어깨 관절부터 뽑아버리라고 명령한다. ……(그러나) 그는 오른손의 충동을 필사적으로 누르며, 어깨의 힘을 뺐다. 아오마메는 포니테일의 의식이 그 1초 내지 2초 사이에 통과한 일련의 단계를 생생히 감지할 수 있었다.

이와 같이 아오마메의 시점으로 끌어들여져 묘사된다. 거의 모든 것이 덴고와 아오마메의 눈을 통해 그려진다. 최초의 완전한 삼인칭 소설이기는 하지만, 기본적인 구조는 《세계의 끝과 하드보일드 원더랜드》나 《해변의 카프카》에서도 볼 수 있는 것이며, 변한 것은 인칭일 뿐 시점視點이 아니다(이 두 가지의 차이를 설명하기 위해 제라르 주네트까지 인용할 필요는 없을 것이다). 시점의 이동이 없으면 다양한 원근법의 결합은 생성되지 않는다. 주인공들은 교단 리더의 의사를 넘어선 근원악에 대한 항체로서 그려지지만, 삶에 망설임이 없는 아오마메에게 리더가 "당신 존재 자체가 종교다"라고 말하는 장면이 있다. 경건한 신앙과 사이비적 광신의 경계가 극히 애매한 것처럼 사람의 어떠한 신념에도 광기의 그림자는 드리워진다. 작가는 '신앙의 포위'를 두려워한다고 하지만, 아오마메가 가담한 살인조직에도 사이비 냄새가 나지 않는가? 폭력을 똑같은 폭력으로 응징한다는 점에서 이

조직은 작품 속에서 타자의 '비평'과 조우할 일이 없다. 그 점이
더욱 불안하고 두렵다. 사람들의 시점과 여러 목소리가 교차하
며 서로 울려 퍼지는 소설을 겨냥했다면 신념과 광신, 선과 악,
생과 사, 허구와 현실 등의 상대적 관계를 당사자가 아닌 외부
의 눈으로 표면에 드러나도록 하여, 주제를 더욱 다각적으로 그
려냈어야 하지 않았을까? 또한 이 이야기의 중요한 동력이 되고
있는 연애관계에서도 두 사람만의 시점으로 쓰여진 '운명의 사
랑'은 미칠 것처럼 순화되어 가지만, 메아리처럼 복잡한 반향은
결여되어 있으며, 큰 주제를 개인의 스케일저울에 얹어 버리고 마
는 꼴이 돼 버렸다. 열 살 때 단 한 번 친절하게 대해준 이성을
계속 생각하며 다시 만나보지도 못하고 '그를 위한 죽음'을 선
택하는 아오마메의 히로이즘영웅주의의 그늘 속으로 리더의 죽음이
가진 의미의 다의성이 사라져 버렸다. 연애야말로(얄팍하고 일면
적인 모바일소설이 창궐하는 요즘 시대) 무라카미 하루키가 다양한
원근법으로 묘사해주었으면 하고 바라는 것 중 하나다. 《노르웨
이의 숲》의 순애보적 세계를 벗어난 소설을 읽고 싶다.

3. 마음에 걸리는 점

책을 다 읽은 후라도 이야기는 독자에게서 여러 가지 형태로

지속될 것이다. 덧붙여서 개인적으로 마음에 걸리는 점을 들어 보겠다. '공기 번데기'의 편집자 고마쓰는 어디로 갔을까(무사한 걸까)? 리더와 동일하게 '경직'을 동반한 교접을 퍼시버와 가진 덴고는 앞으로 리시버로서 어떻게 되는 걸까? 그리고 제목을 읽는 방식, ich-kew-hachi-yon의 kew는 어떤 의미가 있는 걸까? 큐 가든이라는 지명에도 있는 철자지만, K.E.W라고 하면 Kinetic-Energy Weapon의 약자다. 운동 에너지 무기, 즉 이란·이라크 전쟁에서 미군이 사용한 열화 우라늄탄을 가리키는 호칭이기도 하다.

008

열 살을 살아간다는 것

봉인된 열 살의 징표로서의 후카에리

이와미야 게이코(岩宮惠子) : 1960년생. 임상심리학자. 저서로 《사춘기를 둘러싼 모험: 심리요법과 무라카미 하루키의 세계》가 있다.

《1Q84》와 '마음의 떨림'

무라카미 하루키의 작품은 어째서 이렇게 많이 읽힐까? 특히 이번 《1Q84》는 폭발적인 붐이 되었다. 무라카미 하루키의 작품은 그저 이야기의 스토리를 즐기기에는 너무나 구조가 복잡해서 풀리지 않은 채로 존재하는 수수께끼도 많다. 오락작품이라고 말하기도 힘들고, 일상과 다른 차원에서 일상의 존재방식을 새삼 질문하는 엄격함을 지닌 작품이 이토록 많은 사람들에게 읽히는 것은 어떤 이유일까? 물론 여러 가지 이유가 있겠지만, 독자가 그 점을 의식하는가라는 문제는 별개로 하더라도, 하루키 작품에 의해 일상과 다른 차원의 이야기 속으로 유혹되기를 절실히 바라는 사람이 많다는 점은 확실한 것 같다.

이런 느낌을 받은 것도 사실, 책을 다 읽고났을 때 내 과거의 기억이 조금 바뀌어 써지면서, 아주 조금 다른 인간이 된 것 같은 기분이 들었기 때문이다. '선구'가 존재하고 열일곱 살의 소녀 후카에리의 '공기 번데기'가 베스트셀러가 된 1Q84년으로부터 25년이 지난 200Q년에 자신이 살고 있다는 감각이 지금도 계속되고 있다. 이 작품을 읽은, 아니 그보다도 '체험하기' 전과 후는 무언가가 조금 다르다. 그것은 하루키가 작품 속에서 자주 표현하는 '마음의 떨림' 같은 것을 환기시켜 준 감각이기도 하다.

《1Q84》는 선과 악, 빛과 그림자, 피해자와 가해자 등 대립된 개념이 서로 얽히며, 이제까지 하루키 작품의 모티브를 답습하면서도 특히 복잡한 삽입구조로 되어 있다. 또한 책을 읽은 후에는 후카에리와 덴고가 함께 세상에 내보내게 된 이야기의 힘에 의해 세계의 세부 기억이 변했는지, 세계의 기억을 재편성할 필요가 있어서 '공기 번데기'라는 이야기가 만들어졌는지를 알 수 없는 다층적인 의미의 감상이 남게 된다.

이와 같이 《1Q84》는 간단히 줄거리를 말할 수 없는 이야기이며, 줄거리를 안다 하더라도 그것은 이 작품을 체험한 것과는 완전히 다르다. 이 작품과 완전히 마주했을 때 '체험한다'라고밖에 표현할 수 없는 신체감각이 남음으로써 어떻게 표현해야 할지 계속 고민에 잠기게 되었다.

거듭된 시행착오 속에서 대립된 개념의 접점, 즉 이곳저곳에 '열 살' 된 아이의 에피소드가 존재한다는 사실이 떠올랐다. 《1Q84》는 모든 단면에서 사고할 것을 허용하는 작품이지만 본고에서는 '열 살'이라는 시기에 주목하여 '마음의 떨림'이라는 체험을 되짚어보고 싶다.

아오마메와 덴고의 열 살

덴고에게 가장 오래된 기억은 한 살 반 때 엄마에 대한 것이었다. 그것은 때로 강한 현기증과 발작처럼 신체적인 충격으로 엄습해올 정도로 강렬한 기억이었다. 기억이 의미하는 바를 알 수는 없었지만, 그것이 자신의 출생의 비밀과 관련된 중요한 기억이라는 사실을 어렴풋이 느끼고 있다. 최초의 기억이란 그 사람이 처음 자신을 객관적으로 볼 수 있었던 순간의 징표라고 한다. 그러므로 그곳에 있었을 자신의 시점에서 보았던 것에 대한 기억이 아니라, 그곳에 있는 자신을 부감俯瞰하는(객관시하는) 시점에서의 기억이다. 덴고의 기억도 아기 침대에 누워 있는 자신을 제삼자로 바라보는 카메라워크로 각인된다.

덴고는 그 후 어머니와 함께 살았던 적이 없으며, 어머니에 대한 기억도 그것 밖에 존재하지 않는다. 인생에서 빠른 시기에 자신의 의지와는 상관없이 모성적인 일체감에서 이탈되어버린 것이다. 그것은 남들보다 빨리 자신을 객관시해야 하는 상황에 놓이게 만든다고 할 수 있다. 유아기에 모성의 보호가 매우 희박했다는 사실은 이 세계를 살아가는데 대단한 불안감을 수반하게 한다. 그 보호의 희박함을 객관화할 수 있을 만큼 강력한 힘으로 어떻게든 그것을 극복하려 하며, 일반적이라면 있을 수 없을 한 살 반의 기억으로 어머니의 모습을 자신에게 각인시킨 것일지 모른다. 그리고 그 기억은 자신을 길러준 아버지와는 다른 남성이 진짜 아버지일지 모른다는, 덴고에게는 어떤 종류의 희망과도 결부된다. 하지만 희미한 희망을 품고 있는 기억이라 할지라도 그 기억은 그를 괴롭힌다. 모성의 보호가 약할 때 모성의 접점에 대한 기억은 그 나약함을 보상하기라도 하듯 당돌하게 충격적이고도 강한 형상으로 소생되므로 일상생활과의 절충이 힘들어진다.

그렇지만 후카에리의 '공기 번데기'라는 치졸하기는 하지만 사람의 마음에 호소하는 환상적인 이야기에 진지하고 깊이 관여해가며 그 세계관을 정확히 거슬러 올라가 리라이팅한 것이 계기가 되어 또 다른 기억이 또렷이 떠오른다. 그것은 열 살 때의 기억이었다. 바로 또 다른 주인공인 아오마메와 관련된 기억이었다.

열 살 때 아무도 없는 교실에서 아오마메는 덴고의 왼손을 강하게 잡고 물끄러미 그의 눈을 쳐다보았다. 그 순간 마음속에 휘감겨 올라온 여러 가지 감정과 그 때의 아오마메의 한없이 맑은 눈길은 덴고의 마음속을 흔들어 놓았다. 그러나 덴고는 그 기억이 얼마나 깊게 자신의 혼에 큰 영향을 미쳤는지 진정한 의미를 이해하기 위해서는 '공기 번데기' 뿐만 아니라 '고양이 마을' 이야기, 그리고 '헤이케 이야기' 나 '길랴크인' 이야기 등 잃어버린 사람들의 다양한 이야기의 세계를 순례하는 체험이 요구되었다.

한편 아오마메는 덴고와의 고독한 혼이 접속했던 기억이 유일하게 이 세상을 살아가는 근거가 될 정도로 깊은 사랑의 기억으로 자리 잡고 있었다. 아오마메는 덴고에 대한 사랑의 기억에 지탱되어 자신들만의 특이한 세계에 속박되어 있던 부모로부터 벗어날 결심을 한다. 그리고 덴고 또한 이제까지 아무리 힘들다고 생각했어도 거스르지 못했던 아버지에게 처음으로 자기주장을 하고 스스로 살아가는 방향으로 인생의 노를 저어간다. 그 당시 덴고에게는 아오마메와의 체험이 아버지에 대항하기 위한 원동력이 되었다는 자각은 없었던 것 같지만, 그 기억은 아오마메뿐 아니라 덴고에게도 스스로의 인생의 기점이 되는 체험이었다.

이와 같이 자신을 상처 입히고 해치며, 타인과의 좋은 관계를 절단시켰던 부모로부터의 속박에 대항했던 것이다. 아오마메와 덴고 모두 열 살 때의 일이었다. 생활의 모든 것을 부모에게 의존하는 열 살의 아이들이 부모에 대한 철저한 결별을 결의한다는 것은 상상도 못할 에너지를 필요로 하는 일이다. 거의 불가능한 일이라 해도 좋을 것이다. 하지만 그런 에너지를 만들어낼 핵융합반응이 두 사람만 남겨진 교실에서 아오마메와 덴고 사이에 일어났기에 가능한 일이었다.

열 살의 빛과 그림자

한편 후카에리의 열 살은 행복한 어린이 시대의 종언이었다. 그 나이까지의 후카에리는 스스로 어떤 고민도 하지 않고, 듣는 대로 순종하는 가치관으로 살아도 별다른 의문을 느끼지 않는, 평범한 아이로 성장해왔다. 객관적으로는 양육 환경이 아무리 폐쇄적이고 치우진 사고방식으로 지배를 받는 곳이라 해도, 그런 후카에리에게는 열 살까지의 생활이 '즐거웠다' 고 회상되는 것이다. 그러나 열 살 때 자신의 부주의로 눈먼 산양을 죽게 만든 일이 계기가 되어 또 하나의 자신을 강제로 각성시키게 된다. 그 결과 결정적으로 성적인 더럽힘까지 받게 되는 것이다.

또한 아오마메와 유사 친구관계를 맺는 아유미에게도 열 살이라는 나이는 오빠와 삼촌으로부터 성적인 추행을 당한 때였다. 그리고 '선구'의 리더로부터 성적인 피해를 입은 쓰바사라는 아이도 열 살이다. 이들의 열 살은 모두 억압적인 힘에 의해 손상되어 버린다.

아오마메와 덴고가 강하게 손을 잡았던 체험은(특히 아오마메에게) 자신이 처음에 품었던 강한 '의지'에 의해 스스로의 힘으로 타자와 맺어질 수 있다는 확신을 마음속에 싹트게 하는 힘을 지니고 있었다. 그러나 그 밖의 다른 여성 등장인물들의 열 살은 자신의 '의지'를 철저하게 짓밟히는 형태로 '성'이라는 강력한 것과 맺어지는 체험을 하는 것이다.

이와 같이 동일한 '맺어짐'의 의미가 빛과 그림자, 햇살과 그늘이 되어 확연히 대립되는 형태로 부각되어 있다.

1984와 1Q84

열 살은 아이로서 완성에 다가가는 나이이며, 제2차 성징을 시작하는 사춘기의 여러 가지 혼란을 맞이하기 직전의 임계점에 있는 나이라고 할 수 있다. 그 만큼 모든 에너지의 변환 포인트가 될 수 있다. 그때까지의 어린이 시대가 아무리 불행했다 해도 자신의 의식을 어떻게 형성하는가에 따라 다시 태어날 수 있다고 스스로 믿게 되는 최초의 나이라고 할 수 있다. 그렇기에 덴고가 한 살 반 때의 인생 최초의 기억에서 전환되어 열 살 때의 기억을 큰 의미로 갖게 되는 것이다. 자신의 의지를 가질 수 있는 인생의 출발점으로서 열 살의 체험이 앞으로 인생을 살아갈 필요불가결한 기억이 되어준다.

후카에리는 열일곱 살의 소녀이고 가슴만은 아름답고 크지만, 그 외의 이차 성징은 전혀 나타나지 않은 열 살 때 그대로 봉인되어 있다. 즉 열 살의 임계성을 그대로 내포하고 있는 특별한 존재다. 그렇기에 덴고는 그녀와 관계하면서 열 살의 기억을 부활시킨 것이다.

아오마메와 덴고는 아무리 서로가 끌린다 해도 1984의 세계에서는 만날 수 없었다. 특히 덴고는 열 살 이후에 한번도 만나지 못 했는데 자신이 이 정도로 아오마메에게 깊이, 그리고 강하게 끌리고 있다는 사실조차 떠올리지 못했다. 1984의 세계에서는 말이다. 덴고에게는 아오마메의 기억이 그 후 인생의 기점이 되는 체험으로 자리 잡았다는 사실, 그리고 아오마메에게 자신이 깊은 사랑을 품었다는 사실을 알기 위해서 1Q84의 세계를, 열 살의 기억과 함께 살아가야 할 필요가 있었던 것이다.

아오마메와 덴고가 이와 같은 깊은 유대를 찾아내기 위해, 즉 열 살 때의 진실한 사랑의 기억을 현실의 것으로 만들기 위해서는 폭력으로 억압받는 열 살 아이들의 슬프고 잔혹한 이야기가 존재하는 1Q84 세계를 살아갈 수밖에 없다. 그리고 그런 체험을 통해 열 살의 사랑을 핵심으로 한 세계의 재편이 이루어진다.

1Q84 세계에 떠 있는 두 개의 달은 하나는 또렷한 윤곽을 가진 달이고 또 하나는 작고 약간 일그러진 푸르스름한 달이다. 이 작은 달은 '도터가 잠에서 깨어났을 때' 나온다. 그리고 이 두 개의 달이 '마음의 그림자를 비춘다' 는 것이다. 이 도터라는, 다른 세계로부터의 메시지를 지각할 수 있는 존재는 열 살 아이들의 모습을 취하며 '공기 번데기' 에서 태어난다. 그리고 달은 누구에게나 두 개로 보이는 것은 아니다. 다시 말해서 열 살 아이 때의 진실한 기억이 어떤 종류의 소중한 메시지로서 자신 속에 상기된 사람들에게만 두 개의 달이 보인다. 기억의 재편은 인생의 재편이 된다. 어른의 달과 열 살 아이의 달. 이 두 개의 달을 하늘에서 찾아봄으로써 앞으로 살아갈 괴로움이 큰 인생에 의미를 부여해주고 약속을 신뢰할 수 있는 믿음을 지탱하고 사랑을 느끼는 혼을 길러주는 것이다.

이곳이 아닌 다른 세계 이야기의 필요성

현실과 망상의 경계가 없어진 노인이 "돌아갈래. 집으로 돌아갈래"라며 필사적으로 돌아갈 집을 찾는 경우가 자주 있는데, 이 돌아갈 집이란(아무리 괴로운 추억이 있는 집이라 해도) 열 살 까지 살아온 집인 경우가 많다. 이와 같이 인생의 종말기에 이르면 열 살이라는 임계점에 있는 나이의 기억이 더욱 큰 의미를 갖게 된다.

현재를 살아가는 많은 어른들은 시스템에 묶여 있으며 개인으로 생각할 힘을 잃고 무력감에 시달리며 막연한 불안을 안고 살아간다. 덴고는 이곳에 있는 세계의 과거를 고쳐 쓰기 위해 이곳이 아닌 다른 세계의 이야기가 필요하다고 말한다. 자신의 과거 기억의 의미부여가 변한다는 것은 자신이 살아가는 세계의 의미가 변한다는 것이다.

집합적으로는 1984년이라는 과거의, 그리고 개인적으로는 열 살 아이로서의 임계점을 나타내는 시기의 기억을 회상하며, 그 기억의 의미부여가 변하는 것이 지금 시대를 살아가기 위해 절실히 필요하게 된다.

이곳이 아닌 다른 세계의 이야기를 《1Q84》 만큼 진실한 기억으로서 치밀하고 리얼하게 조명해준 작품은 없다. 그러므로 자신이 살아가고 있는 이 세계의 의미를 조금이라도 다시 고쳐 쓰는 '체험'을 하고자 하는 사람이라면 하루키의 작품을 찾을 수밖에 없는 것이다.

009

200Q년의 문예 걸리쉬^{Girlish}

무라카미 하루키 《1Q84》/ 후카에리 《공기 번데기》를 내멋대로 읽다

지노 보시(千野帽子) : 1965년생. 문필가. 저서로 《문예 걸리쉬》《세계소녀문학전집》이 있다.

재작년부터 작년까지 파리에 있었을 때, 파리7대학 일어일문학과 교수인 세실 사카이의 수업에 객원 연사로 나가게 되었다. 한 번은 대학원생을 대상으로 일본어에 프랑스어를 섞어가며 일본 근현대소설에 대해서 이야기했다.

두 번째는 학부생을 대상으로 프랑스어에 이따금 일본어를 섞어서 이야기했다. 예전에 프랑스어로 쓴 논문을 근간으로 하면서 레이몽 쿠노의 《푸른 꽃》[1965], 알랭 로브-그리예의 《시해자》[1949/78], 무라카미 하루키의 《세계의 끝과 하드보일드 원더랜드》[1985]를 읽는 방식이었다. 그 전날 로브-그리예의 부고를 접했기에 그 날 수업은 추도사로 시작되었다.

이 세 작품은 두 개의 플롯 라인이 교차하면서 진행되는 형식의 소설이다. 이런 형식은 포크너나 조르주 페렉, 미야베 미유키 같은 다수의 작가가 시도했는데, 《푸른 꽃》《시해자》《세계의 끝과 하드보일드 원더랜드》 세 편에는 각 플롯 라인의 주인공들이 어떤 종류의 분신 관계에 있다는 중요한 공통점이 있다. 《1Q84》도 그런 형식으로 이루어져 있다.

*

무라카미 하루키는 이제까지 두 개의 플롯 라인이 교차하면서 서술되는 형식의 장편 소설을 모두 네 편 썼다. 뒤에 다루겠지만 《1Q84》의 속편이 나올지도 모르는 상황이므로 '썼다' 라고 완료형으로 잘라 말할 수는 없지만 말이다.

그 중 첫 소설인 《1973년의 핀볼》[1980]은 데뷔작 《바람의 노래를 들어라》[1979]의 속편이다. 《바람의 노래를 들어라》에서 '나' 와 '쥐' 는 행동을 함께 했지만, 《1973년의 핀볼》에서는 '나' 의 일인칭 이야기와 '쥐' 의 삼인칭 이야기가 교차로 나온다. 잘 읽어보면 두 사람은 같은 세계에 있기는 하지만 다른 공간을 살아가며 두 개의 줄기는 합류하지 않는다.

두 번째 소설인 《세계의 끝과 하드보일드 원더랜드》에서는 각각 일인칭 '나私' 와 또 다른 '나僕' 로 이루어지는 두 개의 플롯 라인이 전혀 다른 두개의 '텍스트 지시대상 세계'의 사태를 보고한다. 텍스트 지시대상 세계란 마리-로르 라이언의 《가능세계·인공지능·이야기 이론》(필자의 번역서)에 나온 용어로 본문 이외의 곳에 존재한다고 추정되는, 본문이 표상하는 세계를 말한다. 본문이 그 세계를 정확하게 반영하는지 아닌지는 묻지 않는다.

두 개의 라인 가운데 '하드보일드 원더랜드'의 '나私'의 뇌에 어떤 조작이 이루어짐으로써 또 다른 '세계의 끝'의 '나僕'의 운명이 움직이며 이어지고, 이번에는 '나僕'의 행동에 의해 '나私'의 운명이 결정된다. 그리고 본문에서 확실하게 명시되어 있지는 않지만, 두 개의 일인칭은 노골적인 분신관계에 있다.

세 번째 작품인 《해변의 카프카》2002는 로브-그리에의 《시해자》처럼 일인칭과 삼인칭이라는 두개의 플롯 라인이 교차로 진행된다. 모두 삼인칭 이야기의 주인공(《시해자》의 보리스, 《해변의 카프카》의 나카타)이 '왕의 살해'를 시도한다. 두 개의 세계가 꿈 혹은 환각이라는 의식 변용상태의 회로를 매개로 교류하는 점, 이것도 또한 《시해자》와 《해변의 카프카》의 공통점이다.

반면 두 작품의 가장 큰 차이점은 《시해자》에서는 두 개의 지시대상 세계가 단절돼 있는 것에 비해 《해변의 카프카》의 두 라인은 어느 한 점에서 접하고 있다는 사실이다. 삼인칭 이야기에서 살해되는 왕은 일인칭 이야기의 화자 '나'다무라 카프카의 아버지다. 이 살인이라는 전개는 《태엽감는 새》 제3부1995에서 꿈속에서의 상징적 폭력이 현실세계에서 일종의 살인미수로 효력을 발휘했던 것의 연장선상에 있다.

《1973년의 핀볼》의 '나'와 '쥐' 사이에 평온한 분신관계가 성립된다고 주장하는 경향도 있다. 《해변의 카프카》에서도 '부친 살해'는 분신이 했다는 견해도 강하다. 개인적으로는 《세계의 끝과 하드보일드 원더랜드》의 두 명의 주인공은 본문 수준에서 분신관계의 가능성을 조정할 수 있지만, 《1973년의 핀볼》《해변의 카프카》에서 두 주인공의 분신관계는 어디까지나 카를 융이나 신화학 같은 장치를 매개로 한 하나의 해석에 불과하다고 생각한다.

그런 해석은 자유이므로, 작품 본문의 '효능'(치유라든가 자기계발, 혹은 '신자유주의' 등)을 추측할 요인은 될 수 있을 것이다. 하지만 마음을 비우고 본문을 읽으려 할 때, 그런 해석이 눈과 페이지 사이에 끼어들어서 글자가 직접 보이지 않게 되면 너무나 따분해진다. 모든 것이 자기실현이나 부친 살해 이야기가 되어버린다는 해석은 상담실에서만 했으면 하는 바람이다.

작가가 융이나 신화학에 의거해서 줄거리를 구축할 가능성은 존재한다. 무라카미 하루키가 장편소설에서 꿈을 다루는 방법은 그런 전략적인 솔직함이 느껴진다. 그래서 항상 마음이 약해진다. 꿈, 환상에 관한 언급이나 일부러 생각해낸 듯한 의식변용 체험의 장면이 없었더라면 더욱 좋았을 텐데 말이다.

*

네 번째 작품인 《1Q84》는 위와 같은 문장을 한창 쓰던 2009년 6월 후반 단계에 BOOK1과 BOOK2로 간행되었다. 어쩌면 그 다음이 나올지 모른다는 이야기도 있다. '속편 간행'이라고 명시되어 있지도 않은데 '그 다음이 나올지 모른다'며 마음의 준비를 하는 우리들 독자는 '무라카미 하루키의 소설이라면 어떤 묘한 사태라도 일어날 수 있다'작품 속에서나 밖에서도고 생각할 만큼 신중해지는(혹은 거꾸로 낙관적이 되는) 것이다.

《1Q84》에서는 쿠노의 《푸른 꽃》처럼 두 개의 라인은 모두 삼인칭이다.

《푸른 꽃》에서는 두 주인공 지드 롤랑과 오주공작은 《장자》 '호접지몽'과 같은, 혹은 루이스 캐럴의 《실비와 브루노》의 등장인물 같이 서로 상대를 꿈꾸는 두 사람이 확연한 분신관계라고도 할 수 있다. 중간까지는 서로 다른 역사적 시간을 살아가는 두 사람이 종반 가까이에 해후했다가는 다시 헤어진다. 《1Q84》도 역시 두 개의 역사적 시간1984년과 1Q84년을 둘러싼 소설

132

이며, '1Q84년'이 두 개의 달을 가지고 있다는 사실은 스티브 에릭슨적이다. 단, 두 주인공의 본문상에서의(해석상이 아닌) 분신관계는 회피되고 있다. 성별도 다르고 이미 서로를 알고 있다. 에드거 앨런 포나 호프만이나 아쿠타가와를 읽어보면 알 수 있는 것처럼 이야기 속에서 분신은 일단 미지의 존재로 등장한다. 이미 알고 있는 경우에는 본문상에서 분신 관계가 성립하기 어려워진다.

짝수 장의 덴고의 회상에 나오는 아오마메와, 홀수 장의 아오마메의 회상에 나오는 덴고는 중간까지 그 이름이 등장하지 않는다. 그러나 어느 순간 짝수 장에 아오마메의 이름이 등장하고 홀수 장에 덴고의 이름이 등장한다. 더구나 자세한 설명도 없이 자연스럽게 말이다.

독자는 그 즈음에서 덴고의 회상에 나오는 여자가 아오마메이며, 아오마메의 회상에 나오는 남자가 덴고일 거라고 짐작하게 된다. 그런데 자연스럽게 두 사람에 의해 상대의 이름이 회상된다. 설명이 매개하지 않는다는 것은 이야기가 매끄럽게, 독자에게 친절하게 구성되어 있다는 것을 뜻한다. 하지만 지나치게 매끄럽다. 오히려 위화감을 느끼게 된다.

동창생이었기에 두 사람은 같은 세계를 살아간다. 사실 양쪽의 플롯 라인에 걸쳐지는 가공의 고유명사(종교단체 같은)가 존재하는 데다 세부의 이치는 잘 맞아떨어지는 것 같다.

그러나 홀수 장의 여주인공 아오마메와 짝수 장의 남자주인공 덴고 두 사람이 타인이라는 생각은 들지 않는다. 하지만 두 사람을 분신이라고 단정하면, 내 스스로 눈과 페이지 사이에 그 해석이 끼어들어가서 글을 읽을 수 없는 상태가 되어버릴 것이다. 언급하고 싶은 바는 그런 분신관계가 아니다.

*

무라카미 하루키의 작품으로서는 드문 현상인데, 《1Q84》에는 작품 속에 들어가 있는 액자소설로서의 소설이 큰 위치를 차지한다. **후카에리**가 이야기한 체험을 아자미가 받아 적고 덴고가 첨삭하여 소설 형태로 만든 《공기 번데기》다(아자미라는 이 중요한 인물이 본격적으로 등장하지 않은 점도 그 뒤에 소설이 계속될 거라고 추측하게 만드는 한 요인이다).

어쩐지 다니자키 유이谷崎由依의 《흩날려 떨어지는 마을》의 표제작2007을 떠올리게 하는 걸리쉬한 소설 같은 느낌이 든다. 그 구절이 인용되는 부분은 무척 적다.

하루키 작품에는 드문 현상이라고 앞서 적었지만, 원래 일본의 문예지, 문예 저널리즘의 세계가 그려지는 것 자체는 하루키답지 않다는 느낌이 든다. 작품 속에 '아쿠타가와상' 이라는 단어가 나왔을 때 의외라는 생각이 들었다. 누가 뭐라 해도 무라카미 하루키의 소설 세계에서 가장 존재할 것 같지 않은 존재라고 느꼈던 것이 바로 아쿠타가와상이었기 때문이다.

그리고 덴고 자신도 소설가 지망생이다. 《공기 번데기》의 리라이팅 작업 종료 후, 그는 자신의 소설을 쓰기 시작했고 BOOK2 후반에서 집필중인 채로 끝나버린다.

문예지나 작가지망자의 소설집필이나 나아가 '이야기란 무엇인가' 라는 질문에 대한 결정된(그 자체는 요점에서 벗어나지 않는다) 사색이나 정의와 같은, 조금은 메타픽션적이고 직선적인 자기언급성은 이제까지 하루키 작품에는 거의 보이지 않던 것들이다.

이를 두고 창조력의 고갈이라고 간주하는 의견이 있을지 모른다. 무라카미 하루키의 창조력이 고갈했는지는 차치해두고, 어떤 작가든 메타픽션적인 삽입구조나 자기언급이 이루어진 순간, 자동적으로 '창조력의 고갈' '상상력의 저하' '자가중독' 이라고 평하는 사람이 있는 것은 사실이다. 그러나 생각해보면 메타픽션적인 전략이 한마디로 좋다 나쁘다고 하는 말은 극도의 단순화이거나 의심쩍은 표현일 뿐이다.

1980년대에는 메타픽션의 표방만으로도 과감한 전투적, 도주적, 혁명적, 저항적인 실천이라고 치켜세웠던 논자가 있었는데 정말 어리석다고 생각했다. 그리고 그 상황이 반전되었을 뿐인데 메타픽션이라는 것만으로 창조력의 고갈을 운운하는 사람도 같은 논리로 봤을 때 정말 어리석다고 밖에 할 수 없다. '소설은 소설 이외의 것을 쓰는 것'이라는 도그마는 '아이는 밖에서 노는 것' 정도의 설득력도 가지지 못 한다. 메타픽션은 그렇게까지 추켜올리거나 폄하할 것이 아니다. 이야기를 해체시켜서 허실관계를 따져묻는 비평성과, 독자에게 은밀한 협의를 요구하며 눈짓을 주는 동료끼리의 서비스는 때에 따라 표리일체를 이루기 때문이다.

그런데 나는 BOOK1과 BOOK2를 읽으면서 그야말로 내멋대로의 망상으로 이야기를 보완해가고 있었다. 이제부터 쓸 나의 망상은 읽고 나서 느낀 것이라기보다는 읽어나가는 동안 내가 푹 빠져 있던 망상이다. BOOK1과 BOOK2를 정교하고 세밀하게 읽으면 모순점이 한가득 발견될 것 같은 조악한 망상이다. 가령 BOOK3 이후가 나온다 하더라도 우선은 이런 방향으로 진행되지 않을까라는 망상이다.

그 망상의 단초가 된 것은 《공기 번데기》에 나온 **두 개의 달**이라는 제재를 덴고가 소설에 적어 넣었다는 부분이다. 이 모티브는 **후카에리**+아자미라는 히에다노 아레稗田阿禮=오노 야스마(p.87 역주 참조)로 콤비의 원고인 원전 《공기 번데기》 단계에서 이미 존재했던 것이다. 작품 속에서 《공기 번데기》는 화제의 베스트셀러가 되었다고 나온다. 그런 베스트셀러 속의 인상적인 기술인 '두 개의 달'이라는 모티브를, 덴고는 발표할 가능성이 있을지 조차 알 수 없는 자신의 소설에 전용하고 있다. 발표하면 날치기라고 평가받을 게 뻔한데도 말이다.

덴고는 두 개의 달이 존재하는 세계를 쓰지만, 아오마메는 어느 순간 자신의 세계에 달이 두 개라는 사실을 알아차린다. 그 순간 나는 홀수 장은 바로 덴고가 쓰고 있는 소설이 아닐까라는 평범한 망상을 안게 되었다. 즉 짝수 장이 홀수 장을 자신 안에 삽입시키는 형태로 품고 있을지 모른다고 생각하면서 BOOK2 중간까지 읽었다. 덧붙여서 덴고는 BOOK2 중간에 소설 집필을 중단한다.

만일 홀수 장이 덴고에 의한 창작이라고 하면, 홀수 장의 '아오마메'도 덴고가 만들어낸 인물이다. 초등학교 시절에 짧은 순간 교류했고 그 교류를 잊을 수 없는 반 친구 여자 아이가 살아 있으면 이렇게 되지 않았을까라는 느낌에 살을 붙인 것이 **마이**^{my} **아오마메**인 것이다. 현실의 아오마메는 어디에서 무엇을 하고 있는지 모르지만 말이다.

더구나 그 마이 아오마메를 자신^{덴고}을 강하게 희구하는 여성으로 망상하며 쓴다. 이렇게 쓰니 기분이 이상하다. 이 기분 나쁜 버전의 오나니스트 덴고는 물론 내가 망상하는 **마이 덴고**지만 말이다.

그런데 덴고는 이 소설에 **후카에리**가 생활했던 코뮌을 적어 넣고 있다(덧붙여서 혁명운동에서 컬트로의 중심이동은 이미 가사이 기요시笠井潔가 《천계天啓의 연宴》1996에서 메타픽션화하고 있다). 우선 일단은 어린 소녀의 육체를 희롱하는, 사신을 모시는 사이비 종교로 그린 다음, **마이 아오마메**를 필살사사인으로 해서 그 교조에게 보내면, 어린 소녀를 강간한 의외의 진상이 교조의 입을 통해 알려진다. 교조는 마이 아오마메의 살해를 순순히 받아들인다.

덴고의 소설에서 **마이 아오마메**는 교단에 쫓기는 몸이 되어 덴고와 《당신의 이름은》주인공들의 해후가 성사되지 않은 비운의 멜로드라마 ─역주처럼 엇갈림을 연출한 후에 그의 이름을 마음속으로 외치며 자살한다. 또는 자살을 시도한다(마지막 장면도 자살에 성공했는지 지금으로서는 확실하지 않다). 덴고의 망상이 기분 나쁜 이유는 앞서 기술한 것처럼 내가 망상했던 **마이 덴고**가 오나니스트이기 때문이다.

그러면 BOOK2의 마지막 장에서 덴고가 아오마메를 찾으려 하는 것은 어떤 이유일까? 그 앞장에서 아오마메는 자살했는(했을지도 모르는)데 말이다.

BOOK2는 《7월-9월》이라고 되어 있다. 그리고 짝수 장은 물론 7월부터 9월의 덴고의 생활을 기술한다. 그렇다면 홀수 장은 어떨까?

두 개의 달을 가진 세계에 대한 소설 집필을 중단한 덴고가 9월 이후에 그것을 재개하게 된다면 상황은 어떻게 될까? 즉, BOOK2 홀수 장은, 혹은 적어도 그 마지막의 아오마메의 자살 장면은 BOOK3 이후(가 있다고 치고)의 덴고가 쓴 것이 아닐까? 9월 이후 소설 속에서 자신과 스쳐 지나가는 드라마를 연출시킨 후, 그리고 마이 아오마메에게 자살을 유도한 것은 아닐까?

예를 들어 BOOK3가 있다고 하면, 그 중 짝수 장은 덴고가 등장인물 '마이 아오마메'에게 자살을 계획하게 하는 경위를 말해줄 것이다. 그럼 BOOK3의 홀수 장은 어떻게 될까? 이미 스쳐 지나간 드라마에 그 모습을 다시 적는다 해도 BOOK3의 덴고는 스스로가 만든 홀수 장에 '덴고'라는 이름의 삼인칭으로 자신의 분신을 본격적으로 써넣지 않을까? 허구와 실제의 쌍방의 덴고가 홀수 짝수 장에서 각각 행동하지 않을까?

나의 망상은 《도라에몽》 마지막 회를 둘러싼 거품기 도시전설과 비슷하다. 독자로서의 '상상력의 저하' '자가중독'의 증거일 것이다. 그리고 분명 나는 《1Q84》를 읽으면서 《공기 번데기》를 읽으려 했던 것이다.

BOOK2 마지막까지 다 읽은 지금, 이상의 망상이 그저 망상으로 끝날 것이라는 사실을 알고 있다. 그러나 독서란 결과가 아니라 과정에, 그리고 경과에 존재하는 것이다. 비평가로서 보면 읽을 가치가 없다고 할 것이 분명한, 평범한 이의 잘못된 기록으로 글을 써보았다.

쿠노의 《푸른 꽃》의 결말은 2139년이라 추정되는 세계의 비전으로 끝나는데, 《1Q84》의 속편이 나온다 해도 플롯 라인은 '1984년'으로 돌아올 것인지 아닌지 무척 불안하기만 하다.

010

세계는 뼈와 가죽,
피와 살로 만들어진다

무라카미 하루키와 오스터 이야기

우에다 마유코(上田麻由子) : 1978년생. 미국문학 연구가.

이야기를 건축하다

'나비에 뼈대를 만들어주는 것과 같은 것'(BOOK1, p.126) —
《공기 번데기》의 리라이팅을 의뢰받은 덴고는 그 작업이 이야
기 자체의 자질을 손상시켜버릴까 두려워한다. 그러나 막상 작
업을 시작하자 덴고는 실로 영리하게 즐거워하며 리라이팅을
완수해간다.

"아파트 리모델링과 똑같다. 기본적인 구조는 그대로 둔다.
구조 자체에 문제는 없으니까. 수도 설비 위치도 변경하지 않는
다. 그 이외 교환 가능한 것마룻바닥과 천정, 벽과 칸막이을 뜯어내고 새로운
것으로 교체해간다. 나는 모든 것을 일임 받은 솜씨 좋은 목공

이다라고 덴고는 스스로에게 들려주었다." (BOOK1, p.127)

이렇게 덴고는 '비바람만 피할 수 있으면 충분한' 판자오두막 같은 《공기 번데기》를 간소한 원룸으로 완성해냈다. 그 결과 《공기 번데기》는 베스트셀러가 되고 눈에는 보이지 않는 위협인 리틀 피플에 대해 '반 리틀 피플적 모멘트'가 되었다고 여겨진다. 이것은 과연 어떤 일일까?

나중에 《공기 번데기》는 후카에리가 입으로 들려준 이야기였음이 알려진다. 서툴게 보였던 원고는 사실 후카에리가 들려준 내용을 아자미라는 소녀가 문자로 기록한 것이었다. 이와 같은 '목소리로 들려준 이야기/문자가 된 이야기'의 대비는 《1Q84》 속에서 반복해서 나타나는 테마다. 예를 들면 후카에리는 거의 문자를 읽고 쓰지 못하지만 《헤이케 이야기平家物語》를 낭랑하게 암송해 보이거나, 《마태수난곡》을 유창한 독일어로 노래해 보여 주위를 놀라게 한다. 그러나 주의해야할 점은 후카에리가 하는 것은 어디까지나 녹음기처럼 기계적으로 이야기를 '반복'하는 것이며 비파법사琵琶法師, 헤이케 이야기는 각지에서 비파를 든 장님 법사들이 음송해서 들려주었다 -역주나 음유시인들의 '목소리로 연행해 들려주는' 행위와는 본질적으로 다르다. '목소리'로 이야기를 들려주던 인간이 '문자'를 획득했을 때 사고패턴 그 자체가 변한다는 사실을 밝힌 월터 J 옹에 의하면 음성 문화에서는 청중이 눈앞에 있어서 상대의 표정이나 태도 등에 따라 말하는 내용이 변화해간다.
(Ong, Walter J. Orality and Literacy. [1982] London. Routledge, 2000)
예를 들면 《고양이 마을》 내용을 후카에리에게 들려주었을 때
가 여기에 해당된다. 덴고는 임의로 디테일을 첨가하거나 즉흥
적으로 이야기를 청중에 맞추어 바꿔 간다. 음성으로 들려주는
이야기는 이와 같이 전개되는 것이며 화자와 청자 사이에는 눈
에 보이는 형태로의 상호작용이 존재한다. 그러나 후카에리의
'암송'에는 그녀 나름의 '개작'은 찾아볼 수 없다. 여기서는 이
두 가지를 명확하게 구별해서 이야기를 진전시켜 보자.

원래 그 성립과정부터 《공기 번데기》는 닫혀진 이야기였다.
후카에리의 입에서 나온 것이라 해도 어디까지나 어른들이 알
지 못하는 장소에서 소녀들끼리 비밀이야기처럼 몰래 이루어졌
기 때문이다. 책이 된 《공기 번데기》에 대해 후카에리는 체호프
의 《사할린 섬》에 나오는, 문자가 없는 길랴크인에게 자신을 빗
대어 "일단 글자가 되고 나면 그것이 내 것이 아니게 된다"라며
전혀 흥미를 보이지 않는다. 그녀의 목소리를 문자를 빌어 방에
서 밖으로 가지고 나온 것은 아자미였으며 그 후에 청결한 원룸
으로 고쳐서 문을 열어준 것은 덴고였다. 그 곳에 과연 누가 찾
아 왔을까?

뼈와 가죽만으로 이루어진 이야기

음성문화 이야기에 천착하는 동시대 작가로서는 폴 오스터를 빼놓을 수 없다. 무라카미 하루키와 폴 오스터의 친화성, 특히 《세계의 끝과 하드보일드 원더랜드》와 《폐허의 도시^{In the Country of Last Things}》에서 '이제 다 끝나버렸다고 느끼는 지점에서 거꾸로 시작되는 느낌'에 대해서는 이미 평론가 미우라 마사시三浦雅士의 《무라카미 하루키와 시바타 모토유키柴田元幸의 또 하나의 미국》에서 상세히 다루고 있는데, 무엇보다 이 두 작가에게 공통되어 있는 점은 한없이 제로에 가까워져 가는 세계에서 개인이 이야기를 통해 관계를 맺어가는 중요성을 그린다는 사실이다. 예를 들어 《뉴욕3부작》에서 탐정소설 플롯 차용에 대해 질문을 받은 오스터는 자신의 작품에 가장 큰 영향은 준 것은 어린 시절에 구전으로 전해진 옛이야기라고 말한다. 그것은 '모두 내러티브로서는 뼈와 가죽만으로 이루어진^{bare bones narrative}' 것이지만 듣는 사람은 각각의 상상력을 부풀려 결락된 디테일의 살을 붙여갈 수 있다. 그렇기에 이야기는 '우리들 마음 깊은 곳까지 울린다'고 한다(Auster, Paul. The Art of Hunger. New York: Penguin, 2007).

그러나 구전된 이야기와 달리 문자로 된 이야기는 '작가의 청자는 항상 허구'라고 월터 J 옹은 말한다. '읽고 쓴다는 것은 마음을 자신에게 끊임없이 내던지는 고독한 행위'이다(월터의 책, p.147). 즉, 입으로 하는 커뮤니케이션과 달리 문자화 된 이야기에서 화자와 청중 사이에는 틈이 자리 잡는다. 하지만 우리가 책을 읽을 때를 떠올려 보면, 결락된 디테일을 보충하고 자기 나름의 이미지를 만들어낸다는 점에서는 이야기를 귀로 들을 때와 다르지 않다. 다시 말해서 문자화된 이야기가 아무리 '닫혀' 있는 것처럼 보여도 거기에는 독자 한 사람 한 사람이 특별 주문할 수 있는 여지가 남겨져 있다. 물론 이런 현상은 어떤 이야기에서나 일어나지는 않는다. 독자가 자유롭게 살을 붙여가기 위해서는 되도록 뼈와 가죽으로만 된 이야기가 더 좋다. 오스터는 작가가 말해야 하는 것에 대해서(정확하게 표현하면 말하지 **않을** 것에 대해서) '방' 을 예로 들어 다음과 같이 말한다.

"가능성은 무한하다. 커튼의 색을 써도 좋고 벽지의 모양을 쓸 수도 있고 커피 테이블에 놓인 물건이나 빛이 거울에 반사되는 모양새를 쓸 수 있다. (생략) 그렇지만 무엇보다 이야기를 들려줘야 하는 것이기에 그 이야기를 듣고 싶도록 만드는 것이 작가의 일이다."

환언하자면 '목소리narrative voice가 모든 것' 이라는 셈이다(오스터의 책. 〈Interview with Joseph Mallia〉). 그런 점에서 덴고라는 수완 좋은 목수가 만든 군더더기 장식 없는 방 《공기 번데기》에서는 열 살 소녀의 목소리가 잘 울려 퍼진다. 덴고는 문장을 읽기 쉽게 정리하면서 동시에 예를 들어 두 개의 달, 공기 번데기라는 독자가 본 적이 없는 것의 외견적 상징(원래 《공기 번데기》에서 불충분했던 디테일)을 나름대로 상상하여 설명을 덧붙였다. 이는 음성문화에서 이야기의 열린 구조와 비슷하다. 그럼으로써 《공기 번데기》를 읽은 아오마메는 제일 먼저 그 '목소리(음성)'를 들었다. 그것이 뼈와 가죽만으로 이루어진 이야기였기에, 그녀는 자신이 직면한 문제를 해결할 매뉴얼 북이라는 극히 개인적인 독서 방식으로 《공기 번데기》를 읽었을 것이다. 이야기 결말 즈음에 아오마메는 고엔지高円寺 맨션에서 숨죽이며 방이 '마치 모델룸같다'고 느낀다. '몰개성적이고 서먹서먹한' 모습이 자신이 살아 있는 세계 자체와 중첩되어 보인다. 그러나 덴고를 생각하면 세계의 양상은 변해 버린다. 덴고가 만든 세계에서 자신은 일종의 백신 같은 존재가 아닐까? "1Q84년은 베이면 피가 나오는 현실의 세계다."(BOOK2, p.337) 이때 뼈와 가죽으로 만들어진 이야기에 덧붙여진 것은 다름 아닌 아오마메 자신의 피와 살이다.

피와 살로 만든 이야기

《공기 번데기》와 마찬가지로 현실의 《1Q84》도 순식간에 베스트셀러가 되었고 전 세계에서 무라카미 하루키를 읽고 있다. 이런 상황에서 예전과 같이 '원래 미국 소설 영향 하에서 태어난 소설이기에' 라던가 '9·11테러 이후 진행되어 가는 불투명한 세계에서는 막연한 불안감이 글로벌하게 공유되어 있기에' 라는 설명은 나름대로 핵심을 찌르기는 했지만 납득이 잘 가지 않는 것도 사실이다. 왜냐하면 미국에서 우리가 직접 목격하는 하루키 독자, 즉 하루키스트들은 너무나도 순수한 독자였기 때문이다(2005년 하버드 교회에서 'less information은 more information을 부른다' 라는 테마로 이루어진 하루키 강연회에서의 질문을 예로 들 수 있다. "당신의 작품에 나오는 음식 중에 어느 것을 가장 좋아합니까?"였다). 이에 비해 무라카미 하루키의 소설이 세계에서 받아들여지는 것은 '동시대적인 감각을 공유했기 때문이 **아니다**' 라는 가설에서 시작된 우치다 다쓰루內田樹의 설명에는 납득이 간다. 우치다는 하루키의 작품이 '시스템' 이나 '신' 이라는 부권적인 것이 '존재**하지 않는**' 것에 대해 쓰기 때문에 전 세계에서 수용된다고 결론지었다(우치다 다쓰루 〈아버지의 부재〉《무라카미 하루키 조심》 아르테스퍼블리싱, 2007). 그 '공백'은 독자 한 사람 한 사람이 자유롭게 살을 붙일 수 있도록 열려 있는 것이기에 '나의 너의' 하루키로서 그리고 어느 정도는 순수하게 읽혔을 것이다. 하루키를 '나의 작가' 라고 부르면서도 그의 소설을 읽을 때 동시대적인 콘텍스트는 불필요하다는 우치다에 비해 시바타 모토유키는 '소설만큼 세부를 커스터마이즈customize: 고객(독자)의 취미에 맞추는 것하기 좋은 미디어는 없기 때문' 이라 하는 점도 시사적이다(시바타 모토유키 〈우치다 다쓰루《무라카미 하루키 조심》을 둘러싸고〉《시대질문 16 인터뷰》 2009)

물론 하루키의 이야기는 오스터의 그것과는 다르며 결코 '뼈와 가죽만으로 성립된' 것은 아니다. 오히려 그 매력은 독자적인 비유에 있다. 그러나 동시에 《1Q84》를 읽으며 절절이 느끼는 건 이야기의 전개, 즉 읽게 만드는 힘이다. 혹은 **멈추지 않게 하는 힘** 이라고 하는 것이 정확할지 모른다. 또한 《공기 번데기》도 그런 소설이다. 덴고는 '마지막까지 독자를 끊임없이 견인해 가는' 것이야말로 《공기 번데기》가 평가받을 점이라고 생각한다(BOOK2, p.123). 그리고 '읽게 만드는 힘' 에 의해 《공기 번데기》는 '반 리틀 피플적 모멘트' 가 될 수 있었을 것이다. 물론 독자에게는 '공기 번데기' 란 무엇인지, '리틀 피플' 은 누구인지 알 수 없다. 그러나 종교단체 '선구' 의 실체가 마치 블랙박스같은 것이었음에도 불구하고 많은 사람들을 끌어들인 것처럼, 덴고가 세운 소박한 원룸 《공기 번데기》에는 한 사람, 또 한 사람이 입주를 했다. 아유미는 맥루한의 '미디어는 메시지' 라는 개념을 사용해 "패키지의 특질에 의해 내용이 성립된다. 그 거꾸로가 아니라"(BOOK1, p.517)라고 '선구'를 설명했지만 이 점은 《공기 번데기》에도 적용할 수 있다. 이것은 놀랄만한 수의 독자를 끌어당겼고 후카에리와 덴고의 관계 같은 상보작용을 무수히 일으켰다.

여기에서 조지 오웰의 《1984년》을 떠올려 보면, 독재자 빅 브라더는 하나의 '목소리'만을 자장가처럼 들려줌으로써 사람들을 '뇌사적 상태'에 빠트린다. 즉 표준영어인 'Old speak' 대신 'New speak'를 고안하여 시민의 반체제적인 사상을 규제하였다. 그러나 가와바타 야스오川端康男에 의하면 오웰은 'New speak'의 불가능성을 다름이 아닌 《1984년》의 '다성多聲적이며 대화적인' 이야기 그 자체를 통해서 증명한다고 한다(가와바타 야스오, 〈디스토피아의 언어학〉 《주간 아사히 백과세계의 문학》 72호, 아사히신문사, 2000년). 다시 말해서 사고통제에 의해 억압된 주인공의 악몽을 들려주는 '목소리'가 한 목소리여야 하는 체제에 대한 대항적인 모멘트가 된 것이다. 이와 동시에 《공기 번데기》에서는 이야기와 독자 사이에 메아리 같은 공명이 빅 브라더 부재=리틀 피플이 대두하는 세계에서 '반 리틀 피플적 모멘트'가 된 것은 아닐까?

이처럼 《1Q84》에서 무라카미 하루키가 우리에게 제시한 것은 '목소리'가 잘 통하는 '뼈와 가죽 이야기'에 귀를 기울이고 그곳에서 독자 한 사람 한 사람이 상상력을 가짐으로써 '피와 살'을 붙여가는 과정이다. 인터넷에 의해 사람과 사람이 손쉽게 이어지는 것 같지만 실제는 타인과의 유대가 희박해지는 이 사회에서 목소리로 들려주는 이야기를 여럿이 함께 들을 때와 같은 '장^場'을 형성하여 이야기에 유기적인 변화를 불러일으킨다. 이것이야말로 책이라는 '방'이 가진 힘이다.

1Q84

011~020

하루키는 근대 자체의 모순을 스스로 받아들이고
근대를 탈구축하기 위한 하나의 수단으로 《1Q84》를 완성했다.
그런 점에서 하루키뿐 아니라 근대 이후를 사는 우리에게도 실로 절실한 이야기이다.

왕을 살해한 후에

근대라는 시스템에 저항하는 작품 《1Q84》

안도 레이지(安藤礼二) : 1967년생. 문예평론가. 2009년 《빛의 만다라(曼陀羅): 일본문학론》으로 제3회 오에 겐자부로(大江健三郎)상, 제20회 이토 세이(伊藤整)문학상 평론부문 수상. 그 밖의 저서로 《신들의 투쟁: 오리쿠치 시노부(折口信夫)론》 등이 있다.

나는 무라가미 하루키를 논하는데 적당한 인물이 아니라고 생각한다. 그래서 이 작품이 발매되기 전에는 다른 매체에서 서평을 써달라는 이야기가 들어왔을 때도 거절했다. 그러나 《1Q84》가 옴진리교를 배경으로 삼았다는 사실을 알고 한 번 읽어보았다. 분명 작품 속에 그 이상의 문제가 내포되어 있다는 생각에 이르렀고, 할 수 있는 한 내 나름의 이야기를 해보려 한다.

《1Q84》를 읽으면 누구나 옴진리교 이야기라고 느낄 것이다. 그러나 작품에 묘사된 신흥종교의 리더가 진정 옴진리교 교주를 모델로 했을까? 결코 그렇지만은 않다고 생각한다. 작품 속의 리더는 더욱 큰 시스템을 구현한 존재다. 하루키가 리더에게 부여한 규정은 오리쿠치 시노부折口信夫, 1887~1953. 국문학자이자 민속학자. 일본 민속학의 기반을 세운 학자이며 그의 연구 성과는 오리쿠치학(折口學)이라 일컬어질 정도로 하나의 학문체계로 자리잡고 있다 -역주가 천황에게 부여한 규정과 완벽히 동일하다.

무라카미 하루키는 프레이저의 《황금가지편》을 참조하면서 리더의 입을 빌어 이렇게 말한다. "그 시대의 왕이란, 사람들의 대표로서 '목소리를 듣는 자'였기 때문이야. 그런 자들이 스스로 나서서 **그들**과 **우리**를 연결하는 회로가 되었지. 그리고 일정 기간이 지난 후에 그 '목소리를 듣는 자'를 참살하는 것이 공동체에게 빼놓을 수 없는 작업이었어."(BOOK2, p.241) 그리고 또 하나 "그 남자의 말을 믿는다면 그녀가 살해한 것은 예언자預言者였다"(BOOK2, p.322). 예언자란 미래를 예지하는 자예언자, 豫言者가 아니라 신의 말을 스스로의 몸에 예預탁, 즉 맡길 수 있는 자다. 무라카미 하루키는 그렇게 정의하고 있다. "신의 목소리를 맡기는 자다. 하지만 그 목소리의 주인은 신이 아니다. 분명 리틀 피플이라는 존재다. 예언자는 즉 왕이며, 왕은 살해될 운명을 지녔다." 즉 하루키는 '선구'의 리더를 왕이면서 동시에 신의 목소리를 들을 수 있는 자예언자로서 위치시킨다.

모든 문제는 그 남자가 불러일으킨 것이다. 게다가 그는 신의 목소리의 리시버receiver로서 간주된다. 특히 리시버는 존재하는 것만으로는 능력이 발휘될 수 없고, 퍼시버perceiver라는 인식자가 필요불가결하다고 한다. 인식자가 리시버에게 신의 목소리를 전달하는 것이다. 리시버는 왕이며 퍼시버는 소녀이면서 왕의 근친자다. 즉 자매 또는 친딸이 신의 목소리를 왕에게 전달한다. 이것은 오리쿠치 시노부가 〈다이조사이大嘗祭의 본의本意〉 등에서 설명한 천황의 규정 그 자체다.

오리쿠치는 1928년에 발표된 〈다이조사이의 본의〉와 밀교에 관련된 논고 속에서 천황을 미코토모치御言持라고 정의한다. "미코토모치는 말씀을 전달한다는 의미인데, 그 말씀이란 필경 처음으로 그 뜻을 발한 신의 말, 즉 '신언神言'이며, 신언의 전달자는 미코토모치다. 노리토祝詞, 신전에 올리는 말 -역주를 낭창하는 사람의 말 자체는 결코 미코토가 아니다." 바로 예언자로서의 왕이다. 실제 오리쿠치가 일신교一神教에서의 예언자라는 존재를 참고해서 미코토모치론을 완성했다고 추측할 만한 여러 가지 상황증거가 있다(자세한 내용은 필자의 저서 《신들의 투쟁: 오리쿠치 시노부론》 참조).

오리쿠치의 논지를 더욱 진전시키면 최고의 미코토모치는 천황이지만, 미코토를 듣는다는 조건만 충족되면 그 밖에 무수한 미코토모치가 태어날 가능성이 존재한다. 천황이라는 개념규정 속에 만세일계를 부정하고 완전히 새로운 신성왕국을 건설하기 위한 종자를 심어놓은 것이다. 오리쿠치는 천황은 천상세계 신들의 목소리를 들을 수 있는 인간이며, 신의 목소리의 상징이라고까지 말한다. 그의 미코토모치론은 2차 대전 이후 상징천황제를 누구보다 먼저 간파한 것이다. 그렇다면 《1Q84》에서 아오마메가 살해한 것은 도대체 어떤 자일까? 나는 근대적으로 재해석된 천황제라는 시스템 그 자체라고 생각한다.

《1Q84》에는 짐승이며 정령이기도 한 리틀 피플이 공기 번데기라는 것을 만들어낸다. 공기에서 투명한 실을 자아 누에고치를 짠다. 그 속에서 새로운 존재가 태어난다. 그것은 원형^{이데아}으로서 존재하는 왕의 분신이다. 오리쿠치는 〈다이조사이의 본의〉에서 새롭게 즉위하는 천황에게 마도코오후스마^{眞床襲衾}라는 침구이자 의상인 거대한 천을 뒤집어씌운다고 한다. 동일한 정경을 《사자^{死者}의 서》에서는 소녀가 연꽃에서 채취한 투명한 실로 짜낸 만다라^{曼陀羅}로 묘사한다. 오리쿠치는 만다라는 '옷' 이면서 '치마' 라고 표현한다. 그것은 모두 실을 자아 짜낸 누에고치다. 그 누에고치 속에서 선대의 '천황령^{天皇靈}' (오리쿠치의 정의에 의하면 그것은 말의 영혼이기도 하다)을 계승하여 선대의 분신이 된, 새로운 왕이 즉위한다. 왕이라는 존재는 멸하지 않는다. 천황의 신체는 영혼이 신체에 깃든 단순한 '용기^{그릇}' 에 불과하다. 반복되는 왕의 즉위 때는 왕의 신체에 생명^{영혼}을 빙의시키고 안정시키기 위해 '물의 여인' 인 왕후가 상징적으로, 그리고 실제로도 성교를 한다. 왕과 소녀는 그야말로 '다의적으로' 관계를 맺는다.

동일하다고 하면 어폐가 있을지 모르지만, 본인이 다년간 연구해온 오리쿠치 시노부의 《사자의 서》와 《1Q84》는 대단히 유사한 이야기 구조를 가지고 있다. 그 핵심에는 천황제라는 시스템이 있으며, 나아가 상상력에 의한 극복이 의도되어 있다. 현실의 제도를 상상력으로 해체하고 재구축한 것이다. 새로운 왕국을 작품으로서 도래시킨 것이다. 이런 점을 통해 무라카미 하루키가 의식적으로 읽어보았을 선행 작품이 무엇인지 추측해볼 수 있을 것 같다. 바로 오에 겐자부로大江健三郎, 1935~. 소설가로서 일본에 두 번째의 노벨문학상을 안겨준 작가다. 1958년 (사육)으로 아쿠타가와상을 수상하였으며 핵과 국가주의 등의 인류적인 문제를 자신의 개인적인 체험과 중첩시켜 독자적인 문학세계를 구축했다 -역주의 《타오르는 푸른 나무》 3부작에서 《우주귀환》으로 이어지는, 종교집단과 구세주를 둘러싼 대하소설이 그것이다. 무라카미 하루키는 오에 겐자부로가 천착했던 1990년대 문제와 동일한 계통을 독자적인 형태로 승화시키려 했다고 판단된다.

보다 직접적인 관계는 미시마 유키오에서 찾아볼 수 있다. 무라카미 하루키가 인터뷰에서 미시마의 작품에 대해 부정적인 견해를 피력한 사실을 무시하려는 의도는 아니다. 분명 그런 개인적인 호불호의 판단을 넘어선, 현대 일본에서 의식적으로 소설을 쓰려는 작가들의 작품, 상상력에 의한 시스템의 파괴와 재구축을 함의한 작품은 모두 서로 비슷한 형태로 묘사되지 않을 수 없다. 미시마 유키오가 《영령英靈의 목소리》에서 제시한 것도, 오리쿠치 시노부가 〈다이조사이의 본의〉에서 크게 참고한 것도 종파 신도神道에 전해지는 신도의례였다. 국가 신도와 동시기에 무수히 태어난 신흥 신도의 교조들이 밝힌 빙의의 주체, 간누시神主, 신을 모시는 신성한 자 -역주와 사니와審神者, 신이나 영혼의 존재를 밝히거나 그 옳고 그름을 판단하는 자 -역주의 구조를 중심으로 오리쿠치도 미시마도 천황제를 탈구축하려 한 것이다. 단, 미시마 역시 오리쿠치에 대해서는 극히 비판적인, 아니 그보다는 애증이 복잡하게 뒤얽힌 양의적인 태도를 취했다.

미시마가 《영령의 목소리》에서 의거한 것은 데구치 오니사부로出口王仁三郎, 1871~1948. 일본 신화에 나오는 구니노토코타치노카미(國常立神)의 뜻을 받드는, 신흥종교 오모토(大本)의 교의를 정비하고 이를 종교단체로 발전시킨 교조(敎祖) -역주의 '오모토大本'에서 분파된 도모키요 요시사네友淸歡眞의 진혼귀신법鎭魂歸神法이다. 신의 목소리가 빙의되는 '간누시'가 있고, 간누시의 빙의를 촉구하고 그것을 통제하는 '사니와'가 있다. 간누시는 신의 목소리를 듣는 리시버이며 천황이다. 사니와는 신의 목소리의 퍼시버이며 왕후다. 이것이 오리구치=미시마의 천황론에 대한 정리다. 미시마 유키오가 《영령의 목소리》에서 얻은 비전을 작품으로 결정화한 것이 유작이 된 《풍요의 바다》 4부작이라고 한다면, 무라카미 하루키에 이르기까지 일본 전후문학의 과제가 무엇인지를 어렴풋하게나마 적확하게 파악할 수 있지 않을까?

거듭 반복하지만 이것은 천황제라는 시스템의 문제다. 더구나 이 천황제는 태곳적부터 끊이지 않고 유지되어 온 시스템이 아니다. 이곳 극동의 땅을 포함하여 세계가 하나가 되려 했던 최초의 시기에, 현재도 맹위를 떨치고 있는 강력한 자본주의 글로벌리즘의 압력하에서 극동아시아의 한 켠에서 발흥한 한 신흥 국가가 살아남기 위해 채용한, 근대에 들어 재발견되고 재구축된 시스템이다.^{상징천황제} 그렇기에 표현에서도, 그리고 실천에서도 시스템을 따르며, 또한 시스템에 저항하는 것이 중요한 문제가 된다. 오리쿠치나 미시마가 표현행위로 나타내려 한 바도 그런 구도 속에 수용된다. 오리쿠치도 미시마도 신도적인 것에 기독교적인 것을 접목하여 글로벌리즘에서 살아남기 위한 이념, 가공할만한 잡종으로서의 신앙원리를 만들어냈다. 동양과 서양의 신앙과 문화를 괴물과 같은 왕 아래에서 통일시키려 했던 것이다.

더구나 그 바로 옆에서 오리쿠치나 미시마가 작품으로 추출해온 권력발생의 방법을 현실세계에 응용하려는 인물이 나타났다. 오리쿠치와 동시대를 살았던 오모토의 데구치 오니사부로다. 결과적으로 데구치 오니사부로는 일본 속에 천황의 분신이라 할 수 있는 존재가 통치하는 또 하나의 다른 신성국가를 구축했다. 더구나 그 신성국가를 일국을 넘어서 아시아로까지 확대하려 했다. 일본의 대륙정책을 기축으로 한 만주나 몽고로의 진출이 그것이다. 현실의 국가가 이 같은 또 다른 이상국가의 존재를 허락할 리 없다. 다이쇼大正, 1912~1926, 쇼와昭和, 1926~1989 시대 두 번에 걸친 오모토 탄압사건이 일어난 것은 유사형태의 시스템을 가진 것끼리는 반드시 어긋나게 되는 사태를 떠올려 볼 때, 필연적인 결과였다.

하지만 제2차 세계대전에서 천황제는 괴멸하지 않고 오히려 추상도를 강화하여 보다 순수한 시스템이 되었다. 그 시스템이 포화상태를 맞이하려던 시기인 1984년부터 1995년에 걸쳐 오모토의 네거티브적인 존재, 옴진리교가 탄생하였다. 옴진리교도 이 지상을 현실의 낙원으로 바꾸려 했다. 아사하라 쇼코麻原彰晃를 중심으로 한 천황제의 희화라고도 할 수 있는 시스템을 이용한 것이다. 즉 근대라는 시대는 상징천황제를 조건으로 삼고 현실세계에서나 상상세계에서도 날 것 그대로를 지침으로 한 의사擬似시스템으로밖에 성립될 수 없었다. 결국 의식적인 실행자들은 천황제를 모방한 현실 조직을 만들어서 국가와 대치하고, 의식적인 표현자들은 상상력에 의해 이상적 국가를 또 한 번 자신들만의 손으로 만들어내려 했다. 그들은 모두 놀랄 정도로 유사하다. 이것이 근대일본사상과 근대일본문학사 모두에게 영향을 미쳤고 두 영역이 교차하는 본질적인 문제가 되었다.

《1Q84》는 이와 같은 흐름 속에서 형태를 이룬 작품이다. 그 지점에 무라카미 하루키의 작가로서의 창조성과 어려움, 두 가지가 공존한다고 추측할 수 있다. 놀라울 만큼 판매가 되는 것도 분명 시대의 무의식에, 그리고 극동지역에서의 근대=현대라는 곤란한 시대를 살아온 사람들의 무의식에 직접적으로 연결될 수 있기 때문이다. 우리 모두가 고민하고 있는 시스템 그 자체를 어떻게 탈구축할까라는 실천이 이 작품의 집필로 나타났다. 그렇기에 하루키의 대부분 작품에는, 회귀하는 망령처럼 '만주' 라는 단어가 몇 번이나 등장하는 것이다. 《1Q84》에서도 그렇고 《태엽감는 새》도 마찬가지다. 하루키의 모든 장편 소설의 원형이라 할 수 있는 《양을 둘러싼 모험》에서도 말이다. 《약속된 장소에서, 언더그라운드2》의 옴진리교 신자들과의 인터뷰로 완성한 작품 후기에서는 "당돌한 예지만 현대의 옴진리교 집단이라는 존재는 전쟁 전 '만주국' 의 존재와 비슷할지 모른다" 라는 한 줄을 일부러 명기했을 것이다. 하루키에게는 자신이 써내려간 이야기의 세계가 현실로서 역습을 해온 것이다.

결국 무라카미 하루키는 근대 그 자체의 모순을 스스로 받아들이고 근대를 탈구축하기 위한 하나의 수단으로 이 작품을 완성했을 것이다. 그런 시점에서 보면 이곳에 묘사된 바는 하루키에게 절실한 이야기임과 동시에 근대 이후를 살고 있는 우리들에게도 실로 절실한 이야기인 것이다. 다만 이 시스템은 대단히 남성적인 시스템이다. 재생하는 여성의 힘을 이용하여 왕으로서의 남성이 영원의 생명을 얻는다. 실제로 이 이야기에서는 여성들만 불행해진다. 남성은 수동적으로 향락을 얻을 수 있다.

남성적인 시스템에 도전하여 그것을 뿌리째 해체하기 위해서는 역시 남성적인 힘을 집약시켜서 적과 싸울 필요가 있다. 그 결과 시스템을 유지하는 힘과 그것을 파괴하는 반 시스템적인 힘은 서로 구분하기 힘들 정도로 서로 닮게 된다. 동시에 그 유사성은 방대하게 긴 소설을 마지막까지 유지시키고 종결시킬 수 있는 추진력이 되었다. 시스템을 자기 괴멸시키기 위한 완전히 다른, 또 하나의 가능성은 없을까? 시스템으로의 의지, 즉 이야기가 장편소설로 결말나는 것을 저지하려는 확산으로의 지향, 남성적인 권력을 휘어지게 하는 여성적 내지는 중성적인 미지의 힘으로의 몽상. 이 작품에 약점이 있다고 한다면 이런 시점이 너무나 두드러진다는 점이다.

시스템의 모순, 시스템의 악과 그 해소를 묘사해야 하는 이야기가 이상적인 시스템 자체가 되어 버리는 것이다. 나는 거기에 큰 불만을 느낀다. 《황금가지편》에 기반한 한, 왕은 제거되어야만 하며 작품 속에서도 그러해야 하지만 현실은 다르다. 왕이 살해됨으로써 시스템은 비로소 완결되지만 아사하라 쇼코는 광기어린 채 계속 살아 있으며, 상징천황제는 흔들림이 없다. 그러므로 왕이 살해되고 이야기가 완결되는 《1Q84》는 역시 만들어진 이야기답다. 너무나도 시스템대로 지나치게 말끔하게 만들어졌다. 이대로는 왕이 너무 멋있어져 버린다. 현실의 데구치 오니사부로는 파격적인 유머의 소유주임과 동시에 누구나 다 좋아하는 상당히 큰 인물이었다고 하며, 옴진리교 교주인 아사하라 쇼코도 내부인에게는 한없는 포용력을 가졌다고 한다. 그런 힘이 반권력의 투사가 되고, 또 끝 모를 악을 체현하게 된 것이다. 《1Q84》의 경우 음침한 악의 원천인 리더를 비롯하여 모두가 지나치게 멋지다. 그리고 여성은 죽고 남성은 살아남는다. 리시버였던 왕을 이어서 소설가가 될 남자는 아무 상처도 없이 미소녀와 안전한 사랑을 나눈다. 너무나 불공평하다.

하지만 그렇게 해야 시스템은 원활히 움직인다고 할 수 있다. 왕과 소녀의 관계가 이야기의 모체가 되고 그 관계성이 반복되며 각각 전개되어 간다. 그곳에는 아무런 허비가 없다. 리더와 딸^{후카에리}의 관계는 친자간이므로 상징적으로 다의적인 혼인을 이루며 이야기는 시작된다. 리더에게는 여성^{아오마메}이 대치하며 딸에게는 남성^{뎅고}이 대치한다. 남성은 에로스의 이야기를 살며, 여성은 타나토스의 이야기를 살아간다. 그리고 두 개의 이야기는 결코 교차되지 않는다. 관계성으로 살아남는 것은 남성^{덴고}과 딸^{후카에리}뿐이다. 생성(性)과 죽음이 선열하게 대비된다. 소설가를 지향한 남자만이 살아남아서 리더의 뒤를 잇는다. 그러나 아오마메는 이야기의 구조상, 살아남을 수 없다. 아오마메는 이야기의 구조상 시스템에 의해 살해된 것이다.

012

'아버지'로부터 이탈의 방향

우치다 다쓰루(內田樹) : 1950년생. 프랑스 현대사상가. 2006년
《사가판(私家版) 유대문화론》으로 제6회 고바야시 히데오(小
林秀雄)상 수상. 저서로 《무라카미 하루키 조심》 등이 있다.

《1Q84》는 기록적인 판매를 보이는 것 같다. 현 단계에서 발
매 일주일 만에 96만부다. 밀리언셀러가 되는 것은 자명한 일이
고 《노르웨이의 숲》의 450만부라는 기록을 갈아치울지도 모른
다. 이제부터 미디어들은 분명 이 책의 문학작품으로서의 의미
보다 왜 이토록 사회적인 '사건'이 되었는가에 더 많은 지면을
할애할 것이다. 미디어가 《1Q84》를 '사건'으로 다루고 방대한
비문학적 언설이 난무하기 전의 그 짧은 공백 기간 사이에, 어
떤 누구의 감상도 듣지 않은 순수한 상태에서 작품에 대한 내
자신의 감상을 기록해두고 싶다.

무라카미 월드는 '우주철학적cosmological으로 사악한 자'의 침입을 '보초sentinel' 역을 맡은 주인공들이 한 팀을 구성하여 저지하는, 신화적인 이야기 구조語型를 갖는다. 《양을 둘러싼 모험》《댄스 댄스 댄스》《세계의 끝과 하드보일드 원더랜드》《어둠의 저편》《개구리군, 도쿄를 구하다》…… 모두 기본적인 구조는 바뀌지 않았다. '사악한 자'는 작품마다 다양한 의장意匠을('야미쿠로'나 '와타야 노보루'나 '지렁이' 등등) 갖추고 반복해서 등장한다.

예루살렘상 연설에서 하루키 자신이 말한 '벽과 계란'의 비유를 이런 신화구조상에서 연상해보면 그 내용은 이해하기 어렵지 않다. 연설에서는 '사악한 것'이란 '시스템'이라 했다. '시스템'은 원래 '인간이 만들어 낸 것'이다. 그것이 어느 사이에 자체적으로 생명을 지니고 인간들을 탐욕스럽게 먹어치우기 시작한다. 시스템 앞에 서면 개개의 인간들은 '벽에 부딪쳐 깨지는 계란'처럼 나약하다. 하지만 '계란 쪽에 서는' 것 이외에 인간이 '시스템적인' 세계를 적어도 '인간적인 것'으로 유지하기 위해 할 수 있는 일이란 거의 없다.

본 작품에서 '사악한 자'는 '리틀 피틀'로 명명된다. 그들과의 싸움이 현실의 1984년이 아닌, '1Q84년'이라는 신화적인 투기장에서 전개된다.

싸우는 것은 '아오마메'라는 이름의 여성주인공과 '덴고'라는 이름의 남성주인공. 그들은 각각 '무기'와 '이야기'를 손에 들고 '다마루'와 '후카에리'라는 파트너와 함께 절망적인 싸움에 도전한다. 기본적 구조는 바뀌지 않았다.

그러나 이번 장편에서는 예전에 없었던 큰 변화를 볼 수 있다. 그것은 '아버지'가 전면에 등장한다는 사실이다. 하루키 작품에 '아버지'가 등장하는 일은 적다('절연'이라 표현해도 좋을 정도다). 분석적인 의미에서의 '아버지'란 단순한 생물학적인 아버지를 말하지 않는다.

'아버지'란 '세계라는 의미의 담보자'를 말한다. 세계의 질서를 제정하고 모든 의미를 확정하는 최종적인 심급審級, '신성한 천개天蓋, 하늘에 걸린 덮개라는 의미로 불상 위에 드리워놓는 장식적인 덮개 −역주'를 말한다. 어느 사회집단이라 해도 고유한 '지역적인 아버지'를 가지고 있다. '신'이나 '하늘'이라는 이름을 가진 경우도 있고 '절대정신'이나 '역사를 관통하는 철의 법칙성'이라 불리는 경우도 있으며 '왕'이나 '예언자'라는 인격적인 형태를 취하는 경우도 있다. 그 세계에서 일어나는 모든 일은(선인지 악인지를 불문하고) 무엇인가가 한결같이 '교묘하게 조작한다매니퓰레이트, manipulate'는 신뢰를 가진 사회집단은 그런 사실때문에 '부권제사회'다.

아무리 선의라 해도, 약자나 피박해자에게 동정적이라 해도,

"이 세계의 악은 '매니퓰레이터'가 조작한다"는 전제를 채용하는 모든 사회이론은 '부권제 이데올로기'다. "부권제 이데올로기가 모든 악의 근원이다"라는 명제를 선언하는 사람은 그렇게 함으로써 부권제 이데올로기를 선포하게 된다.

왜 우리는 '아버지'를 요구하는 걸까? 그것은 우리가 "세계에는 질서의 제정자가 없다"라는 '진실'을 쉽사리 견딜 수 없기 때문이다.

실제로 우리는 의미도 없이 불행해지며 목적도 없이 학대받으며 어떤 교화적 의도도 없이 벌 받고 농담처럼 살해된다. 천재지변은 선인만을 살려주고 벼락이나 화산암은 악인에게만 떨어지지 않는다. 다른 어떤 이보다 아까운 사람이 요절하고, 살아 있는 것 자체가 재해인 인간은 이상하게도 건강하다.

이런 사례는 정말 질릴 만큼 봐왔다.

그렇다면 세계는 완전히 무질서하고 모든 일이 무작위적으로 일어나는가 하면 그렇지는 않다. 국지적인 '질서와 같은 무엇'이 존재한다. 어느 누구도 세계를 아우르는 질서를 만들어 낼 수는 없다. 하지만 손이 닿는 범위에 한해서 '질서와 같은 무엇'을 세울 수는 있다.

과학적으로 사고하고 정당하게 판단하고 신체감수성이 높으며 아낌없이 상상력을 구사하는 사람들이 한데 모여 생활하는 집단이 있다면, 그런 작은 집단에서는 '질서와 같은 무엇'이 '무질서'를 상대적으로는 제어할 것이다.

하지만 그것은 어디까지나 일시적, 상대적인 승리에 불과하다. 그 '질서와 같은 무엇'을 일정이상의 범위로 확대시킬 수는 없다. '국지적인 질서'는 국지적인 한이라는 조건을 충족해야만 질서로서 기능하며 보편성을 요구하는 순간 무질서 속으로 무너져 추락한다.

반복하지만, 정의를 일시에 전사회적으로 실현하려는 운동은 반드시 숙청이나 강제수용소 또는 그 양쪽 모두를 채용하게 된다. 이제껏 역사는 이 교훈에 단 하나의 예외도 없음을 알려 준다.

우리들은 '아버지'를 요구해서는 안 된다. 가령 세계의 광범위한 지역에서 그야말로 정의가 실현되지 않고 합리적 사고가 허용되지 않으며 자애로운 행동이 보이지 않는다고 해도 우리들은 '아버지'의 출현을 요구해서는 안 된다.

'국지적인 질서'를 확대하려 할 때도 한 사람 한 사람의 '손이 닿는 범위'를 산술적으로 계산해서 그 이상을 넘어서는 안 된다. 나는 '부권제 이데올로기'에 대한 대항축으로서 '국지적인 공생조직' 이상의 것을 바라서는 안 된다고 생각한다.

사변적인 생각이 아니라 경험이 그렇게 가르쳐 주었다.

하루키 문학에서 '아버지'의 이야기를 하던 참이었다. 화제를 돌려보자.

문학도 역시 '아버지'를(거의 그것만을) 오랫동안 주제로 삼아왔다. 어느 때는 '아버지의 무훈시'를 어느 때는 '아버지에게 대항하는 자식의 비장한 저항(과 체벌) 이야기'를 어느 때는 '아버지의 부재'를 한탄하는 비탄의 시를.

그 중에 현대의 몇몇 작가들은 '아버지가 없는 세계'의 묘사라는 야심을 품었다. 그 중 하나인 알베르 카뮈는 자신의 작품에 대해 다음과 같이 서술한다.

"나는 철학자가 아닙니다. 나는 이성도 시스템도 잘 믿지 않습니다. 제 관심은 어떻게 행동해야하는지를 아는 것에 있습니다. 보다 엄밀히 말하면 신도 이성도 믿지 않으며 오히려 사람이 어떻게 행동할 수 있을지를 알고 싶습니다."

(Albert Camus, Interview ? 'Servir' : Essais, Gallimard, 1965, p.1427)

카뮈의 말에 예루살렘의 무라카미 하루키는 전폭적인 찬사를 보냈을 것이다. '시스템 없이'라도 인간은 잘 해내갈 수 있을까? 행동방식을 지시하는 매뉴얼도 교전도 존재하지 않는 세계에서도 인간은 '인간으로서' 행동할 수 있을까? 만일 그럴 수 있다면 무엇이 인간 행동의 척도가 될까?

대부분의 사람은 이제부터 무엇인가를 결정할 때, 또는 이미 무엇인가를 해버린 후에 그 이유를 설명하기 위해 '아버지'를 불러낸다. 반드시 '아버지'의 지도나 보호, 변명을 기대하는 것은 아니다. 오히려 대부분의 경우 '아버지'의 억압적이고 교화적인 '폭력'으로 '지금과 같은 내가 되었다'는 설명을 가져오기 위해 '아버지'는 불려나오는 것이다.

'아버지'의 교화에 의해 혹은 교화의 포기에 의해 지금의 나 같은 인간이 되었다. 그런 이야기 구도로 우리들 대부분은 자신의 현재를 설명한다. 이는 약한 인간에게는 어떤 종류의 구원이다. 세계는 '아버지'를 불러냄으로써 단숨에 합리적이 되며 여러 가지가 명명되고 혼란은 정리된다.

그러나 자기 형편에 따라 반복해서 '아버지'를 불러내는 사이에 '아버지=시스템'은 거대화하고 편재화되며 전지전능의 존재가 되어 인간들을 세부에 이르기까지 지배하기 시작한다.

"지금의 우리 같은 인간이 된 것에 대해 나는 누구에게도 책임을 묻지 않는다." 이렇게 단언할 수 있는 인간이 나오기까지 '아버지의 지배'는 끝나지 않는다.

'아버지의 지배'로부터 '도망쳐 나온 거리'에서의 '국지적인 질서'는 그렇게 단언할 수 있는 인간들에 의해서만 성립될 수 있다. 카뮈나 레비나스는 그렇게 말한다. 나는 그들의 사고에 한 표를 던진다. 그리고 무라카미 하루키 역시 그들과 문제의식을 공유한다는 확신이 내게는 있다.

《1Q84》에는 많은 '작은 아버지들'이 등장한다. 아오마메의 아버지도 덴고의 아버지도 '후카에리'의 아버지도 다마루의 아버지도 모두 자신의 아이들을 다양한 방법으로 버린다. 그것이 아이들에게 깊은 상처를 남긴다.

'리틀 피플'이라는 '사악한 자'는 필시 그런 '작은 아버지들'의 '우울한 악령'의 집합표상일 것이다. 주인공들은 그 '사악한 아버지에 의해 입은 상처'로 오랫동안 자신의 현재를 설명해왔다(혹은 '설명할 능력'의 결여를 설명해왔다). 그 점이 그들로 하여금 어느 방향으로도 앞으로 나아가지 못 하게 했다. '트라우마'란 이런 것이다.

무슨 일이 일어나든 누구를 만나든 '그 사건'으로의 회구, 참조를 통해 의미가 결정된다. '트라우마'와 전혀 관계가 없는 '새로운 것'은 결코 일어나지 않는다. 이처럼 과거에 고정된 것이 '트라우마'적 경험이다. 무엇을 경험하더라도 그것을 '아버지'와의 연관성에 기초하여 설명한다. '아버지가 나에게 그렇게 명령했기에' 또는 '아버지가 나에게 그것을 금지했기에.'

이런 말을 하는 한, '아버지'의 영향을 일방적으로 받는 '피압제자'라는 위치에서 자신의 인생이 시작되었다는 이야기 구조로 말하는 한 '아이'들은 '아버지'로부터 도망칠 수 없다.

《1Q84》는 힘든 역사의 노정 끝에 주인공이 '사악하고 강대한 아버지'라는 표상 자체를 무효화하고 '아버지'를 개입시켜 자신의 '불완전'함을 설명하려는, 몸에 젖어든 습관에서 벗어나며 끝난다.

물론 화려한 승리도 아니고 마음이 따뜻해지는 해피엔드도 아니다. 하지만 나는 무라카미 하루키가 이 작품에서 '아버지의 속박'에서 벗어날 수 있는 방도에 관한 어떤 분명한 감을 익혔을 거라 본다. 탄탄한 골조를 가진 이야기 구조와 세부적인(대부분 희열에 찬)인 글쓰기에서 그런 점이 느껴진다.

— 〈우치다 다쓰루의 연구실〉 블로그에서 전재

《1Q84》는 '계란' 쪽 소설일까?

시마다 히로미(島田裕巳) : 1953년생. 종교학자. 저서로 《옴: 왜 종교는 테러리즘을 낳았을까》 《창가학회》 《일본의 10대 신흥종교》 등이 있다.

손에 책을 들었을 때 왠지 꺼림칙한 기분이 들었다. 처음에는 제목에서 연상하여 오웰의 《1984년》에 기초한 관리사회를 테마로 한 소설일까 했지만, 솔직히 말해 이토록 종교가 메인 테마로 다루어지는 사실에 놀랐다. 더욱이 시선을 끌었던 점은 이제까지 무라카미 하루키의 작품과는 달리 의외라 할 정도로 모델이 분명했다는 사실이다.

예를 들면 작품 속에 야마기시회를 방불케 하는 '선구'라는 농업공동체가 나온다. 그 리더라는 인물도 등장하는데, 그 모델은 니지마 아쓰요시新島淳良라는 사람이라고 본다. 나는 1975년에서 1976년에 걸쳐 야마기시회에 가입했었고, 그 후에도 몇 년간 야마기시회가 관계된 '녹색고향운동'에 관여하고 있었다. 그 운동의 제창자가 당시 야마기시회에 있었던 니지마였다. 《1Q84》에서 '선구'의 리더는 좌익으로 마오이스트였다고 묘사되는데, 니지마는 야마기시회에 들어가기 전까지 마오쩌둥과 그 영향 하에 일어난 문화대혁명의 열렬한 지지자였다. 《1Q84》의 'Q'는 노신의 소설 《아큐정전阿Q正傳》도 밑바탕에 깔려 있다는 설이 있는 것 같다. 어쨌든 니지마는 노신에 대한 연구도 했는데, 《아큐의 유토피아》라는 저작을 남기고 있다. 한편 하루키는 와세다 대학을 7년간 다녔고, 그의 재학기간 당시에 와세다 대학 교수였던 니지마는 그 후 사직하고 야마기시회에 입회했다. 하루키도 그에 대한 기억이 있을 것이다.

야마기시는 본래 농민단체로서 '야마기시식ㄷ 양계법'을 보급시키기 위해 1953년(바로 내가 태어난 해)에 교토京都에서 탄생했다. 야마기시회 창립자는 야마기시 미요조山岸巳代藏라는 인물인데 다이쇼 시대에는 사회주의 운동에도 관계했으며 이상사회 건설을 꿈꾸는 유토피아주의자였다. 그러나 1961년에 사망했고, 그 후의 사상적인 승계자가 스기모토 도시하루杉本利治라는 인물이다. 야마기시회 조직은 리더와 간부가 없는 평등한 조직이었는데, 1970년대에서 80년대에 걸쳐, 특히 야마기시회가 농업으로 크게 발전한 시대에는 스기모토의 의도대로 조직이 움직였다.

1960년대 후반부터는 학생운동을 경험한 젊은 세대(하루키도 그런 세대이지만) 단카이세대團塊世代, 전후 1947~49년 사이에 태어난 베이비 붐 세대 -역주가 야마기시회에 물밀듯 들어와서 스기모토의 신봉자가 되었다. 스기모토는 야마기시회 속에서의 요시모토 다카아키吉本隆明 같은 역할을 했다. 《1Q84》는 바로 이러한 사실을 바탕에 깔고 있다. '선구' 의 리더는 조직원 앞에도 모습을 거의 나타내지 않는다고 설정되어 있는데, 외부적으로는 어떤 직위도 갖지 않는 스기모토와 중첩된다. 야마기시회에 가입한 사람 이외에는 자세한 내부 사실을 알 수 없다. 그래서 왜 야마기시를 소재로 했을까라는 놀라움과 동시에 어디서 어떻게 이런 사실을 알았는지 궁금했다.

'녹색고향운동' 은 니지마가 야마기시회만이 아닌, 일본 공동체운동 전반에 호소해서 시작된 운동으로서, 보다 열린 코뮌을 만드는 것이 그 목적이었다. 다만 자금이나 인재를 제공한 것은 야마기시회였다. 그렇지만 운동에 관련된 사람들 대부분은(나도 마찬가지였지만) 야마기시회에서 빠져나온 사람들이었다. 따라서 모두 야마기시회에 대해 비판적이었다. 결국 이 운동은 야마기시회에서 빠져나와 세속의 세계로 돌아가기 위한 정신적 재활치료소같은 기능을 담당했다.

니지마도 도중에 야마기시회를 탈퇴하였고, 그 후에는 사설

교육기관을 열어 야마기시회를 비판하기도 했다. 그 사이에 저술한 《안녕 코뮌: 어느 사랑의 기록》이라는 책은 그가 당시에 결혼했던 여성과 주고 받았던 편지가 주를 이루고 있는데, 그 여성이 병으로 죽게 된다. 그 여성이 죽은 날인가 그 다음날에 니지마는 이전에 이혼한 전 부인을 찾아가 다시 청혼을 했다. 두 사람의 딸이 야마기시회에 남아 있었던 이유도 있고 해서 다시 인연을 맺은 니지마 부부는 야마기시회로 돌아갔다.

그토록 야마기시회를 비판했던 니지마가 다시 그곳으로 돌아갔을 때는 아연실색했지만, 그를 맞아들인 야마기시 사람들조차 니지마가 너무 심했다는 평이었다고 한다. 이런 이야기는 거의 알려져 있지 않지만, 니지마는 야마기시회 속에서 만년을 보냈고 그곳에서 죽었다. 니이마의 생애는 '변절자' 라 해도 어쩔 수 없는 행보였지만, 그렇게까지 극단적이지는 않더라도, 한번이라도 야마기시회에 관련된 사람들은 가령 탈퇴를 해도 쉽사리 야마기시회의 영향에서 벗어날 수 없다. 개중에는 니지마처럼 돌아가는 사람도 있고, 좌절감에 자살하는 사람도 있었다. 그 정도는 아니지만 마음의 상처로 남아 연연하는 경우도 있다. 이러한 사항이 《1Q84》에 그려져 있다.

이야기 속에는 야마기시회와 옴진리교를 합친 것 같은 '선구' 가 나오는 한편, '증인회' 라는, 분명 여호와의 증인을 모델로 했을 종교단체가 나온다. 주인공 가운데 하나인 아오마메는 증인회 신자의 가정에서 자라났으나 도중에 신앙을 버린다는 설정이다. 하지만 그녀는 여성에 대해 성적 학대를 가하는 남성을 살해할 사명을 가진 테러리스트임에도 상대를 죽이기 직전처럼 중요한 장면에 놓이게 되면 증인회 기도를 한다. 이는 종교단체를 탈퇴한 사람들에게 공통된 심리다. 몸은 조직에서 벗어나 있어도 마음은 그렇지 않다. 지금까지 이토록 깊게 파고들어가 종교를 묘사한 소설은 거의 없었다.

종교의 세계, 특히 사이비 종교의 세계에 한 번 빠져 들었던 사람이 그곳에서 정말 나올 수 있는가라는 문제가 존재한다. 도대체 그런 곳에 들어간 사람의 정신세계는 어떤 것일까? 이제까지 하루키 소설에서의 결정적 키워드는 '파괴된다'는 것이라 본다. 사람은 어떤 것에 사로잡힘으로써 파괴된다. 전쟁도 그렇고 권력을 쥐는 것도 마찬가지다. 나아가서는 불분명한 것이 원인이 되어 근본적으로 파괴되는 경우가 있다. 이제까지의 작품에는 그런 내용이 추상적이고도 환타지풍으로 다루어져 왔지만, 《1Q84》에서는 보다 구체적으로 묘사된 듯하다. 인간에게는 쉽사리 파악할 수 없는 복잡한 그 무엇이 존재하기에 그 영역에 한 발 걸어 들어가면 엄청난 혼돈의 세계가 기다리고 있다. 종교의 세계는 그 전형과 같은 복잡성을 띄고 있으며 인간의 마음이 갖는 혼돈과 착종을 여실히 표현해준다.

아오마메가 '선구'의 리더를 살해하는 장면이 나오는데, 처음에는 상상을 초월하는 악인으로 그려진 리더가 실제로 접해보니 반드시 그런 인물은 아닌 것처럼 느껴지게 된다. 그가 십대 소녀들을 성적으로 범한 것은 사실이지만 흔히 생각하는 강간과는 그 의미가 달랐다. 더구나 리더 자신은 심신이 파괴된 채 오히려 죽음을 원하고 있었다. 사실을 알게 된 아오마메는 혼란에 빠지고 이제까지 자신의 행위, 이른바 옴진리교에서의 '포아_{옴진리교 교양의 하나로 살인정당화의 논리 -역주}'와 같은 정당화된 살인을 실행하는데 크게 갈등한다.

하루키는 지하철 사린독가스 사건의 피해자를 인터뷰한 《언더그라운드》 단계에서는 작품 끝머리에 나름의 옴진리교론을 피력하며 그 교주 아사하라를, 혹은 아사하라적인 그 무엇을 정면에서 비판한다. 그로부터 십 수 년이 흐른 지금은 사이비종교의 리더를 단순히 비판만 하지 않는다. 또는 할 수 없게 된 것 같다. 오히려 《1Q84》 전체의 분위기상 사이비적인 세계에 일정한 공감이 발생했기에 도대체 하루키가 이쪽 사람인지, 저쪽 사람인지 불명확한 기분이 든다.

하루키는 이스라엘에서 문학상을 수상했을 때, 연설을 통해 벽과 계란이라는 비유를 사용하면서 이제까지와는 달리 자신의 입장을 비교적 명확하게 거론했다. 공감을 표하는 사람들도 적지 않지만 나는 오히려 위험하다는 생각이 든다.

분명 벽이라는 것은 현대에서 차별이나 격차, 또는 보다 근본적으로는 정치적인 억압을 낳으며 그것을 눈에 보이는 형태로 제시한 것이다. 실제로 이스라엘이 지배하는 팔레스타인에는 예전 베를린장벽 같은 벽의 건설이 이루어지고 있다. 하루키는 현실을 근거로 벽이라는 비유를 들고 그런 상황 속에서, 떨어지면 깨지는 계란 쪽에 자신이 항상 서 있었음을 선언했다.

이는 문학자로서, 정치적인 강자가 아닌 어디까지나 약자 쪽에 서겠다는 정치적인 자세의 표명이겠지만, 결국 그가 소설 속에서 묘사한 바를 배신한 것처럼 느껴진다. 《1Q84》에서는 선과 악을 그렇게 간단히 나눌 수 없다고 묘사한 것이다. 이스라엘과 팔레스타인의 문제에서도 이스라엘을 일방적으로 악자로 취급하면 모든 문제가 해결되느냐 하면 그렇지 않다고 본다. 팔레스타인에도 내부분열이 존재하며 무엇보다 테러, 자폭테러가 옳은가라는 문제, 폭력적인 지배에 대항하는 수단으로서 폭력만이 유일한 해결책인가라는 여러 가지 문제가 산재해 있기에 팔레스타인이 계란 쪽에 있다고 단언할 수 없다.

이런 어려움을 품고 있는 세계 속에서 단순히 깨지기 쉬운 계란 쪽에 자신이 서 있다고 선언한다 해도 사실, 복잡한 문제에서 도망친다고 밖에 간주할 수 없는 부분이 생긴다. 진정 깨지기 쉬운 계란 쪽이라는 것이 있을까 소설 속에서는 의문을 품으면서도 현실의 정치적인 발언은 그것과는 분열되어 버렸다.

《1Q84》의 이야기 속에 편집자가 나오는데, 이는 ‘슈퍼 에디터’라 불리는 야스하라 겐安原顯을 모델로 한다. 하루키는 작가와 편집자로서 야스하라와 인연이 있었고, 하루키는 야스하라가 죽은 후 그가 자신의 원고를 매각해버린 사실에 대해 상당히 상세한 비판의 글을 썼다. 야스하라는 하루키를 뒤에서 비판했지만, 하루키는 그로부터 비판받을 일이 없다고 한다. 하루키가 야스하라를 비판한 사건이랄지 그 일도 일반 독자들의 입장에서는 과도한 집착으로 여겨졌을 것이다. 하지만 하루키에게는 자신의 소설이 많이 팔리고 있고 해외에서도 높이 평가를 받는데도 일본에서는 정당하게 평가받지 못한다는 생각이 자리 잡고 있다.

《1Q84》에는 아쿠타가와상에 대한 이야기도 나온다. 그것도 상당히 중요한 요소로서 말이다. 하루키는 아쿠타가와상을 받은 적이 없다. 이미 세계적인 대작가가 되었으니 그런 과거의 일을 마음에 둘 필요도 없을 테지만 이번 작품 속에서 아쿠타가와상을 특별하게 다룬다는 점에서 독자들은 이해하기 어려운 작가의 집착을 느끼게 된다.

어찌 보면 하루키는 강한 고립감을 느끼는 건 아닐까? 해외에 머무르면서 장편소설을 쓰는 경우가 많은데, 일본에서 안착할 곳을 찾아내지 못한 탓은 아닐까? 야스하라와 일본 문단, 혹은 아쿠타가와상에 대한 집착이 그렇게 느끼도록 한다.

그런 고립감이 《1Q84》의 주인공이나 등장인물에게도 반영되어 있으며 그 혼은 파괴되고 방황한다. 그렇기에 사이비 종교집단이나 그 리더에 대한 공감이 점차 성장한다. 사이비 종교에 끌리는 사람들도 결국 현실 사회 속에 안착할 곳을 찾아내지 못하고 방황한 결과 그런 곳에 몸을 위탁하는 것이며, 이런 경향은 옴진리교 사건이 일어난 후에 시간이 흐를수록 더욱 강해지고 있다.

결국 그래서 《1Q84》가 폭발적으로 팔리는 사태가 일어난 것 같다. 하지만 이 소설을 다 읽고 나면 지극히 어중간한 시점에서 이야기가 끝난다는 느낌이 든다. 어쩌면 속편이 있을지 모른다는 생각이 들 정도인데, 많은 사람들도 그런 지적을 하고 있다.

정작 작가 본인은 속편을 쓰려는 구상을 가지고 있는지 밝히지 않았다. 애매한 부분이다. 만일 속편이 없다면 이 소설은 중요한 부분에 돌입하려는 직전에 끝나버렸고 그런 점에서 큰 문제를 품고 있는 소설이 되어버렸다.

나는 1995년 시점에 옴진리교에 친화적이라는 비방을 받으며 재직했던 대학을 그만두기까지 했다. 거기에는 여러 가지 문제가 얽혀 있어서 단순화할 수는 없지만, 일련의 소동을 경험하면서 우리가 옴진리교적인 것으로부터 얼마나 빠져나왔는지 살펴봐야 한다고 본다. 결국 그런 방향으로 언론활동을 진전시켜야겠다고 생각하게 되었다.

확실히 현실 사회에는 벽이 존재하며 그로 인해 소외받는 인간이 나온다. 글을 쓰는 사람은 소외하는 쪽이 아니라 소외받는 쪽, 하루키적으로 말하면 깨지기 쉬운 계란 쪽에 서야하지만, 그렇다고 해서 사회에 대한 증오를 증폭시켜 사회를 단숨에 파괴할 테러를 생각한다거나 그쪽으로 유도해서는 안 된다.

《1Q84》의 독자들은 자칫하면 테러리스트라고도 할 수 있는 아오마메에게 감정이입이 될 가능성이 있다. 독자들에게는 현실 세계를 증오하거나 싫어하는 감정이 자라나 있기 때문이다.

과연 그래도 좋을까? 《1Q84》가 이만큼 많은 독자를 만든 현상은 그런 문제점을 지적할 필요가 생겼다는 당위성을 내포하고 있기도 하다. 하루키는 거품경제시대에는 거품이 든 풍조를 비판하면서 거품에 빠져 생활하는 등장인물을 설정했다. 그런 모순이 이번 작품에서는 보다 명확한 형태로 드러나 있다. 진정

하루키는 깨지기 쉬운 계란의 입장에 계속 서 있는 걸까? 지금 시점에서 바로 그 점을 추궁해봐야 할 필요가 있다.

014

상대화된 선악

옴진리교사건으로부터 14년 걸려 도달한 장소

모리 다쓰야(森達也) : 1956년생. 영화감독, 작가. 저서로 《A: 매스컴이 보도하지 않은 옴의 맨얼굴》 《방송금지곡》 《사형》 등이 있다.

《언더그라운드》 이후 픽션으로(하루키의 어휘를 빌리자면 내러티브로) 무라카미 하루키가 언젠가는 옴진리교를 그리겠구나 싶은 생각이 들었는데, 그런 의미치고는 작품을 가까스로 읽었다.

옴진리교에 대한 두 권의 작품 《언더그라운드》와 《약속된 장소에서, 언더그라운드2》는 높은 평가도 받았지만 비판도 많았을 거라 생각된다. 특히 이제까지의 하루키 팬들은 당황했을 것이다. 두 권에 대한 내 인상은 애간장이 타들어가는 심정이었다는 정도로 밝혀 두자.

이야기를 만들어내는 입장에서, 그리고 동시대를 살아가는 인간으로서 옴진리교 같은 사건이 일어났을 때 어떤 자세로 이 사건과 마주 서야 하는지는 큰 테마가 된다. 사건의 해명이나 해석의 위상이 아니라 어떤 위치에서 어떻게 서 있어야 하는지와 관련된 번민이다.

분명 하루키는 오랫동안 끊임없이 생각해왔을 것이다. 《언더그라운드》와 《약속된 장소에서》는 동일한 위치에 있다. 하지만 옴진리교는 작품을 그 위치에 머물도록 허락하지 않았다. 왜냐하면 사건 이후 사회가 한층 심하게 격동했기 때문이다. 결국 계속해서 고민하지 않을 수 없다.

그런 의미에서 옴진리교에 대해 픽션으로 접근하는 수법은 대단히 유효하다. 논픽션은 해수면에 떠 있는 부표와 같다. 현재의 위치를 알 수가 없다. 발표된 형태는 시대상황과의 대비를 통해 의미를 갖는다. 하지만 시대상황 자체가 끊임없이 움직이기 때문에 정체되어 있는지, 떠내려가는지 도통 알 수 없게 된다.

다짐해두지만 논픽션의 가치나 재미는 그러한 상대성에 있다. 그러나 옴진리교는 규정된 틀을 크게 벗어날 정도로 사회를 바꾸었다. 그래서 분명 언젠가는 하루키가 이야기로 만들어낼 것이라 느꼈다.

이런 점을 전제로 놓고 《1Q84》에 대한 감상을 말해보자. 작품을 읽기 전에는 옴진리교에 대해서 느낌상으로 가볍게 배어날 정도의 수법을 썼을 거라 예상했다. 하지만 사이비집단 '선구'의 리더에 대한 묘사 같은 부분은 상당히 직접적인 메타포였기 때문에 약간 의외였다. 현실을 직접적으로 상기시키는 서술방식은 보통 이런 수법을 극력 회피한다. 옴진리교, 야마기시회 더 노골적으로 표현하자면 아사하라까지도 굳이 현실을 상기시키려는 형태를 취했다. 내러티브이기는 하지만 직유와 은유를 명확히 구분하려는 의지를 강하게 느꼈다.

건방진 이야기인지 모르겠지만, 옴진리교를 접한 후 영화 《A》를 촬영하는 과정을 통해 내게는 사회전체를 바라볼 수 있는 시야가 마련되었다고 생각한다. 분명 하루키에게도 그런 부분이 있을 거라 상상한다. 지금도 글을 쓰면 어떤 테마일지라도 옴진리교적인 무엇인가가 글 속에 배어나게 된다. 조금 더 정확히 말하면 옴진리교에 의해 변질된 이 사회와 그 일부인 내 자신의 좌표가 드러나버린다.

벌써 14년이나 지났지만 이 사회의 변질은 분명치도 않고 전제로 자리 잡지도 못 했다. 왜냐하면 부자연스럽기 때문이다. 지금의 상황 역시 마찬가지다. 그야말로 세계의 분기分岐라 할 수 있다. 1995년을 경계로 사회는 변했다. 그러나 변하지 않은 사회도 분명 존재한다.

물론 옴진리교는 큰 체험이었고, 그 사건에서 옴진리교는 테러였음과 동시에 내게도 자신을 변혁시킨 사건이었다.

사회가 외압적인 자극을 받으면서 내재적으로 바뀌는 측면도 있지만, 무엇보다 선악과 옳고 그름의 이원화가 극렬히 촉진되었다. 선의와 정의의 정체가 드러나기 시작했다. 이것은 《1Q84》에서 큰 테마로 이어진다.

이런 변화의 요인은 미디어의 자극을 받으면서 위기의식이 고조된 이 사회의 대중의 뜻, 민의民意다. 누구나 내면에 품고 있는 것, 이른바 집합무의식적인 충동이나 욕망이다. 이들의 정체가 드러나기 시작했다. 그것이 리틀 피플이다. 모든 사람이 가지고 있는 집합무의식. 바꿔 말하면 민의. 혹은 여론. 공중에 번데기를 만드는 난쟁이들은 분명 민의나 여론의 메타포다.

하루키와 내가 공통적으로 느낀 바는, 아니, 우리만이 아니라 미디어의 2,3차 정보에 머물지 않고 신자들과 직접 접촉하거나 조사한 사람들은 모두 동일한 점을 느낄 거라 단언한다. 교만한 판단일지라도 말이다. 무엇보다 신자들에게는 악의가 없었다. 그것이 첫 번째 포인트다. 흉악한 사건과 그들의 성격이 보여 주는 격차에 당황하지 않을 수 없었다. 미디어가 전하는 그들은 무척 흉악하고 흉포하거나 세뇌된, 기분 나쁜 존재이기에(분명 현실과는 괴리가 있다 하더라도) 이 나라의 리틀 피플들은 심한 증오에 몸을 떨며 사회를 내부로부터 변질시켜 버렸다. 그 귀결

중 하나가 1심 판결만으로 아사하라에게 사형확정이라는 있을 수 없는 전개가 이루어진 점이다. 그렇다면 노부인과 아오마메 도 역시 사이비적이다. 자신들의 정의를 확신한 나머지 사악한 사람들은 다른 세계로 보내버려야 한다고 말한다. 요컨대 포아^{옴진리교의 살인정당화 논리 -역주}다.

작품 속의 사이비 집단에서는 옴진리교적인 것을 찾아보기가 힘들었으며 '선구'의 묘사는 거의 없었다. 오히려 아오마메와 노부인에게 옴진리교적인 가능성이 도사리고 있었다.

단, 작품은 옴진리교 자체에 대해서는 무척 냉담하다. 하루키 는 전혀 관심을 보이지 않는 것 같은데 그 점에 대해서는 완전 히 찬성한다. 결국 옴진리교는 촉매제이기 때문이다. 그곳에 본 질은 없다. 선에 의해 체현된 통속이다. 다만 이 통속은 인간의 생과 깊이 연결되어 있다. 그러한 것을 테마로 삼는 건 부정하 지 않겠지만, 그 전에 선결되어야 할 과제가 있다. 바로 이 사회 다. 옴진리교에 의해 리틀 피플이 우글대며 나타난 이 사회. 공 중에 거대한 번데기가 형성되어 있는 이 사회. 우선 여기에 손 을 대야한다는 생각이 들었고 하루키도 분명 동일했을 것이다.

필연적으로 《1984년》의 오웰적 세계가 메타포로서 기능해야 했다. 옴진리교 이후, 즉 1995년 이후 자극을 받아 위기관리의 식이 고양되었고, 이를 윤활유 삼아 대부분의 사람들이 관리와 통치를 원하게 되었다. 국가권력이나 치안권력이 강압적이 된 것이 아니라, 대부분의 사람들이 바라는 바였기에 총체적으로 세계가 빗나가 버린 느낌이다.

1995년 옴진리교에 의해 통로가 열렸고, 리틀 피플이 나타나서 위기의식은 고양되었고 많은 사람들이 악의 배제, 즉 저쪽 세계로 물러가주기를 바라면서 그 과정과 병행이라도 하듯 강대한 권력에 의한 관리와 통치를 바라게 되었다.

그야말로 모든 국민이 강대한 권력에 의해 지배되며 텔레스크린이라는 카메라에 의해 감시받고 사상이나 행동의 통제는 물론 일기를 쓰는 것조차 범죄로 적발되는 오웰적 세계다.

이 시점에서 중요한 점은 작품 《1984년》에서도 최고 권력자인 빅 브라더는 마지막까지 한 번도 등장하지 않는다는 사실이다. 즉, 빅 브라더는 공동환상일 가능성이 존재한다. 그런 의미에서 《1984년》은 동일한 작가 오웰의 작품 중에 스탈린 독재의 폭력과 붕괴를 그린 우화소설 《동물농장》과는 전혀 다른 위상을 갖는다.

현재 대학에서 강의를 하고 있는데, 지금의 학생들은 1995년 즈음에 막 철이 들 세대여서 그 전 사회에 대한 기억이 없다. 그들은 현재의 선악이분화를 촉진시키면서 관리나 통치를 요구하는 사회상황이 당연하다고 생각한다. 달라도 너무 다르다. 세대가 완전히 변해버린 것이다. 치안은 더욱 좋아졌지만 대다수 사람들은 불안하고 위험한 사회라고 생각한다. 그러니 제발 자신들을 지켜주기를 바라며 통치관리를 원하는 희구가 상승하여 마찰계수가 감소했다. 다시 말해서 자발적인 오웰적 사회다.

옴진리교 사건에는 몇 가지 포인트가 있는데, 그 중 하나는 불특정다수를 향한 테러였기에 많은 사람들이 피해의식을 갖는다는 점이다. 그 반작용으로 정의나 대의 같은 의식이 돌출되고 비대해져서 이 사회에 강력한 안전을 요구하기 시작했다. 결국 지금의 이스라엘이라는 나라를 떠올리게 만든다.

유대인은 이전 세기부터 계속 학대 받는 민족이었다. 오랫동안 박해받고 차별받고 탄압을 받아왔다. 더구나 20세기에는 이런 폭력이 홀로코스트라는 형태로 포화되어 전 유럽은 위축되어 그들에게 '약속의 땅'을 내주었다. 그러나 거대한 피해자 유족이 된 유대인은 팔레스타인사람들을 가해하고 나아가서는 주변의 다른 나라에게도 엄격한 가학을 반복하고 있다. 위기의식이 고양되었기 때문이다. 피학과 가학이 연쇄하고 있다. 이런 상황에 직면했을 때 제삼자인 나는 어느 쪽에 서야할까? 이스라엘에서의 '벽과 계란' 선언이 하루키의 해답이다. 어느 쪽이 옳고 어느 쪽이 그른지를 생각하는 것은 의미가 없다. 표현하는 쪽에 있는 현재의 자신의 위치에서 할 수 있는 일은, 힘들어 하는 사람, 죽음에 이르는 사람, 괴로운 생각을 하는 사람들 쪽에 서겠다는 선언이다.

어느 쪽이 벽이고 어느 쪽이 계란인가 하는 문제는 힘관계로 변하기 때문에 오히려 연쇄되어 있다고 본다. 지금의 벽이 언젠가는 계란이 되고 거꾸로도 될 수 있다. 그러므로 자신은 계란 쪽에 서겠다. 정치적이지도 않고 종교적이지도 않다. 이는 창조하는 인간으로서의 행동이며 자세이기도 하다.

우리는 사회전체가 피해자라는 감각을 공유했다. 그것이 옴진리교 이후의 현상이라고 생각한다. 지금은 북한이 그런 존재인 것 같다. 그들은 미국이나 일본이 언제 공격할지 모른다는 공포심에 외골수처럼 필사적으로 으르렁거린다. 무섭고 두려운 것이다. 그 겁에 질린 개에게 돌을 던져서 무엇 하겠냐는 생각이 든다. 전쟁은 그렇게 일어난다. 서로 두려워하면서 두려움이 포화되면 행동으로 나선다. 본인의 의식으로는 정당방위니까 말이다. 결국 그것이 대의다. 그렇게 많은 사람들이 죽어나간다.

이 소설은 모든 사람들이 업보처럼 각자의 내면에 가진 피학의식에 대한 안티테제antitheses이며, 지금 우리가 어디에 있는지를 이야기라는 장치를 통해 무의식 속으로 깊고 예리하게 제시해준다.

015

오웰, 체호프, 야나체크

《1Q84》를 보다 깊이 즐기기 위한 주석집

누마노 미쓰요시(沼野充義) : 1954년생. 러시아 문학연구가. 2004년 《철야의 혼: 유토피아문학론》으로 요미우리문학상 수상. 역서로 스타니스와프 렘의 《솔라리스》 등이 있다.

오웰

《1Q84》의 무대는 1984년의 일본에서 주인공들이 발을 딛게 된 패럴렐 월드^{병행세계}다. 작품의 제목은 조지 오웰의 유명한 안티 유토피아 소설 《1984년》을 빗댄 것이다. 하지만 어째서 1984년이었을까? 이 해가 선택된 것은 무라카미 하루키에게, 그리고 오웰에게 필연적이었을까? 우선 오웰부터 보면 《1984년》이라는 제목을 왜 선택했느냐는 의문에 작가 스스로는 확실한 설명을 하지 않았다. 악화된 건강상태에 괴로워하면서 소설을 완성했을 시기에 오웰은 아직 제목을 정하지 못 했고 《1984년》과 《유럽의 마지막 인간》 사이에서 망설이고 있었다(1948년 10월 21

일자, 오웰과 친했던 출판인 프레드 워버그에게 보내는 편지글에 의거).

여기에도 1984라는 숫자에 어떤 의미가 있는지 작가 자신은 아무런 언급이 없지만, 극히 자연스러운 추측의 결과는 집필된 해인 1948년의 마지막 두 자리를 단순히 뒤바꾸어 놓은 것이라는 의견이다. 다음 해인 1949년에 간행되었을 당시에도 비평가 대부분은 암묵처럼 그렇게 이해했다. 그 논거의 이유는 오웰이 전체주의사회의 공포를 그린 이 소설에서 미래를 예측한 것이 아니라, 오히려 스탈린이 지배하는 소련으로 대표되는 현존의 전체주의사회를 염두에 두었다는 점이다. 그러므로 1984라는 숫자는 지금부터 계산해서 몇 년 후에는 어떻게 된다는 과학적 예측에서 나온 것이 아니라, 오웰이 현재 살고 있던 시대를 뒤집어서 암시한 것에 불과하다는 셈이 된다. 소련비판이라는 측면이 과장된 결과 이 소설은 오웰 자신의 의도와는 달리 강력한 반공선전 도구로 이용되었다. 오웰이 죽기 몇 주 전에 "이 소설을 읽으면 볼셰비키들의 머리 위에 원자폭탄을 투하해야하는 이유가 이해된다!"라고 평론가 아이작 도이처가 뉴욕의 판매원에게 말했다고 한다. "불쌍한 오웰!" 도이처는 한탄했지만, 우리는 작품이 발매되었을 당시 시대의 문맥을 잊어서는 안 된다.

오웰의 《1984년》보다 앞선 시대에, 안티 유토피아 소설로서 중요한 두 작품이 존재했다. 동일한 영국 작가인 올더스 헉슬리

의 《멋진 신세계》[1932년]와 러시아[구소련]의 에브게니 자먀친의 《우리
들》[1920년]이다. 이 두 작품은 오웰의 《1984년》과 함께 20세기의
삼대 안티 유토피아 소설로 간주된다. 《멋진 신세계》는 인공자
궁에서 태아가 길러지고 선별된다는 미래사회를 그린 생물학적
SF의 요소가 강하며, 《우리들》은 '은인'에 의해 지배되는 '단일
국'에서 사람들이 사생활과 사고력을 모두 박탈당하고 철저하
게 관리되는 악몽 같은 미래를 그린 작품이다. 테마로 보면 《우
리들》이 오웰에 가깝다. 실제로 오웰은 1945년 말에 《우리들》의
불어번역본을 입수해서 읽었으며 다음 해에는 서평을 쓸 정도였
다. 자먀친이 오웰에게 강한 영향을 미친 것은 확실할 것이다.

　이와 같은 소설 계보 속에 또 한 작품, 그다지 유명하지는 않
지만 '1984년'이라는 해와 관련하여 무척 중요한 작품을 하나
더 다루고자 한다. 소련의 농업경제학자(나중에 스탈린 시대에 숙
청의 희생양이 되었다) 알렉산드르 차야노프의 《우리 형제 알렉세
이의 농민 유토피아국 여행기》[1920]다. 프롤레타리아 독재정권에
대한 농민의 반란이 승리를 거둔 후, 농민들이 구축한 목가적인
이상사회를 그린 정통 유토피아 소설인데 여기에서도 시대는
1984년으로 설정되어 있다! 러시아문학의 파워 속에서 이 작품
이 오웰에게도 영향을 주었고 오웰의 '1984'라는 숫자는 차야
노프에게서 온 것이라는 야무진 상상을 하는 의견도 있지만 지

금으로서는 오웰이 이 작품의 존재를 알았다는 증거는 없다.

한편, 하루키 자신에게 1984라는 숫자는 어떤 특별한 의미를 가지고 있는 걸까? 무엇보다 먼저 떠오르는 사실은 《태엽감는 새》 역시 1984년에 시작된다는 사실인데, 이 작품의 주인공 오카다 도오루岡田亨도 《1Q84》의 덴고와 마찬가지로 서른 살이다. 덴고는 《1Q84》1, 2권에서는 아직 스물아홉이고 가을에 서른이 되는 설정이지만, 스물아홉 살은 하루키가 소설을 써야겠다는 결심을 했던 연령이다(하루키의 《슬픈 외국어》참조). 그리고 첫 번째 소설 《바람의 노래를 들어라》가 군조群像 신인상을 수상해서 작가로 데뷔한 것이 서른 살의 일이었다. 이와 같은 경력은 작가 지망생 덴고와 상당 부분 겹치는 사실임을 알 수 있다. 단, 덴고는 1954년 출생이고 작가는 1949년 출생이므로 작가가 다섯 살 연장이고(시바타 모토유키p.111 역주 참고와 내가 덴고와 같은 세대다) 하루키가 태어난 해는 기이하게도 오웰이 《1984년》을 출판한 해였다. 조금 더 상세하게 말하면, 하루키는 1949년 1월 12일에 태어났고 오웰은 1950년 1월 21일에 죽었으니 어떤 인연이 있는 것 같다.

이제 숫자 이야기는 그만 두고, 더욱 중요한 사실은 오웰과 하루키의 작품에 어느 정도의 관계나 영향이 있는가의 문제다. 본고는 배경이 되는 사실을 중심으로 한, 단순한 주석을 의도하기에 이야기를 작품론 차원으로 끌고 들어갈 생각은 애당초 없다. 굳이 한 마디만 거론하자면 두 작가 사이에는 제목은 차치하고라도 질적으로는 유사성보다 차이점이 더 많다. 오웰이(동시대를 염두에 두고는 있다지만 어느 정도는 미래에 대한 경고도 의도했을 것이기에) 집필시점에서 미래 연대에 작품을 설정한 것에 비해, 하루키는 현재에서 과거로(다소 과거에 대한 향수를 자극하는 식으로) 되돌아가는 역방향을 취하고 있다. 그리고 오웰이 유령처럼 목격했던 독재자에게 지배되는 가공할만한 전체주의사회의 문제는, 하루키에게는 사회제도 비판으로 나타나지 않았다. 《1Q84》에서 인간의 자유를 박탈하는 '전체주의적 권력' 은 이제 스탈린이나 히틀러가 아니라 아내에게 폭력을 휘두르는 남편이나 어린 소녀를 능욕하는 사이비교단의 교주가 되었다. 이런 사태를 상징이라도 하듯 오웰의 세계에서 권력자의 명칭이 '빅 브라더' 였음에 비해, 《1Q84》에서는 그런 강대한 권력을 가진 한 사람의 독재자는 존재할 수 없으며 그 대신 대조적인 복수의 '리틀 피플' 이 등장한다. 오웰은 《1984년》에서 어디까지나 동시대의 현실을 염두에 두고 있었기에, 그가 그린 세계가 아무리 그로테스크한 악몽 같다고 하더라도 그것은 현실과 다른 차원의 세계가 아니었다. 한편 《1Q84》의 세계는 숫자 '9' 가 단어놀이처럼 'Q' 로 바뀌어버린일본어의 '9'와 'Q'는 발음이 동일하다 -역주 일종의 패럴렐 월드다.

　그렇다면 두 소설 간의 유사점 중 하나로 거론될 수 있는 분명한 사실은 과거 변조의 가능성 아닐까? 《1984년》에서는 진리성이라는 관청이(어딘지 사이비교단을 떠올리는 명칭 아닌가?) 당의 방침에 따라 과거의 기록을 조작하고 역사를 고쳐 쓰는데, 《1Q84》에서도 패럴렐 월드에 들어간 주인공들은 "룰이 변했다" "어쩌면 새로운 세계 속에서 과거를 고쳐 써넣은 건 아닐까"라며 동일한 점이 시사된다(단, BOOK2까지 실제로 과거의 조작은 나타나지 않는다).

　마지막으로 제목에서 숫자를 둘러싼 문제를 지적해보도록 하겠다(이것은 얼핏 사소한 것을 물고 늘어지는 '오타쿠' 적 의문인 것 같지만, 사실 하루키 문학이 번역을 통해 세계에 수용되는 현상을 생각해볼 때 의외로 중대한 일처럼 느껴진다). 제목인 《1Q84》에 나타나는 'Q' 는 여주인공 아오마메가 설명하는 것처럼 의문부호question mark의 'Q' 다(BOOK1, p. \). 이것은 숫자인 9와 알파벳 Q의 일본어 발음이 동일하다는 점을 이용한 말놀이이며, 일본 고유의 발음에 기초한 언어유희인 이상 외국어로 번역될 수 없다. 영어 를 비롯한 외국어 번역을 통해 자신의 작품이 국제적으로 유통된다는 사실을 중시하는 작가가 이런 제목을 붙인 것은 다소 불가해하다. 어쩌면 무라카미 하루키는 다른 영역 제목을 복안으로 가지고 있을 지도 모른다는 생각이 들었다. 현재 《1Q84》의 영어

번역에 매달려 있는 제이 루빈 씨에게 메일로 문의를 해보았지
만 별다른 묘안이 없었다, 영어 번역에서도 그대로 《1Q84》로 할
수 밖에 없다는 대답이었다. 물론 영어권 독자는 Q가 9의 치환
이라는 사실을 책제목으로는 상상할 수 없겠지만, 작품을 신비
하게 보이게 하는 '전화위복' 이 되어 더 좋을 지도 모르겠다. 덧
붙여 오웰의 《1984년》의 원제는 아라비아숫자를 사용하지 않고
'Nineteen Eighty-Four' 라 쓰고 '나인틴 에이티포' 로 읽는다. 만일
'1Q84' 라는 제목을 보여주면 영어권 독자는 분명 그 의미는 모
르겠지만 '원 큐 에이티포' 로 읽을 것이다. 어감도 나쁘지는 않
다. 약간 신경이 쓰이는 점은 로마자를 사용하지 않는 언어, 예
를 들면 러시아어로 작품이 번역될 경우, 어떻게 읽힐 지가 의
문이다. 하지만 지금 걱정해봐야 소용은 없다.

체호프

《1Q84》에는 러시아의 작가 체호프의 이름이 여러 번 언급된
다. 특히 그의 조사기행기 《사할린 섬》은 덴고가 후카에리에게
읽어서 들려주는 형태로 거듭 인용된다. 체호프는 1890년 서른
살 때(결국 덴고와 거의 같은 연령이다) 결심을 하고 사할린으로 무
모한(병 든 그로서는 거의 자살행위와 같은) 여행을 감행한다. 그 섬

에 사는 유형수流刑囚들의 생활을 면밀히 조사하고 조사결과와 견문을 작품 속에 수록했다(처음에는 잡지 《러시아사상》에 1892년부터 1893년에 걸쳐 연재. 단행본은 1895년 출간). 작품은 덴고의 설명처럼 '문학적인 요소를 극단으로 억제한, 오히려 실무적인 조사보고서나 지방에서 발행되는 잡지에 가까운' 널리 읽혀지지는 못할 책이다. 하루키는 왜 이 작품을 일부러 도입했을까? 체호프의 《사할린 섬》을 둘러싼 덴고와 후카에리의 대화(BOOK1, 제20장)는 그 자체로도 훌륭한 체호프론이다. 그 중에서도 흥미 깊은 장면은 "그 책 재미있어?"라고 묻는 후카에리에게 "체호프의 과학자로서의 측면이 진하게 배어나와. 그렇지만 난 거기서 체호프라는 사람의 깨끗한 결의 같은 걸 읽어낼 수 있지. 실무적인 기술과 뒤섞여 문득 불쑥불쑥 얼굴을 내미는 인물관찰이나 풍경이 정말 인상적이야"라며 설명해주는 부분이다.

이어서 덴고는 체호프가 왜 사할린에 갈 결심을 했는지 그 이유에 대해 생각해보지만, 그 문제는 체호프의 생애에서도 의문에 싸여 있는 부분이며 연구자 간에도 정설은 존재하지 않는다. 하지만 하루키가 《사할린 섬》에 강한 공감을 품었던 이유를 추측할 수는 있다. 분명 문학적 영위를 일정기간 동안 내던지고 의사로서 사할린 섬을 조사했다는 체호프의 놀라운 사회적 관여 행위를, 옴진리교 사건을 '조사'한 스스로의 행위와 중첩시켜 볼 수 있었기 때문일 것이다. 주지하는 바와 같이 하루키는 옴진리교 사건 후 피해자와 신자들을 취재하고 재판도 방청하며 《언더그라운드》와 《약속된 장소에서》라는 인터뷰에 기초한 논픽션을 썼다. 이는 하루키에게 사회적 관여의 형태였으며 그의 《사할린 섬》이었을 것이다.

덧붙여 무라카미 하루키 자신도 이전에 사할린을 여행했다는 사실을 밝혀 둔다. 그 여행은 하루키 작품의 러시아어 번역가인 드미트리 코바레닌의 권유에 의해 실현되었다(코바레닌은 러시아에서 하루키 인기에 불을 붙인 장본인이며, 사할린 출신이다). 모스크바나 페테르부르크에도 그다지 갈 생각이 없을 것 같았던 하루키가 어찌 된 영문인지 사할린행 제안에는 마음이 움직여 '도쿄 오징어 클럽(무라카미 하루키 · 요시모토 유미吉本由美 · 쓰즈키 교이치都築響一') 삼인방 여행이 2003년 6월말부터 7월 초에 걸쳐 실현되었다. 그 기록은 《도쿄 오징어 클럽 지구미아》에 게재되었고, 드미트리 코바레닌의 러시아어 저서 《초밥 느와르: 재미있는 무라카미 음식학》모스크바, 2004년에도 70페이지 이상에 걸쳐 상세한 일기 형식으로 수록되어 있다.

《1Q84》에서 체호프에 관한 언급 중, 또 한 가지 흥미를 끄는 사실은 이른바 '체호프의 총'에 관한 내용이다. BOOK2 1장에서 사할린 출신 조선인 다마루라는 인물이 "이야기 속에 권총이 나오면 그건 발사되어야만 한다"라는 체호프의 말을 인용하면서 이 격언이 소설 전개를 어렴풋하게 암시하는 기능을 한다. 그런데 '체호프의 총'이라는 말이 무척 유명한, 일종의 격언처럼 다루어지지만 의외로 그 출전은 애매한데다 부정확하고도 여러 가지로 변형된 형태로 유포되어 있다. 체호프가 써서 남긴 글 중 이런 의미를 가진 말은 1899년 11월 1일에 라자레프 그루진스키라는 인물에게 보낸 편지 속 다음 한 구절뿐이다. "아무도 쏠 생각이 없었다면 총탄이 든 총을 무대에 놓아두어서는 안 된다." 그 외에 체호프의 동시대 사람 중 두 명이 그로부터 들은 이야기를 회상을 통해 글로 남긴 것이 있다. 후세에 유포될 때는 이러한 회상 형식이 영향력이 더 컸을 것이다. 우선 굴란드가 1904년에 발표한 회상에 의하면 다음과 같다. "만일 당신이 제1막에서 총을 벽에 걸어두었다면 최종 막에서 그것은 발사되어야 합니다. 그렇지 않다면 벽에 걸어서는 안 됩니다."

또 한 가지는 시추킨의 회상[1911년]이다. "여분의 물건은 무엇 하나 필요하지 않습니다. 이야기에 직접 관계가 없는 것은 모두 가차 없이 버려야 합니다. 만일 1장에서 벽에 총이 걸려 있다고 하면 2장이나 3장에서 그것은 반드시 발사되어야 합니다. 만일 발사되지 않는 것이라면 벽에 걸어두어서는 안됩니다." 첫 두 문장은 작극술이고 마지막 부분은 소설의 서술방식에 관한 발언이지만 결국 쓸모없는 세부를 하염없이 도입해서는 안 되며, 불필요한 것은 모두 제거해야 한다는 체호프의 미학을 나타낸다. 뒤집어 생각해보면, 이 격언은 무라카미 하루키 소설작법에, 특히 《1Q84》에 어느 정도나 적용될까? 적어도 총에 대한 사실은 잘 들어맞는다는 점을 소설 결말부분인 BOOK2 23장에서 확인할 수 있다.

야나체크

체코의 작곡가(사실 '체코'라기보다는 민족의식에 관한 한 '모라비아'라고 해야겠지만 그 부분은 건너뛰고) 레오시 야나체크의 〈신포니에타〉라는 곡이 《1Q84》에서 전편을 통해 중요한 역할을 수행하고 있다. 우연일까? 야나체크에 대해서, 그리고 〈신포니에타〉가 어떻게 작곡되었는가는 BOOK1 9장에 간단한 해설이 되어 있지만, 그것만으로는 왠지 납득이 안 되는 여운이 남는다. 〈신포니에타〉라는 곡이 지나치게 돌출되어 있기 때문이다(《태엽감는 새》에서의 로시니 〈도둑까치〉와 비교할 수 있다).

《1Q84》와 관계지워 볼 수 있는 배경적 사실로서, 우선 〈신포니에타〉가 〈군대신포니에타〉로 구상되었다는 점을 들 수 있다. 그리고 당시 체코의 유명한 애국적 체조단체인 '소콜'매'라는 뜻' 의 체전에서 초연되었다. 스포츠 우먼인 아오마메의 이미지와 잘 어울릴 뿐 아니라 이 작품 전체를 아련하게 관통하고 있는 어떤 종류의 싸움를 피플과 그에 대항하는 사람들의 싸움의 분위기가 이 음악으로 표현된다고 본다(야나체크의 전기는 체코인 학자 Jaroslav Vogel에 의한 전기영어판 노튼사, 1981년가 상세하다. 또한 체조단체 소콜에 대해서는 후쿠다 히로시福田宏 《신체의 국민화 다극화하는 체코사회와 체조운동》홋카이도(北海道)대학 출판회, 2006년이라는 결정적인 연구서가 있다). 더구나 체코슬로바키아는 〈신포니에타〉가 초연된1926년 지 13년 후에는 나치 독일의 지배하에 들어가 독립을 잃는다. 〈신포니에타〉의 용맹하고 화려한 팡파레는 동시에 불길한 운명의 서곡이었던 것이다. 그렇게 보면 옴진리교 사건이 일어난 것은 1995년이므로 1984년의 11년 후가 된다.

그렇다면 밀란 쿤데라에게서 자주 발견되는 현상처럼 음악작품의 구성이 소설에도 영향을 주었을 가능성은 없을까? 《1Q84》의 BOOK1, BOOK2에서 '아오마메'와 '덴고'의 장이 교체되면서 24장으로 끝나는 구성은, 5악장 구성이라는 변칙적인 '신포니에타'와는 그다지 관계가 없다. 이는 분명 바흐의 평균율을 염두에 두었을 것이다. 단, 합중주가 적고 특정한 악기만을 돋보이게 하는 편곡법은 《1Q84》의 소설 플롯 구성법과 가깝다는 느낌이 든다.

　　마지막으로 야나체크 배후에 존재하는, 다소 의외라 할 수 있는 '체코 커넥션'에 대해 언급해보자. 야나체크를 아낌없이 사랑하는, 같은 모라비아 출신인 밀란 쿤데라가 역설하는 것처럼(쿤데라의 평론집 《배신당한 유언》 7부 '일가가 싫어하는 자'에서 야나체크를 다루고 있다. 일본어 번역은 니시나가 요시나리西永良成, 슈에이샤, 1994년), 스탈린 시대의 체코슬로바키아에서는 스메타나가 숭배되었고 야나체크가 경원시되었다. 그에 반해 막스 브로트는 생전에 야나체크를 높이 평가하여 그의 오페라를 모두 독일어로 번역하고 그에 관한 최초의 연구서를 단행본으로 간행했다. 브로트는 카프카의 친구이며 그의 사후에 작품의 세계적 평가를 위해 진력을 다한 인물이다(야나체크와 브로트의 관계에 대해서는 찰스 주스킨트에 의한 《야나체크와 브로트》라는 한 권의 연구서가 나와 있을 정도다이스라엘 대학 출판국, 1985년). 여기까지 이르면 우리는 카프카와 야나체크라는 그다지 관련이 없을 것 같은 두 사람이 긴밀히 연결되어 있음을 알 수 있다. 결국 《해변의 카프카》와 《1Q84》를 묶는 체코 커넥션도 거론할 수 있게 된다. 이 두 편의 장편 소설 사이에는 무라카미 하루키가 프라하에서의 프란츠 카프카 상을 수상했다무라카미 하루키는 2006년 10월에 프란츠 카프카 상을 수상하였으며, 이 때 생애최초로 기자회견을 실시하였다. 노벨상으로 가는 관문중 하나로 해석되는 카프카상 수상의 의미와 극도의 매스컴 기피증을 보였던 하루키의 행보가 주목을 끌었다 -역주는 사실이 자리 잡고 있다.

016

리틀 피플보다 레와니와를

사사키 아쓰시(佐佐木敦) : 1964년생. 평론가. 저서로 《ex-music》《비평이란 무엇인가?》《절대안전 문예시평》 등이 있다.

정식 발매일보다 이틀 쯤 전의 저녁 무렵이었다. 시부야澁谷의 서점에서 흐트러짐 없이 서서 《1Q84》를 읽는 한 아저씨를 발견했다. 목도한 순간, 조금 이상하거나 정상적이지 않은 공기를 뿜어낸다는 느낌을 받았다. 노숙자라고는 할 수 없으나 복장도 상당히 허름하고 평상시에는 그 서점에서 볼 수 없는 그런 타입이었다. 잠시 동안 관찰을 했는데(그럴 생각은 없었지만 아저씨가 선반 바로 앞을 막아서서 《1Q84》를 집어들 수가 없었다) 오로지 책장을 넘기며 묵묵히 심취해 읽고 있었다. 더구나 발견한 시점에는 이미 'BOOK1'의 거의 끝부분을 보고 있었다! 분명 아저씨는 그 상태 그대로 'BOOK2'까지 독파했을 것이다. 놀랄만한 서서 읽기

근성이라고 표현해야 할까? 하지만 의외로 전국의 서점에서 동일한 광경을 목격할 수 있었을런지 모른다. 사실 그 직후에 아는 젊은이로부터 "우메다梅田에 있는 서점에서 서서 《1Q84》를 독파했어요!"라는 메일을 받았다.

그 아저씨를 봤을 때는 내 스스로가 서서 읽는 행위가 전혀 불가능한 타입의 인간이기에, 이 자가 끝없이 서서 읽을 건지 왠지 암울한 불쾌감을 느꼈다. 동시에 아무리 대충 보고 넘어간다 해도 그토록 두꺼운 소설책 두 권을 서서읽기로 독파한다는 의기와 파워에는 솔직히 감탄할 수밖에 없었다. 그 아저씨가 《1Q84》를 살 수 없었는지(살 돈이 없었는지), 또는 단순히 사고 싶지 않았는지(돈을 쓰고 싶지 않았는지)는 알 수가 없다. 하지만 그는 틀림없이 가장 빠른 단계에서 《1Q84》를 다 읽은 '독자' 의 한 사람이라는 점이다. 그러나 아저씨는 현재 백몇십만 부에 달하는 《1Q84》 '구입자' 에는 당연히 들어가지 않는다.

서서읽기로 처음부터 끝까지 독파하는 행위는 법적으로 물건을 훔치는 일이라고도 할 수 있으며, 이런 자들은 서점과 출판사에게는 적이다. 한 푼도 대가를 치루지 않고 책을 읽는 이런 사람들 때문에 출판 불황이 악화된다는 의견은 지극히 당연하다고 본다. 하지만 그날 이후 《1Q84》의 경이적인 판매상황을 전하는 뉴스를 보면서 자꾸 그 아저씨가 이상하게도 마음에 걸렸다. 그것은 분명 《1Q84》가 나오기 전부터 항상 곰곰이 생각하던 그 무엇, 그 아저씨가 아닌 말하자면 아저씨가 상징하는 존재가 우연히 어떤 형태로 연동되었기 때문이라고 생각한다. 즉 아저씨는 《1Q84》의 '구입자' 는 아니지만 분명 한 사람의 '독자' 라는 분명한 사실을 어떻게 파악할지의 문제다.

당연하겠지만 한 권의 책을 수용한다는 것은 대개의 경우 그것을 **사서 읽는다**는 일련의 행위를 함의하고 있다. 물론 그 밖에도 다른 사람에게 빌리거나 도서관에서 대출하거나 훔치거나 혹은 서서 읽는 다른 선택도 몇 가지 존재한다. 즉 서적을 '산다' 는 것과 '읽는다' 는 것은 그대로 완전히 일치하지는 않으며 그곳에는 **단절**이 존재한다. 그것은 '상품' 과 '작품' 사이의 '단절' 이기도 하다. 한 권의 책은 대부분 '상품' 임과 동시에 '작품' 이기에 그 아저씨는 《1Q84》의 '상품' 으로서의 속성은 무시하고 그저 '작품' 으로서만 수용한 셈이다. 물론 아저씨와 같은 존재는 《1Q84》가 누구나 읽고 싶어 하는 대단한 화제작이라는 사실을 증명해줄 뿐일지 모른다. 하지만 어째서 이 문제에 집착하는지를 우선 밝히자면, '사지 않고도 읽어버린 아저씨' 라는 곤란한 존재 반대편에 '샀는데도 사실 읽지 않은 사람들' 이라는 존재가 상당수 존재할 것이라는 느낌 때문이다. '상품' 으로서 구입하는 것이 '작품' 으로서 수용하는 것보다 왜 그런지 훨씬 우위에 있으며, 때에 따라서는 후자가 무의식중에 배제되어버리는 사태가 어딘가에서 발생하지 않을까라는 사실이다.

분명 이것은 최근에 시작된 일도 아니며, 본래 베스트셀러라는 것은 '읽지 않아도(읽을 수 없어도?) 사버리는 사람'을 어떻게 보다 많이 획득하는지에 그 열쇠가 있다. 그래서 오히려 그 아저씨에게 일종의 이른바 '순수 독자'를 떠올렸을지도 모른다.

책을 '산다'는 것은 반드시 그것을 '읽는다'는 것과 직결되지 않는다. 하지만 아저씨는 분명 '읽었다'는 점이다. 다시 말하지만 그는 서점에도 출판사에도 이익을 주지 않았고 오히려 피해를 준 존재일 수밖에 없다. 또한 이것은 《1Q84》의 저자인 무라카미 하루키에게도 마찬가지다. 하지만 가령 《1Q84》를 구입한 후 반영구적으로 책장에 집어넣어둔 사람과 돈을 지불하지 않고 선채로 마지막 한 단어까지 다 읽은 그 아저씨 중 누가 진정한 의미에서 '무라카미 하루키의 독자'라고 할 수 있을까? 내가 만약 하루키였다면 사주기는 했지만 읽어주지 않는 '소비자'보다 사지는 않았어도 읽어준 '독자'가 기쁜 존재였을 거라고 생각한다. 물론 돈을 내고 사서 잘 읽어주는 사람이 가장 좋다는 사실은 확실하지만, 둘 중에 선택을 해야 한다면 역시 아저씨를 택할 것이다. 물론 아저씨 같은 무리만 존재하면 출판업계는 즉각 붕괴하겠지만, 결국 정도의 문제라고 봐야 한다. 어쩌다 목도하게 된 정경을 계기로 구시렁거리며 내 느낌을 풀어 놓았는데, 아무리 봐도 그 아저씨와 백몇십만 부라는 판매고가 기묘한 형태로 균형을 이루는 것처럼 느껴진다. '읽는다=산다' 라는 등가, '작품=상품'이라는 등가, '독자=소비자'라는 등가 에는 항상 어떤 '단절'이 잠재하고 있다. 그 '단절' 속에 약간 과장해 말하면 자본주의의 함정이 있다. 그곳에는 불균형이 있 으며 균형이 잡힌 지점은 거의 존재하지 않고 반드시 어느 쪽으 론가 기울어져 있다. 특히 내가 오랜 세월에 걸쳐 관계해 온 음 악이라는 분야에서 '산다=상품'이라는 양상만이 비대화되어, '듣는다=작품'이라는 양상이 참혹할 정도로 경시되어가는 모 습을 봐 왔다. 그것은 음악 산업이 부진을 금치 못하는 것과 완 전히 병행되어 이루어진 일이었다. 이번 《1Q84》의 이상할 정도 의 판매고에 대해 출판관계자는 책이 발간된 신초사新潮社 사람이 아니라 해도 기본적으로 대단히 긍정적(내가 접하거나 아는 한)이 다. 다른 사람 일이기는 해도 오래간만에 경기가 좋으니 기쁘고 희망이 생기는 이야기라는 느낌을 받았다. 실제로도 그럴 것이 라고 생각한다. 며칠 전에도 어느 이벤트의 단상에서 도요자키

유미豊崎由美, 1961~. 프리랜서 작가이자 서평가. 주로 소설 중심이지만 문예, 영화 등 다양한 방면의 서평을 쓴다 −역주에게 《1Q84》에 대한 질문을 하자, "왜 그렇게 많이 팔리 느냐며 이런저런 말들을 하지만 역시 좋은 일이다, 왜냐하면

《1Q84》를 사러 책방으로 달려간 사람이 그 김에 다른 책도 사올 지 모르니까"라는 말을 했다. 솔직하게 말하면 있을 수 있는 현 상일지 모른다. 하지만 약간은 이상주의, 낙관주의적이라는 생 각이 든다. 너무 노골적인 의견일지 모르겠지만 《1Q84》 구입자 의 대부분은 분명, 《1Q84》에만 흥미가 있으며 다른 책을 사지 않는다. 왜냐하면 그들과 그녀들은 사실 책을 읽고 싶은 것도, 소설을 읽고 싶은 것도 아니기 때문이다. 어떤 의미에서 《1Q84》 를 읽고 싶은 것조차 아닐지 모른다. 내 견해는 지나친 추정일 까?(너무 깊이 파고 들어간 견해가 오히려 낫겠다는 생각조차 든다)

책이 팔리지 않고 소설이 팔리지 않는다는 요즘, '《1Q84》 현 상'은 분명 환영할만한 사건일지 모른다. 하지만 문제는 오히려 《1Q84》밖에 팔리지 않는다는 점이 아닐까? 게다가 그 '현상'의 부추김으로 야나체크의 CD가 팔리거나 체호프의 《사할린 섬》 까지 팔린다는 말을 듣고 솔직히 질려버릴 정도다. 아무래도 《1Q84》만 죽을 만큼 잘 팔리는 사실과 그 외의 다른 책=소설이 원래 잘 안 팔리다가 점점 더 안 팔린다는 사실이 표리일체인 것처럼 여겨진다.

다시 한 번 음악을 예로 들면, 《1Q84》 현상과 비슷한 일종의 거품이 마지막으로 일어난 것은 우타다 히카루의 첫 앨범 《First Love》다. 《1Q84》로부터 약 10년 전인 1999년 3월에 발매된 이

앨범은 일본국내에서만 약 8백만 장이라는 판매고를 기록하였으며, 해외를 포함하면 천만을 육박할 정도의 엄청난 판매고였다. 나는 예전부터 우타다 히카루를 '마지막 국민가수' 라 불렀고 그녀의 싱어 송 라이터로서의 천부적인 재능에 크게 감탄하던 차였지만, 그보다 지적하고 넘어가야 할 점은 《First Love》이후 그것을 능가하는 메가 히트는 탄생하지 않았을 뿐 아니라, 정확히 그 해 이후 일본의 CD 판매는 기울어지기 시작했고 그 하향곡선은 아직도 멈추지 않았다는 사실이다.

《First Love》는 훌륭한 작품이라고 생각하지만, 그 사실과 얼마나 팔렸는가라는 사실은 결코 등가가 아니다. 좋은 '작품' 이지만 팔리는 '상품' 이 되지 않는 슬픈 현실은, 실제로 전혀 좋지 않아도 팔려나가는 상황이 존재한다는 꺼림칙한 현실에 의해 수없이 증명되고 있다. 지금 생각해보면 《First Love》로의 일극 집중은 일본 음악 산업에서 마지막 거품이었을 뿐 아니라, 이른바 '마지막 일격' 이었다고 본다. 고무로 데쓰야^{小室哲哉, 1958~. 음악프로}
듀서이자 작곡가, 작사가. 1994년부터 수년간 기획한 대부분의 음반이 밀리언셀러가 되어 '고무로 붐' 이라는 사
회 현상을 불러 일으켰다 -역주의 견인에 의해 1990년대 후반까지 차례로 밀리언셀러가 탄생했고 그 파도가 잠잠해질 무렵 《First Love》가 출현함으로써 메이저 음반회사는 비즈니스 모델을 변혁시킬 타이밍을 놓쳤다. 그들은 언제까지나 제2의 《First Love》를 꿈꾸었

다. 그리고 앞으로 그런 일은 일어나지 않는다는 사실을 겨우 깨달은 때가 2010년을 코앞에 둔 시점이므로 이제는 완전히 늦어버린 셈이다.

어쨌든 스스로 분위기 파악도 잘 못하는 인간이라는 사실을 인정하면서까지 이렇게 말할 수밖에 없다. 《1Q84》 현상은 일본 출판계도 소설도 문학도 아무것도 구제해주지 않는다. 다만 그 작품만이 홀로 잘 팔릴 뿐이다. 분명 단기적으로는 분위기가 상승될지 모르지만, 중장기적으로 이 거품은 완전히 위험한 징조이며, 안이하게 여기에 편승하는 자는 후회할 것이다. 물론 이렇게까지 잘 팔릴 거라는 사실은 판매원이나 작가 모두 예상도 못 했을 것이다. 이 거품을 형성시킨 것은 다름 아닌 매스미디어, 즉 텔레비전과 신문, 인터넷이다. 대중자본주의사회, 특히 일본이라는 나라에서는 **어쨌든 팔린 것이 더욱 팔린다**는 법칙이 있다—그렇기에 어느 시기 동안 음악 싱글CD 발매에서는 어떻게 해서라도 '팔렸다'는 사실을 만들어내려는 상술이 유행했으며 더구나 상당히 성공했다—. 최강의 세일즈 카피는 '이제 모두가 가지고 있다(당신만이 아직 안 가졌다)'다. 《1Q84》는 발매 이전부터 일부 매스미디어가 완전히 구매의욕을 선동했다. '판매원도 놀랄 만큼의 판매고'라는 뉴스를 들은 것도 매스미디어에 의해서였다. 백만 부를 돌파하고나자 보도는 더욱 가열

되었고 이후의 세일즈 폭주는 주지의 사실이다. 부당한 이익을 취한다고 비판하려는 것은 아니다. 다만 이번에 한해서 만이 아니라, 매스미디어는 항상 눈속임을 하려 한다(원래 두 권인 부수를 합산해서 백만 부라고 떠들었던 숫자의 마술도 그런 종류다). 성공하는 경우와 그 반대의 경우만 존재할 뿐이다. 적어도 어느 시점 이후의 《1Q84》 판매고의 원인은 무턱대고 '엄청나게 팔린다'라고 보도했기 때문이며, 그 외의 이유는 없다.

미리 양해를 구해 두지만, 《1Q84》가 아무리 많이 팔려도 전혀 괘념치 않으며 오히려 당연한 일이라고 생각한다. 하지만 반복해두는데 문제는 그저 《1Q84》만이 미친 듯이 팔린다는 점, 특히 《1Q84》밖에 안 팔리는 점이 다른 책이나 소설이 팔리지 않는 사실의 구원이 되기는커녕, 오히려 그런 궁핍한 상황의 마지막 일격이 되어버린다는 점이다. 유감스럽게도 이 '현상'은 '구매자=소비자'를 일시적으로 대량생산할 뿐, 진정한 의미에서의 '독자' 육성에 기여하지 않을 것이다. 대부분의 사람들은 단순히 '무라카미 하루키의 신간'을 읽고 싶었다=사고 싶었다=사는 행위를 하고 싶었다, 라는 것뿐이며 뛰어난 소설을 읽고 싶다, 멋진 문학을 읽어보고 싶은 것이 아니기 때문이다.

이렇게 글을 쓰면 근거 없는 대중 경멸이며, 《1Q84》를 구매한 많은 사람들이 그렇게까지 어리석지는 않을 거라는 비판을 들을지 모르겠다(적어도 그렇게 말하고 싶은 사람은 있을 것이다). 나는 '대중'을 구성하는 개개인의 대부분은 본래 어리석지 않다고 생각한다. 그렇지만 어리석지 않은 인간에게 어리석다고 밖에 생각할 수 없는 행동을 불러일으키는 메커니즘이야말로 '대중'이라 불리는 것이다. 무엇보다 지금의 내 글이 분위기도 잘 파악하지 못한다는 사실을 거듭 인정을 하면서도, 과연 잘못된 인식이 존재하는지 그 여부는 **유감스럽게도** 시간이 증명해줄 거라고 기술해둔다.

이제까지 서술한 내용은 《1Q84》 현상에 관한 것이었고, 《1Q84》라는 소설과 무라카미 하루키라는 소설가에게는 아무런 죄도 없다. 백몇십만 부의 단 1할이라도 좋으니 다른 소설에 눈길을 돌려주었으면 하고 절실히 바라는 자로서, 더구나 《1Q84》가 백몇십만 부도 당연할 만큼 대단한 걸작이었다면 어쩔 수 없다며 당연히 끝날 이야기였다. 아니, 가령 그렇게까지 안 팔렸어도, 아니 전혀 팔리지 않았어도 스스로 읽고 멋진 작품이라고 여겼다면 전혀 문제가 없다. 이 발언도 분위기 파악을 못 하는 말이 되지 않기를 바랄 뿐이지만, 《1Q84》를 다 읽고나서(미리 밝혀두지만 나는 '구매자=독자'다) 솔직히 말해 많은 불만과 의문만 남을 뿐이었다. 무라카미 하루키는 이 작품에서 변모했다는 소리를 듣는 것 같지만, 나는 거의 변하지 않았다고 느꼈다. 오히려 최근 몇 년 동안 하루키 작품을 통해 안고 있던 불만과 의문은 더욱 강화되었고 그것이 확대된 형태로 작품 전체에 퍼져 있다고 본다. 내가 이 글을 통해 쓰고 싶었던 사실과 이 책 속에 써둘 필요가 있다고 느낀 점은 이미 앞서 서술한 '현상'에서 못을 박아놓았기에, 이하는 그 사족이다.

어느 시기 이후의 하루키 작품을 보면, 자신이 미리 어딘가 땅 밑에 보물을 숨겨놓은 후에, 누군가를 데려와 모르는 척 짐짓 땅을 파서 찾아 내보이는 짓을 한다는 인상을 받았다. 더구나 하루키는 자신이 보물을 묻었다는 사실을 거의 진심으로 망각하고 있기에 불성실하다는 비난이 생기지도 않는다. 다른 비유를 들어보자. 실제로는 아무런 생각도 없는 남자가 무표정하게 그녀의 고민에 귀를 기울이다가 어쩔 수 없이 응대하며 '다 알아'라는 말만 던졌더니, 그녀는 그 과묵한 한 마디에 감추어진 수많은 생각을 마음대로 받아들여 깊이 감동하면서 그를 더욱 좋아하게 된다는 것과 같은 인상이다. 그는 그녀를 속이려고 하는 것이 아니라 실제 속이고 있지도 않다. 다만 **그녀가 속임을 당하고 있는** 것이다.

예전에도 이런 말을 쓴 적이 있는데, 무라카미 하루키라는 소설가의 최대 특징은 그는 다른 사람^{타자}의 마음을 전혀 이해 못하는 것밖에 없다고 생각한다. 폄하하려는 것은 아니다. 오히려 칭찬이다. 그의 본질은 철저하게 반=공감적인 안티 휴머니스틱한 감각에 있으며 흔히 생각하는 것처럼 그 반대가 아니다.

일반적으로는 아무 일도 일어나지 않는 마음 편한 자아의 내면에 갇혀서 자족하던 '나'라는 존재가 타자나 '세계'와의 우연한 접촉에 의해 밖으로 열려지는 형식이라고 생각하는 것 같지만 사실 그렇지가 않다. '나=그'가 사실 언제까지나 어디까지나 자폐된 채 존재한다는 점에 무라카미 하루키의 문학적인 가능성의 핵심이 있다. 타인의 마음을 알지 못 하는 인간은 스스로 그렇다는 사실은 눈치채고 있다. 그가 변하려고 수행하는 모든 행동도 결국 근본적으로는 이기적인 권역에서 한 걸음도 벗어나 있지 않다. 이래서는 안 된다는 예감을 하고 여러 가지 일을 벌이지만 그는 변하지 않는다. 왜 그는 변하지 못 하는 것일까? 결국 왜 이래서는 안 되는지조차 **전혀 알지 못하기 때문**이며 '타인의 마음을 알지 못하는' 것이다. 그래서 이미 아는 척 해보이거나 안 것으로 간주하는 정도 밖에 할 수 없는 것이다. 그렇게 하면 왠지 스스로도 알았던 것 같고 알고 있는 것 같은 기분이 들어 묘한 것이다. 이 지점이 바로 중요한 포인트인데, 그곳에 누군가[타자] 찾아와서 이렇게 말해준다. "이제 알았지"라고 말이다. 하지만 그는 역시 알지 못하며 알고 싶은 기분이 들어도 아무리해도 **알 수 없는 것**이다. 그래서 무라카미 하루키는 무라카미 하루키다라고 생각한다. 그를 '윤리적인 작가' 라고 평하는 것은 결정적으로 잘 못 되었다. 그는 '윤리' 라 불리는 것과는 관계가 먼 소설가이며 그렇기 때문에 그의 존재의의가 있는 것이다. 그렇지만 많은 '독자' 가 잘 못 인식해서 그의 '아는 척' 을 왜 그런지 '알아주었다' 고 수긍한다. 개인적인 견해로는 무라카미 하루키가 현재 상황과 같은 거대한 작가가 된 것은 그런 소위 '착각된 공감' 이 원동력이었다. 이윽고 그 착각은 작가 본인에게도 피드백 된다. 무라카미 하루키에게 이것은 결코 행복한 과정은 아니었겠지만 그것까지는 자세히 모르겠다.

《1Q84》에는 두 개의 테마가 그려진다('테마' 같은 진부한 단어를 끄집어낸 건 이야기를 쉽게 진전시키기 위해서다). '사랑' 의 테마와 '악' 의 테마다. 양쪽 모두 하루키 작품에서는 친숙한 주제다. 예를 들면 '악' 은 이 이야기의 전개부에서는 가정내 폭력에 대한 누구나 수긍할 수 있는 부정적인 감정이 깔려 있다. 그것은 일견 '윤리적' 인 태도처럼 보인다. 흡사 가정내 폭력의 궁극적인 화신 같은 존재로서 묘사되던 '악' 은 정체가 밝혀지면서 반드시 '악' 이라 부를 수 없는 복잡한—그리고 불가해한— 내면을 품는 존재임을 알게 된다. 그곳에서 '윤리' 는 갑자기 상대화=이동된다. '독자' 는 자신이 품었던 소박한 '정의' 가 갑자기 이동하면서 당황하게 되고 그 이동이야말로 보다 '윤리적' 인 자세일 거라고

믿어버린다. 이런 일련의 회로 자체가 앞서 말한 '아는 척'을 가
설하기 위한 극히 인공적인 장치라고 생각된다. 하루키의 작품
에는 거의 초기부터 이런 거대하고도 왜소한, 천박하고도 심원
한 '악'이 가끔 등장한다. 모순에 가득 찬 이런 모습을 '악'의 본
질로 평가하는 것도 분명 가능할 것이다(문예평론가 후쿠다 가즈야
福田和也 같은 사람이 그렇다). 그러나 내게는 작가가 스스로도 인지하
지 못하면서 부리는 속임수의 하나라고 생각된다.

'사랑'에 대해서도 마찬가지다. 《1Q84》를 《노르웨이의 숲》
이후의 '연애소설'이라고 보는 의견도 있다. 실제로 일종의 '운
명적인 사랑'이 묘사된다. 하지만 이 '사랑'은 두 가지 의미에
서 대단히 인공적이다. 우선 첫 번째로 '사랑'이 탄생하는 에피
소드, 즉 '운명' 생성의 단서가 된 사건이 확연하고도 의도적으
로 섬세함을 결여시킨 채 이야기되는 방식 때문이다('그것은 일어
났기' 때문에 일어난 거다라는 자기언급적인 단정). 두 번째는 '사랑'
의 '성취'가 '독자'의 소박한 기대를 배신하고 '악'과 마찬가지
로 노골적으로 이동된다는 점에서다. '악'이든 '사랑'이든 그곳
에서 이루어지는 것은 사실은 없는 것을 있다고 굳게 믿고/믿게
하기 위해 원래 없었다는 사실을 처음부터 은폐하는 작업이다.
《1Q84》의 '독자'에게는 '보물'을 파헤쳐 찾는 작업밖에 허락되
지 않는다. 그곳에는 '악'이나 '사랑'을 둘러싼 동의 반복적으

로 강조된 '옳음'과 그것을 다시 이동시킴으로써 교묘하게 연출된 '옳음'의 상대화와의 반복운동밖에 존재하지 않는다.

이제 처음 이야기로 돌아가자. 그래도 나는 《1Q84》를 상당히 재미있게 읽었다(서서 읽지는 않았지만 단숨에 읽었다). 그러나 감히 말하면 《1Q84》 바로 전에 출간된 이이 나오유키伊井直行, 1953~. 소설가, 도카이(東海) 대학 교수. 군조 신인문학상을 받으며 데뷔하였다. 신작 〈주머니 속의 레와니와〉에서의 '레와니와'는 상상의 동물과 같은 존재다 -역주의 오랜만의 신작장편소설 《주머니 속의 레와니와》가 훨씬 감동적이었다. 사실 여러 가지 의미에서 이 두 소설은 얼마간의 대조를 이루고 있다(그 이야기를 쓸 공간은 이제 없으므로 꼭 읽어보시기를 바란다). 하지만 분명 《레와니와》의 판매부수는 《1Q84》와는 비교가 되지 않을 것이다. 실로 이 점이 마음 속 깊이 유감스럽다.

017

덴고는 왜 아오마메를 죽였을까?

미즈코시 마키(水越眞紀) : 1962년생. 프리랜서 작가. 공저로 《NO! WAR》 등이 있다.

어째서 아오마메는 그 시점에서 권총을 꺼냈을까? 더구나 자신의 입에 권총을 넣다니! 나는 아오마메에게 호의를 품고 있었다. 강하고 외곬수고 절도있고 기술도 있다. 그리고 사랑도 있다.

그럼에도 마지막에는 마치 의지를 상실한 꼭두각시인형처럼, 몽유병자처럼 그럴듯한 논리도 없이 사고처럼 방아쇠가 당겨지다니 말이다. 이제까지 살아온 모든 것을 무로 돌려버리는, 유지해온 의식과 사고를 일순간 포기해버리는 당돌한 죽음. 갑자기 캐릭터에서 분리되어 버린 것 같은 그 행동에 납득을 할 수가 없다.

아니, 처음부터 아오마메에게 자신의 생사를 선택할 권리는 없었다. 어차피 그녀는 덴고가 만든 세계의, 덴고가 만든 캐릭터였기 때문이다. 그녀의 운명은 처음부터 덴고가 쥐고 있었고 그 지배자는 쉽사리 아오마메를 수도고속도로 비상용 주차공간이라는, 모든 사람들이 지켜볼 수 있는 무대에서 죽인 것이다.

덴고 자신이 살아가기 위해.

1984년 전후에 '변형된 연애^{변애, 變愛}'는 극단적인 사회화의 길을 걷고 있었다.

변형된 연애는 '돈'을 낳는 상품으로 쇼윈도에 진열되었고 거품경제기에도 꽃을 피웠다. 그 이후에는 저출산율이다, 재정난이다, 사회보장 시스템의 위기라는 구실 하에 우선은 아이들을 낳으라, 아니 그 전에 결혼을 하라는, 그렇다면 그 전에 변형된 연애라도 해야 하지 않겠느냐는 논리로 국민의, 특히 젊은 국민의 변형된 연애는 정치과제가 되었다. 이제 논쟁의 불씨 정도는 피웠다. 지금까지 '혼자서 가족 전원을 부양할 수 없는' 비정규직의 증대를 저지할 수 있는 대의명분정도로는 성장하고 있는 것 같다.

물론 기본은 민간 활력의 개발에 있다. 이 까다로운 인생관리는 부국강병, 생산과 증식을 강요하는 솔직한 지령은 아니다. 만일 그런 것이었다면 '적'이 누구인지는 그래도 명쾌하게 판결난다. 적당한 불쾌감도 느낄 수 있을 것이다. 그렇지만 민간 활력이 권장되는 민주적 소비경제사회에서는 '바람직한 인생'은 의무가 아닌 선택지로서 제시되며, 우리들은 국민이 아닌 소비자로 여겨진다. 지불만 완벽히 하면 말이다. 결국 소비자는 마음속으로 기뻐하며 스스로 '바람직한 인생' 모델의 선택지 중에서 기호나 기분에 맞추어 선택함으로써 쾌적한 인생을 손에 넣는다. 그리고 선택지에 들어가지 않는 것, 가격표가 안 붙어 있는 것은 선택할 방법이 없다. 그것이 바로 민간 활력의 행복추구권이다.

야마기 시즈무^{ヤマギシズム, 야마기시회의 리더 -역주}를 모델로 한 집단 '선구'는 그런 지배에 대항하고, 얼버무리거나 바꿔치기한 본래의 정신을 되돌려오도록, 자신들만의 정신으로 자신들만의 지배체제를 구축하기 위해 선구적인 조직을 만든다. 종교집단의 부모로부터 도망쳐온 아오마메는 그런 '선구'의 리더에 대해 자신은 "정신에 대해서는 되도록 생각하지 않으려한다"고 말한다. 이유는 '특별히 생각할 필요가 없기 때문'이다. 리더는 의아해한다. "스스로의 정신을 생각하는 건 ……인간의 삶 속에서 빼놓을 수 없는 작업이 아닌가"라고 말이다.

아오마메는 단언한다. "내게는 사랑이 있습니다." – '누군가 특정의 개인을 대상으로 한' 사랑이. 그리고 리더는 그것이 종교 그 자체라고 감탄한다.

그렇지만 아오마메가 사랑하는 대상은 '구체적'이라고는 하지만 성장하고 나서는 한 번도 만나지 못한, 그저 기억 속에서만 존재하는 열 살의 소년이다.

그것은 덴고가 창작한 세계 속에서의 궁극의 '사랑'이다.

'선구'의 리더는 관념으로서의 어린 소녀를 관념으로서 강간하고, 자기만의 종교를 가진 아오마메는 기억에 남아 있는 열 살 소년을 떠올리면서 마스터베이션을 한다. 아무 것도 생산해내지 못하는 끝없는 사랑. 아무 것도 동요시키지 않으며 어떤 집단에도 공헌하지 않는 '순애純愛'다.

아오마메의 사랑을 만든 덴고는 자신이 리드하는 섹스는 좋아하지 않는다며 피해버리는 수동적인 참치남어떤 일에도 열성을 보이지 않는 수동적인 남성. 특히 연애에 있어서 여성들에게 끌려가는 것을 좋아하는 남성들을 말한다 -역주이다. 다음에 어떻게 하면 좋을지 모든 것을 알려주는 것이 마음이 편한 것이다. 17세의 소녀와 함께 있어도 그 방식은 변하지 않는다. 덴고가 살아가는 세계에도, 덴고가 만든 세계에도 그의 주변에 사랑이 깃든 섹스는 존재하지 않는다. 그곳에서 사랑과 섹스는 별개다. 사랑은 아무 것도 생산하지 않고 섹스는 돈과 폭력을 낳는다. 아니 돈과 폭력이 섹스로 연결된다. 덴고의 세계에서는 사랑과 섹스는 마치 관계가 없는 것으로서 존재한다. 그리고 아오마메의 구체적인 대상을 향한 아무 것도 생산해내지 못 하는 '사랑' 만이 시스템의 지배를 벗어난다. 소설은 그런 점들을 시사한다. 덴고는 아오마메를 결실을 맺지 못 하는 사랑으로 닫아버림으로써 그 가능성을 시도했다.

하지만 아오마메는 죽었다. 그것도 당돌하게. 덴고가 간신히 자신 속에 존재한 그녀를 깨달았을 때. 잃어버린 사랑이 실제로 존재했다는 사실을 알아차렸을 때.

덴고와 아오마메는 많이 닮았다. 부모의 신념이 낳은 희생자로서 유년기를 보냈고, 그곳에서 도망쳐 나오기 위해 일찍부터 부모의 슬하를 떠나 살아왔다. 성인이 되어서도 소위 정규고용 업무를 중심으로 한 생활은 하지 않고, 가족을 가지지 않고, 제대로 된 연애도 하지 않고, 사랑과는 별개의 섹스를 규칙적으로 달력에 그려 넣듯 생활해 왔다. 진정 사랑하는 사람은 만나지 않지만 자기실현으로 나아가는 프로페셔널한 일을 가지고 있거나 가지려고 한다. 유소년기에 부모로부터 강요 당한, 친구들과는 다른 '부끄러운' 생활은 트라우마가 될 정도로 강하게 두 사람의 기억에 남아 현재 생활에 영향을 미치고 있다. 그리고 서로에 대한 기억만이 그 힘든 매일을 위로하고 탈출할 수 있게 하는 에너지가 되고 있다.

정말 많이 닮았다. 마치 동일인물처럼 말이다. 아오마메는 덴고의 사랑의 대상이라기 보다는 분신이 아닐까? 아오마메는 살인을 저지르고 덴고는 17세 소녀와 섹스를 하게 된다. 법률조차 그들을 지배하지 않는, 그런 세계를 덴고는 만들어낸다.

개인이라는 것, 개인으로서 살아가는 것은 무라카미 하루키 소설에서는 여전히 무엇보다 중요한 테마다. 주인공들은 모험에 휘말려 모든 방해와 관습, 조직, 상식, 사회통념으로부터 자유로워지면서 비로소 자신을 발견할 수 있다. 《1Q84》에서도 그 점은 변하지 않는다.

현실 속 일본의 1984년은 플라자합의^{1985년 미국 플라자호텔에서 이루어진 환}

율에 관한 합의로 이 때 일본 엔화의 가치를 높이는 정책이 추진되었고 일본 거품경제 가열의 촉매제가 되었다 -

역주 바로 1년 전이다. 내수확대 정책으로 도쿄 임해부도심이나 도쿄만 횡단도로, 간사이 국제공항, 아카시해협대교 등의 계획이 결정되었고 국철재건 감리위원회가 설치되어 국철민영화로 방향이 설정된 해다. 특히 옴진리교의 전신인 '옴의 모임'이 만들어진 해이기도 하다. 본격적으로 변형된 연애를 상품화하는 분위기가 조성되는 속에서 '가정 붕괴'는 서서히 가속화되었고 '자아찾기'가 시작되던 시점이었다. 부인들은 '구레나이족'^{구레나}

이(くれない)는 '해주지 않는다'라는 의미로, 모든 일을 다른 사람의 탓으로 돌리는 사람들을 구레나이족이라 한

다 -역주 아이들은 '피터팬'으로 불리던 해였다. '의혹의 총탄'^{LA에서}

일어난 사건으로 많은 보험금을 타게 된 일본인 미우라(三浦) 사건을 문예춘추가 문제를 제기하면서 내건 보도의

제목이다. 이후 사건은 재검토되었다 -역주 '괴인 21면상' 당시 식품회사를 대상으로 한 협박사건이 연

달아 일어났으며, 범인이 스스로 자칭했던 명칭인 '괴인 21면상'이 사건의 이름이 되었다 -역주 ...... 그

야말로 이야기가 현실화되어가는 사건과 그 소비였다. 돌이켜 보면 《1Q84》에는 분명 1984년의 분위기가 잘 표현되어 있다.

그렇다면 문제는 무엇일까? 예를 들면 '선구'와 같이 닫힌 관리 시스템은 냉전시대적이다. 이야기에 침식되어 버린 세계의 허구적인 공포. 떠오르는 이미지는 핵전쟁 발발시 피난훈련으로 책상 아래에 숨어 있는 미국 초등학교와 같은 세계. 종신 고용과 연공서열은 개인의 능력과 생활을 하찮게 만드는 악습이라는 이야기가 떠돌아다니고, 이런 사회에서 도망치고 싶다며 많은 사람들이 마음속으로 느끼고 바라던 때다. 그러나 2009년인 지금은 가족도 사회도 커뮤니티도 붕괴상태에 있기는 하지만, 젊은이들은 정규고용되었으며 가족을 이루기를 바라고 사내 운동회가 부활되는 그런 분위기인 것 같다. 1984년에 비하면 《게공선蟹工船》작가 고바야시 다키지. 일본 최고의 프롤레타리아 작품 -역주이나 마르크스도 팔리고 천박한 내셔널리즘도 수요는 존재한다. 1984년과 다른 것은 그 당시에는 시대의 잔재였던 것이 지금 다시 부활하고 있다는 점이다. 한 번 버린 것을 다시 한 번 불러모으려 한다. 그렇기에 옛이야기를 다시 한 번 들려줄 필요가 있다고 할 수 있겠다.

이렇게 답을 내려봐도 아직 위화감은 남는다. 《1Q84》의 등장인물은 모두 우수하고 모두가 원하는 '인재' 뿐이다. 그 중에서도 가장 약자인 성적 학대의 피해아동인 쓰바사는 '관념'으로 정리되어버린다. 현실의 옛이야기—역사에 등장하는 사람들도 대부분은 매력적인 인물이다. 전공투도 오타쿠도 신인류도 거품경제기 신사도 페미니스트도. 대중의 역사란 그런 것이다. 흉악범이 아닌 한 그저 그런 평범한 사람들이 거론될 순서는 돌아오지 않는다. 하지만 때마침 어떤 세대가 거의 모든 것을 날려버려서 '그저 그런 사람들'이 대두하고 이데올로기가 아닌 그 태생과 현상이 거론되었던 건 아닐까? 그런 현실을 보면 새로운 신화에 옛 신화를 끄집어내었을 때 어느 정도의 승률이 있을지 궁금하다.

〈요미우리신문〉 인터뷰에서 무라카미 하루키는 이렇게 말한다.

"전세계가 카오스화되는 속에서 단순한 원리주의는 확실히 힘을 증가시키고 있다. 이런 복잡한 상황 속에서 자신의 머리로 사고하는 건 에너지가 필요하기에, 대부분의 사람들은 기성의 가공된 언어를 빌려 말하면서도 스스로 생각해냈다는 느낌을 가지게 되고, 단순화된 만큼 원리주의에 결부되기 쉬워진다. 스낵과자처럼 금세 에너지가 되지만 몸에는 좋다고 할 수 없다. 스스로의 힘으로 정신성을 높이는 작업이 어려운 시대다." (2009년 6월 16일자)

덴고가 아오마메를 이용해 이룬 일은 아내나 아이를 불행하게 하는 잘못된 아버지를 모두 살해하고 신념과도 같은 자신으로의 사랑을 만들어내는데 불과하지 않았을까? 자신의 아버지와 화해하고 자신 속의 사랑을 발견한 덴고에게는 이제 살아있는 아오마메는 필요없는 존재가 된 것이다.

도움이 되지 않는 아오마메. 그녀는 연애를, 그리고 모든 인생을 사회적 행위로부터 개인적 행위로 전환시키려한 결사의 히로인이었다. 그 사회성을 덴고는 그저 자신의 치유를 위해 소비한 것으로만 보인다.

018

고탄다를 마세라티째로 바다에서 끌어올려서 아오마메 앞에 갖다대라!

구리하라 유이치로(栗原裕祐一郎) : 1965년생. 문예가, 음악평론가. 2009년 《도작의 문학사》로 일본추리작가협회상 평론부문 수상.

무라카미 하루키의 신간을 읽을 때마다 고탄다五反田의 모습이 스쳐지나가서 힘들다. 《댄스 댄스 댄스》에서 주인공 '나'의 옛 친구였던 그 경박한 잘생긴 배우다. 인스턴트커피와 위장약 선전에 동시에 출연했던 고탄다. 내용이야 어찌 됐든 상관없는 아이돌 영화에서 어정쩡한 선생님 역할을 했던 고탄다. '나'와 세이키즈에서 몰래 만나 피자를 먹어치우던 고탄다······.

고탄다가 마세라티를 탄 채 시바우라芝浦부두에서 바다로 뛰어들었을 때, 나의 무라카미 하루키는 끝났다. 그렇게 먼 옛이야기가 아니다. 1988년의 일이다.

말할 필요도 없겠지만 《1Q84》에는에도 고탄다는 등장하지 않는다. 약간 비슷한 캐릭터로 고마쓰라는 편집자가 나오지만 고탄다는 더욱 순수하고 때 묻지 않은, 자본주의의 반대 국면, 즉 '허무'를 짊어진 메타포였다.

당시는 모든 것을(그야말로 고급 콜걸 지불 대금조차) 경비로 처리하는 상황을 고도자본주의의 덕택이라고 생각했지만, 《댄스 댄스 댄스》가 문고본으로 다시 나왔을 때는 그것이 잘못된 일이었다는 사실을 인정하기는 싫지만, 모두 알기 시작했다. 모든 것을 경비로 처리한 것은 단지 거품경기였기 때문이었다. 고탄다가 소속되어 있던 중견 프로덕션은 1990년대를 지나면서 경비 삭감을 당하게 되었고 1995년에는 도산했을 것이다. 어쨌든 국산영화는 사양길이었고 광고비도 계속 내려갔으니 예견할 수 있는 시나리오다.

거품은 자본주의 경제에 필연적으로 내포되어 있는 암이지만 자본주의 경제 시스템 그 자체는 아니다. 고탄다는 시스템의 한 인자를 시스템 전체라고 지레짐작으로 착각하고 바다에 뛰어들었던 것이다. 마세라티를 타고. 셰이키즈에서의 마지막 만찬 후에. 불쌍한 고탄다.

믿기지 않을 만큼 속도를 잃은 이야기

그럼 《1Q84》 이야기를 해보자. 'BOOK1'은 나쁘지 않았다. 이따금 튀어나오는 변함없는 비유나 대사에 약간 질려버리기는 하지만 구성에는 긴장감이 있고 문장의 밀도도 높다. 와타야 리사綿矢リサ, 소설가. 17세에 문단데뷔, 《발로 차주고 싶은 등짝》으로 아쿠타가와상 수상 -역주와 가네하라 히토미金原ひとみ, 소설가, 《뱀에게 피어싱》으로 아쿠타가와상 수상 -역주 현상을 비꼬는, 날 것 그대로의 문단 비판도 이제까지 노골적으로 나타나지 않았던 측면이라 재미있다.

'BOOK2'에 들어가서도 종교단체 '선구'의 리더教祖와 아오마메의 대결 장면(제11장 '균형 그 자체가 선이다')까지는 긴장이 지속되지만, 제14장 '건네받은 패키지'에서 덴고와 후카에리가 '액막이'라며 섹스를 하는 부분부터는 믿기지 않을 정도로 속도를 잃어버리면서 툭툭 내뱉어지는 비유와 대사, 줄거리 반복으로 완전히 자기증식하다가 그 동안 뿌려놓은 복선이나 수수께끼는 거의 회수도 못한 채 끝나버린다.

후카에리가 와타야 리사인지 후카다 교코深田恭子, 영화배우, 《불량공주 모모코》 주인공 -역주인지 후카쓰 에리深津繪里, 여배우, 《춤추는 대수사선》 출연 -역주인지 아야나미 레이綾波レイ, 애니메이션 《신세기 에반게리온》에 등장하는 14세의 미소녀 -역주인지 아무래도 상관없다. 물론 성행위는 덴고가 새로운 '리더'가 된다는 점을 암시하겠지만, 'BOOK1'을 다 읽었을 때 이만큼의

재료를 요리하려면 'BOOK2' 분량만으로는 부족할 거라는 예감을 안고 있었다. 하루키의 '복선 뿌리기 증후군'은 어제오늘 시작된 일이 아니기에 예측은 했지만, 펼쳐놓은 보자기에 다림질을 하고 주름을 다 편 후 갖다 내버리리라고는 상상조차 못했다.

독자에게 그 이후의 이야기를 맡기는 '열린 작품'이라든가, 작품 속 《공기 번데기》 서평에 대한 비평의 모양새로 수수께끼를 회수하지 않은 변명은 이루어졌다든가, 속편이 나오는 게 뻔하지 않느냐는 여러 이야기가 있지만, 솔직히 말하면 수수께끼 풀이나 해석 게임을 하고 싶은 기분이 전혀 들지 않는다. 야나체크도 바흐도 소니&세어도 아무래도 좋다, 아니 그보다 최대의 추상성 '리틀 피플' 조차 "늘상 나오는(양, 야미쿠로, TV피플, 와타야 노보루······) 거네"로 끝나버리니 깊이 읽어낼 수가 없다. 'BOOK2' 제14장 이후부터 비유나 대사뿐만 아니라 지문까지 속도를 잃어버리는 사실을 목격하고 나서 속편이 나온다면 읽기야 하겠지만 기다릴 마음은 들지 않았다.

덴고의 '이야기'와 '1Q84'

속편이 나올지 여부는 현시점에서는 확실하지 않으므로,

'BOOK1'과 'BOOK2' 두 편으로 일단 완결은 되어 있지만 속편에 대한 가능성까지 포함해서 이야기를 진전시켜 보자.

4백자 원고지로 1984장이나 되는 장편이며, 테마는 복수, 얽혀 있기는 하지만 무라카미 하루키 자신도 '옴진리교 재판이 출발점'(《요미우리신문》 2009년 6월 1일자)이라고 한 것처럼 최대의 주제는 '종교'다. 1984년은 옴진리교의 전신인 요가도장이 발족된 해다.

이야기의 중심에 위치하는 종교단체 '선구'는 옴진리교를 떠오르게 하는데 야마기시회같은 농업계 코뮌에서 종교법인으로 전환했다는 이력을 비롯해 옴진리교만을 모델로 했다고는 보기 어렵다. 아오마메에게 살인 의뢰를 하는 '버드나무 저택'의 여주인공 배경에 얼핏 보이는 조직도 컬트라는 의미에서는 옴진리교의 그림자를 이어받고 있다. 아오마메가 어떤 종류의 정의감에서 실행하는 살인은 옴진리교의 '포아'를 연상시킨다.

'종교'를 주제로 하는 부분의 이야기는 더 깊게 파고들면 리틀 피플 대 반 리틀 피플이라는 구도로 수렴되어 가겠지만, 그 대립이 단순한 선악이 아니라 서로 삽입된 형태가 되어 결정하기가 불가능한 것으로 묘사되어 있다는 점이 이제까지 하루키 작품에서의 '리틀 피플'적인 것과는 선을 긋고 있다. 그 결정불가능성은 선구의 리더에 대한 후카에리의 언동과 묘사에도 잘 나타나 있다.

속편이 언젠가 나온다면 반 리틀 피플적인 모멘트이면서 동시에 리틀 피플의 '리시버' 즉 새로운 리더가 될 덴고가 쓰는 '이야기'가 1Q84라는 '현실'을 고쳐 쓴다는 플롯이 될 거라고 예상한다. 분명 덴고는 리더의 아들이다. 다시 말해서 후카에리와는 오누이간이며 두 사람의 섹스는 '관념으로서의 누이'와의 '다의적인' 근친상관이었을 것이다. 아마도.

'BOOK2'는 아오마메가 자살하려는 장면에서 끝나버려서 그녀가 과연 죽었을지에 대해 인터넷상으로는 의견이 갈라져 있는 것 같은데, 그것은 사실 그렇게 큰 문제가 아니다. 1Q84라는 세계에서 그녀가 취한 선택은 그녀의 죽음을 결정지워주며 변동이 없는 한 죽지 않으면 불합리하지만, 덴고의 '이야기'에 의해 1Q84가 변화하게 되면(그 세계가 뭐라 불릴지는 아직 모르겠지만 임시로 '1空84' 혹은 'ku(장음)'라 발음되며 이는 9의 또 다른 발음인 'ku(단음)'와 길이를 제외하면 동일하다 -역주라고 해둘까) 아오마메가 죽는다는 사실에 필연성이 사라진다. 1Q84에서 아오마메가 죽든 안 죽든 1空84의 아오마메와는 독립된 현상이다. 아오마메 도터가 들어간 공기 번데기는 1空84에서는 아오마메가 퍼시버가 된다는 복선일 것이다.

아오마메는 소설 《공기 번데기》를 읽고 '나는 지금 그의 몸속에 있다', **'이것이 왕국이야'** 라고 생각한다(BOOK2 제19장).

'왕국'은 아오마메의 부모가 믿는 신흥종교 '증인회'의 기도문 '당신의 왕국이 우리에게 임하옵시도록'으로 등장하는, 아오마메와 덴고를 연결하는 말이기도 하며(BOOK1 제12장), 선구인 리더가 말하는 '균형 그 자체가 선'(BOOK2 제11장)과 같은 세계다.

세계의 저편에서 찾아오는 사악한 존재, '리틀 피플'적인 것은 《양을 둘러싼 모험》이후 《태엽감는 새》에 이르기까지 계속 변주되어 온 무라카미 하루키의 메인 테마 중 하나지만, 그것이 《언더그라운드》를 거쳐 선악의 피안에서 '균형'으로서 지양되었다고 할 것이다. 20년 이상 걸쳐 추구해 도달한 결론이 선악을 넘어선 '균형'이라니 어떻게 된 일일까? 오랫 동안의 독자로서 한숨을 내쉴 수밖에 없다.

리틀 피플에게 결락되어 있는 '결락'

'리틀 피플'은 현대사회에서 사람들을 침식하는 시스템적인 무엇인가를 상징한다고 할 수 있는데, 마르크시즘이 효력을 상실한 현상이나, 학생운동, 뉴에이지 정신주의 등에 의해 다소 윤곽이 잡혀 있다. 그렇지만 이 윤곽에는 결핍된 부분이 존재한다. 《양을 둘러싼 모험》에서 그 속편 《댄스 댄스 댄스》까지 이어졌던 '결락'의 어떤 측면이 무슨 이유에선지 결락되어 있다.

그것은 아시다시피 바로 고탄다(가 상징했던 것)다. 무라카미 하루키적 '결락'은 고도자본주의사회와 불가분한 것으로 존재했다. 《댄스 댄스 댄스》에서 '결락'은 어머니에게 버림받은 열세 살 소녀 유키의 고독과 고탄다의 허무라는 두 가지 측면으로 묘사되어 있었다. 유키가 《1Q84》의 덴고, 아오마메의 프로토타입이라는 사실은 말할 필요도 없다.

한편 고탄다의 허무는 《국경의 남쪽, 태양의 서쪽》[1992]의 아오야마에서 재즈 바를 경영하는, 사회적으로는 어느 정도 성공했지만 고독감에 시달리는 '나'에게로 이어졌지만, 초등학교 동창생으로 왼쪽 다리가 불편한 시마모토에 대한 사랑의 좌절, 바꿔 말하면 노스탤지어로 결손을 메우려는 의지의 실패라는 미적지근한 형태로 그려졌을 뿐, 그리고 허무는 버려졌다. 학원분쟁은 '전후 한 시기에 존재했던 이상주의를 집어 삼키고 탐욕을 부리는, 보다 고도하고 보다 복잡하고 보다 세련된 자본주의 논리에 권리를 주장' 했지만, 결국 세계는 '보다 고도한 자본주의 논리에 의해 성립되는 세계'가 집어 삼켜버렸다. '나'는 그것을 자각하면서도 시스템의 근간을 응시하는 것이 아니라 시마모토에 대한 '사랑'으로 도피할 것을 선택하는(그리고 좌절하는) 것이다. 《국경의 남쪽, 태양의 서쪽》의 집필 시기가 거품 붕괴 직후라는 사실을 명기하는 것도 좋을 듯 하다.

고도자본주의 사회적 '결락'에 대치할 것을 멈춘 무라카미 하루키는 그곳에서 눈을 돌려 '역사'에 '결락'의 원천을 찾아보는 방향으로 이동했다.

《1Q84》에도 '자본주의'가 등장한다. 다만 그것은 소설 《공기번데기》 속에서 문제 있는 시스템이 '자본주의와 공산주의'라고 단순히 병렬될 정도의 문제로 퇴행해버렸다.

'자본주의와 공산주의' — 개죽음처럼 내몰린 고탄다의 "고도자본주의를 얕보지 않았으면 좋겠어"라는 탄식이 바다 저 깊은 곳에서 들려오는 것 같지 않는가? 불쌍한 고탄다.

앞으로 나올 'BOOK3'는 수도고속도로 3호선 이케지리 출구에 있는 메르세데스 벤츠를 비켜 세우고, 어떻게 해서든 고탄다를 마세라티째로 바다에서 끌어 올려서 헤클러&코흐를 물고 있는 아오마메 앞에 나타나게 하는 장면으로 막이 열려야만 한다. 상징적으로 말이다. 그렇지 않으면 '왕국'도 그 무엇도 존재하지 않는다.

019

뒤틀어진 도시와 역사 이야기

이가라시 다로(五十嵐太郎) : 1967년생. 건축사가.
저서에 《현대건축에 관한 16장》 《영화적 건축/건축
적 영화》, 편저로 《양키문화론서설》 등이 있다.

또 하나의 1984년

내게 1984년은 야나체크의 〈신포니에타〉가 아니라 반 헤일
런이었다. 음악은 그것이 유행했던 시기의 기억을 환기시킴으
로써 지금 이곳이 아닌 그 어딘가로 데려가주는 작용을 갖는다.
당시에 미국 최강의 하드록 밴드 반 헤일런은 명곡 〈JUMP〉가
수록된 앨범 《1984》를 1984년에 발매한다. 충격적인 서곡이었
다. 에디는 속주와 태핑을 구사하는 초일류 기타리스트이면서
동시에 눈이 번쩍 뜨일 만큼 선명한 신디사이저 연주를 경이롭
게 들려주었다.

잉베이 맘스틴이 라이징 포스 앨범을 낸 것도 1984년이다. 4

반세기 전에 머리를 노랗게 물들이고 미친 듯이 하드록을 들었던 나는, 어떠한 표현행위를 문장으로 써보고 싶다는 욕망을 처음으로 느끼게 되었다. 음악 평론가가 되고 싶었던 것이다. 그러나 어느 날 정신을 차리고 보니 내 직업은 건축비평가가 되어 있었다. 내 과거를 아는 편집자는 가끔 록에 관한 원고를 의뢰하기도 한다. 그럴 때면 잠시 과거에 소망했던 그 현재를 다시 살아가는 듯한 감흥에 빠진다.

아오마메에게 〈신포니에타〉는 직접적인 기억이 아니다. 몰라야 하는데 왜 아는 지 알 수 없는 감각. 이 시점에서 시공간이 비틀어지며 덴고의 기억이 아오마메의 두뇌와 자리를 교체한다. 덴고가 브라스밴드에 차출된 이후 이 곡을 마음에 들어 하게 되었다는 내용이다. 원래 그녀가 소유하지 않았던 타자의 기억이 접속할 때, 그녀를 둘러싼 풍경은 변하게 되고 1984년은 1Q84년으로 변모했다. 경찰이 휴대한 총이 달라진 세계. 아오마메가 〈신포니에타〉를 아는 현재는 과거를 바꾸어 씀으로써 미래에도 영향을 미치게 된다.

텔레스크린으로 뒤덮인 감시사회 디스토피아를 그린 조지 오웰의 《1984년》[1948]도 하루키의 《1Q84》와 마찬가지로 4월부터 시작된다. 윈스턴 스미스가 위험을 무릅쓰고 일기를 쓰기 시작한 것은 4월 4일이었다. 두 작품을 비교해보면 바람직하지 않은 미래로서의 1984년과, 존재했을지 모를 과거의 1Q84년, 빅 브라더와 대비된 리틀 피플(BOOK1의 18장), 두 작품 모두 주인공의 꿈속에서 상실된 어머니의 이미지가 반복해서 나오는 점, 문제의 발단이 되는 두 사람의 만남 등, 다양한 시점을 설정할 수 있다. 그렇지만 20장에서 언급하는 것처럼 역사=이야기의 고쳐 쓰기라는 문제가 특히 흥미를 끈다.

오웰의 《1984년》에서는 주인공이 근무하는 진리성이 과거의 모든 데이터를 관리하며, 독재적인 당의 활동이 올바르다고 입증하기 위해 신문, 서적, 팸플릿 같은 모든 것을 현재 상황에 맞추어 마음대로 고쳐 쓴다. "날마다, 아니 1분 단위로 과거는 현재에 맞추어 바뀌어갔다. ……모든 역사는 필요하면 깨끗이 지워 버리고 다시 고쳐 쓰는 양피지였다." 역사란 고쳐 쓰기가 가능한 데이터의 집합체다. 아오마메는 도서관에서 과거의 신문을 뒤적이며 자신이 몰랐던 기사가 다수 존재한다는 사실을 알게 되고 현재가 다른 국면으로 이행해버렸다고 느낀다. 무엇보다 오웰의 소설이 정치적인 풍자임에 비해 하루키는 메타픽션적이고 마술적 리얼리즘의 세계관이 강하다.

덴고는 이야기를 고쳐 씀으로써 현실을 바꾸었고, 아오마메는 역사가 고쳐 쓰인 현재로 끌려 들어가게 된다. 일본어의 경우에는 '역사'와 '이야기'가 별개의 단어지만, 프랑스어

'HISTOIRE'는 양쪽을 모두 함의한다. 사전을 펼쳐 보면 의미의 끝부분쯤에는 창작 이야기나 그와 비슷한 의미조차 발견할 수 있을 것이다. 영어에서도 역사HISTORY는 그의 이야기HIS+STORY다. 역사와 이야기의 경계에는 애매한 부분이 존재하며 양자는 서로 교차하며 보강한다. 역사는 단순히 과거의 사체안치소가 아니다. 시대나 체제에 따라 역사를 구성하는 사건의 취사선택이나 조합, 또한 그것에 대한 해석은 변해 간다. 《1984년》만큼 극단적인 행위는 하지 않더라도 역사수정주의나 새로운 교과서를 만드는 모임처럼 역사는 항상 수정을 강요받는다. 즉 실제로 현재의 세계가 변하면 과거의 역사/이야기는 영향을 받는다. 타임머신이 있다면 《터미네이터》1984처럼 미래에서 과거를 바꿔 쓸 수 있을 것이므로 1984년 로스앤젤레스에 살인 안드로이드 T-800이 보내질 것이다.

한편 건축계의 1984년은 포스트모던 시대에 돌입해 있었다. 이전에 모더니즘을 추진했던 필립 존슨이 작풍을 전환하여 과거의 장식을 대담하게 도입한 AT&T 본사 빌딩1984을 설계하였다. 또한 그의 PPG플레이스1984도 상자 갑 형태의 빌딩이 아니라 고딕풍 조형이다. 근대건축은 과거를 부정했지만 포스트모던은 역사적인 의장을 재도입하였다. 더구나 1983년에는 다양한 양식을 패치워크상태로 이어붙인 이소자키 아라타磯崎新, 1931~.

일본의 건축가로 포스트모던 건축의 대표주자. 건축뿐만 아니라 평론활동, 예술문화 활동으로도 유명하다 −역주

의 쓰쿠바센터빌딩과 도쿄디즈니랜드가 일본에 등장했다. 록 소년이었던 나는 그런 건축의 동향을 전혀 알지 못했다. 나중에 건축 책이나 잡지를 읽고 나서 이미 세계가 변하고 있음을 알았다.

옴진리교와 공동체

1984년은 옴진리교가 활동을 개시한 해이기도 하다. 그들은 시부야의 한 아파트를 빌려 옴신선회로 활동을 시작했다. 첫 멤버는 불과 세 명. 그로부터 11년 후 교단은 일본 전체를 떨게 한 테러사건을 일으켰다. 《1Q84》에 등장하는 교단과 코뮌은 옴진리교적인 것을 의식하고 있다. 옴진리교는 의식주 전반에 걸쳐 진리에 기반한 행복한 생활을 영위하며 교육·의료·고용기관을 설치하였고, 종국에는 높은 세계로 거듭 태어나기 위한 유토피아 로터스 빌리지 구상을 계획하고 있었다. 하지만 무엇보다 옴진리교의 문학적인 상상력은 아마겟돈 이야기처럼 빈약했고 뛰어난 이야기꾼이 없었다. 그러나 《1Q84》의 모티브는 옴진리교뿐만이 아니라 농업을 영위하는 야마기시회나 수혈을 거부하는 여호와의 증인까지 참조, 그 내용을 아우르고 있다.

이전에 《신흥종교와 거대건축》을 집필한 것은 또 하나의 근

대라는 모습을 묘사하기 위해서였다. 후쿠자와 유키치^{福澤諭吉,}

1834~1901. 메이지 시대의 계몽사상가. 게이오의숙(慶應義塾)의 설립자이며, 특히 저서 《학문의 권장》을 통해

"하늘은 인간 위에 인간을 만들지 아니하였고, 인간 밑에 인간을 만들지 아니하였다"라는 유명한 인간평등 선언을

했다 -역주의 《학문의 권장》이 간행되고 일본이 근대화를 향해 크게

노를 저어나갈 무렵, 일본의 외진 시골에서는 천리교의 교조 나

카야마 미키^{中山みき, 1798~1887. 천리교의 교조(敎祖)로 41세 때 인간세계창조신의 야시로(신의 뜻을}

전달하는 자)가 되어 사망할 때까지 50년간 세상의 조소와 관의 탄압에도 그 자리를 지켰다 -역주가 신의

말을 전하며 교단이 급성장해갔다. 동시대의 일이라고는 전혀

상상할 수가 없다. 정사^{正史}가 채택하는 것은 전자일 뿐 후자는

누락될 수밖에 없지만, 일본이라는 국가에 내포된 타자, 즉 신

흥종교는 다른 시간과 공간을 살아간다. 창조신화도 다르다. 그

런 까닭에 오모토교처럼 국가로부터 엄격한 탄압을 받는 사건

도 있었다. 다카하시 가즈미^{高橋和巳, 1931~1971. 소설가이자 평론가. 형법학자의 파멸을}

통해 인간의 근본적인 악을 묘사한 《슬픔의 그릇》이 가와데쇼보(河出書房)문예상 장편소설 부문 수상. 그 후 신흥

종교의 교단을 중심으로 쇼와시대의 정신사를 그린 《사종문》같은 대작을 발표하였다 -역주는 오모토^{大本}

교를 모델로 한 소설 《사종문^{邪宗門}》¹⁹⁶⁶을 집필하여 교단이 무장봉

기할 가능성까지 다루었다. 지하철 사린독가스 사건은 정사의

기록에 남을 만큼 시스템을 뒤흔든 공격이었을지 모른다.

　결국 《1Q84》에 흥미를 느낀 가장 큰 이유는 제재의 하나로

신흥종교적인 것을 그렸기 때문이다. 종교적인 공동체는 일반

인과 다른 차원의 시공간을 살아가며 현대사회에서 다른 세계로 나가는 문을 연다. 예를 들면 미국의 아미시^{Amishi, 보수적인 프로테스탄}

는 현재도 되도록이면 문명화를 거부하는 생활을 보내고 있다. 한편 《1Q84》의 BOOK1에서는 '선구'와 '여명'의 윤곽이 제시되는데, 그 중심인물은 욕망에 따라 소녀를 능욕한다는, 지독히 속물스러운 에피소드가 이입되어 있어서 서브컬처에 흔한 사이비 비판에 빠질지 모른다는 느낌이 들었다. 현대사회의 상황은 누구나 이해할 수 있는 공동의 적으로 신흥종교를 설정하기 쉽다. 그러나 BOOK2에서 아오마메가 교주라 생각되는 남자와 대치하면서 그리 간단한 이야기가 아니라는 점이 분명해진다. 의표를 찌르는 인물조형에는 호감이 가지만 BOOK2 후반은 아오마메와 덴고의 순애보로 일관함으로써 유감스럽게도 마이너리티로서의 공동체 테마가 충분히 전개되지 않았다고 본다.

하루키는 지하철 사린독가스 사건에 대해 피해자와 그 관계자의 인터뷰를 근거로 구성한 《언더그라운드》[1997]와 교단쪽 인물의 목소리를 기록한 《약속된 장소에서》[2001]를 집필했다. 옴진리교에 관한 이 두 권은 결국 《1Q84》의 아오마메와 덴고에 조응하는 건 아닐까? 《언더그라운드》에서 하루키는 언어를 매개로 타자의 말을 문장으로 정착시켰다. 그 작업은 후카에리의 말을 아자미가 기록하고 그것을 다시 덴고가 리라이팅해서 소설로 완성시킨 것과 중첩된다. 또한 《약속된 장소에서》는 옴진리교가 미디어의 주목을 받고 보도를 뜨겁게 달구었을 때, 자신은 해외에 있어서 그 사정을 잘 몰랐다고 했다. 정보에서 소외되어 있었던 것이다. 결국 교단의 활동을 통해 일본을 알아보려는 생각에 관계자 인터뷰를 시도한 하루키의 태도는 도서관에서 조사를 하는 아오마메와 비슷하다. 사후적으로 이런 사태가 언제 진행되었는지 스스로도 놀랐던 것이다. 익숙하고 친숙한 세계의 풍경도 그 때 변해버렸을 것이다. 덴고와 아오마메는 두 사람의 하루키다.

비틀어진 공간의 도시

시간이 일그러질 때 공간에도 이변이 일어난다. 《1Q84》에서 첫 장면의 장소를 수도고속도로로 설정한 것은 흥미진진하다. 그곳은 지하철과는 다른, 도시의 체험을 부여해주기 때문이다. 예를 들면 4호 신주쿠선에서 들어가서 환상선을 반바퀴 돌면 신주쿠 부도심의 초고층빌딩숲, 도쿄모타워, 도쿄체육관, 호텔 뉴 오타니, 아카사카赤坂 프린스호텔, 아크힐즈, 토쿄타워, 아타고愛宕 그린힐즈, 도쿄모노레일, 씨반스Seabans가 연이어 모습을 드러낸다. 기존 도시에 삽입된 고속도로는 압축된 도쿄의 정보를 가져다준다. 더구나 도심환상선은 약 40미터의 고저차가 있다. 다시 말해서 도쿄의 파노라마가 전개되는 도시의 제트코스터다. 이색공간을 여행하는 듯 한 체험이 가능하다. 그렇지만 아오마메는 수도고속도로 3호선의 심한 정체로 산겐자야 부근에서 차에서 내려 긴급 대피용 비상계단으로 가게 된다. 이곳에서 그녀의 도쿄는 위상이 이동된다. BOOK2 마지막에서 아오마메는 이곳을 다시 찾아와 더 이상 비상계단이 존재하지 않는다는 사실을 알게 된다. 1Q84년으로의 입구는 있어도 1984년으로 돌아가는 출구는 없었다.

《1Q84》는 도쿄를 무대로 한 소설이다. 처음에는 장소를 특정화하지 않았다고 해도 읽어나가는 동안 구체적인 지명이 드러나는 경우가 많아서 두 사람의 행동 패턴을 되짚어볼 수 있다. 예를 들면 덴고는 에비스노를 만나기 위해 후카에리와 함께 오우메青梅線선 후타마타오二俣尾역에서 내리는데 "역 이름은 들어본 적이 없었다. 상당히 기묘한 이름이다"라고 한다. 아오마메도 리더로부터 "선로의 포인트가 그곳에서 바뀌어서 세계는 1Q84년으로 변경되었어"라는 말을 듣는다. 후타마타二俣=후타마타二股, 두 단어 모두 '양 갈래'를 의미한다. 일반적으로는 후자를 더 많이 쓴다 -역주라는 숨겨진 의미가 있을 법한 역 이름인데, 모르는 곳이라서 가공의 장소일 것이라

의심했다. 아오마메에게는 비상계단이었는데 덴고에게는 후타마타오역이 세계의 변환점이 아닐까라는 생각이 들었다. 그렇지만 실재 존재하는 곳이었다. 실례지만 정말로 기묘한 이름이다. 도저히 알 수가 없어서 인터넷으로 찾아본 후에야 후타마타오역이 실제로 존재한다는 사실을 알았을 때, 1Q84년으로 휘말려든 것 같은 착각조차 들었다.

아오마메가 이동한 경로는 다음과 같다. 우선 기누타^砧에서 택시를 타서 요가^{用賀}에서 수도고속도로 3호선으로 들어가 산겐자야^{三軒茶屋}에서 시부야^{澁谷} 시티 호텔로 향한다. 남자를 암살한 후 아카사카^{赤坂}의 호텔에서 남자를 물색한다. 그녀는 지유가오카^{自由が丘}의 원룸맨션에 살며 히로미^{廣美}에 있는 스포츠클럽에서 일하고, 이따금 노부인이 사는 아자부^{麻布}의 '버드나무 저택'을 방문한다. 조사는 세타가야^{世田谷} 구립 도서관에서 이루어진다. 노부인은 예전에 파리, 다마루는 사할린에서 살았으며 자살한 친구 다마키는 오쿠자와^{奧澤}에 살았다. 롯폰기^{六本木}의 바에서 아유미를 만났고 노기자카^{乃木坂}의 프랑스 레스토랑에서 식사를 한다. 아유미가 죽은 것은 시부야의 호텔이었다. 아오마메는 마지막 일을 위해 신주쿠^{新宿}의 코인로커에 짐을 맡기고, 창문으로 도쿄 타워가 보이는 호텔 오쿠라^{도라노몬(虎ノ門)}의 스위트룸에서 암살을 실행한다. 그리고 신주쿠 역으로 돌아가 낯선 곳인 고엔지^{高円寺}로 향해 세이프 하우스가 된, 고엔지 남쪽 출구 간나나環七, 도쿄도로 318호 환상7호선을 줄인 말 -역주도로 근처에 있는 맨션 303호실로 뛰어 들어간다. 그리고 3층 베란다에서 도로를 사이에 둔 맞은 편 놀이터에서 덴고의 모습을 발견한다. 마지막으로 아오마메는 다시 수도고속도로 3호선을 올라타 이케지리池尻 출구 바로 앞에 내려서 자살을 결행한다.

한편 덴고는 고엔지 아파트에 살며 요요기代代木 입시학원에서 일하면서 가끔 신주쿠역 근처의 카페에서 편집자인 고마쓰와 논의를 한다. 워드프로세서를 구입한 곳도 신주쿠, 후카에리와 처음 만난 곳도 신주쿠의 나카무라야中村屋, 카레로 유명한 레스토랑 -역주다. 덴고는 에비스노와 만나기 위해 중앙선 신주쿠에서 다치가와立川 행으로 올라탄 후, 오우메선 후타마타오역에서 내려 택시를 탄다. 후카에리는 시나노마치信濃町에 거점을 가지고 있다. 그리고 덴고는 아파트를 나와 도쿄 역에서 소부總武선 임시특급 다테야마館山행에 올라 타 보통열차로 갈아탄 후, 지쿠라千倉에 도착하여 아버지가 있는 요양소를 두 번 방문한다. 그리고 아오마메를 찾아 고엔지 놀이터에서 두 개의 달을 바라본다.

지명을 하나하나 따라가 보니 같은 도쿄에 있으면서도 아오마메와 덴고는 마치 서로 뒤틀어진 위치에 존재한 것처럼, 교차할 장소가 전혀 존재하지 않는다는 사실을 알게 되었다. 아오마

메가 지유가오카, 시부야, 아자부 지역에 집중되어 있고, 덴고
는 중앙선, 소부선을 축으로 거의 동서로 이동한다^{아오마메의 중심지는 도}
^{쿄에서도 화려하고 부유한 이미지의 대표적인 장소들이며, 덴고의 중심지는 서민적, 외곽적 이미지가 강한 곳이다}
^{-역주}. 나도 예전에는 기치조지吉祥寺에서 살았기에 덴고의 생활권
을 거의 체험하였고, 세타가야로 이사하고 나서는 아오마메의
영역과 겹치기 때문에 양자가 얼마나 접점이 없는지를 실감한
다. 분명 10년 전의 나와 현재의 나는 스쳐지나갈 수 없다. 이것
은 우화가 아니다. 선로를 따라 개별적인 생활권을 구축하는,
대도시에 사는 인간들의 숙명이다. 이 상황을 그토록 교란시킨
최초의 포인트가 수도고속도로에서는 있을 수 없는 중간 하차
라는 사실이 흥미진진하다. 그곳에서 아오마메의 도쿄는 '고양
이 마을'로 변했다. 하기와라 사쿠타로萩原朔太郎, 1886~1942. 시인이자 소설가.
처녀 시집 〈달에 울다〉로 유명해졌으며, 구어자유시의 확립자로 그 명성이 높다 -역주도 이차원으로
서의 '고양이 마을'이라는 소설을 썼는데, 《1Q84》에 의하면 이
름을 들어본 적 없는 독일인 작가가 쓴 '고양이 마을'은 자신이
'상실한 장소'이며 원래의 세계로 돌아갈 수 없는 '이 세계에는
존재하지 않는 장소'다.

그렇지만 아오마메와 덴고는 예전의 치바千葉 이치카와市川에
살았다는 공통된 장소의 기억에 의해 연결되어 있다. 더구나 두
사람은 각각의 '고양이 마을'에서 헤매다가 기적적인 해후를

하게 된다. 고엔지의 두개의 달 밑에서 아오마메는 덴고를 목격하고, 지쿠라의 요양소에서 덴고는 공기 번데기에 둘러싸인 열 살의 아오마메를 부른다. 직접 만나 대화를 나누는 일반적인 만남은 아니다. 아니, 본래 어렸을 적의 두 사람은 손은 잡았는지 모르지만, 제대로 된 대화조차 나누지 않았다. 소설의 구조도 두 사람의 이야기를 교차로 배열하고 아련하게 서로 침식하면서도 직접적인 커뮤니케이션이 일어나는 장은 결코 등장하지 않는다. 《1Q84》는 서로 갈망하고 접근하면서도 만나지 못하는, 뒤틀어진 도시와 역사의 이야기다.

020

환담 幻談

요모타 이누히코(四方田犬彦) : 1953년생. 2000년 《모로코 유적
(流滴)》으로 제11회 이토 세이(伊藤整) 문학상 평론부문, 제16회
고단샤(講談社) 에세이상 수상. 저서로 《세월의 납》 등이 있다.

야나체크의 〈신포니에타〉는 쉽게 말하면 팡파레다. 민요같은
선율이 여기저기서 흐르지만 기조를 이루는 것은 높은 트럼펫
소리인 것 같다.

아오마메는 그 곡을 어디에서 듣는가? 요가用賀와 산겐자야三軒
茶屋 중간이었던가? 아니면 고마자와駒澤 부근. 당연히 올림픽이
연상된다. 지금은 넓은 공원이 되었지만 예전에 그곳은 올림픽
경기장이었다. 하루키의 고향은 간사이關西다. 중학교 때 일부러
도쿄까지 올림픽을 보러 올 타입은 아니었겠지만, 도회지 초등
학생들은 한 장에 2백엔 하는 표를 배급받아 고마자와에서 축구
나 하키 경기를 봤다. 일본과 인연이 먼 나라끼리의 시합은 운

동장이 거의 텅텅 비었기 때문이다. 개최국으로서의 체면도 있어서 아이들을 동원하여 모양새를 갖추려 한 것이었다. 이윽고 울리는 팡파레. 《1Q84》라는 제목은 이 시점에서 《1964》로 변해 버린다. 아오마메는 1954년에 태어난 셈이고 당시 열 살이었을 테니 올림픽을 잘 기억하리라 생각한다. 그런데 문득 의식이 혼탁해진다. 고마자와 공원 근처 고속도로를 지나다 팡파레가 들리면서 시공간이 갑자기 20년 쯤 일그러지면서 그 틈으로 아오마메가 떨어져버린다.

나는 아오마메라는 이름이 무척 좋다. 블랙 웰은 소설의 분석은 주인공 이름에 새겨져 있는 상징을 풀어내는 것에서 시작된다고 하는데, 이름만 봐도 장편소설 전체가 여성의 통과제의_{이니시에이션} 이야기라는 사실을 쉽게 알 수 있었다. 아오마메는 가지콩_{에다마메}이나 완두콩과 비슷하다. 그녀는 말랐고 키가 크고 양쪽 가슴의 크기가 다른 것을 항상 신경 썼다. 이건 가지 콩을 열어봤을 때 자주 있는 일 아닌가? 콩깍지에 들어 있는 콩의 크기가 다른 것 말이다. 아오마메와 덴고는 동일한 콩깍지에 들어 있는 크기가 다른 가슴이다.

도중에 '공기 번데기'가 등장해서 제2권 마지막 부분에는 이미 죽었을 아오마메가 열 살 때로 돌아가 번데기 안에서 자고 있는 장면이 나온다. 이 시점에서 종교학 전문용어를 쓸 수 있다면 현현顯現, 에피파니이라고 해야 할까, '공기 번데기' 자체가 콩깍지이자 아오마메를 보호하며 잠자는 공주를 만들어주는 장치다.

라틴 아메리카의 교회나 르네상스 카톨릭 종교화를 보면 거대한 두겁에 싸여 잠든 성모마리아상이 있다. 제단 옆에 장식되기도 한다. 이 두겁의 심볼리즘은 전 세계에 산재하는 것 같은데, 그 변형으로는 천사의 날개나 천수관음의 손을 들 수 있다. 요컨대 이는 여성의 성기를 의미하며 그 두터운 과육과 내측 벽에 둘러싸인 신성한 몸이 그 자리를 정화시켜준다. 원래는 마리아상이 몸 안에 두겁을 지녀야 하지만 그것은 너무나 노골적이고 날 것 같다는 이유로 마리아상 바깥쪽에 주름진 두겁을 설치했다. '공기 번데기'도 안에 깃든 존재를 안식이 가득한 잠으로 유도하는 것이다. 결국 휴대 가능한포터블 자궁이라는 이미지다. 아오마메는 서른 살이 되지만 아직 자궁 속에서 상쾌한 잠 속에 빠져 있다. 결국 현실원칙과 접촉하기를 거부하고 야나기다 구니오柳田國男, 1875~1962 민속학자. 일본 민속학의 개척자로 인정받고 있으며 업적은 민속학 전반에 영향을 미친다. 32권으로 된 전집은 지쿠마서점에서 출판되었다 -역주가 말한 '옮겨 온 세상의 꿈'에서 휴식하고 있다. 그곳에서 벗어나려고 발버둥 치고 살인을 저지르고 난교를 하지만, 결국 시행착오였을 뿐 아직 완벽히 성숙하지 않은 것이다.

'공기 번데기'라는 은유는 소설 곳곳에서 모습을 보이고 있다. ‘선구’라는 종교시설이 경계를 높이 쌓고 외부에서 쉽사리 들어오지 못하도록 변화해가는 것도 일종의 ‘번데기’다. 그 내부의, 그것도 비밀스러운 내부에서 비밀스럽게 죽은 산양의 입에서 일곱 명의 난쟁이가 등장한다. 이는 《1Q84》 최대의 패러독스다. 엄중히 폐쇄된 내부의, 그것도 내부 구멍에서 예기치 못 한 타자가 출현하는 것이다.

사실 ‘후카에리’라는 소녀가 등장했을 때, 지레짐작으로 《1Q84》가 이 아이의 지능지수가 84라는 의미일 거라고 잠시 오해를 했다. 하지만 실제로 이런 느낌을 가진 아이는 존재한다. 붙임성이 없지만 내부에 총명함을 감추고 있는 타입이다. 태국 영화 《초코렛 파이터》의 자폐증 느낌이 드는 여주인공도 같은 타입이다. 다만 ‘후카에리’는 연령으로는 어리지만 사실 아오마메보다 훨씬 성숙한, 그보다 인간의 생리적 연령을 처음부터 넘어선 완벽한 여성이라는 느낌을 준다. 네팔에 쿠마리라는 소녀신 제도가 있는데 열네 살 정도의 소녀가 어느 일정 기간 동안 신으로서 사람들의 숭배와 헌금을 한 몸에 받는다고 한다. ‘후카에리’는 쿠마리일지 모른다.

무라카미 하루키가 1990년대에 일어난 옴진리교사건에 큰 관심을 보였고 피해자와 신자 모두의 이야기에 귀를 기울였다는 이야기는 들었지만, 《1Q84》에서 그 성과가 어느 정도 나온 것 같다. 즉 희생자라는 관념을 다듬어 완성했다고 할 수 있다.

희생자에 대해 표현할 때, 그 한 사람 한 사람을 별개로 묘사해야 할 것인가, 아니면 무리로서 익명의 문제영역으로 논해야 할까? 멜로드라마의 덫에 빠지지 않고 희생자의 이야기를 풀어나가려면 어떻게 해야 할까? 당사자의 입장에서, 아니면 방관자의 입장에서 이야기를 전개시킬지 그렇지 않으면 기록 정리자로서(네 명의 복음 서기관처럼) 기록할지 어떤 입장을 선택하느냐에 따라 전혀 다른 음영으로 각색되어버린다. 작가는 옴진리교 사건을 계기로 이런 점을 염두에 두었던 것 같다.

잠시 화제를 바꾸어보자. 일본인은 희생자를 성인으로 추대하기를 좋아한다. 무고한 죄를 뒤집어쓴 피고나 전 종군위안부, 피폭자, 모두 성인이 되어 버린다. 성인으로 간주하면 일반인이 위협받을 일도 없고 안전하기 때문이다. 이는 야스쿠니에 모신, 죽은 자들을 신으로 섬기는 것과 어찌 보면 상당히 근접한 논리일지 모른다. 정말 어려운 문제다. 희생자에 대해 눈을 감지도 않고 더구나 멜로드라마 주인공도 아니게끔 그려낸다는 것은 말이다. 하지만 쓰시마 유코^{津島佑子, 1947~. 소설가로서 작가 다자이 오사무(太宰治)의 딸}로서도 유명하다. 그녀의 소설은 여러 언어로 번역되어 전 세계적인 작가로 알려져 있다. 대표작으로 〈불의 산〉이 있다 -역주도 오에 겐자부로도 마지막에는 이런 문제에 직면했다는 느낌이 든다. 무라카미 하루키의 '후카에리' 나 아오마메라는 등장인물을 보고 있노라면 그런 생각이 떠오른다.

작가는 희생자라는 주제를 다루고 있지만 어쩌다 사이비집단의 범죄에 휘말려 죽음을 당하거나 장해를 얻는 사람들이 아니다. 사이비집단 내부에서 태어나서 다른 세계를 알지 못한 채 그들의 동반자로 성장할 수밖에 없는 아이들을 희생자라고 간주하고 있다. 동시에 이들은 '공기 번데기' 내부에 잠들어 있는 콩알 같은 존재들이다. 번데기 안에서 보호받지 않는 한 이 아이들은 쉽사리 부숴져버릴 것이다. 아오마메는 철이 들 무렵부터 계속 '사이비 번데기' 내부에 있었으며 어떻게든 그곳에서 탈피하려고 몸부림쳤다. 그런 의미에서 《1Q84》는 헤세의 《데미안》과 닮았을지 모른다. 《노르웨이의 숲》같은 멜로드라마를 기대했던 독자들은 건조한 문체에 당황하며 책을 던져버렸을지도 모를 일이다. 이것은 결국 희생자가 고아가 되어 살아가는 이야기다. 고아라는 주제가 다시 부활한 것도 흥미롭다. 누군가가 이 포인트를 잡아서 문예시평을 쓰면 괜찮을 거라는 생각도 든다.

'후카에리'가 도망쳐 나온, 문제의 사이비 집단이 《1Q84》에서는 큰 의미를 차지한다. 사이비 집단의 모델이 여호와의 증인이니 야마기시회니 옴진리교라며 운운하는 것은 별 의미가 없다. 다카하시 가즈미^{高橋和巳, 1931~1971. 소설가이자 평론가. 형법학자의 파멸을 통해 인간의}

근본적인 악을 묘사한 〈슬픔의 그릇〉이 가와데쇼보(河出書房)문예상 장편소설 부문 수상. 그 후 신흥종교의 교단을 중심으로 쇼와시대의 정신사를 그린 〈사종문〉같은 대작을 발표하였다 -역주가 오모토大本교를 모델로 《사종문邪宗門》을 쓴 것과는 분명 그 자세가 다르기 때문이다. 중요한 점은 작품에 상정된 것이 신흥종교라는 점이다. 근래 종교학적 견해에 의하면 종교의 가장 본질적인 부분은 기성의 교단이 아니라 막 태어난 신흥종교에 내재되어 있다고 한다. 그런데 무엇보다 흥미로운 점은 무라카미 하루키의 작품을 대할 때면 누구나 자신도 모르게 그 모델을 탐색하게 되는 특유의 현상이 존재한다는 사실이다. 모델을 알면 작품을 이해할 수 있다는 안도감에서 그런 현상이 나타난 것 같다. 예루살렘 상도 마찬가지다. 이스라엘이라는 국가 전체가 거대한 '공기 번데기'이며 에이즈의 온상이 된 키부츠에서 탈출한 아이들이 현재 큰 사회문제가 되는 곳이다. 이스라엘의 유대인도 분명 《1Q84》를 필요로 할 거라는 생각이 든다.

오늘은 여러 가지 생각나는 대로 말을 꺼내봤지만, 2권까지 읽은 지금도 어떻게 결론이 난 건지 알 수가 없다. 80세 가까운 아자부麻布의 노부인이 덴고의 실종된 어머니일 거라는 가능성도 있고, 에비스노 선생이 그의 친부라는 가능성도 없지는 않다. 폴 오스터였다면 아마 그런 식으로 이야기를 정리해갔을 것이다. 무엇보다 천 페이지 정도 이야기가 진전되었지만 그때까지

일어난 사건은 겨우 대조적인 두 사람의 아버지가 죽었다는 점
이다. 죽은 자는 결국 누구라도 아버지라는 존재가 된다. 그들
은 3권 이후에는 죽음을 통해 죽음을 가능케 하는 아버지로서의
강한 권능을 '아이들' 앞에 펼치게 될 것이다. 이제부터는 프로
이트가 예상한 공범자인 형제끼리의 단결 이야기, 즉 '토템과
터부' 이야기가 전개될 것 같다. 나카가미 겐지도 이야기 속에
서 부친을 죽인 것까지는 좋았는데 그 후에는 지리멸렬에 빠졌
으니 아마 하루키에게도 힘든 작업일 것이다. 다음 편이 나온다
면 느긋하게 읽으며 예상이 맞을지 틀리지 기대는 하겠지만 말
이다…….

1Q84

:

하루키의 작품은 개발도상국가에서는 일종의 통과의례 같은 것이다.
경제성장이 일단락되고 고도자본주의 단계로 넘어가는 과정에서
젊은이들은 '하루키' 를 읽기 시작하는 것이 아닐까.

무라카미 하루키를 둘러싼 피곤한 모험

다케우치 신(竹内真) : 1972년생. 블로그 《불가시(不可視) 학원》 운영중. http://black.ap.teacup.com/fukashinogakuin/

편집자에게는 미안한 말이지만 원고를 의뢰받았을 때 거절을 했었다. 무라카미 하루키라는 작가에 대해 잘 알지 못하는 나 같은 사람이 작품을 운운한다니 분수를 모르는 짓이라 판단했기 때문이다.

물론 작품 《1Q84》를 비평하는 것과 무라카미 하루키라는 존재 전체를 비평하는 것은 별개다. 그러나 하루키는 근 5년간 소설을 발표하지 않았음에도 끊임없이 국제적인 평가를 받아왔으며 세계적인 문학상으로 가는 계단을 계속 오르고 있다. 그런 '대작가'의 '신작' 단 한 편을 읽고 어떤 말을 할 수 있는 그런 자신감은 없었다.

하루키를 좋아하는가라는 질문을 받으면 그저 '읽지는 않았지만 싫다' 라고 대답할 수 밖에 없다. 아니 '싫다' 이전에 거의 흥미가 없었다. 작품을 읽어 볼 생각도 없었고 일부러 비판할 마음도 들지 않았다.

그저 하루키가 어떤 인물이고, 작가나 작품이 사회와 시대 속에 어떤 위치를 차지하는지는 알아야겠다는 생각이었다. 현재 중국 도회지에 사는 부유한 젊은이들 사이에 하루키 작품을 읽는 것이 유행이라는 이야기에도 상당한 흥미를 느끼고 있던 참이었다. 그러나 주요 작품을 제대로 다 읽은 기억은 사린 사건 피해자의 증언을 담은 《언더그라운드》뿐이었다.

솔직히 말하면 몇 년 전에 읽어보려 시도한 적은 있었다. 친절한 친구 한 명이 하루키의 초·중기 대표작을 한꺼번에 빌려주었기 때문이었다.

몇 페이지를 넘겨보기는 했지만 놀라울 정도로 문장이 머리 속으로 들어오지 않고 튕겨 나갔다. 마치 누군가가 의미 없는 단어를 조합해서 만들어놓은 암호문 같은 단순한 단어의 나열로만 보였다. 한자를 물끄러미 쳐다보고 있을 때 부수와 획이 점차 분해되어 의미를 알 수조차 없게 되었던 경험이 있는데 마치 그런 감각과 비슷했다. 도저히 안 되겠다며 읽기를 단념해버렸다.

그랬던 내가 하루키에 대해 코멘트를 해야겠다고 결심한 것은 물의를 일으켰던 예루살렘상 수상식에서의 연설을 접한 시점이었다. 이스라엘이 가자 침공으로 국제적 비난을 받았던 그 시점에 하루키는 세간의 반대를 물리치고 수상식에 참석하여 표면적으로는 이스라엘에 대한 비판이라고 받아들 수 있는 이상한 연설을 했다.

정말로 기묘한 연설이었다. 이데올로기와 정치적 입장의 옳고 그름을 떠나서 철저하게 '비껴나가' 있었다.

영국에 있는 여성 저널리스트가 연설을 접하고 블로그에 "상당히 거북한 생각이 들었다"는 글을 썼는데 그 기분을 알 수 있을 것 같았다. "이 사람 도대체 무슨 말을 한 거야?" 이것이 내 직접적인 표현이다. 일종의 수치심, 진심어린 걱정, 봐서는 안 될 것을 본 느낌이었다. 적어도 서구인이라면 그런 감각과 센스로 살아가고 있을 것이다. 하지만 일본과 서구는 피부감각에서부터 팔레스타인 문제에 대한 인식이 다르다.

일본에서는 이스라엘을 당당하게 비판했다며 대단하다는 여론이 들끓었지만, 연설의 실체는 받아들이는 시각에 따라 다르게 해석될 수 있는 여지를 가진 내용이었다. 이스라엘 일간지 《하레츠》는 '진정 하루키 스타일이라 할 수 있는 애매모호함'이라고 비꼬았으며, 아랍 일간지 《알 하야트》는 "헤브라이어는 노벨 클럽에 입회하기 위한 비자와 같은 것이며, 노벨 문학상 후보이기도 한 작가는 세계적인 문학상으로 가는 길 위에 이스라엘이 존재한다는 사실을 너무나도 잘 알고 있다"라며 통렬히 비판했다.

이스라엘로서는 당시와 같은 타이밍에 서구 작가를 초청하면 사퇴를 해서 창피를 당하거나, 수상 연설에서 호되게 비판을 받을 것이 뻔했다. 결국 그들은 세계에서 으뜸가는 비정치적 경제대국의, 그것도 거품경제기에 인기절정이었던 작가를 선발한 것이다. 그 기획은 훌륭히 성공했다고 할 수 있다.

하루키는 염원하던 노벨상에는 한 걸음 가까이 갔을지 모르지만 경력에는 큰 오점을 남기게 되었다.

세상은 이런 작가를 신작 출판이 하나의 사회현상이 될 정도로 높은 평가와 인기를 구가하게 만들고 있다. 경제발전을 거듭하는 신흥도상국의 젊은이들은 하나같이 그의 소설을 읽는다고 한다. 도대체 그 이유는 무엇일까? 전혀 이해할 수 없었다.

한 가지 알 수 있는 점은 하루키의 작품이 개발도상에 있는 사회에서는 일종의 통과의례 같은 것이라는 판단이다. 경제성장이 일단락되고 고도자본주의 단계로 가는 과정에서 젊은이들은 '하루키'를 읽기 시작하는 건 아닐까?

일본에서의 통과의례는 전공투 운동일 것이다. 전공투로부터 15년이 지난 시점에서 일본은 거품경제에 돌입하였으며 무라카미 하루키와 무라카미 류라는 '더블 무라카미'가 한 시대를 풍미했다. 중국사회에서의 일본 전공투에 해당하는 사건은 천안문사태라고 할 수 있는데, 중국도 마찬가지로 15년 후에 경제성장은 정점에 달하였고 젊은이들은 하루키를 읽기 시작했다.

전공투나 천안문이라는 '축제'를 하나의 의례로서 통과함으로써 정치의 계절은 끝나고 경제의 시대가 시작된다. 그로부터 일정한 기간을 거쳐 제2의 통과의례, 즉 '무라카미 하루키의 수용'이 시작됐는지도 모른다.

드디어 책이 도착했고 읽으면서 무척 놀랐다. 《1Q84》는 내 안에 있던 하루키의 이미지와는 동떨어진 작품이었다. 하루키라는 그 알 수 없는 존재를 내 나름대로 파헤쳐서 비평해주리라 단단히 마음먹었다가 김이 빠져버린 형국이었다.

솔직히 말해 《1Q84》는 오락소설로서는 상당히 잘 된 작품이다. 풍성한 서스펜스를 담은 스토리는 지루함을 느끼지 못하게 하며 문장은 잘 다듬어져 있어서 책장이 잘 넘어간다. 멋을 부린 수사나 비위에 거슬리는 말 돌리기도 적지 않지만 전체의 비율로 보면 극히 일부여서 충분히 허용될 수 있는 범위였다.

고백하자면 작품을 읽는 동안 상당히 즐거운 독서 체험을 했다. ……다른 사람이 아닌 하루키가 이 작품을 썼다는 사실을 인식하지 않는다면 말이다.

인터넷상에 '하루키 풍으로 말하는 댓글 생성기'라는 것이 있다. 이전에 '투채널' 사이트에 '무척 하루키다운 문장'을 쓰는 유명한 사람이 있었는데 그곳에서 나온 장치인 것 같다.

입력칸에 단어를 넣으면 이른바 '하루키 문체'로 쓰여 있는 댓글의 각 부분이 그 단어로 교체되는 간단한 장치인데, 어떤 단어를 입력해도 하루키의 허술한 수사법이 완성되는 훌륭한 패러디 컨텐츠다. 기계적으로 부분을 교체해도 끊임없이 기능하는 '문학', 부분의 교환이 효력을 발하는 '문학'이란 어떤 존재일까?

하루키 초·중기의 대표작에서 엿볼 수 있는 특이한 문체의 원형이 미국문학 번역에 있다는 사실은 이제 와서 새삼 말할 필요도 없지만, 결국 현재의 하루키 인기는 물 건너온 문화인 '멋들어진 문체'로 지탱되고 있음은 부정할 수 없을 것이다. 외국문학 특유의 응축된 수사법을 일본어로 번역할 때 생기는 위화감은 그것을 하나의 양식미로 승화시킴으로써 속물적인 '은어'로서의 양상을 보이게 된다. '암호화'에 의한 스노비즘이다.

본래 그 나라 사람들의 일상생활이나 관습, 육체성과 밀접하게 결부되어 있어야 하는 언어가 뿌리를 벗어나 부유하기 시작했고 무국적이고 무기질적인 존재가 되어버린 것이다.

이러한 '은어성' '암호성'은 작품 속에 등장하는 다양한 소도구와 등장인물들의 라이프스타일 묘사와 결합됨으로써 평상시에 독자가 접해보지 못한, 한정된 고도의 정보를 얻었다는 착각을 불러일으키게 한다. 독자는 '암호화'에 의해 보다 우월한 쾌락에 가득 찬 '별세계'로의 선망과 자신이라는 존재가 그 세계에 수용된다는 유사 흥분을 맛보게 된다. '왠지 모르겠지만 멋있는' 주인공들에게 자신을 동화시킴으로써 그 무리에 끼어들었다는 특권적인 환상을 품는 것이다.

무척 조심스러워지기는 했지만 하루키의 스노비즘은 《1Q84》에서도 건재하다. 주인공의 하나인 여성 암살자는 고급 호텔에서 쾌락만을 위해 머리가 벗겨진 중년남성을 끌어들여 새디스틱한 언어를 퍼부으며 성행위를 한다. 그녀는 퀸과 아바를 증오하며 반대로 마이너적인 체코의 클래식 작곡가 야나체크의 곡을 중요한 존재로 여긴다. 등장인물의 부자연스러운 긴 대화 속에서 재즈를 중심으로 한 음악적 교양이 맥락도 없이 펼쳐진다.

그런 하루키의 수법은 단순히 분위기 연출에 그치지 않고 오락소설로서의 스토리텔링에도 적용된다. 독자가 모르는 권력과 부의 세계, 컬트적인 이너 서클, 성적인 방종함, 아웃사이더의 폭력을 그려냄으로써 이야기에 자극을 주고 독자의 흥미를 유지해간다. 모종의 비밀을 독점하는 집단이 세상에 존재한다는 음모론적 비전은 서스펜스를 낳고 주인공들이 그곳으로 접근해가는 과정을 통해 독자에게는 카타르시스를 안겨준다.

이 모든 것은 또 한 사람의 '무라카미' 인 무라카미 류가 초기 작품에서 시도했던 것이다. 무라카미 하루키가 성장하고 나니 무라카미 류가 되어 버린 상황은 개그로 밖에 여겨지지 않겠지만, 실제로 《1Q84》를 읽으면서 가장 먼저 느낀 감상은 "이거, 무라카미 류 아냐?"였다.

'하루키적' 인 모든 요소를 고마워하며 수용하는 것은 결국 독자 속에 내재되어 있는 유치한 심성이라고 할 수 있다. 두 사람의 '무라카미' 에게 공통된 것은 그들의 '문학' 이 독자의 정신적, 인격적 미성숙, 미숙함에 의지하고 있다는 점이다. 그것은 작가 자신들의 인간적인 미성숙이기도 하다.

그것을 유치하고 무의미하다고 간파한 사람들의 눈에는 이런 눈속임이 단순하게 비꼬거나 허세를 부리는 것으로밖에 보이지 않는다. 그렇기에 대부분의 독자들은 이십대 초쯤에 그들의 소설 읽기를 중단한다. 성인이 되기를 유예하는 모라토리엄적인 심성을 가진 일부 사람이 간신히 계속 지지를 보내지만 대부분의 사람은 하루키나 류의 책을 부끄럽다는 듯 책장 안쪽에 치워 버린다. 그러다가 그들의 신작이 나오면 얼굴을 찌푸리면서 무심결에 읽어 본다.

《1Q84》의 경이적인 판매부수의 상당 부분은 이런 독자에 의해 지탱되고 있을지 모른다.

《1Q84》에는 '류'의 작품에서는 찾아 볼 수 없는 너무나 '하루키' 다운 부분도 존재한다. 요즘 말로 '세계계系'라 불리는 구조다. 세계계란 '주인공과 히로인을 중심으로 한 작은 관계성의 문제가 구체적인 중간 항목의 개입 없이 〈세계의 위기〉나 〈세계의 종말〉이라는 추상적인 큰 문제로 직결되는 작품군'을 말한다. 권력기구나 사회제도, 그에 관련된 사람들과 같은 '구체적인 중간 항목'을 거치지 않고 주인공들의 '작은 세계'가 그대로 '큰 세계'로 직결되는 것이다.

이는 매니아층이 넓은 SF애니메이션이나 라이트 노벨오락적인 대중소설 -역주에 자주 나오는 세계관이지만 사실 타르코프스키의 영화 《희생》도 동일한 구조를 지니고 있다.

《1Q84》의 여성 암살자는 자신이 살아가는 세계의 모습이 이상하다고 느낀 순간, 곧장 이것은 패럴렐 월드라고 판단한다. 이런 발상이야말로 '세계계'다. 일반적인 사람이라면 세계가 이상한 것이 아니라 자신의 머리가 이상하다고 생각할 것이다.

'세계계'의 비전을 변함없이 이야기의 중심에 놓은 것은 하루키의 경탄할 만한 미성숙함의 지속이라고 할 수 있다. 17세의 소녀에게서 성적인 것을 이끌어내는 로리콘^{로리타 콤플렉스의 일본식 표현, 미성년 소녀에 대한 성적인 관심을 말한다. 블라디미르 나보코프의 소설 〈로리타 Lolita〉에서 유래했다 -역주} 취미 또한 변태라고 치부하는 것이 편할 정도로 느낌이 영 개운치 않다. 환갑을 맞은 남자가 아직도 이런 이야기를 쓴다는 것은 어찌 보면 이상한 일이기도 하다.

이번 《1Q84》라는 제목에서도 뭐라 표현할 수 없는 하루키의 유치함이 드러난다. 처음에 표지를 보고 분명 'IQ 84'일 거라 생각했던 제목이 사실은 조지 오웰의 《1984년》을 패러디한 것이라고 알았을 때, 형편없는 감각이라고 느꼈다. 이건 완전히 아저씨의 썰렁한 농담 수준이었다. 오웰의 빅 브라더에 대비해 붙인 '리틀 피플'이라는 개념도 너무나 안이하고 생각나는 대로 갖다 붙인 말놀이로밖에 볼 수 없다.

다만 《1Q84》에서 '세계계' 스토리의 개념 자체는 그 나름대로 완성도가 높았고 앞에서 언급한 '구체적인 중간 항목'에 대해서도 황당무계하고 SF적인 설정은 존재하나 그에 대한 설명은 이루어지고 있다.

그런 점에서는 《1Q84》가 하루키 문학의 완성형에 가깝다고 도 할 수 있겠다.

무라카미 하루키는 사회에서 부대껴가며 살아온 경험을 가진 작가가 아니다. 고급주택가인 효고^{兵庫}현 아시야^{芦屋}에서 성장했 고(실제 그의 집이 얼마나 부유했는지는 잘 모르겠지만) 와세다대학 연극과를 나와 재즈카페를 경영하며 서른 살이라는 이른 나이 에 작가로서 성공했다. 생활 감각이 희박한 것도 당연하다.

이런 작가가 작품세계를 관념에 빠뜨리지 않고 그것을 강화 하기 위한 본질을 획득하기란 쉽지 않은 일이다. 모든 작품이 대부분 자신의 자전적 소설인 양석일 같은 작가는 하루키에게 는 멀고 요원한 세계의 존재일 것이다.

하루키의 초기작품은 그야말로 '문학놀이' 였다. 그곳에는 밖 에서 빌려 온 표면적인 스타일과 더욱 더 세련되고자 하는 기 교, 독자를 가볍게 끌어들이는 속임수만 존재할 뿐, 그 속은 거 대한 공동^{空洞}이 펼쳐져 있다. 데뷔한 이래 '남은 작업은 내용물 을 채우기만 하면 될 텅 빈 그릇' 을 계속 만들어 온 것이 하루키 의 '문학' 이었다.

그러나 《태엽감는 새》부터 분명 의도적으로 사회성이나 역사 성 높은 모티브를 새겨 넣기 시작한 것 같다. 일종의 '성장' 이며

'공동'을 메꾸는 작업이었다. 《태엽감는 새》에 삽입된 인간의 가죽을 벗기는 장면 묘사도 그 중 하나일 것이다.

《언더그라운드》도 하루키 '성장' 과정에서 태어났다. 《언더그라운드》는 뛰어난 르포르타주였는데, 그렇게 훌륭할 수 있었던 것은 거기에 작가 무라카미 하루키라는 존재가 조금도 느껴지지 않았기 때문이었다. 그는 다만 인터뷰어였으며 편집자에 불과했다. 그렇기에 《언더그라운드》는 하나의 '자료집'으로서 순수한 존재가 되었다.

원래 정치적, 사회적이지 않다는 사실을 자긍심으로 여겼던 한 인간이(나 같은 사람에게는 그런 자긍심을 갖는다는 것 자체가 이해 불가능하지만) 정치적, 사회적인 존재로 탈피하려는 꼴사나운 모습을 이제 와서 뻔뻔하게 사람들 앞에 내보이려는 것처럼 보인다. 그런 변신은 젖먹이가 이제 막 일어나서 걸음을 시작하려는 불안함을 수반한다. 어울리지 않는 행동이 가장 무참한 형태로 표출된 것이 예루살렘 수상식의 연설이었다.

그 모습은 《1Q84》를 읽고 난 지금으로서는 어딘지 모르게 애수에 찬 일종의 친근감조차 느껴지게 한다.

《1Q84》 안에 흥미 깊은 부분이 있다. 주인공 중 하나인 어떤 청년이 글을 읽지 못하는 소녀에게 체호프의 《사할린 섬》을 읽어서 들려주는 장면이다.

젊은 신진작가로서 수도 모스크바에서 화려한 생활을 하던 체호프는 힘든 고생을 하며 대지의 끝, 사할린으로 가서 문학적인 요소를 극단으로 억제한 《사할린 섬》을 집필한다. 도회지에 살면서 소위 잘 나가는 작가인 자신에게 환멸을 느꼈고 고약한 비평가들을 혐오하던 때였다. ……이런 체호프의 모습이 무라카미 하루키 자신은 아니었을까? 체호프는 대지의 끝 사할린에서 압도적인 무력감을 느낀 게 틀림없다고 주인공의 입을 빌어 말한다.

하루키 안에는 분명 미칠 만큼의 충동이 있다. 젊은 시절에 부와 세속의 명성, 수많은 상을 손에 넣은 작가가 마지막으로 욕망하는 것은 '그 사람은 진짜야' 라는 평가다. 그것을 얻기 위해서라면 어쩌면 체호프처럼 북쪽 끝 불모의 땅에 갈 수 있다는 각오를 하고 있을지도 모를 일이다.

하루키의 불행은 거품경제기 일본의 공허한 메인스트림 문화의 불모 상황을 거의 혼자 짊어지고 왔다는 점이다. 그 시기에 확립된 문화와 정치 시스템은 오늘날에도 일본사회 중심에 자리 잡고 있다.

작가 무라카미 하루키가 봉착한 한계가 있다면 그것은 문학이라는 특수한 문화가 일본 사회 속에서 봉착하게 된 한계이기도 하다. 또한 요즘 같은 출판 불황 속에서도 기록적인 판매고를 올리고 있는 《1Q84》를 보면서 한계가 돌파되려면 아직도 더 오랜 시간을 기다려야 할 거라는 생각이 든다.

022

소리의 이야기, 이야기의 소리

《1Q84》와 그 은유

오자와 에이미(小澤英実) : 1977년생. 미국문학연구가. 공역서로 톰 루츠 《움직이지 않는: '게으름뱅이'라고 불린 사람들》이 있다.

　다양한 분야에서 예술가는 한 번 체득한 테크닉을 계속 앞으로 밀고 나가는 타입과, 테크닉을 경계하고 그곳에서 어떻게든 이탈하기를 지향하는 타입으로 나뉜다. 자신이 전업작가라는 사실에 자각적인 무라카미 하루키는 창작활동을 통해 단련해온 테크닉을 구사하는데 주저함이 없다. 새로운 장편이 나올 때마다 스토리텔링이 교묘해지고 세련되어져 간다는 인상은 받았지만, 이번 《1Q84》가 가진 압도적인 이야기의 강도에는 놀라움을 금할 수 없었다. 그리고 작품속에 전개되어 가는 다채로운 요소(실재 인물이나 시사성이 투영된 설정, '코스프레인기 연예인이나 만화의 캐릭터 복장을 하고 노는 것 소설'이라고 평가될 정도의 애니메이션적 상상력을 구사하는, 캐릭터가 살아 있는 등장인물들, 하루키 문학 최고의 기반인 흡인력 있는 문장력, 이러한 것을 굵은 실로 엮어낸 '소년 소녀를 만나다'Boy Meets Girl풍의 소박한 사랑 이야기)는 경탄스러울만한 가독성과 어우러져 이 소설을 속도감이 살아있는 일급 엔터테인먼트로 완성시켰다. 그렇지만 중학교 때부터 무라카미 하루키를 특별한 작가로 경애해온 나로서는 이런 속도감을 바랬던 건 아니라며 풀이 죽어버린 것도 사실이다.

《1Q84》에 감도는 왠지 속임수 같은, 경박한 느낌은 에피그래프epigraph로 거론되는 'It's Only Paper Moon'의 가사에 있는 것처럼, '무대장치로서의 세계'의 표층성을 픽션의 이야기/속임수논자가 쓴 두 용어 이야기와 속임수는 語リ와 騙リ로 동음이의어 -역주로 의도적으로 묘사한 것이 아닐까? 혹은 하루키가 옴진리교 사건을 통해 '치졸한 것의 힘'을 절절히 느꼈다고 했던 것처럼 —"어떤 의미에서 '이야기'라는 것(소설적 이야기든 개인적 이야기든 사회적 이야기든)이 내 주변에서(즉, 이 고도자본주의 사회 속에서) 너무나도 전문화되고 지나치게 복잡해졌을지 모른다. (중략) 사람들은 근본적으로는 더욱 치졸한 이야기를 바라고 있을지 모른다. 우리는 그러한 이야기의 존재방식을 다시 한 번 재고해 봐야 하지 않을까?"(무라카미 하루키, 가와이 하야오(河合隼雄, 심리학자, 융 심리학을 일본에 소개, 전 문화청 장관 -역주)를 만나러 가다)— 즉, '치졸한 이야기의 힘'을 《1Q84》에서 시도해보려 했던 것일까?

《1Q84》가 속임수라는 느낌은 근본적으로 《1Q84》라는 타이틀에서 연유한다. 오웰의 《1984년》중 한 문자를 'Q'로 바꾼 순간 전 세계에 독자를 보유한 작가의 최신작 제목은 다른 언어로의 번역을 거부하는 것으로 나타난다. Question, 이계異界의 상징, 그리고 번역 불가능한 이물질로서의 'Q'. 아오마메가 당돌하게 자신이 있는 패럴렐 월드를 1Q84라고 명명하는 부분도 불가사의하지만, 그보다 더 한 것은 1Q84의 세계에서는 이 '9'와 'Q'가 발음상 그런대로 식별이 가능한 것 같다는 사실이다. '선구'의 리더와 아오마메가 대면 장면에서 대화는 이렇게 전개된다.

"……자네들은 그럴만한 이유로 이 세계에 발을 들여놓은 거야. 그리고 들어온 이상 좋든 싫든 여기에서 각자의 역할을 부여받게 되지."

"이 세계에 발을 들여놓았다?"

"그래, 여기 1Q84년에."

"1Q84년?" 아오마메는 말했다. 얼굴은 다시 한번 크게 일그러졌다. **그건 내가 만든 말 아니었던가?**

"맞아. 자네가 만든 말이지" 남자는 아오마메의 마음을 읽기라도 한 것처럼 말했다. "나는 그저 그것을 이용했을 뿐이야."

1Q84년, 아오마메는 마음속으로 그 말의 모습을 만들어 보았다. "마음에서 한 걸음도 밖으로 나오지 않는 것 따위는 이 세상에 존재하지 않아" 리더는 조용한 목소리로 반복했다.

이 장면은 텔레파시의 도움을 받아서 대화를 했을 가능성도 존재한다. 그렇지만 '9' 와 'Q' 라는 동음이의어, 즉 문자에 의해서만 판별할 수 있는 차이는 이 장면에서는 음의 의미성으로 흡수되어 버린다. 내가 이토록 사소한 에피소드에 집착하는 이유는 이것을 《1Q84》라는 소설자체의 구조에도 적용할 수 있기 때문이다. 이 소설 속에서는 문자에 속박되기 이전의, 혹은 문자의 속박에서 탈출한 '소리에 의한 이야기' 가 반복해서 그려진다. 《1Q84》라는 문자로 쓰인 소설 속에 싸인 작은 이야기는, 모두 문자가 아닌 소리를 통해 전달된다. 후카에리의 소설 《공기번데기》(또는 실제로 그녀가 보고 들었던 경험)는 아자미라는 소녀가 받아 적은 것이며, 덴고는 《고양이 마을》 이야기를 아버지에게 읽어서 들려주고, 후카에리에게 《사할린 섬》의 불쌍한 길랴크인 이야기를 한다. 덴고가 다시 한 번 후카에리에게 《고양이 마을》을 들려줄 때, 마침 책이 없었던 것은 의도적인 설정일 것이다. 이 장면에서 이야기는 덴고에 의해 암기되며 그 줄거리는 덴고의 말로 재구성되어 들려질 필요가 있다. 그럼으로써 이야기는 덴고 자신의 살아 있는 일부분이 되기 때문이다.

이와 같은 '소리의 이야기' 중 하나로, 후카에리가 《헤이케 이야기平家物語》(p.82 역주 참조)의 '단노우라 전투단노우라((壇の浦, 야마구치 현)에서 이루어진 헤이케가문 멸망의 마지막 전투 -역주'를 암송하는 인상적이고 긴 대목이 있다. "눈을 감고 그녀가 들려주는 이야기를 듣고 있자니 마치 눈먼 비파법사가 들려주는 이야기에 귀를 기울이는 것 같았다. 덴고는 《헤이케 이야기》가 원래 구전된 서사시였다는 사실을 새삼 떠올렸다. 후카에리의 평상시 말투는 평탄하기 그지없어서 강세나 억양이 거의 느껴지지 않았지만, 이야기를 들려주기 시작하자 그 목소리는 놀랄 만큼 힘 있고 또한 풍요롭고 다채로워졌다. 마치 무언가가 그녀에게 빙의된 것 같은 느낌조차 들었다"는 덴고의 생각처럼 후카에리가 《헤이케 이야기》를 훌륭하게 암송해야 할 필요성은 그 작품이 눈먼 비파법사의 목소리를 통해 성립된 문학이라는 점에 있다.

효도 히로미兵藤裕리, 일본문학가, 《'소리'의 국민국가 일본》으로 야마나시문학상 수상 -역주의 《비파법사琵琶法師》에서는 《헤이케 이야기》의 성립 동인을 다음에서 찾는다. 즉 유언流言의 발생원은 민간 종교예능민에게 있다는 점, 《헤이케 이야기》라는 텍스트가 작성될 때 그들이 목소리로 전한 이야기군이 모형母型, 매트릭스으로 작용했다는 점, 그리고 일단 성립된 문자 텍스트는 비파법사에 의해 '전승'되는 과정을 통해 끊임없이 이야기가 발생한 근원으로 회귀하여 영향을 받았다는 것이다. 그리고 비파법사들이 이야기를 들려주는 목소리처럼 "귀에서 받은 자극은 우리들 내부에 직접 침입하여 의식주체로서의 '나'의 윤곽조차 애매하게 만든다. 그와 같은 불가시한 수런거림 속에 스스로를 개방시키고 함께 전율하는 과정이 전근대 사회에서는 '이계'와 접촉하는 방법이기도 했다"라고 한다. 그런 의미에서 평상시에는 직접 사람들을 대면하여 이야기하기를 곤혹스러워하지만, 입시학원에서 수학을 가르칠 때는 듣는 이를 매료시키는 화술을 발휘하는 덴고 역시 비파법사와 같은 이야기꾼적인(《1Q84》식 용어로 말하면 '리시버=받아들이는 자) 성격을 부여받은 인물의 한 사람이며, 후카에리가 《공기 번데기》의 이야기 줄거리는 '눈이 보이지 않는 산양'에서 나왔다고 했을 때의 눈먼 산양 또한 이야기를 들려주던 눈먼 비파법사와 동일한 존재일 것이다. 산양의 입을 통로로 삼아 나타난, 이계로부터의 방문자 리틀 피플은 악의 상징이 아니다. 그것은 노부인의 유전자에 대한 언급처럼 선악 판단의 외부에 존재하는 것이기 때문이다. "인간이란 결국 유전자에게는 단순한 탈것캐리어이고 지나가는 길에 불과합니다. (중략) 우리들은 그저 수단에 지나지 않으니까요. 그들이 고려할 것은 무엇이 **자신들에게 있어서** 가장 효율적인가 하는 것뿐이에요"라고 노부인이 말한다. 이

캐리어라는 단어는 소설 속에 다시 한 번 등장한다. '신일본 학술예술진흥회'라는 이상한 단체의 심부름꾼 우시카와가 후카에리와 덴고를 전염병의 '메인 캐리어'라고 부르는 대목이다. 후쿠오카 신이치福岡伸一, 생물학자. 《생물과 무생물 사이》의 저자. -역주가 서술한 것처럼 인간은 쉽사리 유전자의 결정론에 몸을 맡기지 않고 자신의 삶을 살아가려고 몸부림치지만, 《1Q84》라는 소설에서도 반드시 그렇다고 단정할 수 있을까? 다시 말해서 쓰여진 문자란 입으로 말해지는 이야기에 비하면 '탈것캐리어'에 불과하며, 이 '이야기=바이러스'가 문자라는 '숙주캐리어'를 선택한 것은 소설이라는 미디어가 가장 효율적으로 전염될 수 있기 때문일까?

이와 같은 질문에 대답하기 위해서는 이야기와 그것을 들려주기 위한 문장의 관계는 무라카미 하루키와 일본어의 관계, 그리고 그의 빼놓을 수 없는 작업의 일부인 번역과의 관계에서 유래된다는 점에 시선을 돌릴 필요가 있다. 무라카미 하루키는 오랜 작가 경력동안 일본어로 말하는 것의 곤란함과 의미를 진지하게 고민한 얼마 안 되는 현대작가 중 하나다. 1979년 데뷔작 《바람의 노래를 들어라》 집필 당시, 하루키가 처음에는 작품을 영어로 쓰고 나서 번역하는 작업을 거쳐 비로소 자신의 소설 문체를 획득했다는 사실은 잘 알려져 있다. 1997년, 《슬픈 외국어》 속에서 하루키는 이렇게 술회한다. "나는 솔직히 말해서, 젊었을 때 소설을 쓰기 시작하면서 일본이라는 상황에서 조금이라도 멀리 도망치고 싶었다. 다시 말해 조금이라도 일본어적인 것의 속박에서 멀어지고 싶다는 생각이었다. 그렇게 해야 자신이라는 인간에게 보다 '가까운' 것을 쓸 수 있을 거라는 판단이었다. (중략) 그리고 필사의 노력을 했다. 자신과 일본어를 타협시키기 위해, 정말 할 수 있는 모든 방법과 수단, 견해를 총동원해서 악전고투했다. 지금 그 당시 문장을 읽어보면 확실히 많이 힘들었겠구나라며 딴 사람 일처럼 감탄해버리곤 한다." 외국에서 살면서 외국어로 살아갈 때 "자명성을 가지지 않은 언어로 둘러싸여 있다"라는 상황에 '슬픔'을 느끼고, 다시 일본으로 돌아왔을 때는 "우리가 이렇게 자명하다고 생각한 것들이 정말로 우리에게 자명한 것일까?"라는 의문에 휩싸인다. 이처럼 언어에 대한 내적인 이물감에 뿌리를 내린 작용이 무라카미 하루키의 소설과 번역 문장을 규정짓고 있다.

또한 하루키는 "번역을 하고 있으면 때때로 자신이 투명인간이 되어 문장이라는 회로를 통해 타인(즉 그것을 쓴 사람)의 마음속이나 머릿속에 들어가는 듯한 기분이 들 때가 있습니다. (중략) 타자와 그런 관련을 가지는 것이 굉장히 흥미 있을지도 모릅니다"〈무라카미 하루키, 가와이 하야오를 만나러 가다〉라고 하는데, 이 말도 또한 리틀 피플적인 것 같다. 이야기를 들려주기 위한 문체를 "기와를 한 장 한 장 쌓아 올리는 것처럼 만들어나간다"는 고군분투, 일본어의 자명성을 의심하면서도 일본어로 문장을 써가야 하는 어딘가 분열적인 하루키의 존재방식은 외국어 문장이 연주하는 음악에 귀를 기울인 후 그것을 일본어로 치환하는, 즉 '투명인간이 될 수 있다는 착각을 부여해주는' 행위에 의해 비로소 균형이 잡혔음에 틀림없다.

반면 하루키와는 대조적인 형태로, 일본어로 글을 쓴다는 문제에 자각적인 또 한 사람의 현대작가로 미즈무라 미나에水村美苗가 있다. 《일본어가 망할 때》에서 미즈무라는, "서양어로 번역된 일본문학을 읽고 그 문학의 선악을 이해하는 것은 거의 있을 수 없는 일이다" "서양어로 번역된 나쓰메 소세키는 아무리 뛰어난 번역이라 해도 이미 소세키가 아니다"라는 존 업다이크의 서평(영어로 읽히는 한 소세키가 일본에서 위대한 작가로 여겨지는 이유를 전혀 알 수가 없다는)을 읽었을 때의 분노와 슬픔, 그리고 체념에 대해 쓰고 있다. 이것은 영어와 일본어의 우위성의 차이를 근거로 한 발언이지만, 《1Q84》라는 소설을 앞에 놓고 보면, '쓰여진 말'로서 일본어를 생각하는 미즈무라의 심정에 공감하는 바가 있다. 예전에 하루키의 작품에서 발견하고 익숙하게 들어왔던 '이야기의 소리'는 이 작품의 '소리의 이야기'에 의해 사라지는 듯한 느낌이 들기 때문이다. 예루살렘상 연설에서 하루키가 사용한 ‘벽과 계란’의 비유는 ‘기와를 한 장 한 장 쌓아 올려 완성된’ 벽=언어시스템이 아니라, 계란=‘이야기라는 혼魂’ 쪽에 서겠다는 하루키 소설관의 은유이기도 하다. 그것은 후카에리와 덴고의 역할분담에도 나타난다. 그렇지만 투명한 언어도, 계란으로 이루어진 벽도 존재하지 않는 것처럼 소설에서의 이야기란 항상 쓰여진 문자의 연속 그 자체이며 계란과 벽이 분리불가능한 장에서만 생성되는 것은 아닐까? 소설에서의 ‘이야기의 목소리’란 그렇게 적혀 있는 문자만이 발할 수 있는 목소리인 건 아닐까?

이 글에서 《1Q84》의 음성중심주의나 자본주의적 측면을 비판하려 했던 것은 아니다. 오히려 큰 이야기가 붕괴된 후의 세계에서 하루키가 무엇인가를 들려줄 방법을 모색한 결과가 바로 《1Q84》라는 소설이라고 한다면, 구호의 속박에 갇힌 형국인 원리주의에 항거하고 동시에 미국제국주의적인 세계화에도 항거한다는 하루키의 몇 년 사이의 정치적인 입장이 ‘소리의 이야기’를 문자 단어로 감싸고, ‘Q’라는 알파벳 한 글자를 통해 작품이 일본어 속에 머무르게 되는 세계로 멋지게 낙하하는 장면을 보고 있는 것이다.

작품에서 이루어진 ‘소리의 이야기’ 중 하나인 아오마메가 거듭해서 암송하는 '특별한 기도'의 한 구절이 제시하는 바는 나날의 무수한 반복을 통해 육체 속에 깊이 새겨진 말은 트라우마를 불러일으키는 고통도, 동시에 그 고통을 치유하는 구원도 될 수 있다는 사실이다. 그리고 이런 신체화된 언어가 가진 반전가능성은 가정내 폭력처럼 매일 거듭되는 육체에 대한 물리적인 폭력의 고통과는 결정적으로 다른 것이기도 하다. 비파법사들의 모습을 통해 "소리를 발하는 육체는 그 자체가 분절화되지 않는 것으로서 존재한다. 우리들의 삶은 말에 의한 분절화를 거부하는 그 무엇이지만 그럼에도 불구하고 말에 의해 삶을 토막내고 세계를 분절화·언어화하여 살아갈 수밖에 없다는 사실에 호모 로쿠엔스말을 가진 인간로서의 인간의 삶이 안고 있는 근원적인 모순이 있다"라는 효도 히로미의 말을 근거로 보면, 이제까지 하루키 작품에서 두드러졌던 선악의 이항대립이 와해된 대신, 다양한 원근감이 충돌하고 근원적인 모순을 껴안은 《1Q84》라는 소설이 독자들의 손에 건네진 사실은 우리들 삶과 말 사이에 존재하는 근원적인 모순의 은유인 것이다.

그리고 육성을 환기시키는 이 이야기 속에서 서로 맞잡은 손의 온기가 덴고와 아오마메를 잇는 기반이 되었다는 점은 '육체'와 '쓰는 행위'를 항상 결부시켜온 작가가 그것을 새로우면서도 희망적인 관여형태commitment의 하나로 보고 있다는 것을 말해준다. 작품 속에는 맥루한의 '미디어는 메시지다' 라는 말이 인용되는데 나중에 맥루한은 '미디어는 마사지다' 라며 자신을 패러디하여 기술하였다. 치졸한 이야기가 가진 힘을 부지런히 설파하고 있는 것 같기도 하고 겉치레인 것처럼도 보이는 《1Q84》라는 소설이 이야기의 캐리어=미디어이며, 메시지이며, 마사지라고 한다면, 이것에 의해 치유되든가 방심한 찰나 바늘에 찔려 목숨을 잃든 이제 당신의 읽기 방식을 넘어선 삶의 방식에 달려 있다.

023

《1Q84》, 귀로 듣는 우화

고누마 준이치(小沼純一) : 1959년생. 음악문화론연구가. 저서로 《피아솔라》《다케미쓰 도루(武満徹): 그 음악지도》 등이 있다.

○

소설 《1Q84》의 본문 첫줄부터 돌연 음악이, 야나체크의 〈신포니에타〉가 나타난다. 교통 정체 속에 갇힌 택시의 FM 방송에서 곡이 흘러나온다.

아오마메는 대체 어느 시점부터 〈신포니에타〉를 들었을까? 택시에 탔을 때 이미 곡이 시작되어 있었을까? 아니면 승차하고 얼마 못 가 정체에 휩싸이고 그러는 사이에 곡이 〈신포니에타〉로 바뀐 것일까? 분명 후자다. 아오마메는 별 의식 없이 계속 귀를 기울이고 있었다. "택시 라디오에서는 FM 방송의 클래식 음악프로그램이 흘러나왔다. 곡은 야나체크의 〈신포니에타〉. 정

체 속에 갇힌 택시 속에서 듣기에 어울리는 곡이라고는 할 수 없었다.” (BOOK1, p.11)

클래식 음악에 친숙하지 않은 아오마메가 금세 곡을 알아맞힌다. 무엇보다 이 곡은, 본문에도 나와 있는 것처럼 알아맞히는 사람이 결코 많지 않은, 오히려 매우 적을지도 모르는 것에 비해, 한번 듣고 나면 어떤 인상을 받게 되는 특징적인 음악이라는 사실도 확실하다.

두 개의 테너 튜바는 각각 미♭-레♭-시♭ /레♭-시♭-레♭-시♭와 라♭-솔♭-미♭/솔♭-미♭♭-솔♭-미♭로 평행5도로 진행된다. 이러한 울림 속에 팀파니가 악센트를 더한다. 그것은 중세적이며, 서양근대, 즉 예를 들어 18-19세기의 클래식 음악과는 다분히 동떨어진, 어딘지 모르게 거친 세련됨이 내포되어 있다.

아오마메는 택시 안에서 곡을 계속 듣는다. 그렇지만 새삼 '〈신포니에타〉의 첫 부분을 듣고'라며 본문은 일부러 시간을 앞으로 돌려서 이 곡의 개시를 환기시킨다. 아오마메에게는 이미 지나간 부분이 독자에 대한 주의환기로 리플레이된다.

덧붙여서 나는 평상시에 소설의 제목과 음악의 제목을 부호의 형식으로 구별한다. 소설이나 문학은 부호『』, 음악은 부호

《》다른 문장과의 통일성을 위해 번역문에서는 문학 작품이나 도서명에는 〈〉, 음악명에는 〈〉을 사용한다 ―역주

를 사용한다. 작품 속의 작곡가명 표기에도 약간의 위화감을 느
낀다. 평상시에는 야나체크라고 쓰는 데 소설에서는 야나첵크
라고 되어 있다. 큰 문제는 아니다. 습관의 차이일 뿐이다.

●

무라카미 하루키에게 입구와 출구가 처음으로 확실히 언급된
것은 《1973년의 핀볼》이었다. 쌍둥이가 '나'에 대헤 각각 대응
하는 바를 의미했었다. 그녀들은 완전히 똑같아서 구별이 잘 안
된다. 본인들은 '완전히 다르다'고 하지만 말이다. 그 이후 입구
와 출구는 밖으로 안으로 때로는 메타폴리컬하게 다양한 모습
으로 나타난다. 때로는 두개가 겹쳐서 구별이 가지 않고, 양쪽
모두를 의미하기도 한다. 반드시 그렇게 이름 붙여지지는 않았
지만, 입구와 출구를 연결하는 길, 통로도 가끔 나타난다. 그 통
로는 너무 길어서 스토리의 과정이 그곳에 존재한다는 사실조
차 망각하게 한다.

하루키는 《1Q84》와 같은 패럴렐 월드가 아니라 해도 두 개의
세계, 두 개의 이야기를 극히 초기부터 하나의 소설 속에 병행
해서 가동해 왔다. 두 개를 개별적인 장으로 명확하게 대비시킨
것은 《세계의 끝과 하드보일드 원더랜드》부터였던 것 같다. 현
재로서는 많은 내용을 다룰 여유가 없으므로, 불명확하고 애매

하기는 하지만 그 사이를 연결해주는 요소 중 하나인 음악에 대해 얘기해보자.

《1Q84》에서 아오마메는 〈신포니에타〉를 들으며 이렇게 느낀다—"**비틀림**과 유사한 기묘한 감각을 가져다주었다. 거기에 통증이나 불쾌함은 없다. 그저 신체의 모든 조직이 자근자근 물리적으로 쥐어짜내지는 느낌만 있을 뿐이다." (BOOK1, p.16) 그것은 앞에서도 다룬 것처럼 스트레칭하기에 딱 좋은 배경음악이다. 그 '느낌'이 무엇인지, 어떠한 것인지, 정확히 설명되어 있지 않다. 다른 표현을 빌어서 말하면 흡사 "**설명을 하지 않아서 모르는 것은 설명을 해도 알 수 없는 것이다**"(BOOK2, p.454) 그러나 분명 그것은 아오마메와 덴고가 연결되어 있다는 사실, 덴고가 팀파니를 두드리고 있는 장면을 본 것도 들은 것도 알지도 못하는데 정확히 그 사실을 '알고' 있는 아오마메의 사고의 생리적인 표현이다. 그 음악은 시공의 **비틀림**을 넘어 아오마메에게 전달된다.

음악은 하루키에게 거듭 하나의 계시로서 존재한다. 그것은 때로 건성으로 듣거나 흘려 듣는 많은 사실들, 악곡, 고유명사 사이에 섞여 들어가지만 명료하게 존재한다. 예를 들면 《스푸트니크의 연인》의 그리스 섬에서 산에서 울려 퍼지는 음악처럼 말이다. 바로 전 세기의 말에 간행된 작품에서는 달이 상징적으로 다루어지고, 두 개의 세계를 독자가 인식하고 음악이 다른 세계를 '나'에게 환기시켜주었다. 단, 《1Q84》에서는 정확한 고유명사, 작곡가와 작품명이 제시되어 있다.

○

아오마메는 음악을 잘 알지 못한다. 그럼에도 불구하고 이 곡은 알고 있었다. 소설이 진행되어 가는 도중에 새로 레코드를 사서 집에서 반복해서 이 곡을 듣는다. 집에서 스트레칭 할 때도 이 곡을 듣는다. "곡이 끝나고 턴테이블이 정지하고 바늘이 자동으로 제자리로 돌아갔을 때 머리도 몸도 걸레를 비틀어 짠 듯한 상태가 되었다"(BOOK2, p.61) 곡의 구석구석까지 기억하고 있으며, 다른 레코드는 다 팔아치워도 그 곡 한 장만은 남겨놓고 최후의 '일'을 하러 나가기 전에도 곡을 듣는다.

한편 덴고는 원래 유도를 했었다. 고등학교 2학년 때 종아리 부상을 당해 이개월 정도 쉬는 기간에 취주악부 보결인원으로 차출되었다. 그래서 갑자기 팀파니를 배우고 콩쿠르에 나가게 된다. 그 때의 곡이 〈신포니에타〉였다. 하지만 그는 이 곡을 레코드로 듣는 습관은 없다.

덴고가 참가했던 〈신포니에타〉, 덴고 자신의 신체로 음악의 생성에 가담했던 라이브 음악은(결코 이유가 명시되어 있지도 않고,

또한 그것이 정말로 그 때문인지 밝히지도 않은 채) 아오마메가 평소 몸담고 있던 세계에서 또 다른 '달이 두 개 있는 세계'로 그녀를 유도한다.

〈신포니에타〉의 팡파레는 체코의 '소콜 체육협회'가 체전을 위해 작곡가에게 의뢰한 것이다. 그 곡은 신체와의 직접적인 결부가 발단이 되어 아오마메에게도 덴고에게도 각각 다른 형태로 간파된다. 야나체크로 시선을 돌려 보면, 그는 자신의 연고인 부르노시의 장소를 다섯 개의 악장과 결부시켜 '팡파레' '성' '수도원' '가두' '시청'이라고 불렀다. 체코의 전환기를 살았던 작곡가는 사회적인 자세를 거듭 작품에 짜 넣었는데, 〈신포니에타〉에서는 국민국가, 정情과 성性을 모두 합친 의미에서의 사랑, 자연이라는 테마가 중첩되어 있다는 평가를 받는다.

오쓰카 다마키와 함께 침대에 들어갔을 때의 추억을 상기하는 아오마메에게는 〈신포니에타〉의 팡파레가 울려 퍼진다. 《1Q84》에 등장하는 세 개의 단체는, 적어도 그런 것에 관심이 있는 독자라면 실재하는 단체를 기반으로 한다는 사실을 금세 알 것이다. 그런 의미에서 〈신포니에타〉가 만들어지게 된 배경 중 하나인 정치사회적인 요인도 결코 멀리 떨어진 채로 존재하지는 않는다. 즉 음악은 현실을 표상할 수 있는 것이 아니라는 사실을 전제로 하면서도, 야나체크의 오케스트라 작품이 현실과 어떤 접점을 갖는 점은 이 곡이 《1Q84》 속에서 울려 퍼지는 것과 연계성을 갖는다. 이른바 《1Q84》의 메타포와 같은 역할을 하는 것이다.

●

퍼시버와 리시버, 마치 인도의 신화에라도 나올 것 같은, 혹은 엘리아데의 책에서 나올 것도 같은 이 이야기는 약간은 불충분한 영어 독해에서 유래한다. 'perceiver와 receiver', 이를 덴고가 정확한 말로 바꾸었다. "다시 말해서 네가 지각하고 내가 그것을 받아들인다. 그런 거지?/ 후카에리는 가볍게 고개를 끄덕였다."(BOOK2, p.455)

후카에리는 디스렉시아, 즉 난독증이다. 《1Q84》에는 하루키의 다른 소설과 마찬가지로 다종다양한 고유명사가 자주 등장하는데, 그 중에 덴고가 자신과 후카에리를 지칭하며 '소니&셰어'라고 표현을 하기도 한다. 약간은 기억이 애매하지만, 현재는 영화배우로서 잘 알려져 있는 가수 셰어가 예전에 디스렉시아였다는 사실을 밝힌 적이 있다. 하루키의 작품에는 디스렉시아가 아니라 정반대로 문자를 쓰는 행위에 의해 사물의 이해를 진전시키는 인물도 존재하는데, 《스푸트니크의 연인》의 스미레가 바로 그런 인물이었다. 스미레는 "주변에서 '정신 지체'가 아닐까 여겨졌을 정도였다."(p.192) 스미레는 디스렉시아는 아니었지만 사고를 할 때 시간이 무척 많이 걸리는 아이였다.

후카에리는 문자를 읽지 못한다. 읽지 못하는 대신 듣는다. 또 느끼고 지각한다. 그리고 그것을 새로운 형태로 고쳐서 들려준다.

○

야나체크는 체코의 작곡가다. 19세기 중반에 태어났지만 독자적인 스타일이 형성된 것은 20세기에 들어서면서부터다. 더구나 거기에는 40세나 연하인 유부녀 카밀라에 대한 사랑이 연관되어 있다. 초로의 사랑으로 그의 창작 의욕은 격렬하게 불타올랐다—그러나 야나체크와 카밀라 사이에 성적인 관계는 없었다. 오로지 격렬한 짝사랑이 있었을 뿐이다.

《1Q84》에는 작곡가와 〈신포니에타〉에 대한 세세한 설명이 담겨 있다.

소설과 직접 관련은 없겠지만 개인적으로 신경이 쓰이는 것은 《1Q84》 전에 발표된 장편 《해변의 카프카》에 제목 그대로 카프카라는 이름이 나온다는 사실이다. 《1Q84》에는 본문 두 번째 페이지에 카프카의 이름이 거론되고 있지만 자연스럽게 흘러갈 뿐, 야나체크와의 관련에 대해서는 다루고 있지 않다.

《1Q84》에는 후카에리가 들려주고 아자미가 옮겨 적고 덴고가 리라이팅한 '공기 번데기' 가 있으며, 덴고의, 아오마메의, 후카에리의, '버드나무 저택' 에 사는 노부인의, 다마루의 '선구' 리더의, 아니 그보다 더 많은 이야기, 《헤이케 이야기》나 체호프의 길랴크인, '고양이 마을' 이라는 이야기가(야나체크의?) 등장한다. 그들은 소설로서의 《1Q84》를 구성하는 복잡한 세부이지만, 《1Q84》와 같은 세부 묘사나 복선을 가지고 있지는 않다. 이들은 《1Q84》 전체를 자아내기 위한 여러 가닥의 씨실과 날실로서 제시되며, 소설의 깊이를 만들어 낸다. '공기 번데기' 나 '고양이 마을' 은 '소설' 이기는 하지만 어디까지나 줄거리가 본문 속에 기록될 뿐이다. 이른바 하나의 에피소드로서 《1Q84》에 새겨져 있을 뿐이다.

한편 무라카미 하루키는 앞으로 거론되지 않을 사실을 거듭해서 여기저기에 남겨 놓는다. 화자와 독자에게는 이해할 수 없는 상태로 놓여 있는 수수께끼가 조금씩 그러나 상당한 자력을 가지고 잔존한다. 설명되지 않음으로써 오히려 부각되는 이것들은 하루키의 여러 작품에서 계속 발견되다 보니 어쩐지 뻔한 사실처럼 여겨지기도 하지만, 다른 한편으로는 그로 인해(어떤 독자들에게) 까닭모를 매력을 발휘하고 있는 것도 사실이다.

동일한 사항을 조금 다른 형태로 바꾸어 표현해보자.

무라카미 하루키의 소설은 화자의 입을 통한다는 구성상의 명료함을 갖추고 있으면서도, 정작 짜여져 나온 것들은 군데군데 애매함이나 수수께끼를 남겨놓고 해결하지 않음으로써 온전한 형태의 이해를 불가능하게 한다. 도대체 왜 그런지 아무리 살펴보아도 알 수 없고 파악할 수 없는 무엇인가가 작품의\ '밑바닥'에 존재한다는 사실이 독자의 불안으로 기능한다.

○

야나체크와 카프카, 모두 체코의 인물이다. 생몰년은 작곡가가 1854~1928년, 작가가 1883~1924년이다. 연령상으로는 서른 살 가까운 차이가 있고 생활의 기반은 각각 부르노와 프라하다. 카프카는 유대계 인물이다. 친한 교류는 없었던 것 같은데, 서로 이름은 알고 있었을 것이다. 그렇지만 두 사람의 공통된 친구로, 카프카가 죽은 후에 작품을 정리하여 발행한 막스 브로트가 있었다. 야나체크가 모국어인 모라비아 방언이 섞인 체코어를 구사하여 오페라를 쓰는데 전력을 다하면, 그 말을 독일어로 옮긴 인물이 브로트였다. 하루키가 두 장편을 통해 20세기의 10년대와 20년대에 체코에서 각자 독자적인 입지를 굳히며 창작을 지속했던 두 인물을 부상시켰다는 점은 결코 우연이 아니라는 생각이 든다.

카프카는 몇 명의 연인과 약혼자가 있었지만 결국 몇 번의 약혼을 파기하고 어느 누구하고도 결혼을 하지 않았다.

야나체크와 카프카 모두 연인에게 보내는 방대한 양의 편지를 남겼다.

●

《1Q84》에는 후카에리의 귀가 주목을 받는 장면이 한 군데 있다. 후카에리는 덴고의 방에 찾아와 샤워를 하고 머리카락을 말리기 위해서인지 평상시와는 다른 모습이었고 덴고의 눈길은 그곳에 머무른다.

생각해보면 《양을 둘러싼 모험》에서도 《스푸트니크의 연인》에서도, 그 이외에도 더 있을지 모르지만, 여성의 귀 혹은 그 능력을 화자가 알아차리는 장면이 나온다. 그저 귀가 아름다워서가 아니다. 모양이 좋아서도 아니다. 아름다운 형태가 좋을지 모르지만 덮여 있던 머리를 제거하고 귀가 밖으로 나타나면, 그것이 가진 아름다움 이상으로 그 자체가 어떤 힘을 발휘한다. 결국 그것은 귀가 하나의 통로이며 입구임을 의미한다. 혹은 출구일지도 모른다.

사람이 말을 한다. 그 연결이 이야기가 되어 간다. 거기에 귀를 기울인다. 이야기는 시간과 함께 존재한다. 도중에 끊어내지 않고 계속 들음으로써 이야기는 완결된다. 말을 했던 쪽의 이야기는 그렇게 끝나고 귀를 기울였던 쪽의 이야기는 그대로인지 아닌지는 알 수 없지만 일단 받아들여지고, 닫히고/하나로 묶인다.

후카에리는 이야기를 지각한다. 읽지 않는다. 그것을 말한다. 들려지는 형태로 변환한다. 《헤이케 이야기》를 몇 페이지나 암송할 수 있고, 더구나 감정의 기복을 나타내지도 않고 담담하게 짧게 말하기 때문에 '리시버'의 자질을 가지고 있다. 귀란 단순히 이야기나 음악을 듣는 기관이 아니다. 그것은 우선 지구의 인력에 대해 신체의 평형감각을 정돈하는 기관이며, 그리고 공기의 떨림을 감지해서 이 세계에서 일어나는 일을 지각한다.

○

〈신포니에타〉는 약간 변칙적인 오케스트라 편성을 취하고 있다. 플룻이나 오보에 같은 목관악기가 세 개씩 이용되는 보편적인 삼현 구성의 오케스트라에서는 트럼펫이나 트롬본은 각각 세 개, 네 개가 보통이다. 〈신포니에타〉에서는 야나체크가 취주악에서 영감을 받기도 해서 오케스트라 편성의 금관악기[호른4, 트럼펫3, 트롬본3, 튜바]와는 별도로 금관악기의 앙상블을 필요로 한다. 즉 트럼펫9, 테너 튜바2, 베이스 트럼펫2가 더 나온다. 더구나 앞부분, 아오마메가 들었던 제1악장은 이 금관 앙상블과 팀파니만으로 연주되며 현악기나 목관악기는 시종일관 침묵한다. 오케스트라의 울림이 이루어지는 것은 제2악장 이후가 된다.

〈신포니에타〉는 다섯 개의 악장으로 이루어지는데, 앞에서도 기술한 것처럼 제1악장은 금관 앙상블과 팀파니만으로 연주된다. 인상적인 테마는 마지막 제5악장, 코다coda 부분에 다시 등장한다. 이 때 비로소 금관 앙상블과 오케스트라는 별개의 존재가 아닌, 결합되어 피날레를 장식하게 된다.

《1Q84》와의 관계는 제쳐두더라도, 〈신포니에타〉의 금관 앙상블 팡파레는 유럽에서 쓰여짐으로써 유럽 음악에 대해 묻고, 유럽이란 무엇인가를 묻는 음악으로서 존재한다고 생각한다. 그것은 카프카의 소설이 가지고 있는 특질과 같은 것이다.

●

아오마메를 주체로 하는 이야기와 덴고를 주체로 하는 이야기는 병행해서 진행된다. 소설 마지막의 몇 개 장에서 그들은 서로를 의식하고 바로 옆에 있다는 사실을 느끼고 결국에는 하나의 만남을 이루어낸다. 그것이 보편적인 만남은 아닐지라도 말이다.

〈신포니에타〉의 금관 앙상블과 오케스트라는 같은 무대에 있으면서 코다에 이르러서야 비로소 함께 연주하게 된다. 그것은 결코 긴 시간은 아니다. 반복을 제외하면 거의 백 소절 정도다.

앞서 〈신포니에타〉가 《1Q84》에서 메타포적인 의미를 가진다고 했다. 어디까지나 심독深讀(어쩔 수 없이 후카深에리의 이름을 떠올리게 된다)이기는 하지만 소설에서 야나체크 〈신포니에타〉의 팡파레를 재현하고, 또 그것의 오케스트레이션 구조가 내게는 《1Q84》의 두 인물의 존재방식과 중첩되어 있는 것처럼 보인다. 귀, 듣는다, 이야기라는 테마를 통해 우리는 《1Q84》를 하나의 소설이자 동시에 이야기 그 자체를 들려주는 것, 열심히 귀를 기울이는 것, 고쳐서 들려주는 것, 그리고 그런 말의, 소리의, 진동에 민감하면서도 그것을 삶(혹은 성性)에서 실행할 것을 환기하는, 쉽게 말하면 그렇게 살도록 촉구하는 우화로 읽게 된다.

024

'리틀 피플'은 어떤 존재일까?

시미즈 요시노리(清水良典) ： 1954년생. 문예평론가. 저서에 《쇼노 요리코(笙野頼子): 허공의 전사》 《무라카미 하루키는 버릇이 된다》 등이 있다.

1.

처음부터 스타일리쉬한 여성암살자 아오마메가 등장하는 《1Q84》는 마치 일반적인 하드보일드 소설처럼 페이지가 잘 넘어가서 나를 놀라게 했다. 《해변의 카프카》《어둠의 저편》에서 상징적이고 암시적인 표현을 극한으로까지 몰아가며 날을 세웠던 작가가 이번에는 어떤 수법을 넣은 복잡한 방법으로 표현할까 기대했는데, 의외로 이제까지 작품 중 가장 엔터테인먼트성이 강한 작품이었다. 등장인물들의 윤곽이 뚜렷하고, 행동이 생생하다는 점에서는 확실히 이전 작품과 달랐다. 아오마메에게 암살을 의뢰하는 우아한 노부인, 그녀의 보디가드인 게이, 다마루도 선명한 조연이다.

이 작품은 바흐의 '평균율' 이나 드뷔시의 '전주곡집' 을 모방한 2권 48장으로 구성되어 있다. 홀수 장은 아오마메, 짝수 장은 입시학원 수학강사이자 무명작가로, 성격적으로는 과거 작품의 '나' 와 가깝다고 할 수 있는 덴고의 이야기이지만, '후카에리' 라는 아이돌스러운 명칭을 가진 신비한 분위기와 화술을 가진 미소녀도 등장한다. 애니메이션 팬들이라면 금세 하야시바라 메구미^{林原めぐみ, 성우}의 목소리와 아야나미 레이^{綾波レイ, 신세기 에반게리온 등장인물 -역주}(17세의!)를 떠올릴 법한 인물 조형 역시 눈에 띄는 독자 서비스라 할 수 있다.

이제까지 하루키의 독자는 몇 차례에 걸쳐 그 층이 바뀌었다. 우선 데뷔한 이래 계속 애독자였던 이들 중 일부가 역사적인 히트작 《노르웨이의 숲(상실의 시대)》을 기점으로 이탈하였다. 이탈한 그들을 대체해 연애소설적인 측면에 이끌려 온 여성이 중심이 된 다수의 팬도 《언더그라운드》나 《해변의 카프카》까지는 따라오기 힘들었다. '노르웨이 포인트' 를 넘어 거기까지 다다른 동세대 하루키파들도 《언더그라운드》 이후에는 평가를 유보하기 시작했다. 그러나 이런 국면을 지나옴으로써 마침내 하루키의 독자가 동세대부터 중학생까지 완전한 불특정다수로 확산되었다고 할 수 있다. 핵심적인 단골고객 뿐 아니라 과거에는 그런 적이 없었던 단순 방문객도 국내외를 불문하고 대거 하루키를 찾아오게 된 것이다. 《1Q84》의 '서비스'에는 이런 불특정다수 독자에 대한 프로 작가로서의 의식이 비친다.

그러나 《1Q84》는 단순한 하드보일드 소설도 아니며, 열 살 때 만난 두 남녀의 운명적인 순애보 소설로 환원할 수도 없다. 그 핵심에 독자를 시험하는 관문처럼 등장하는 것이 《공기 번데기》에 그려진 '리틀 피플'이라는 존재이다. 바꾸어 말하면 이 부분이 존재하기에 《1Q84》는 《양을 둘러싼 모험》이래 계속 이어져 온 무라카미 하루키의 장편 소설이 될 수 있었던 것이다.

2.

후카에리가 들려주고 후견인 에비스노의 딸 아자미가 받아 적은 이야기인 《공기 번데기》를 고쳐 쓰기 전에 덴고는 다음과 같이 느낀다.

"그것은 아무리 봐도 **다른 누군가**가 손에 들고 읽을 것을 전제로 써내려간 문장이었다. 그래서 더욱 《공기 번데기》는 문학작품으로 만들 목적으로 쓰지 않았음에도 불구하고, 더구나 문장이 유치한데도 불구하고 인간의 마음에 호소하는 힘을 지닐 수 있었다. 하지만 그 다른 누군가란 어쩐지 근대문학이 원칙적으로 염두에 두는 '불특정다수의 독자'와는 다른 것 같았다."(강조

원문)

즉 《공기 번데기》는 미리 정해진 '누군가'가 읽게끔 쓰여져 있다. 예를 들면 구체적인 지령문이나 비밀편지처럼 특수한 목적을 가지고 있다. 덴고의 직감은 그렇게 바꿔 말할 수 있다. 하지만 그 '누군가'가 덴고 자신일지도 모른다는 가능성을 그는 아직 알아차리지 못하고 있다. '누군가'에게 향한 것이라 여겨지는 문장을, 그는 수학적인 치밀함을 발휘한 문장 기술로 만인을 향한 소설작품으로 가공한 것이다. 그럼으로써 《공기 번데기》는 일본의 '불특정다수'에게 유포되었다.

작품 속에 소개된 《공기 번데기》의 줄거리를 읽어봐도 솔직히 폭발적인 베스트셀러가 될 요소는 전혀 발견할 수 없다. 산속의 특수한 코뮌에서 길러진 열 살 소녀가 한 마리의 눈먼 산양을 돌보게 되지만 실수로 죽게 만들어서 그 벌로 흙벽 광 속에 열흘간 죽은 산양과 함께 격리된다. 그 사이 밤마다 죽은 산양을 통로로 삼아 리틀 피플이 찾아온다. 소녀는 리틀 피플과 대화가 가능하다. 덴고는 '눈이 안 보이는 산양의 습성과 행동이 세세한 부분까지 구체적으로 그려져 있는 점'에 감탄하지만, 그런 디테일이 아무리 멋지게 묘사되어 있다 한들 '불특정다수'의 독자를 열광시킬 수는 없다고 생각한다.

또한 나중에 책을 읽은 아오마메가 《공기 번데기》를 다음과 같이 보충한다(BOOK2, 제19장). 리틀 피플은 공기 속에서 가느다란 실을 모아 '공기 번데기'를 만든다. 며칠이 걸려 완성된 번데기의 알맹이는 소녀의 분신이었다. 그것은 소녀의 '도터'이며 소녀 본인은 '마더'라고 리틀 피플은 가르쳐준다. '도터'란 그녀의 마음의 그림자이며 '퍼시버'의 대리로서 리틀 피플의 통로가 된다고 한다. '퍼시버'란 '지각하는 자'를 말하며 리틀 피플이 말하는 것을 지각하여 '리시버=받아들이는 자'에게 전하는 역할을 한다. 며칠 후에 '도터'는 눈을 뜨는데 그 때 '하늘의 달이 두 개가 되는' 것이 '징표'라고 한다.

자세히 알게 될수록 소설 《공기 번데기》가 현실적으로 일본 문단의 신인상을 수상할 만한 문학적인 임팩트나, 출판된 후 '불특정다수'의 독자를 일시에 생성해낼 수 있는 매력을 가졌다고는 느껴지지 않는다. 실제로 이 작품을 문예잡지 신인문학상에 응모한다면 아무리 세밀한 표현으로 쓰여졌다 해도 분명 후보작품에 들지 못할 것이다. "신비한 우화 같은 이야기이지만 조금 더 생동감 있는 리얼리티를 갖추었으면 한다." 내가 예심 심사위원이라면 코멘트를 남기고 떨어뜨렸을 거라 생각한다.

추측해볼 수 있는 점은 이 이야기가 단순한 문학작품이 아니라 어떤 현실적인 힘을 가진 신호 내지는 암호가 아닐까라는 생각이다. 예를 들면 최면에 걸린 사람에게 어떤 암호를 전달하면 스위치가 켜지는 것처럼, 또는 이미 새겨져 있던 지령이 자동적으로 실행되는 것처럼 말이다. 그렇다면 이 이야기에 매료되어 있는 덴고는 최초의 지령을 받은 자이며 실행자로서, 리틀 피플적인 단어로 말하자면 '리시버'인 것이다. 덴고는 그에게 전해진 암호를 전국의 '불특정다수'에게 유포되도록 개량하고 증폭시킨 후에 발신한 것이다.

이 이야기는 적어도 '1Q84년'의 세계에서는 현실 그 자체의 기술이었다. 덴고는 완전히 무의식적으로 《공기 번데기》를 기묘하지만 마음을 사로잡는 매력적인 판타지로 읽고 편집자의 요청에 따라 손질을 했는데, 그로 인해 '1Q84년'은 본격적으로 가동하였고 아오마메를 소환하게 되었다.

아오마메는 '1Q84년' 세계에 들어간 후에 달이 두 개가 되었다는 사실을 알아차린다. 리틀 피플의 설명에 따르면 아오마메는 그 시점에서 이미 '도터'라는 분신을 가진 리틀 피플 세계의 인간이라는 것이다. 그리고 홀수 장의 마지막 장면(제23장)에서는 수도고속도로 위에서 권총으로 자결하려 하는(또는 총구를 입에 물고 방아쇠에 손가락을 건 장면에서 끝나는) 아오마메가, 덴고의 짝수 장의 마지막 장면에서는 '번데기' 안에 들어간 열 살 때 그대로의 모습으로 덴고 앞에 나타난다. 분명 덴고는 1964년 열 살 때부터 아오마메의 '도터'와 한 몸이 되어 있었던 것이다.

한편 후카에리의 ‘도터’는 ‘퍼시버’이자 ‘리시버’이기도 한 ‘선구’ 교단의 리더(후카에리의 아버지)와 1977년에 한 몸이 된다. 그리고 ‘선구’의 리더는 과격화된 분파조직 ‘여명’이 1981년에 경찰부대와 야마나시 산 속에서 총격전을 벌인 후, 교단의 방향성을 수정하면서 리틀 피플의 대리인으로서 활동해왔다. 덴고는 그것과 대항하는 ‘반 리틀 피플적인 힘’을 후카에리와 함께 결성한 것이다. 리틀 피플이 체제라고 한다면 반 체제의 ‘퍼시버’와 ‘리시버’가 콤비를 이룬 것이다. 하지만 그 움직임은 선과 악의 균형을 유지하려는 리더가 미리 ‘마더’인 후카에리를 교단으로부터 탈출시켜서 덴고와 만나게 한 결과로서, 이른바 미리 짜여진 ‘작전’이었다. 리더가 알기 쉽게 아오마메에게 설명한 추론을 빌리자면 ‘바이러스’에 대한 ‘항체’의 유포였다.

이처럼 《1Q84》는 리틀 피플과 반 리틀 피플의, 선과 악의 끝없는 항쟁의 역사로서 일본인의 현대사를 치환해간다.

3.

이 작품의 저변에 깔려 있다고 모두들 지적하는 조지 오웰의 《1984년》에는 가까운 미래 감시사회의 독재자 ‘빅 브라더’가 나온다. 그러나 현실에서 체험한 1984년은 독재자가 없는 의회제 민주주의의 고도경제성장사회였다. ‘빅 브라더’를 빗댄 ‘리틀 피플’은 아이러니한 이름 짓기라고 할 수밖에 없다.

1980년대 중반은 전후의 경제부흥을 달성한 뒤 일본인의 생활에 여유가 생겨나던 시기였다. 1981년에는 워드프로세서가 시장에 나왔다. 1982년에는 NEC의 PC-9801 시리즈가 발매되어 컴퓨터 시대로 돌입하였다. 1983년에는 도쿄 디즈니랜드가 문을 열었고 닌텐도의 게임기가 발매되고 나카모리 아키오中森明夫의 《‘오타쿠’ 연구》가 나온다. 그 후 1985년에는 엔고시대가 시작되었고 일본인들은 다양한 레저와 상품 구매에 눈뜨며 정보 네트워크와 거품경제의 소용돌이로 빠져 들어간다. 그렇게 되기 직전인 1984년이 무대로 선택되었다는 점은 단순히 오웰의 《1984년》의 패러디라고만은 할 수 없다.

분명 그곳은 현재의 일본, 그리고 세계가 불행을 향해 막다른 골목을 달리고 붕괴가 일어나기 시작한 터닝 포인트 같은 시대였다. 그런 1984년의 일본을 지배하여 ‘1Q84년’으로 바꾸어버린 것은 ‘불특정다수’인 소시민의 잠재적 욕망과 결탁한 리틀 피플이다. 그곳에는 강권에 의해 유지되는 독재사회의 명시적인 악과는 다른, 소시민의 마음속에 자리한 욕망이 비대화된 끝에 형성된 심층적인 악이 숨겨져 있다. 리틀 피플이 지배하는 ‘1Q84’를 통해 우리가 지나온 길을 거슬러 올라가 다시 검증하려는 것, 이렇게 되지 않았을 수도 있었을 다른 역사, 이렇게 되

있을지 모를 역사를 창조하는 것이 《1Q84》의 동기는 아닐까?

《1Q84》에 그려진 리틀 피플의 의미를 이렇게 추측하는 것이 크게 잘못된 일은 아닐 것이다.

리틀 피플이라는 이름을 붙인 부모는 후카에리다. 또한 모습도 그녀가 마음에 떠오른 이미지인 '백설공주' 의 일곱 난쟁이 형상이다. 분명 '그들은' 개개인의 마음 속 그림자와 같은 형태를 취했을 것이다.

마지막으로 그 '형태' 에 시선을 돌려보자.

리틀 피플이 확실하게 그 모습을 보이는 것은 BOOK1 끝부분인 19장에서부터다. 자궁이 파괴될 정도로 심한 강간을 당한 열 살 소녀 쓰바사가 보호받고 있던 세이프 하우스의 한 방에서 책상에 볼을 댄 채 잠들어 있다. 그 입에서 리틀 피플 다섯 명이 나온다. 나왔을 때는 '새끼손가락만한 크기' 였지만 이윽고 키가 30cm 정도에서 60cm 정도로 변해 간다. 그들은 침대 밑에서 하얀 고기만두만한 물체를 끄집어내어 '공기 번데기' 라고 생각되는 '푹신푹신한 물체' 를 만들어낸다. 나중에 밝혀지지만 쓰바사는 '도터' 인 쓰바사이며 그 후 모습이 사라졌다는 이야기가 없는 점으로 보아 분명 '번데기' 에 회수되어 복구되었을 것이다.

리틀 피플의 표상에는 기시감旣視感이 존재한다. 무라카미 하루키의 단편 《TV 피플》과 《춤추는 난쟁이》다. 《TV 피플》에서는 갑자기 컬러텔레비전을 껴안은 세 명의 TV 피플이 태연하게 '나'의 방에 침입해서 사이드 보드 위에 텔레비전을 놓고 간다. 그들은 인간 키의 삼분의 일 정도로 키가 작다. '나'는 텔레비전을 좋아하지 않고, 마음대로 실내 배치 바꾸는 것을 절대로 허락하지 않는 아내의 비위를 거스를까 두려워한다. 이윽고 그들은 아내 앞에도, '나'의 직장 회의에도 모습을 나타내게 되는데 누구도 그들의 존재를 캐묻지 않는다. 하루키는 루 리드의 〈Original Wrapper〉 프로모션 비디오를 MTV에서 접하고 이 작품의 착상을 얻었다고 기술하고 있다(《무라카미 하루키 전작품 1990~2000》 제1권, 해제).

한편 《춤추는 난쟁이》는 숲에서 혼자 사는 난쟁이 댄서가 코끼리 공장에서 일하는 젊은이인 '나'의 앞에 나타나고 짝사랑하는 여인을 얻기 위해 난쟁이와 계약을 하게 되는 우화적인 이야기다. 난쟁이의 춤은 소름이 돋을 정도로 훌륭해서 보는 사람을 포로로 만든다. 예전에 황제 앞에서 춤을 춘 후에 나라에 혁명이 일어나 황제가 살해되었다는 에피소드가 소개된다. 난쟁이 춤의 불가사의한 힘은 작품 속에서는 다음과 같이 그려진다.

"한마디로 말하면 난쟁이의 춤은 관객의 마음속에 있는, 평상시에는 발휘되지 않으며 그런 것이 있는지 본인조차 깨닫지 못했던 감정을 백일하에(마치 생선의 내장을 빼내듯이) 끄집어낼 수 있었다."

난쟁이는 '나'에게 '몸에 넘쳐흐를 새로운 활력'이 필요하다고 한다. 그래서 난쟁이는 '나'의 몸 안에 들어와 춤을 추는 계약을 한다. 여인을 자신의 것으로 만들 때까지 목소리를 내지 않으면 몸은 다시 되돌려준다. '나'의 패배로 끝나면 '몸은 돌려주지 않는다.' 다행히 '나'는 신화적인 시련에서는 승리를 거두지만 난쟁이는 떠나면서 이런 말을 남긴다. '너는 언젠간 반드시 패배할 것'이라고.

과거의 작품에 그려진 이미지가 맹아가 되거나 혹은 지하에서 소리 없이 흐르다 몇 년이 지나 불쑥 결실을 맺는다. 리틀 피플도 이처럼 무라카미 하루키가 만들어 온 이미지의 계보 속 산물일 것이다.

더 나아가 보면 후카에리는 《공기 번데기》를 '눈먼 산양'이 가르쳐 주었다고 말한다. 그 지점에서 **눈먼 산양**과 잠자는 여인'이 환기하는 먼 메아리를 들을 수도 있고, 또는 《어둠의 저편》에서의 **잠자는 여인** '아사이 에리^{아사에리}'와 '후카에리'의 연관도 발견할 수 있다. 이런 트라이앵글로부터 《어둠의 저편》에서 '아사에리'가 계속 잠을 자는 이상한 밀실이야말로 '공기 번데기'의 원형이었을지 모른다는 추측도 끌어올 수 있다. 그 작품

속에서 에리의 여동생 마리는 언니를 '백설공주'에, 자신을 **산양지기 소녀**'에 빗대고 있다.

이러한 이미지의 연쇄 탐구에 종잡을 수 없이 빠져들 수 있는 것도 하루키 독자들이 누리는 즐거움의 하나다.

난쟁이도 리틀 피플도 《양을 둘러싼 모험》이래 하루키 소설에 반드시라고 할 수 있을 만큼 자주 등장하는 친숙한 표현의 다른 형태다. 묘사 방식은 다채롭지만 의미하는 바는 항상 폭력적으로 인간을 지배하는 그림자의 힘이었다. 그것을 낳는 원천은 인간 마음의 사악한 측면이며, 《양을 쫓는 모험》에서의 '쥐'의 말을 빌리면 '키포인트는 유약함'인 것이다.

인간 세계의 저 깊은 바닥에서 끊임없이 꿈틀대는 악, 이렇게 단어로 표현하면 너무나 심플한 관념을 어떻게 하면 의표를 찌르는 선명한 표상으로 변형시켜 즐거움을 줄까, 사실대로 말하면 하루키 소설의 매력이란 이렇게 변형시키는 '그 다음 방법'을 기다리는 것에 존재한다고 할 수 있다. 항상 수수께끼가 많은 이야기라고 평가 받는 하루키 문학이지만 독자에게 중요한 것은 수수께끼의 답이 아니라 출제되는 수수께끼의 다양한 변환에 있다. 그런 의미에서 리틀 피플은 《세계의 끝과 하드 보일드 원더랜드》의 '야미쿠로' 이래 가장 선명한 수수께끼적인 캐릭터라고 하겠다.

그럼에도 불구하고 《1Q84》에서는 이상하게도 고의적으로 '답'이 준비되어 있다. '선구' 교단 리더가 리틀 피플은 카를 융이 말하는 '그림자'의 일종이라고 설명하는 것이다.

"우리들 인간이 전향前向적인 존재인 것과 마찬가지로 그림자는 비뚤어진 존재다. 우리가 선량하고 뛰어나며 완벽한 인간이 되려고 노력할수록 그림자는 비뚤어지고 파괴적이 되려는 의사를 더욱 분명히 밝힌다. 인간이 스스로의 용량을 뛰어넘어 완전해지려고 할 때 그림자는 지옥으로 내려가 악마가 된다."

하루키가 작품 속에서 융의 이름을 거론하며 '그림자'를 해설한 것은 《1Q84》를 보면서 놀란 점 중의 하나이다. 예를 들면 《태엽감는 새》의 오카다 도루岡田享와 와타야 노보루綿谷昇의 관계는 전형적인 융의 '그림자'라고 생각되지만 이제까지 공식적으로 작가가 융의 영향을 인정한 적은 내가 아는 한 단 한 번도 없었다. 특히 '지옥'과 '악마'라는 노골적인 기독교적 어휘로 이런 설명을 하고 있다는 점도 간과할 수 없다.

이 지점에서 《1Q84》가 막연한 '불특정다수'가 아닌 상당부분 서구의 방문객 독자를 의식하여 쓰여졌다고 느낄 수밖에 없다. 적어도 《1Q84》의 집필 기간 중에 하루키 사무실은 이미 일본 국내보다 국외 수입이 더 많았을 것이라 판단된다. 국내에서의 성공작이 번역되는 상황이 아니라, 무라카미 하루키는 이제

세계가 새로운 작품의 출현을 기다리고 있는 작가가 된 것이다.

이렇게 탄생된 《1Q84》가 《노르웨이의 숲》 이래 일본 국내에서 베스트셀러가 된 점은 근대문학과는 연고가 없는 현대 일본의 '불특정다수'의 파워를 작가에게 새삼 인지시켜준 것임에 틀림없다.

025

나의 리틀 피플

나가에 아키라(永江朗) : 1958년생. 프리랜서 작가. 저서로 《불량을 위한 독서술》《비평의 사정》 등이 있다.

이 원고를 쓰려고 했을 때 인터넷 접속이 불가능해졌다. 그럴 조짐은 전부터 보였다. 이따금 페이지 표시가 많이 늦어지고 접속이 되지 않았다. 하지만 이런 경우도 있겠지라며 대수롭지 않게 생각했다. 목요일에는 상태가 더 안 좋아지더니 금요일 밤에는 거의 연결이 불가능했다. 하룻밤 자고나면 고쳐지지 않을까 해서 그대로 놔두었다. 감기에 걸린 것도 아니라는 생각에 말이다. 토요일에는 학교에 가는 날이었고 더구나 학생들 동아리 활동에 입회해야 해서 컴퓨터를 켜보지도 않고 출근했다. 밤에 돌아와서 메일을 체크해보려 했지만 아예 인터넷 접속이 안됐다.

일요일 아침에 집 안 청소를 끝내놓고 컴퓨터와 주변기기를 점검했다. 모뎀을 놓아둔 책장 구석은 엉켜진 스파게티면 같은 상태였다. 배선을 하나하나 확인했다. 컴퓨터에 이상은 없었다. 무선 랜의 전파도 잘 통했다. 문제는 접속업체일지 모른다. 혹시 도산을 했다면 불가능할 것도 없다. 휴대전화로 접속업체 사이트에 접속했다. 이상 없었다, 도산한 게 아니었다. 문제가 생겼을 때 문의할 수 있는 전화번호를 메모한 후 집전화로 걸었다. 음성 안내에 따라 전화 버튼을 눌렀다. 몇 개의 버튼을 누르고 문제의 원인이 모뎀 고장이라는 사실을 알았다. 깜짝 놀랐다. 컴퓨터를 보지도 않고 전화회선을 사용해서 진단을 할 수 있는 것이다. "모뎀은 2, 3일 후에 도착합니다. 이전 모뎀은 배달원에게 건네주십시오."라며 자동음성 안내는 끝나버렸다. 모뎀의 고장을 알 수 있을 정도니 평상시에 내가 어떤 사이트를 들여다보는지 누구에게 어떤 메일을 보내는지 정도는 빤히 알수 있을 것이다. 약간 불쾌한 느낌이 들었다. 동시에 이런 일에 둔감해져가는 자신에게 더욱 불쾌해졌다.

요즘 집안의 컴퓨터와 관련된 물건이 차례로 망가지고 있다. 지난달에는 무선 랜 카드가 망가져서 접속기기를 교환했다. 2주일 전에는 워드 소프트가 잘 작동되지 않았다. 새로운 워드 소프트는 아직 익숙하지 않다. 그리고 이번에는 모뎀이다.

인터넷에 접속할 수 없게 되자 현재의 내가 얼마나 인터넷과 컴퓨터에 의존했는지를 잘 알 수 있었다. 원고를 컴퓨터로 작성해서 프린트 아웃하고 팩스로 편집자에게 전달했다. 그러고 보니 이 프린터도 반년 전쯤에 새로 산 것이다. 원고를 팩스로 보내다니 10년만의 일이다.

하지만 마음을 졸였던 것은 오히려 편집자였다. 어떤 잡지의 편집자는 어떻게든 파일로 원고를 받고 싶다며 모뎀은 언제 고쳐지느냐고 전화를 걸어왔다. 최근에는 교정원고 대신 PDF를 보내는 경우도 많다. 7월 초에 나올 예정인 책 표지 디자인을 점검하기 위해 편집자가 근처까지 와주었다. 1시간 반 정도 카페에서 잡담을 했다. 인터넷의 등장으로 이런 잡담 시간이 사라져 버린 것이다. 그 외에 심포지엄 요지문 건이나 앙케이트 항목안 등 휴대전화로는 해결할 수 없는 일들이 많이 있었다. 지난주까지는 모두 메일로 처리했는데 말이다.

피씨 방을 이용해야겠다는 생각이 들었다. 너무 늦게 든 생각일지 모르지만 이제까지 가 본 적이 없었기 때문이다. 피씨 방을 찾아볼 생각에 컴퓨터를 켰다가 모뎀이 고장 난 사실을 상기했다(사실 그렇게까지 하지는 않고, 어떻게 해야 찾을 수 있을지 고민했다). 아내가 전화번호부에서 찾아 주었다. 집에서 걸어서 15분 정도 거리의 빌딩 6층에 있었다. 입회비가 2백 엔이었다. 처음 30분은 250엔. 만화를 보는 소년 옆에서 웹메일을 체크하고 몇

통의 답장을 썼다.

　처음 《1Q84》를 읽었을 때 무라카미 하루키가 어째서 1984년을 무대로 했는지 알 수가 없었다. 물론 조지 오웰의 《1984년》(이제 곧 새로운 번역이 하야카와쮀쇼보에서 나온다)과 관계가 있다는 사실은 알았다. 그렇지만 내용은 오웰의 작품과 그다지 연관이 없었다. 거대한 권력에 감시받는 사회라는 점에서는 공통되어 있지만 유명한 소설 제목을 빌려 올만큼 관련성이 있는지 알 수 없었다. 원래 오웰의 《1984년》도 집필한 시기가 1948년이었기에 마지막 두 숫자의 자리를 바꾼 것에 불과하다. 36년 뒤의 미래를 예측한 것이 아니고 일종의 언어유희였던 것이다. 집필한 것은 1948년이지만 발표는 1949년이었으니, 어쩌면 《1994년》이 되었을지 모른다. 하루키의 소설도 내용으로 보면 《1Q94》 내지는 《1QQ4》도 괜찮았을지 모른다. 마쓰모토松本 사린 사건1994년 마쓰모토 시에서 일어난 사린 살포 사건, 사망 8명 −역주의 해로서, 한신아와지阪神淡路 대지진1995년 1월 17일에 일어난 진도 7이상의 대지진으로 관서 지방에 큰 피해를 입혔다. 특히 도심부를 중심으로 많은 피해가 일어났으며 사망자만 해도 6천명 이상이었다 −역주과 지하철 사린 사건의 전 해로서 말이다.

　어쨌든 무라카미 하루키는 1984년을 무대로 한 《1Q84》를 썼다. 일본어로는 1984나 1Q84 모두 '이치 큐 하치 욘'으로 읽지만 외국어로 번역할 때는 어떻게 할지 모르겠다.

1984년은 지금으로부터 25년 전이다. 정확히 사반세기. 부부라면 은혼식 때니 구분하기 좋은 숫자이기는 하다. 그렇지만 옛날이라고 하기에는 너무 가깝고 어제라고 하기에는 너무 먼 어중간한 거리다.

그렇지만 모뎀이 고장 나서 인터넷에 접속할 수 없게 되자, 이 25년이라는 시간이 상당히 차이가 큰 25년이라는 생각이 들었다. 고장이 나서 오히려 다행이었다. 1984년과 현대의 차이는 컴퓨터와 인터넷이 없는 시대와 그것이 있는 시대의 차이다. 만일 1984년 시점에서 세계가 변해서 컴퓨터도 인터넷도 별로 보급이 안 되었다면 우리는 어떤 생활을 보내고 있을까?

책장 구석에서 《사물의 탄생 '현재의 생활' 1960~1990》을 꺼내보았다. 편집은 스이규ㅊᵇ클럽. 의식주 그리고 도구에 대하여 연대별로 큰 토픽을 다루고 있었다. 1980년대의 '의' 에 나오는 것은 콤 데 가르송이나 다케노코 족1979~1984년 사이에 도쿄 요요기공원에서 디스코음악에 맞추어 춤을 추던 주로 십대들을 말함 -역주이나 올리브소녀소녀취향잡지 올리브에서 나온 말로 패션, 라이프스타일에 신경 쓰는 젊은 여성 -역주, 남성의 뜨개질이었다. '식' 은 식품표준성분표의 개정이나 육식의 시시비비, 유사 식품이나 바이오 채소 등이었다. '주' 는 공동주택이나 자가건축 등이 었는데, 모두 수수하다고 해야 할지, 70년대에 비해 극단적인 변화는 없었다. 그렇지만 '도구' 항목은 다르다. 워드프로세서, 패미컴, 레이저디스크, CD, 전자동카메라, 무지루시료힌無印良品, 수제 가구, 시스템 다이어리, 전화카드, 팩시밀리였다. 워드프로세서 전용기기들은 컴퓨터와 워드 소프트로 대체되었고 패미컴은 닌텐도DS나 Wii가 되었다. 레이저디스크는 벌써 모습을 감추었고 DVD에서 블루레이로 이동하려 한다(동영상 전달에 대한 기기가 보급될지도). CD 판매액은 해마다 줄어들고 있으며 음악 소비의 중심은 다운로드가 자리 잡고 있다. 필름식 카메라는 일부 마니아에게만 존속되며 절멸할 위기에 처해 있으며(원고를 쓰고 있는 도중에 코닥이 필름 '코닥 크롬'의 생산을 중지했다는 뉴스를 들었다. 정말 그 발색을 좋아했었는데), 전화카드를 사용할 수 있는 공중전화도 휴대전화에 의해 모습을 감추고 있다. 변하지 않은 것은 무지루시료힌의 수제 가구, 시스템 다이어리(일시적인 붐은 사라졌지만 애용자는 많다. 고급문구점에서 잘 나가는 상품 중 하나. 이렇게 생각해보니 전자수첩, PDA의 단명이 두드러진다), 그리고 팩시밀리정도다.

'여성 지향 경자동차'라는 항목에 가시와기 히로시柏木博의 〈페미니즘과 세컨드 카〉라는 논문이 채록되어 있다. 논문이 처음 나온 것은 1987년의 〈중앙공론〉 3월호였다. 도시생활에서의 세컨드 카, 여성에게는 움직이는 개인 공간을 의미한다. 아오마메가 탔던 택시가 수도고속도로의 정체에 갇혀 있을 때, 젊은 어머니가 핸들을 잡고 어린 아이는 지루한 표정으로 좌석 위에 서서 돌아다니고 있었다.

《1Q84》는 1984년에 있는 덴고가 후카에리의 소설 《공기 번데기》를 리라이팅함으로써 —Q八四년(이렇게 표기하는 것은 조금 이상한가? 여기에서만은 1Q84년이라고 해야 할까, 하긴 아큐^{阿Q}라는 표기도 있으니) 세계의 뚜껑을 열어버리는데, 그 때 워드프로세서가 등장한다. 후카에리의 서툰 소설은 워드프로세서로 작성되어 있으며 리라이팅을 부추기는 편집자 고마쓰는 덴고에게 워드프로세서부터 구매할 것을 종용한다.

"덴고 군, 워프로^{워드프로세서} 갖고 있나?"라며 전화를 건 고마쓰는 인사도 생략한 채 덴고에게 묻는다(그다지 상관없는 일이기는 하지만 아무리 친한 편집자라 해도 '덴고 군'이라고 부르지는 않는다. 무라카미 하루키에게는 편집자에게 '하루키 군'이라고 불렸던 적이 있는 걸까? 이제껏 작가를 성을 뺀 이름으로 그것도 '군'을 붙여 부르는 편집자를 만나 본 적은 없었다). 덴고는 "물론 없습니다" "자랑은 아니지만 그런 걸 소유할 여유는 없습니다"라고 대답하면서도 "컴퓨터든 워드프로세서든 있으면 사용할 수 있습니다"라고 한다(컴퓨터 표기법이 바뀐 것은 또 언제일까?^{이전 표기는 コンピュータ-였으나 요즘은 마지막 장음 표시(-)를 하지 않는다 -역주}). 이 대화에서 고마쓰는 '워프로'라고 줄

여 쓰는 것에 비해 덴고는 일관되게 '워드프로세서'라고 말한다. 결국 고마쓰가 비용을 부담한다는 약속 하에 덴고는 신주쿠에서 후지쓰 워드프로세서를 사서 《공기 번데기》리라이팅을 시작한다.

최초의 일본어 워드프로세서인 도시바JW-10이 발매된 것은 1978년이다. 가격은 630만 엔이었다. 《사물의 탄생 '현재의 생활'》에 실려 있는 사진을 보니 신주쿠에서 간단하게 살 수 있는 물건이 아니다. 사무책상으로나 보이는 것에 큰 키보드와 조그만 모니터(물론 브라운관식)가 붙어 있었다. 그랬던 것이 불과 6년 만에 현재의 15인치 노트북 두 배 정도의 크기로 작아졌다.

내가 처음 구입한 워드프로세서는 덴고보다 조금 이후일 것 같다. 도시바의 르포였다. 구입을 결정한 것은 액정모니터에 표시할 수 있는 글자수가 40자 4행으로 160자까지 늘어났기 때문이었다. 이 정도면 20자 10행의 원고용지와 큰 차이가 없다고 생각했다. 그 사이 워드프로세서의 진화는 놀라웠다. 나는 그동안 워드프로세서를 세 번 바꾸었고, 90년대 즈음부터는 컴퓨터로 전환했다. 컴퓨터는 이제까지 몇 대를 바꾸었는지 생각도 나지 않는다. 처음에는 맥98, 다음에는 도스, 윈도즈를 함께 썼기에 합하면 상당한 대수가 될 것이다(지금도 다섯 대를 쓰는데 모뎀이 망가져서 인터넷 접속조차 안 된다니……).

처음에 후카에리가 쓴 《공기 번데기》도 덴고의 리라이팅도 워드프로세서로 작성되었지만, 1984년 문예지 신인상 응모작에 워드프로세서로 작성된 원고는 과연 얼마나 있었을까? 1984년 으로부터 몇 년 뒤인가에 인터뷰했던 한 작가가 1980년대 후반 에 어느 신인상으로 데뷔했을 때의 일을 말해준 적이 있다. 응 모할 때는 일단 워드프로세서로 썼던 원고도 손으로 다시 옮겨 써서 보냈다고 말했다. 업계사정에 밝은 한 나이 많은 지인이 그렇게 하는 것이 심사위원에게 좋은 인상을 받는다고 충고해 줬다는 이야기였다. 아직은 '워드프로세서를 사용하면 문체가 변한다' 거나 '워드프로세서 문자는 차가운 느낌이 든다' 고 말 하던 시대였던 것이다.

CD플레이어와 비디오를 샀던 것은 분명 1985년 즈음이었고 팩시밀리는 1989년이었다. 아오마메가 지유가오카의 레코드가 게에서 구매한 야나체크의 〈신포니에타〉는 CD가 아니라 LP레 코드다. 내친 김에 덧붙이면 내가 처음으로 구매한 CD플레이어 는 그 당시 지유가오카에 있던 오디오전문점에서 샀는데, 지금 은 그곳이 이탈리아 레스토랑이 되었다.

인터넷이 아닌 컴퓨터 통신을 사용하기 시작한 것은 1990년 경이었다. 내 개인 생활을 중심으로 되돌아보더라도 1984년 즈 음은 이른바 생활이 컴퓨터화되어가는 전환점이었다. 텔레비전

게임을 전혀 하지 않기 때문에 잘은 모르겠지만, 패미컴이 발매된 것은 1983년이다.

1984년은 어떤 해였을까?

2월에 소련 공산당 서기장 안드로포프가 죽고, 후임으로 체르넨코가 뒤를 이었다. 5월에 소련은 로스앤젤레스 올림픽 보이콧을 발표한다. 7년 후에 소련이 소멸할 것이라는 사실은 아무도 예상하지 못했다.

3월에 일어난 것은 글리코 모리나가 사건^{식품회사를 대상으로 한 협박사건,} ^{미해결 사건 -역주}이다. 이전에 사건과 연고가 있는 지역을 방문했던 적이 있다. 에자키^{江崎} 사장이 납치 감금된 창고의 흔적과 범인 일당이 현금과 맞바꾸는 장소로 지정한 패밀리 레스토랑, 고속도로의 버스 정류장, 협박문에 사용한 종이를 구입한 문구점 등을 보며 돌아다녔다. 이 사건이 단순한 금품을 노린 유괴나 공갈이 아니라는 사실을 강하게 느꼈다. 다카무라 가오루^{高村薫}의 《레디 조커》^{마이니치 신문사, 1997년}는 이 사건을 모델로 한 장편 소설인데, 상당히 시사하는 바가 좋았다(무대는 도쿄로 옮겨져 있다).

국철재건 관리위원회가 분할되어 민영화를 제시한 것은 8월이었다. 전매공사가 민영화되었다. 전매공사의 민영화는 물론, 국철의 분할 민영화는 전후 최악의 어리석은 정책이었다고 생각한다. 이로써 지방의 생활은 갈기갈기 찢어졌다. 적자를 이유로 로컬선이 폐쇄되고 자동차 중심사회가 되었다. 대도시와 지방의 생활격차가 더욱 확대되었다.

그 전 해인 1983년에는 세븐일레븐이 POS를 전 점포에 설치했다. POS란 컴퓨터에 연결되어 판매정보(언제, 무엇이, 몇 개 팔렸는지)를 리얼 타임으로 파악할 수 있는 계산대다. '누가'(예를 들면 성별이나 연령 등)를 기록할 수도 있다. 현재는 POS를 사용한 단품관리 시스템이 소매업의 상당 부분까지 침투되어 있다. 마치 빅 브라더와 같은 느낌이다.

레이건이 소련을 '악의 제국' 이라 부르며 스타워즈 계획을 발표한 것도 1983년이다. 부시 주니어는 레이건의 열등화된 복제품이었을 뿐이다. 필리핀의 아키노 상원의원이 마닐라 공항에서 암살된 것은 1983년 8월이다.

1984년 다음 해인 1985년은 노동자파견사업법이 성립된 해다. 기업이 노동자를 구미에 맞게 고용할 수 있는 사회가 시작되었다. 교통사고를 당한 가와자키川崎시의 초등학생이 여호와의 증인 신자인 부모의 수혈 거부로 죽은 것은 1985년이었다.

아사다 아키라淺田彰의 《구조와 힘》게이소(勁草) 쇼보, 나카자와 신이치中澤新一의 《티베트의 모차르트》세리카 쇼보가 나온 것이 1983년이다. 뉴 아카데미즘이 시작되었다. 푸코와 들뢰즈, 데리다, 라캉, 보들레르, 크리스테바가 붐을 이루었고 메를로 폰티와 바르트도 인기였지만 내가 좋아했던 아도르노나 벤야민은 그다지 인기를 끌지는 못했다. 1984년은 아사다 아키라, 이토 도시하루^{伊藤俊治}, 요모타 이누히코^{四方田犬彦}가 편집한 《GS》가 창간되었다. 요시모토 다카아키의 《매스 이미지론》이나 와타나베 가즈히로^{渡辺和博}의 《금혼권^{金魂巻}》도 1984년이다.

나카모리 아키오^{中森明夫}가 《만화 브릿코》연재 칼럼에서 '오타쿠'라는 말을 사용한 것은 분명 1983년이었다. 편집장이었던 오쓰카 에이지^{大塚英志}가 심하게 반발했었다. 유소녀 연속유괴 살해사건=미야자키^{宮崎}사건이 일어난 것은 1989년이었다.

하라 히로유키^{原宏之}는 《거품문화론》^{2006년}에서 "1984년부터 86년간에 전후와 포스트 전후의 단절이 생기며 86년에서 88년에 일본의 사회가 문화적 거품기로 이행한다"라는 견해를 보여주었다. 단절기의 중심은 85년이다. 쓰쿠바 과학만국박람회 개최, 소련의 고르바초프 등장, 한신 타이거즈의 우승, 세이칸^{青函}터널

^{혼슈의 아오모리(青森)와 홋카이도를 연결하는 해저 철도 터널. 세계 최장 -역주} 개통, 전전공사민영화, 일본항공 점보기 추락, 전후 최초의 현역 수상의 야스쿠니 신사 참배, 나카소네 야스히로^{中曾根康弘} · 다케시타 노보루^{竹下登}의 창정회^{創政會, 후에 경세회(經世會)} 설립 등을 하라 히로유키는 열거하고 있다. 그리고 무엇보다 플라자 합의. 엔고가 일시에 진전되어 일본은 거품기로 돌입해 간다. 《1Q84》는 그런 시대의 이야기다.

수요일 오후에 새로운 모뎀이 도착했다. 이제까지 세 개의 파트로 나뉘어져 있던 것을 한 개로 통합했다. 코드는 줄어들고 설정도 간단해졌다. 8년간의 진보는 대단하다.

인터넷에 연결되면 작업효율은 극단적으로 떨어진다. '올라간다' 라고 써야할 것을 잘 못 쓴 것이 아니다. 메일이 신경 쓰여서 걸핏하면 들여다보고, 알고 싶은 사항이 있으면 금세 구글을 가동한다. 신문사나 잡지 사이트도 순회하게 된다. 이 원고를 빨리 마무리해야 하는 데도 말이다. NDL-OPAC^{일본국립국회도서관 사이트 -역주}에 접속해서 이 원고에서 다루었던 책의 출판년도나 출판사명을 확인할 때마다 다른 사항이 걸려서 또 검색을 하게 된다. 내가 있기에 리틀 피플은 바로 여기에 존재한다.

026

'공기 번데기'와 포스의
암흑면을 둘러싼 고찰

하야미즈 겐로(速水健郎) : 1973년생. 프리랜서 작가. 저서로
《자기탐색을 멈출 수 없다》《휴대전화 소설적》 등이 있다.

반 컬트 소설이 아닌 《1Q84》

《1Q84》가 발매되기 나흘 전에 창단된 행복실현당의 홍보 연
설이 확성기를 통해 흘러 들어오는 방에서 책 읽기를 다 마쳤다.

작가가 지하철 사린사건 피해자들의 목소리를 담은 《언더그
라운드》를 집필했다는 사실과 옴진리교 재판을 방청했다는 사
전정보에서 유추하여 이번 작품이 반 컬트적 소설이 될 것이라
고 예상했다. 실제로 《1Q84》에는 야마기시회, 여호와의 증인,
옴진리교를 모델로 한 단체가 등장한다. 또한 그 단체에 단카이
세대전후 1947~49년 사이에 태어난 베이비 붐 세대 -역주가 짊어진 학생운동적인 것
을 연결시키고 전후사를 총괄하는 내용이 될 거라고 예측할 수

있었다.

하지만 결론부터 말하면 그런 예상은 빗나갔다. 조지 오웰의 《1984년》을 관리사회, 감시국가화하는 당시 사회상황에 대한 비판으로 읽을 수 있는 데 반해, 《1Q84》는 영적인 단체나 컬트, 어떤 종류의 원리주의 등이 횡행하는 현대에 대한 비판으로 읽을 수가 없다. 반 빙하기 소설이 성립될 수 없었던 것처럼 《1Q84》도 반 컬트 소설로서 성립할 수 없었다.

《1Q84》에 등장하는 컬트 집단 '선구'(옴진리교와 연합적군을 합친 키메라chimera적인 조직)의 '리더'는 열 살 소녀를 범하는 극악무도한 교조다. 그 '리더'를 살해하기 위해 찾아온 것은 아오마메인데, '리더'가 '리틀 피플'이라는 실체 없는 무엇인가의 대리인일 뿐 자신의 의사로 소녀를 범한 것이 아니라는 사실을 알고 그를 살해할 이유를 잃어버린다.

그리고 '리더'는 말로써 그녀를 회유한다. "중요한 건 유동적인 선과 악의 균형을 유지하는 것이다. 어느 쪽으로 치우쳐버리면, 현실의 모럴을 유지하기가 힘들어진다. 그렇다, **균형 그 자체가 선이다**"라고 말이다.

이 장면은 마치 영화 〈스타워즈〉에서 다스 베이더가 자신을 쓰러뜨리러 온 루크 스카이워커에게 '포스'를 설명해주는 장면 같다. 다스 베이더는 포스의 균형을 가져오는 자로서 제다이의 기사가 되는데, 지나친 강력함을 추구한 나머지 균형을 허물어 잃고 암흑면으로 몰락해 버린다.

포스에 균형을 가져다주는 자

이 소설은 처음부터 끝까지 포스의 균형 유지를 목적으로 집필되어 있다. 무엇보다 균형은 소설의 구조에서부터 나타나고 있다. 홀수 장의 아오마메와 짝수 장의 덴고가 BOOK1, BOOK2 모두 24장씩으로, 24장이 동일하고도 균등하게 형성되었다는 점, 즉 바흐의 《평균율 클라비어곡집》과 동일한 구조로 쓰였다는 점은 작품 속에서도 암시적으로 제시된다. "12음계 모두를 균등하게 사용하여 장조와 단조로 각각 전주곡과 푸가로 이루어져 있다. 전부 24곡. 제1권과 2권을 합쳐 48곡. 완전한 사이클이 그곳에서 형성된다"라고.

소설의 이야기 전개는 단조와 장조가 연주되는 것처럼 리틀 피플과 반 리틀 피플이 서로 대치하는 형태로 묘사된다. 조금 더 구체적으로 말하면 그 대립이란 후카에리가 리틀 피플을 이 세계에 받아 들여 후카에리(의 '도터')가 교단의 '리더'와 접합하고 후카에리가 집을 나오는 것에서 시작된다. 후카에리는 보호해준 '선생님'의 지혜를 구사하여 리틀 피플을 세상에 '소설'로서 알릴 책략을 세운다. 그것을 저지하려는 리틀 피플은 덴고의 연인인 유부녀 야스다 교코와 편집자 고마쓰를 무대에서 퇴장시키며 방해를 한다.

리틀 피플이란 직접 손을 쓰는 군사력, 폭력은 아니지만 제다이의 기사처럼 잃어버린 선과 악의 균형을 되찾으려는 반작용으로서 세상에 나타난 것이다.

덴고와 아오마메의 관계는 ‘마더’와 ‘도터’다

이야기의 종반에 후카에리(후카에리의 ‘도터’?)와 성교를 한 덴고는 며칠 후 입원한 아버지의 침상에서 ‘공기 번데기’를 발견한다. 덴고는 그 ‘공기 번데기’가 자신의 것, 즉 그 안에는 자신의 ‘도터’가 들어 있다는 사실을 알고 있다. 그렇지만 실제로 그 공기 번데기 속에 있는 것은 자신이 아니라 ‘아름다운 열 살의 소녀’인 아오마메의 ‘도터’였다.

‘도터’란 ‘마더실체의 마음의 그림자’라고 한다. 즉 분신이다. 덴고의 ‘도터분신’가 들어 있을 ‘공기 번데기’에 아오마메가 들어 있다는 사실은 아오마메가 덴고의 ‘도터’라는 사실을 나타낸다.

아오마메가 살아가는 ‘1Q84’의 세계란 덴고가 쓰는 소설 속 세계다. 그것은 작품속에서 거듭 제시된다(‘두 개의 달’이 나오는 장면으로 대표되는 것처럼). 아오마메가 덴고의 분신이라는, '공기 번데기'가 보여주는 사실은 이 두 사람의 '소설가'와 '소설의 등장인물'의 관계성을 새삼 제시하는 것이라고 파악할 수 있다

이것이 단순히 '소설이란 작가의 분신이다'라고 받아들이는 것인지는 확실치 않다. 그렇지만 '공기 번데기' '도터' '마더' '퍼시버' '리시버'라는 수수께끼가 많은 단어군들이 소설 생성에 관련된 그 무엇인가를 설명해주는 것이라 예측할 수 있다.

'공기 번데기'가 부화하는 열흘간

《1Q84》는 리틀 피플과 반 리틀 피플 간의 세력 다툼에 관한 이야기임과 동시에 '구전문예'와 '기술된 소설'을 둘러싼 싸움 이기도 하다.

'공기 번데기'라는 소설을 문자가 아닌 구두로 들려준(아자미에게 기술하게 한) 후카에리는 디스렉시아^{난독증, 실독증, 식자장해라고도 하는 학습장해의 일종}다.

"길랴크인은 사할린에 살며 아이누족이나 아메리카 인디언처럼 문자를 가지고 있지 않아요. 기록도 남기지 않아요. 나도 마찬가 지." (후카에리)

‘열흘간’ 소설의 리라이팅 작업을 하는 도중에 덴고는 이 이야기가 후카에리의 구술내용을 받아 적은 것이라는 사실을 알게 된다. 그리고 자신의 작업이 사기 행위가 아니라 《고지키古事記, p.87의 역주 참조》나 《헤이케 이야기》같은 구전문학과 마찬가지다’라는 사실을 알게 된다. ‘문자’를 가지지 않은 후카에리와 그것을 텍스트로 정착시킨 덴고. 이 두 사람의 관계는 ‘퍼시버와 리시버’ 관계다.

그런데 ‘열흘간’이란 덴고가 ‘공기 번데기’라는 소설을 리라이팅하는데 부여된 시간이다. 그리고 리틀 피플이 ‘공기 번데기’를 만드는데 필요한 시간도 마찬가지로 ‘열흘간’이다. 그렇다면 ‘공기 번데기’ = ‘소설을 쓰는 작업’이라고 바꿔 읽을 수 있다. ‘공기 번데기’ = ‘소설을 쓰는 작업’이라고 하면 그곳에서 태어나는 ‘도터’는 소설이다.

‘공기 번데기’라는 소설 속 소설을 가진 《1Q84》는 ‘구전된 이야기를 문자로 정착시키는 것’ ‘소설을 쓴다는 것’ ‘소설이라는 것의 역할’을 묻는 작업을 이야기 속에 이중삼중으로 내포하고 있는 ‘다중 메타 소설’이다.

후카에리(분명 ‘도터’)와 성교를 가진 덴고는 필시 죽은 ‘리더’의 후계자로서 ‘소리를 듣는 자=고대의 왕으로 비유되는권력자’자리에 앉게 되었을 것이다. ‘리틀 피플은 이제 소란을 피우지 않아' 라는 후카에리의 말은 리틀 피플이 덴고를 새로운 '소리를 듣는 자' 로 선택했음을 의미한다고 받아들일 수 있다.

이야기를 텍스트로서 정착시킨 '리시버' 인 덴고는 권력자의 역할을 담당한다. 이 구도는 "모든 권력이 발생하는 장소가 문서보관고다"라는 미셸 푸코의 관심과 연결되는 것으로 읽을 수 있다.

이야기를 텍스트로서 정착시킨다는 것

이야기를 텍스트로 정착시키는 것에 대한 관심은 《1Q84》의 의미심장한 종반부 기술에서도 읽을 수 있다.

덴고가 집으로 돌어가자 후카에리는 덴고의 책상 앞에 앉아 작은 포켓나이프로 열심히 연필을 깎고 있었다. 덴고는 항상 열 자루 정도의 연필을 필통에 꽂아 두었는데 그 숫자가 스무 자루 정도로 불어나 있었다. 그녀는 감탄할 정도로 깨끗이 그 연필을 깎고 있었다.

'기록도 남기지 않는다' 라는 후카에리가 연필을 깎을 필요는 어디에 있을까? 사실 그녀는 지쿠라 요양소에서 전화로 전해진 번호를 적지 않고 기억한다. 손에는 연필을 들고 있었겠지만 관계없이 말이다.

또 다른 장면. 이야기에는 두 번밖에 등장하지 않지만 고유명사를 부여받은 간호사 오무라*#와 관련된 부분에 텍스트 기술에 관한 묘사가 등장한다.

그녀의 머리에는 왜 그런지 볼펜이 꽂혀 있지 않았다. 볼펜은 어디로 갔을까? 그것이 왠지 마음에 무척 걸렸다.

오무라 간호사는 덴고 아버지의 담당간호사다. 노쇠한 상태에 있는 환자의 병상에 주의를 기울이며 경과를 관찰하는 것이 이 간호사의 업무일 것이다. 볼펜으로 진료상황을 기록하는 것이 이 간호사의 업무이다. 그런데 볼펜이 없다는 사실은 무엇을 의미하는가? 간접적으로 아버지의 죽음을 묘사하는 것이다. 아버지는 이미 병상 기록이 필요 없는 존재가 돼버렸다. 더 이상 텍스트로 기록될 필요가 없는 자=죽음이 된다. 텍스트를 남기는 것은 사람의 생사를 결정하는 권력을 가진 것이다. 이것 또한 소설 속에서 이루어지는 소설론처럼 생각된다.

'탈것'의 비유와 '목소리를 듣는 것'의 정체

이 소설 속에는 몇 번 '유전자' '탈것'이라는 단어가 등장한다. "인간이란 결국 유전자에게는 단순한 탈것캐리어이고 지나가는 길에 불과합니다"라는 말은 버드나무 저택의 노부인이 아오마메에게 '역사'에 대해 말하는 장면의 대사다. 또한 "그들은 말이 쓰러지면 다른 말로 바꿔 타듯 세대에서 세대로 우리를 바꿔 타며 나아갑니다. 그리고 유전자는 무엇이 선이고 무엇이 악인지 생각하지 않지요. 우리들이 행복해질지 불행해질지는 그들이 알 바 아니고요. 우리들은 그저 수단에 불과하니까요"라며 말을 잇는다.

마지막 장면 즈음에 갑자기 덴고가 그 동안 증오했던 아버지를 용서하는 장면이 나온다. 이것은 덴고가 아버지의 존재를 용서한 것이 아니라 '유전자'를 실어 나르는 '탈것'으로서의 역할이 사람들에게 부여된 것이라는 점을 알게 되는 부분으로 느껴진다.

여기에서 '유전자'와 '탈것'이 소설의 메타포로서 등장한다는 점을 알아야만 할 것이다. 소설도 또한 이야기라는 '유전자'의 탈것에 불과하다. '역사'는 이야기로서 구두로 전달되며 텍스트로 정착된 순간 권력을 내포하는 것이다.

소설은 어떻게 얽혀서 번데기를 거쳐 '도터'로서 태어나는 것일까? 《1Q84》는 '소설'에 대해 자기언급적으로 거듭 탄생된 이야기다. 리틀 피플이 관리하는 것=권력과, 텍스트 사이의 균형을 잡기 위한 도구로서 소설이 존재한다. 그리고 소설 자체는 '이야기'를 다음 세대에 전달해주는 '탈것'이다. 리틀 피플과 그들의 시소게임은 아득한 역사를 뛰어넘어 이루어져 온 것이다.

마지막으로 이 소설 속에서 '목소리를 듣는 자'라는 말에 대해 잠시 언급해두고 싶다. '리더'는 프레이저의 《황금가지편》을 인용하여 "그 시대의 왕이란 사람들의 대표로서 '목소리를 듣는 자'였기 때문이지. 그런 자들은 자진해서 그들과 우리를 연결하는 회로가 되었다"고 한다. 이 기술도 역시 소설가라는 존재를 둘러싼 자기언급으로 느껴진다.

《1Q84》라는 텍스트로부터 시선을 돌려보면, 하루키는 옴진리교 사건의 피해자를 취재하여 그들의 말을 청취하고 다큐멘터리인 《언더그라운드》를 썼다. 거기서 소설가의 역할은 보통 사람들의 '목소리를 듣는 것'이며 이를 소설가의 말이 아니라 살아 있는 말로 전하는 것이었다고 했다. 《언더그라운드》라는 작품을 거치면서 소설가의 역할을 깊이 생각할 기회가 있었을 것이다.

완벽한 문장 같은 건 존재하지 않아. 완벽한 절망이 존재하지 않는 것처럼 말야.

(《바람의 노래를 들어라》에서)

군이 떠올려보지 않아도 무라카미 하루키는 데뷔작 첫머리 첫 번째 줄부터 소설에 대한 자기언급을 한 소설가다. 《1Q84》의 이야기가 연결될 그 다음이 있다고 하면 평균율 클라비어곡집에는 존재하지 않는 제3집=《BOOK3》이 아니라 이 데뷔작의 첫머리일 것이다.

027

병행세계와 난쟁이들

반복강박을 둘러싸고

히라이 겐(平井玄) : 1952년생. 음악평론 등. 저서로 《갈라진 목소리》《미키마우스의 프롤레타리아 선언》 등이 있다.

무라카미 하루키와 20세기 신좌익

나는 베스트셀러를 읽지 않는다. 그런 사람들이 흔하겠지만, 남들보다 조금 더 적극적으로 기피한다. 이런 나의 행동은 베스트셀러를 읽는 사람들의 세계라고 할 수 있는 독서공동체, 조금 더 과장되게 말하면 이 '세계'로부터 항상 반 발자국쯤 벗어나 있겠다는 부질없는 욕망의 발로다.

결국 나는 훨씬 이전부터 패럴렐 월드의 주인이었던 것이다. 신주쿠 니초메에서도, 야마타니山谷 나미다바시涙橋 다리에서도 달은 항상 세 개 쯤 떠 있었다. 내게는 이쪽 세상이 더 리얼하다. 그래서인지 무라카미 하루키의 소설은 한동안 잘 이해하지 못

했다. 말끔하게 닦인 아주 깨끗한 금붕어 항아리 속 세계를 보는 것 같은 기분이었다. 다의적인 메타포가 소용돌이 치고, 어떻게든 해석 가능하게 쓰려는 의지와 적극적으로 그렇게 담아내려 한 점은 보이지만 대단히 미적지근한 느낌이었다. 팝을 들으며 자라난 인간들은 벌써 팝에 질려 버렸으니 '격화소양隔靴搔癢, 신발 신고 발바닥을 긁는 형국 -역주' 이었다. 가려워서 참을 수가 없었다. 하지만 카프카의 소설은 가려운 곳에 손이 닿았다. 풍자allegory는 철저히 리얼하게 써야 한다. 그럴수록 심층의 의미세계가 농밀해지는 것이다.

　어쨌든 《1Q84》를 보며 느낀 점은 무라카미 하루키가 20세기 신좌익 체험에 의외로 깊게 빠져들어 있다는 점이었다. 누구나 '선구' 가 옴진리교라는 사실을 알 수 있다. 하지만 그 사이비집단은 신좌익의 '외전外傳' 외 불과했다. 아오마메와 텐고의 '순애 보이야기' 를 만들어내는 학생시절의 '따돌림' 체험도, 1970년대 이후 '소년문제' 부류의 시사도 모두 외사外史나 열전의 작은 삽화처럼 비춰진다. '리더' 의 조형은 마오이스트로서 야마기시회에 들어갔던 니지마 아쓰요시新島淳良에 나카자와 신이치中澤新一를 합치고 쓰무라 다카시津村喬라는 양념을 가미해 만들어졌으며, '여명' 은 잔뜩 무장을 한 마오이스트파를 연상케 할 뿐 아니라, 60년대 말부터 신좌익 전체가 급격히 '마오이스트' 화된 사실을 떠올리게 한다.

　물론 연합적군의 일각을 형성한 '게이힌京浜안보공투'는 그보다 더욱 오래 된 50년대 공산당 중국파의 흐름이었지만, 알튀세르가 에콜 노르말에서 '은밀한 마오파'가 된 것처럼 어제까지 마르쿠제나 벤야민을 읽던 사람이 마오이스트가 되었다. 현대음악의 루이지 노노, 코넬리우스 카듀가 그랬던 것처럼 말이다. 70년대 초에 유럽에서 돌아온 다카하지 유지高橋悠治, 1938~. 작곡가 겸 피아니스트로 피아노와 컴퓨터로 즉흥연주를 하거나 일본의 전통악기로 작곡을 하는 등 독창적인 음악활동을 펴고 있다. 1978년에는 태국의 저항가를 일본에 소개하기 위해 '스이규(水牛)악단'을 조직하여 아시아의 음악을 소개하고 있다 -역주는 갑자기 모택동의 '문예강화'+브레히트적인 지식인 비판을 개시하였고 더 나아가 피아노를 버리고 문혁파가 주창한 토법土法기술중국공산당의 제철법과 유사한 방법론을 가진 밴드 '스이규水牛악단'을 시작했다. 그리고 당파를 싫어하는 논섹트 집단分派주의를 반대하는 집단 -역주이 연대하여 쓰무라 다카시가 프랑스를 경유해 들여온 마오이즘의 영향을 받아 'DIC'destruction is construction이라는 그룹을 탄생시킨다. 산리즈카三里塚, 나리타공항으로 편입이 결정된 지명. 이곳을 중심으로 공항 건설 반대투쟁이 거세게 일어났었다 -역주는 신좌익의 꽃이 만발한 토지였다. 더 나아가 고다르와 아다치 마사오足立正生, 영화감독, 좌익운동가 -역주의 영상=보도론, 문혁의 벽신문+하트 필드 취향의 기무라 쓰네히사木村恒久, 그래픽 디자이너, 도쿄 조형대 객원교수 -역주에 의한 포토몽타주 등 그 예를 들자면 끝이 없다.

　이와 같은 저류에서 야마구치 겐지山口健二는 아나키스트인 레볼트사와 함께 모택동파 ML동맹을 조직하여 동아시아 반일 무장전선을 만들어내는 한편, 해체된 ML 멤버를 중심으로 70년대에는 지방으로 흩어져서 자급자족의 코뮌을 만들었다. 최근에 알려진 사실에 의하면, 이 사람들이 '무장투쟁파'와 '공동체파'로 나뉘어졌다는 것이다. 이런 점이 소설의 플롯과 흡사하다.

여러 개의 병행세계

　《1Q84》를 읽고 떠오른 것은 바로 이와 같은 흐름이었다. 결국 60년대의 가능성이 '종말론을 몰고 가는 무장 섹트'나 '밀폐된 코뮌주의'로 분기되어 양자가 모두 붕괴되어 가는 길을 걸은 것이다. 이는 전 세계적으로 일어난 일이었다. 무라카미 하루키는 《세계의 끝과 하드보일드 원더랜드》를 비롯하여, 오랜 기간 동안 출구 없는 폐쇄 지역에 갇혀 왔던 것이다. 그 반복강박의 호흡곤란이 탈출을 희구하며 '패럴렐 월드'를 외친다. 그렇지만 레이 브레드베리가 《화성연대기》에서 묘사한 것과 유사한, 사이키델릭한 우수가 필연적으로 감돌게 되어 있다. 붕괴된 '신좌익의 이야기'가 피할 수 없는 숙명처럼 울려 퍼진다. 그럼으로써 라캉의 알파와 같은 종교성이 모습을 드러내게 된다.

하지만 '연합적군사건'^{1971~72년에 일어난 연합적군에 의한 일련의 사건. 연합적군은 '세계 동시 혁명'을 주창하는 적군파와 '일국 혁명'론을 가진 게이힌안보공투가 연합하여 만들어진 군사조직이다. 경찰과 대치한 인질극으로 경찰 2명, 민간인 1명이 사망하였다 ―역주}은 십자가가 아니다. 그저 '사고'였다. 분명 비참한 사고였다. 들뢰즈에게 물어보면 필시 이렇게 대답할 것이다. 그것을 '숙명'으로 만든 것은 고토다 마사하루^{後藤田正晴, 정치가, 경찰관료 ―역주}와 삿사 아쓰유키^{佐佐淳行, 경찰관료, 평론가 ―역주}를 고용한 윗사람들이라고 말이다. 예수의 십자가형도 이른바 사고였다. 그것을 인류의 숙명으로 만든 것은 사도 바울의 편지다. 예수는 빌라도의 군대를 벗어나 알렉산드리아로 도망쳤으면 문제없었을 것이다.

그러므로 이 세계로부터의 출구인 '패럴렐 월드'는 현실에 존재한다. 예를 들면 70년대의 이탈리아는 10년 동안 '1968년'이 지속되었다. 바로 '패럴렐 월드'였다. 이윽고 그곳으로 오게 된 가타리나 네그리를 안내인으로 삼아, 다른 세계에 촉발된 들뢰즈나 푸코가 '현대사상'의 지평을 개척한다. 1980년에 일어난 한국 광주의 민중봉기 공간도 마찬가지일 것이다. 현재의 패럴렐 월드는 남미인 것 같다. 사파티스타 민족해방군의 치아파스주^州 뿐만 아니라 히로세 준^{廣瀬純}이 매개한 아르헨티나를 비롯해 많은 사회적 실험이 분출하고 있다. 이와 같이 중심 세계에서 벗어난 곳에 또 다른 병행세계가 탄생하며, 그것이 사상이나 운동, 예술에 지대하게 큰 영향을 미치고 있다. 언제나 ‘패럴렐 월드’는 존재한다. 아마도 완전히 사라져 버리는 일은 없을 것이다.

그래서 달이 두 개, 세 개 있다고 느낄 때가 있다. 그 이유는 내 자신이 ‘60년대 신주쿠’라는 ‘병행세계’의 주인이었기 때문이다. 그곳에는 유대교 초정통파가 말하는 ‘종말을 추진하는’ 즉 ‘험해질수록 세계는 구제에 가까워진다’는 ‘무장종말론자’가 출몰하는 장소도 아니었으며, 성역화된 멤버들에 의한 ‘무균 공동체’도 아니었다. 2천명의 데모로 ‘갈라파고스 섬’이라 불렸던 70년대의 교토나, 미쓰 다케시見津毅의 반 천황제 개인공투 ‘가을의 폭풍’이나, ‘VOL’지誌의 사카이 다카시酒井隆史를 길러낸 80년대 와세다 일대도 마찬가지였겠지만, 터무니없이 개방적인 교통의 공간이었다. 그런 장소를 뛰어 돌아다니는 사이에 나 자신이 ‘걸어 다니는 병행세계’가 되어 버렸다.

《1Q84》에서 흥미로웠던 점은 ‘공기 번데기’가 괴수영화 《모스라》를 연상시켰다는 점이다. 방사능 괴수가 거리를 전부 파괴하는 《고질라》보다 남쪽에서 날아온 누에가 도쿄타워에 거대한 고치를 만들어 버리는 《모스라》에서 묘한 이매지네이션을 자극받았다. 지금 생각해보면 총이 아닌 부드러운 비단실로 지배적인 발신 기지를 구축하려는 시도였다.

최근의 마이너한 유럽영화를 보면, 60~70년대 신좌익이나 히피의 자녀들을 그린 영화가 상당수 존재한다. 과거에 봤던 독일 영화가 지금도 기억난다. 코뮌에 있는 어머니가 아침부터 발라드를 들으며 춤을 춘다. 아버지가 누구인지 모르는 아이는 서른 살이 되자 성적으로도 정치적으로도 뒤틀려 가게 된다. 네오나치가 될 것 같은 느낌이었지만 그래도 마지막에는 반反 글로벌리즘世界化을 표방하는 무리 속으로 들어간다. 그 흔들림을 세심하게 그려낸 가작이었다.

이렇게 변경alter된 세계성 속에 《1Q84》를 도입해보면, 죽음에 이끌린 사람 밖에 등장하지 않는다는 점이 보인다. 신좌익적인 종말론의 반복강박에 무라카미 하루키는 속박되어 있다. 그레이버가 말하는 '혁명관의 인식론적 전환'이 필요할 것 같다. 액막이라도 하고 싶은 마음은 충분히 이해되지만 말이다.

난쟁이들의 나라

1984년에 대한 여러 가지 해석이 있다고 생각한다. 내게는 야마타니에서 다큐멘터리 영화를 찍던 친구 사토 미쓰오佐藤滿夫가 우익 야쿠자의 칼에 찔려 살해당한 해다. 더구나 감독을 이어받은 야마오카 교이치山岡強一도 사살되었다. 세계적으로는 이 직후에 거품경제가 시작되었다. 내가 살아가는 시간과 이 사회에 흘러가는 시간이 전혀 다르다는 걸 강렬히 느낀 때였다. 그 지점에서 나는 시간의 구멍을 빠져나와 아웃노미아의 이탈리아와 인티파다의 팔레스타인으로 갔었다. 무라카미 하루키에게도 신자유주의가 초래한 공황 이후에 과거의 시간으로 회귀되었다는 인식이 자리 잡고 있을지 모른다.

그런 의미에서 '리틀 피플'은 중요한 테마다.

감추어진 주제는 바로 여기에 있다. 《1984년》의 조지 오웰과 결정적으로 다른 점은 이제 빅 브라더는 존재하지 않는다는 것이다. '리틀 피플'이란 단적으로 말해서 최근의 '재특회'^{재일(在日)} _{외국인의 특권을 허락하지 않는 시민의 모임, 일본에서 재일은 보통 재일 한국인을 의미한다 -역주}다. 인터넷 공간에서 꿈틀거리다 나온, 깊이 없는 우익이다. 일장기를 짊어지고 뚜벅뚜벅 걷는 난쟁이들의 집단에 불과하다. 존재하지도 않는 '특권'을 배격하려는 얼굴 없는 프리 아르바이터 우익이다.

실제로 1984년이 찾아왔을 때, 그 때는 빅 브라더 같은 것은 옛날이야기라는 느낌이었다. 60~70년대에 우리는 충분히 그 맛을 봤다. 소수 당파의 작은 빅 브라더가 여럿 있었기에, 아무래도 상관없다는 생각이었다. 하지만 사토, 야마오카를 죽인 인간들은 황량한 토지에서 찾아온 저승 사자 같은 얼굴을 지니고 있었다. 송장에 들끓는 구더기 같은 '리틀 피플'의 역겨움과는 다르다. 일본은 그런 '난쟁이들의 나라'다. 문득 생각해보니, 이 소설에 깔린 DNA 원리주의 같은 점이나, '리더'와 '후카에리'가 교접하는 의미가 황위계승 의례인 도킨同衾(죽은 선제와 황태자가 같은 침상에서 자는 것)과 비슷하다는, 행위의 양의성이 아무래도 신경이 쓰인다. 우주 재생의 축제는 가두행진 속에서 태어날 것이다.

028

시작의 1984, 1968이 남긴 것

우에노 도시야(上野俊哉) : 1962년생. 미디어 연구가, 사회학자. 저서로 《디아스포라의 사고》《어번 트라이벌 스터디즈》 등이 있다.

눈 찌푸리면 두 개로 보이는 달님이어라[1]　　　　　　—기다 미노루

전해질 이야기가 아니었다(잊어도 좋을 이야기는 아니었다) —토니 모리슨

무라카미 하루키는 오랫동안 주도면밀하게 동시대의 정치나 경제, 또는 역사에 대한 참조를 회피함으로써 많은 독자들의 공감을 불러일으켜왔다. 이 '잃어버린' 감각의 강조는 현대문학의 왕도를 답습하고는 있지만, 하루키의 경우에는 항상 '무엇을

역주 1) 세계에서 가장 짧은 17자(5,7,5)로 이루어진 정형시 하이쿠(俳句)로서 원 작품은 "目を押せば二つに見えるお月様".

잃어버렸는지 알 수 없다'는 이중의 상실 감각이 강조된다. 바로 그 점이 내전이나 빈곤, 불황 등 다양한 역경을 거친 사회를 포함한 세계 속에서 글로벌하게 번역되고 열심히 읽히게 된 이유일지 모른다. 적어도 소설에서는 《태엽감는 새》, 에세이르포르타주로는 《언더그라운드》에 이르기까지 그 자세는 변하지 않았다. 그 변화는 언젠가 '만들어낸 일본의 나'라고도 불릴 기념강연일

본의 첫 번째 노벨 문학상 수상자인 가와바타 야스나리(川端康成)는 수상식장에서 '아름다운 일본의 나'라는 제목으로 연설을 하였다. 두 번째 수상자인 오에 겐자부로(大江健三郎)는 이를 패러디하여 '애매한 일본의 나'라는 제목의 연설을 하였다. 논자는 하루키가 노벨문학상을 염두에 두고 있음을 에둘러 표현하고 있다 -역주을 하

게 될 날로부터 역산해서 선택된 행위일 것이다.

에코 빌리지 같은 코뮌의 좌절, 신 좌익적 폭력의 공포, 사이비종교단체의 발흥, 난독증과 가정내 폭력…… 일본어가 소비되는 환경뿐만 아니라 세계 시장을 향한 도구로서의 조건도 훌륭하게 다 갖추었다. 그러나 야마기시회를 연상시키는, '다카시마'에 영향을 받은 '선구'라는 코뮌의 성립과 행보, 무장투쟁파인 '여명'의 분리와 괴멸, 사이비적 종교단체로의 변모를 둘러싼 기술이나 묘사는 놀랄 만큼 밋밋하고 진부하다.

하루키 자신이 옴진리교 사건을 둘러싼 재판이나 당사자 인터뷰를 했던 올곧은 작업이 오히려 세부의 리얼리티로부터의 이탈을 초래해버린 것일까? 흔해빠진 배경과 표현을 읽노라면

거꾸로 이 평범함에는 '리틀 피플'의 설정과 함께 모든 것에 어떤 전략적인 장치가 있을 거라고 고민하게 만든다. 결국 '이해하기 쉽게' 읽을 수 있도록 한 마케팅의 결과일까? 우의寓意적인 이야기로 읽기에는 현실 참조비야냥거림가 지나치며, 시대의 다큐멘터리로 읽기에는 약간 만화적인 요소가 지나치다(이런 표현방식은 현대 만화에 결례가 될지 모르겠다). 이 같은 느낌은 60년대 후반부터 시작된 시대상황 변화에 대한 개괄에도 적용할 수 있다. 1968년일본의 1968년은 전공투(全共鬪)의 시대였다 -역주을 사건으로서 신화화하고, 예전의 투쟁을 주술적으로 풀어서 한 번 더 선동을 반복하려는 방향성을 보더라도, 그 평범함에서 고압적인 태도와 위화감을 느낄 수밖에 없다.

그렇지만 이 밋밋함, 세부적인 것에 대한 부정은 '일본어 환경' 외부에서 읽혀질 때는 거꾸로 일종의 '보편성'(혹은 세계성)으로 열려질 것이다. 이런 종류의 코뮌이나 빌리지의 발흥과 변용, 좌절과 재생은 전 세계 어디에나 흔히 있는 사건이기 때문이다.

작가 자신의 발언에 의하면 이 작품의 집필에는 60년대의 '정신사를 써서 남기려는 의도'가 있었다고 한다. 하지만 만일 진정으로 이 소설을 60년대 이후의 '동시대의 정신사'로서 읽으려 한다면 우선은 실망을 금할 수 없다. 가령 일본어로 재생된 '60년대 이후'가 나쁜 것일지라 도, 그 문제는 '하찮음' '쓸모없음'의 위상이나 차원을 재해석해보려는 자세에 있는 것이지, 손쉽게 네비게이션을 위한 지도를 그리는 작업이나 수수께끼 혹은 음모 장치를 만드는 것에 있는 것이 아니다. 이런 시각에서 보면 《1Q84》는 실용서나 입문서처럼 지나치게 '이해하기 쉽게' 쓰여졌다. 문장이 세심하고 미려할수록 한층 더 이 점이 측은하게 느껴진다.

하지만 작품을 수용할 수 있는 다른 회로가 존재한다. 예를 들면 의사疑似 역사 혹은 위사偽史는 60년대 후반부터 오늘에 이르기까지 일본의 사회와 문화, 민속, 특히 서브컬처를 관통하고 있으며, 거시적으로 보더라도 이 세계 전체를 횡단하는 울림이 있다. 《1Q84》에서도 위사적 상상력은 제목의 혼성 모방pastiche의 수신처인 오웰의 《1984년》과의 관계에서도 거론될 수 있다. 분명 '위사'는 때때로 동시대의 정신사를 언급하는 뛰어난 매개체가 되기도 한다.

물론 이 '위조=정신사'에서는 하루키의 다른 작품과 마찬가지로 '공기 번데기'나 '리틀 피플'이라는 단어가 무엇을 지칭하는지에 매달리는 행위는 별반 의미가 없다. 오히려 어떻게 우의를 작동시킬 수 있는지에, 즉 소설을 '자기 것으로 만드는 것'에 독자들이 수신해야 하는 사명=과제가 존재한다.

《1Q84》의 '소설 속 소설'인 '공기 번데기'의 경우, 입으로 전해진 이야기가 몇 명의 손을 거쳐 완성된다. 후카에리와 아자미, 덴고의 관계는 마치 입을 통해 전해진 소크라테스와 그 말을 적은 플라톤과 같다. '공기 번데기'를 둘러싼 전달 게임은 나아가 대화의 네트워크, 즉 뇌와 정신█과 세계를 횡단하는 회로에 접속하여 '마더와 도터' '퍼시버와 리시버'라는 매개와 짝을 이루며 '소설 속 소설'에서 '소설 속 현실'(나아가서는 독자의 현실)로 침입한다. 소설 속 '두 개의 병행세계', 그리고 이 작품세계와 독자의 '뇌=세계'의 이중성은 《세계의 끝과 하드보일드 원더랜드》 이후 거듭 원용되어 온 구도의 변주다.

모성과 모권제는 일본의 문예비평, 혹은 '일본문화론'에서 몇 십 년이나 반복되어온 상투구이지만 《1Q84》에서의 '아버지의 죽음'과 '마더와 도터'라는 대비가 다시금 이 틀에 박힌 상투구에 의해 무자각적으로 논해지는 경우도 있을 것이다.

그렇지만 이 점은 결코 '일본어 환경'으로 한정된 특수/개별성을 이루는 것은 아니다. 19세기말부터 파시즘 이전시기에 걸쳐 유럽에서도 '모권제'(바흐오펜Johann Jakob Bachofen(1815~1877). 스위스의 법률가·인류학자 등의 논의)와 이교(페이거니즘paganism. 일신교의 입장에서 다른 종교를 일컫는 말), 위사적 상상력이 전면으로 부각되었으며 라틴 아메리카에서도 이러한 정신의 지각변동은 반복되어왔다. 10년 단위로만 모든 것을 생각하는 평론(10년 단위 세대론)과 같은 빈곤함에 매몰되지 않고, 하다못해 백년 정도의 원근감^{perspective}을 가지고 60년대 이후의 '정신사'와 현대문학을 트랜스로컬하게 읽지 않으면 이 작품에 깃든 무엇인가를 제대로 알아채지 못하게 된다.

과연 《1Q84》에는 몇 가지의 '대비'가 나열되어 있다(아오마메와 덴고, 후카에리와 아자미, 마더와 도터, 퍼시버와 리시버……). 이전부터 비유의 도약을 통해 리얼리티를 형성시켜온 작가는 각각의 행위자를 복수의 요소=계기를 매개로 '~로서' '~같은' 이라는 유사성을 생성시키는 장치로 만들어놓았다. 그렇기 때문에 작품에 등장하는 지시대상을 현실에서 찾고자 하면 작업은 작가의 노력, 즉 현실을 유사성에 의해 해체하는, 또는 유사대비를 물질적인 구체성으로까지 몰아세우는 시도와 어울리지 않게 된다. 다양한 매개를 소환하는 '리틀 피플' 역시 당분간은 이와 같은 매개 회로의 하나로 읽어도 된다. 이들 매개가 '희생'^{제물}의 폭력과 연동되어 있다면 더 말할 나위 없다.

프레이저의 《황금가지편》은 예전에는 엘리엇이나 콘래드의 시나 문학에 영감을 주었고 코폴라의 영화, 나아가 당대에서는 미캐닉 애니메이션(건담이나 에우레카세븐)에까지 영향을 미치고 있다. 《1Q84》에서도 결정적인 장면에서 '왕의 살해', 희생에 의한 속죄의 플롯으로 그 영향을 미친다. 그 내용에 따르면 왕이나 리더는 주변화되고 잔혹하게 살해됨으로써 그 세계의 상징적 우주는 안정을 얻는다. 나아가 주변화된 기물들을 내버림으로써 우주론적인 중심축을 지킨다. 그리고 무엇인가를 희생하여 무엇인가 중요한 것을 획득하게 된다. 너무나 '80년대적인(패러다임)!' 이라고 사람들은 질려버릴 것이다.

그러나 '눈먼 산양' 은 단순히 희생의 산양(스케이프고트)이 아니다. 예언자, 컬트의 리더의 살해는 기껏해야 회로(채널이나 네트워크)를 조정할 뿐 세계를 구제하지 않는다. 사람들은 아오마메처럼 스스로를 희생함으로써 사랑을 구제하는가? 혹은 자기 희생은 등가교환이 아니라 '자신이 가지고 있지 않은 것을 주는' 것이며 다른 이야기에 침식되지 않는 사랑의 항체antibody가 될 수 있을까? 아오마메의 희생, 덴고와 후카에리의 '대비' 적인 주제는 소위 '세계계' 에 아슬아슬하게 접근하면서도 그것과는 다른 희생과 감정 변화의 소비를 제시하고 있다.

'일본어 환경' 에서 빈곤의 해소, 만인의 평등(산술적인)만을 변혁과 삶의 목표로 삼는 사람들은 무슨 이유에서인지 우주론이나 영성spirituality, 상징이나 신화의 우주를 증오한다. 하지만 그 회피가 동시에 '왕의 살해' 나 '배제와 희생' 을 반복해 왔다는 사실도 역사가 가르쳐주는 점이다(천황도 트로츠키도 김정일도 이러한 반복 속에 있다). 계급간의 경제적 차이나 이데올로기적 대립도 결국은 우주론적인 조직, 감정 변화의 경제=구조와 제도^{이코노}^미로 지탱되어 있다. 그렇기에 '위사'는 이 세계와 역사를 가로질러 왔으며 '상징의 빈곤'을 보완해왔다.

우주론^{코스모로지}과 정치^{폴리틱스}가 겹치는 곳에 타인을 이물화하여 배제하지 않고, 차별하더라도 교제하며 받아주는 '코스모폴리틱스'(세계시민주의, 혹은 정치의 상징우주론?)가 탄생한다. '희생양 이론'을 '희생'에 의한 안전망, 예정조화의 문화장치로 삼지 않으면서 서술에서 열려진 시점을 확보하며, 또한 독자를 그렇게 촉진시키는 문학이 동서양을 불문하고 지금 시대와 세계에 필요하다. 분명 《1Q84》의 세계에는 그런 시도와 가능성이 감추어져 있으며 읽는 자에 의한 '사용'을 기다리고 있다.

이러한 시점은 신화적 세계와 정령이 창궐하는 우주에서 비린내 나는 정치와 경제, 생활의 한 장면을 찾아내는 행위를 소중히 여긴다. 또는 거꾸로 정치나 경제활동 속에서 기능하는 주술이나 신비적인 것, '신성한 것'의 작용을 찾아내려고 한다. 이런 태도는 식민지 해방 후 현대 아프리카의 정치, 월가의 거래……등에서 마술이나 주술이 아직도 성행하고 있는 현실과도 부합한다.

그런 세계=우주의 희생에서는 "비가 내리는 것처럼 사람은 죽는다"(들뢰즈/블랑쇼). 아오마메가 리더를 다른 세계로 보낸 뒤에 "이제 비가 내리기 시작한다"(BOOK2, p.237)라고 한 말은 흥미롭다.

이와 같은 시각에서 '최초의 1984/1968'이라는 매뉴얼로 읽히게 될 소설을 '시작의 1984, 1968이 남긴 것'(beginnings와 left over)으로 읽으면 속이 텅 빈 번데기를 벗겨내버리는 행위의 의미를 찾을 수 있을지 모른다.

029

감상을 넘어선 비평은
그곳에 존재할까?

다케다 도루(武田徹) : 1958년생. 미디어 연구가. 2000년 《유행인류학 클로니클》로 산토리학예상 사회풍속부문 수상. 저서로 《젊은이들은 왜 '연대' 하기를 원하는가》《NHK 문제》 등이 있다.

《속정俗情과의 결탁》릿푸(立風) 쇼보, 1983 안에 수록된 논문 〈한센병 그 역사와 현실, 그 문학과의 관계〉에서 오니시 교진大西巨人, 소설가 겸 평론가 -역주은 모리타 소헤이森田草平의 소설 《윤회》를 감상주의라며 엄하게 비판했다.

오니시가 문제 삼은 점은 한센병을 소설의 무대장치로서 가볍게 사용한 모리타의 자세였다. 《윤회》의 주인공 오카자키 미치야岡崎迪也는 자신이 언젠가는 한센병에 걸릴까봐 두려워한다. 그 이유는 아버지가 한센병자였기 때문이다. 그 때문에 스스로 연애를 금기시해왔던 오카자키가 어느 여성과 격렬한 사랑에 빠진다. 하지만 예상대로 상대 부모의 반대에 부딪치게 된다.

어느 날 자신의 각박한 숙명에 번민하는 오카자키를 보다 못해, 어머니는 출생의 비밀을 털어 놓는다. "너는 네 아버지의 아들이 아니다."

아버지는 친자식이 아니라는 사실을 알면서도 오카자키에게 애정을 쏟았다고 한다. 그런 아버지의 심정을 고마워하면서도 그는 고민으로부터 해방되는 기쁨에 잠겼다. 병자의 피를 이어받지 않았다는 사실, 구제받았다는 감동을 안고 새롭게 태어날 것을 맹세하며 기차에 올라타 상경하는 장면으로 작품은 끝난다.

오니시가 이 소설을 비판한 것은 당시, 이미 한센병이 감염증이라는 사실이 의학적으로도 정설임에도 불구하고 작가 모리타가 자세히 확인해보지도 않고 유전설을 근거로 소설을 구성했다는 점이다. "(모리타는) 장대한 사회적 로망이 될 수 있었던 이 장편을 결과적으로 사회성(나아가서는 예술성)이 희박한 개인적 경지로 완결시켰다"고 서술한다. "작가는 작품 속 주인공과 더불어 완전히 감상적·반과학적으로 나병, 나병환자, 환자 가족을 대한다. 나병을 유전이라 간주하는 작가는 오카자키가 사실은 간통에 의한 제삼자의 아들이었다, 라는 'deus ex machina데우스엑스마키나, 고대 그리스의 극작술로 긴박한 국면을 초자연적인 힘으로 극복하는 것 -역주'를 이용하여 오카자키를 '나병의 공포'로부터 해방시키고 그럼으로써 개인주의적·자기중심적으로 만족할 뿐 전국 각지의 나병환자와 가족의 운명에는 추호도 마음 아파하지 않는다.”

이 소설을 ‘병을 불쌍하다’고 여길 뿐 그 이상의 사고를 정지해버리는 감상주의의 산물이라고 오니시는 비판한다. 세속의 감정과 결탁하여 감상이라는 개인적 경지로 소설세계를 왜소화시킨 것이라고 말이다.

오니시의 비판논리를 빌려서 필자는 과거에 구마이 게이熊井啓 감독 작품 《사랑하다》의 영화평을 쓴 적이 있다(〈묘사된 한센병〉 오키우라 가즈테루沖浦和光·도쿠나가 스스무德永進 편 《한센병》). 구마이의 영화에서도 한센병은 무대장치로서 가볍게 이용될 뿐 병의 진실을 전달하려는 모습은 별로 느껴지지 않았기 때문이다.

그리고 다시 한 번 이 비평의 논리는 《1Q84》에도 적용될 수 있지 않을까? 이 작품에서는 신종교가 중요한 역할을 하고 있다. 아오마메의 부모가 소속된 ‘증인회’가 ‘여호와의 증인’ ‘다카시마학원’과 ‘선구’가 ‘야마기시회’ ‘선구’에서 분열되어 경찰과 총격전을 벌인 ‘여명’이 옴진리교라는 사실은 말할 필요도 없다.

《1Q84》는 이렇듯 종교를 중요한 모티브로 취하면도 그 내용에 발을 깊숙이 들여놓고 묘사하지는 않았다. 종교는 다만 어렸을 때 교분이 있었던 두 사람, 아오마메와 덴고의 연애를 그리는 배경으로 물러나 있다. 그 점에서 한센병을 무대장치로 이용한 모리타의 작품 구성법과 유사함을 알 수 있다.

물론 무엇을 어떻게 쓰든 그것은 작가의 자유다. 하지만 신흥 종교는 무대장치로서 이용만 하고 내다버릴 수 있을 만큼 가벼운 것이 아니다. 종교를 쉽사리 연상할 수 있는 도발적인 글쓰기에서 종교를 이야기의 연출로만 이용하고 넘어가 버리는 자세는 작가의 윤리적 문제로까지 연결될 수 있다. "하루키는 장대한 사회적 로망이 될 수 있는 이 장편을 결과적으로 사회성(나아가서는 예술성)이 희박한 개인적 경지로 완결시켰다"고 비난한다면 하루키는 이에 반박할 대답을 가지고 있을까?

그렇지만 이런 비판에 저항할 수 있는 해석의 가능성을 《1Q84》는 이미 배태하고 있다. 개인적인 생각이지만 말이다. 더불어 이 글은 '공기 번데기' 해석을 둘러싼 하나의 시론이기도 하다.

《공기 번데기》는 후카다 에리코후카에리가 아버지의 지인의 딸에게 들려주어 받아 적게 한 후, 덴고의 손으로 리라이팅되어 출판된 소설의 제목이다. 거기에는 농업적 코뮌이었던 선구가 종교집단으로 변질해가는 경위가 우화적으로 그려져 있다. 코뮌에서 사육하던 산양이 죽었고, 산양 돌보기에 태만한 벌로 후카에리는 산양의 사체와 함께 격리된다. 그리고 산양 입에서 난쟁이들리틀 피플이 출현하여 누에고치 같은 것을 짜기 시작한다(소녀의 눈에는 그런 것처럼 보인다). 이 누에고치가 '공기 번데기'이며 후카에리와 덴고의 협력으로 만들어진 소설의 제목이기도 하다.

한편 아오마메는 살인 미션을 수행하기 위해 후카에리의 아버지·후카다 다모쓰와 만난다. 후카다는 리틀 피플에게서 받은 초능력을 아오마메에게 보여주고 종교집단 선구 탄생의 경위를 들려준다. 즉 아오마메는 《공기 번데기》 이야기에 그려진 세계와 접하게 된다. 《1Q84》는 그 내부에 《공기 번데기》라는 이야기를 품고 있는 이중구조로 된 작품이다.

이야기 속 이야기 스타일은 하루키의 특기 중 하나로 《세계의 끝과 하드보일드 원더랜드》에서도 사용되었다. 여기서 '세계의 끝'은 '하드보일드 원더랜드' 주인공의 뇌 속에 이식된 이야기로 간주된다. 아오마메의 이야기와 덴고의 이야기가 교차하면서 묘사되는 것도 《세계의 끝과 하드보일드 원더랜드》 스타일의 답습이며, 덴고의 눈앞에 있는 후카에리가 '마더'^{mother=실}체이고 선구 안에는 후카에리의 도터^{daughter=그림자}가 남아있다는 설정도 '하드보일드 원더랜드'가 실체의 세계, '세계의 끝'이 그림자 세계라는 설정을 계승하고 있다.

한편 《1Q84》에는 《세계의 끝과 하드보일드 원더랜드》에는 존재하지 않았던 새로운 장치가 있다. 그 중심에 위치하는 것이 '공기 번데기'다. 그 이름을 듣고 금세 하나의 연상이 떠올랐다.

바로 '우주 통조림'이다. '우주 통조림'은 '하이레드 센터'라는 이름으로 다카마쓰 지로高松次郎, 나카니시 나쓰유키中西夏行와 함께 개념적인 전위예술 활동을 펼쳤을 당시의 아카세가와 겐페이赤瀬川原平, 전위예술가, 수필가 -역주의 작품이다. 먹고 난 게 통조림 상표를 벗겨낸 후 안쪽에 다시 붙이고 납땜으로 밀봉한다. 결과적으로 통조림 안쪽과 바깥쪽이 역전하면서 안쪽의 시점에서 보면 세계=우주전체가 통조림 안에 있는 것으로 위치 전환되는 것이다.

이 우주 통조림의 '우주'를 '공기'로, '통조림'을 '번데기'로 대입시켜보자. 번데기는 그 안에 갇힌 시점에서 보면 외부세계 전체가 번데기 안으로 한정되어 버리는 위상전환이 일어난다. 즉 '공기 번데기'가 되는 것이다.

이렇게 외부를 내부화 해버리는 '공기 번데기'라는 개념을 이용하여 아오마메의 세계와 덴고의 세계는 결부되어 간다. 《1Q84》의 BOOK2는 그렇게 해석할 수 있는 여지가 존재한다. 덴고는 아버지가 잠들어 있는 침상에서 실체의 '공기 번데기'를 목격한다. 그 안에 들어 있던 것은 열 살 때의 아오마메다. 번데기 안의 아오마메 입장에서 보면 덴고가 살아 있는 세계가 공기 번데기 안쪽으로 편입된다. 외부는 내부가 되고 내부는 외부로 교체되는 구도가 되는 것이다.

그러나 이러한 내부와 외부의 전환이 BOOK2 단계에서 충분히 묘사되고 있지는 않다. 만일 그것이 가능했다면, 《1Q84》는 종교의 존재방식에 대한 하루키 나름의 대답이 되었을 것이 분명하다. 왜냐하면 종교도 또한 그와 같은 내·외부의 전환을 수반하는 것이기 때문이다. 즉 비신자들에게 종교는 세계의 일부에 불과하지만, 신자들에게 세계는 신앙에 의해서만 그 성립이 설명된다. 외부자의 입장에서 보면 세계의 일부에 지나지 않는 종교가 신자들에게는 세계를 자신의 설명 내부로 수렴하도록 하는 것이다. 그런 의미에서 종교란 '우주 통조림' '공기 번데기'와 같은 구도를 갖는다.

종교와 《1Q84》의 위상적 유사성은 그 지점에 머무르지 않는다. 앞서도 다룬 것처럼 《1Q84》는 또 하나의 이야기를 내포하는 이야기이며, 《공기 번데기》라는 이야기[픽션]에 대한 이야기[픽션]다. 그 구도는 크레타섬 사람이 '크레타인은 거짓말쟁이다'라고 할 경우 크레타 사람이 거짓말쟁이인지 아닌지 결정할 수 없는 상태에 빠지는 것과 마찬가지의 패러독스를 구성한다. 즉 그것이 픽션인지 아닌지 결정하는 것은 불가능하다.

하루키는 분명 의도적으로 이런 결정 불능성을 도입하고 있다. 그가 크레타라는 말에 집착을 보인 것이 그 방증이 아닐까? 가노 크레타加納クレタ라는 인물은 《TV 피플》에 수록된 단편에 등장한 후에 《태엽감는 새》의 중요한 캐릭터가 된다. 크레타 섬에

대한 언급도 나온다. 그리고 "크레타 사람이 '크레타인은 거짓말쟁이다' 라고 말한다"는 패러독스는 하루키로서는 친숙한 장치였다. 예루살렘상 수상 때도 이를 근거로 한 수상 연설을 했다. 그리고 크레타인의 패러독스는 《1Q84》의 경우, 덴고의 이야기가 아오마메의 이야기를 포섭하고, 아오마메의 이야기가 덴고의 이야기를 포섭함으로써 "이야기픽션가 이것은 이야기픽션라고 보여준다"는 구조가 서로 자기언급하며 완전히 닫힌 형태로 제시된다. 그러므로 《공기 번데기》를 목격한 덴고의 독백이 진정성을 담보하게 된다.

> 신경이 뒤틀린 것 같은 기묘한 감각이 사지에 느껴지며 살갗에 빽빽이 소름이 돋았다. 여기에 있는 세계의 어디까지가 현실이고 어디부터가 픽션인지 구분이 가질 않았다. (BOOK2, p.495)

이와 같은 자기언급적 패러독스는 종교에서도 찾아볼 수 있다. "이 종교를 믿어라"라고 종교가가 말한다. 그 종교가의 말을 믿지 않으면 종교는 진실일 수 없으며, 그 종교가 진리가 아니라면 종교가의 말은 신용할 수 없다. 자기 안에 상호 진술을 보증하는 구도가 있기에 종교가 진리인지 아닌지는 결정불능이 된다.

하지만 그런 결정불능성은 신자로서 종교 안에 들어가 버리면 무산되어 버리고 만다. 내부로 시점을 옮겨버리면 세계는 종교적으로 설명가능하고, 이해 가능한 것으로 변한다. 교주가 "달이 두 개 있다"고 하면 달은 두 개가 된다.

수학계에서는 해결불능이라 여겼던 '크레타인의 패러독스'를 괴델이 '불완전성의 정리'로 증명했지만, 종교에서도 이것은 '해결' 가능하다(가능=가노 크레타! 가능(可能)은 일본어 발음으로 '가노'이며 이는 성 가노(加納)와 동일하다 -역주). 그러나 종교의 경우 원리주의적으로 첨예화되면 내부에서는 완결된 형태로 제멋대로 원리를 쌓아올려서 《1Q84》에 묘사된 것처럼 부모가 어린 소녀를 포교활동에 데리고 다니거나, 살인조차 꺼리지 않는 강력한 시스템을 만들어낸다. 하루키는 그러한 종교적인 폭력에 항거하려 한 것이다. 그 지점에서 바로 문학의 가능성에 대한 기대가 생성된다.

문학작품 역시 그 내부에 들어감으로써 결정불가능성이 '해결'된다. 하나의 정합적인 세계로 변하는 것이다. 더구나 그 변환은 놀라우리 만치 평화로운 가운데 수행된다. 서로를 언급하며 강고하게 닫힌 환경을 이룬 소설, 《1Q84》는 안으로 닫혀간다는 점에서는 원리주의적 종교와 비슷하지만, 외부의 비평을 거부하지도 않고 사람들에게 물리적 박해를 가하지도 않는다. 그렇기에 결정불능성으로 괴로워하며 종교의 문을 두드려 구제

를 받으려는 사람들에게 또 하나의 존재, 즉 소설이라는 두드릴
수 있는 문을 제공해준다. 결국 하루키는 종교로 기울어지기 쉬
운 현재의 사회적인 추세에 대해, 선로의 포인트를 바꾸는 것처
럼 궤도수정하기를 바라는 건 아닐까?

030

아키하바라 거리 악마 사건 이후에 《1Q84》를 읽는다는 것

엔도 도시아키(円堂都司昭) : 1963년생. 미스터리 평론가, 음악평론가. 2009년 《'수수께끼'의 해상도》로 본격 미스터리대상 평론부문, 일본추리작가협회상 평론부문 수상.

무라카미 하루키의 《1Q84》에는 눈에 이상이 있는 인물을 리더로 둔 사이비교단 '선구'가 중요한 위치를 차지하고 있다. 예전에 하루키가 지하철 사린 사건 피해자 · 관계자의 인터뷰집인 《언더그라운드》1997와 옴진리교 신자와 신자였던 사람들에 대한 인터뷰집 《약속된 장소에서》1998를 간행했다는 사실을 떠올리지 않더라도, '선구'와 그 리더는 옴진리교와 아사하라 쇼코에서 힌트를 얻어 조형된 것이 분명하다. 옴진리교를 노골적으로 도입한 탓에 《1Q84》를 읽으며 위화감을 느낀 것은 사실이다.

하루키는 《노르웨이의 숲》1987의 시대배경으로 학생운동을, 《태엽감는 새》1995에서는 노몬한 사건을 작품 속에 도입했다. 하지만 역사적 사건은 전자에서는 이야기의 원경으로서 일정한 거리를 두고 떨어져 있으며, 후자에서는 현재진행형으로 진행되는 중심 이야기에서 어느 정도 이탈된 과거의 일이었다. 또한 하루키는 한신아와지 대지진(p.320의 역주 참조)을 둘러싼 단편집 《신의 아이들은 모두 춤춘다》[2000]도 집필했는데, 피해상황 자체는 묘사하지 않았으며 지진은 간접적으로 다루고 있을 뿐이다. 그에 비하면(물론 이미지는 가공되어 있다하더라도) 뉴스와 와이드쇼, 잡지 등의 매스미디어에서 소동을 피웠던, 기억에 아직 생생히 남아 있는 가까운 과거, 옴진리교와 유사한 제재를 이야기 속에 직접 담은 작품 《1Q84》는 작가에게서 그동안 찾아보기 힘든 소설이라고 판단된다.

이 작품은 근친상간 모티브의 출현, 폭력이라는 큰 테마의 도입, 부자 관계의 묘사라는 점에서 《해변의 카프카》[2002]와 공통성이 있다. 그러나 《1Q84》는 《해변의 카프카》만큼의 사건이나 인물 이미지가 환타지화, 추상화되어 있지 않으며, 매스컴 보도와 같은 평면적인 이미지가 많이 이용되고 있다. 작가는 '굳이' 이런 방식을 택했겠지만, 위화감은 지울 수가 없다. 아키하바라秋葉原거리 악마 사건2008년 6월 8일 도쿄 아키하바라에서 일어난 무차별살인사건으로 7명이 사망하고 10명이 부상당했다. 범인은 2톤 트럭을 몰고 질주하여 사람들을 친 후 트럭에서 내려 거리에 있던 사람들을 연속해서 칼로 찔렀다 -역주 이듬해라는 시점에서 하루키가 이런 스타일의 범죄소설을 발표했다는 점이 더욱 이해가 안 된다.

사망자 7명을 낸 2008년 아키하바라 거리 악마 사건은 범죄에 대한 평가 방식의 변화를 보여준 사건이기도 했다. 1990년대에 일어난 일련의 옴진리교 사건, 사카키바라 세이토^{酒鬼薔薇聖斗, 본명은 아즈마 신이치로(東眞一郎)로 1997년 고베 소재 중학교 정문에 아동의 머리와 범행성명문을 매달아 놓은 사건으로 일본을 공포에 떨게 했다 -역주}에 의한 고베^{神戶} 아동연속살상사건 때와 마찬가지로 텔레비전에서는 아키하바라 사건에 대해 다양한 사람들의 코멘트가 흘러나오고 많은 평론가, 문화인이 글을 썼다. 파견노동자라는 범인의 입장에 시선을 둔 격차사회 비판, 범인 자신이 쓴 글, 범행현장에 있었던 일반인들이 올린 글을 비롯한 인터넷에서의 토론 등을 엿볼 수 있었다. 그러나 세리자와 가즈야^{芹澤一也, 사회학자 -역주}, 오기우에 지키^{荻上チキ, 비평가 -역주}, 구리하라 유이치로^{栗原裕一郎, 문예가 -역주}처럼 이런 논의들이 무의미함을 지적하고 사회적으로 파장을 일으킨 대형 사건을 매스미디어가 어떤 이유를 붙여 이야기로 만들어내는 행위 자체를 의문시하는 목소리도 적지 않았다.

그 가운데 특히 세리자와 가즈야는 "매스미디어가 대형 사건을 이야기화하는 방식이 변화했다^{(호러하우스 사회) 2006년}"고 주장한다. 예전에는 특이한 범죄를 일으킨 사람의 동기나 그가 처한 환경을 파헤침으로써 그 사건을 시대나 사회의 상징으로 파악하려는 경향이 강했다. 세리자와는 그와 같은 사건의 이야기화의 시작으로 미야자키 쓰토무宮崎勤, 도쿄, 사이타마 근교에서 소녀를 납치 살해함으로써 사형 확정, 집행 -역주가 저지른 소녀 연속살해사건을 들었지만, 거슬러 올라가면 70년대의 연합적군사건도 다양한 해석이 부여되었다는 점에서 같은 예라고 볼 수 있다. 하지만 90년대 후반 이후에는 그동안 사건의 진상규명에서 소외되었다고 할 수 있는 범죄피해자에게로 시선을 돌리는 변화가 있었다고 세리자와는 말한다. 즉 사건을 이야기화할 때, 그 중심이 원인 쪽인 범죄자에서 결과 쪽인 피해자로 옮겨감과 동시에, 특이한 범죄의 원인에서 시대나 사회의 상징을 읽어내려는 경향이 약해졌다는 것이다.

1990년대부터 2000년대에 걸쳐 매스미디어의 사건보도가 범죄자 중심에서 피해자 중심으로 이동했던 시기는 바로 인터넷의 영향력이 증가하던 시기이기도 했다. 그로 인해 인터넷에는 사건을 둘러싼 의견, 감상, 일반인의 '보도'가 옥석이 섞인 채로 흘러넘치게 되었고, 매스미디어=매스컴의 보도를 상대화하는 상태가 되었다(구리하라 유이치로 〈아키하바라 거리 악마 사건이 이야기화를 거부하는 것은 왜일까?〉 참조. 'WALK' 57호 수록). 매스미디어나 평론가가 큰 사건에서 시대나 사회의 상징을 읽어내려는 시도는 이중적인 의미로 힘들어진 것이다. 아키하바라 사건은 그 어려움을 여실히 보여주고 있다.

그래서 《1Q84》가 옴진리교의 이미지를 삽입하는 방식이 석연치 않은 것이다. 하루키는 본래 학생운동에서 출발한 그룹의 일부가 농업으로 생계를 유지하는 코뮌 '다카시마학원'(이것은 야마기시회를 연상시킨다)에 합류한 후, 신생 코뮌 '선구'를 설립했으나, 정치적으로 과격한 분파는 '여명'이라는 이름으로 무장집단화하고, 남은 사람들이 사이비종교화했다는 설정을 하고 있다. 그 중 '여명'이 경찰부대와 총격전을 했다는 내용은 연합적군을 연상시키는 묘사이다. 즉 하루키는 '선구' '여명'을 통해 연합적군과 옴진리교는 같은 뿌리라는 점을 보여주는데, 이 도식에는 어떤 기시감이 존재한다. 90년대에 매스미디어나 비평계에서 옴진리교 사건을 이야기화할 때, 옴진리교가 90년대 연합적군이라고 하는 견해가 많았기 때문이다. 이와 같이 대형 미디가 생성한 '사건의 이야기화' 방식을 하루키가 자신의 소설에 편입시켜 넣은 것은 좀체 이해할 수가 없다.

앞에서 사건의 이야기화가 범죄자 중심에서 피해자 중심으로 이행하면서 변화되었다고 했다. 그런데 돌이켜 보면, 하루키는 그 변화를 이끄는 앞장서려는 움직임을 보였다고 할 수 있다. 범죄피해자가 2000년대만큼은 주목받지 못했던 1997년에 이미 사린 사건 피해자·관계자 62명을 인터뷰하여 《언더그라운드》로 정리를 했으니 말이다. 그렇게 개개인과 마주함으로써 매스미디어적인 이야기화와는 다른, 사건과의 대면방식을 모색했던 것이다. 그것이 지금의 《1Q84》가 된 것인데 어째서, 예전의 '사건의 이야기화' 방식을 끼워 넣기에 이르렀을까? 불가사의하다. 더구나 작가는 '선구'의 리더를 세계의 암흑면에 관계된 어떤 인물로 그리고 있다. 작품 속 사건을 세계를 이해하는 상징으로 묘사하는 데 주저함이 없는 것이다.

《1Q84》는 범죄가 묘사되고 몇 가지 수수께끼가 독자의 흥미를 끌어가는 일종의 미스터리 소설이 되었다. 여기에서 미스터리 일반에 관해 서술해 두자면, 이 장르는 90년대에는 출판계의 효자장르였지만 2000년대에 들어서는 가슴이 따뜻해지는 스토리나 눈물을 자극하는 이야기에 밀려 이전보다 고전하고 있다. 미야자키 쓰토무 이후 범죄자를 중심으로 한 사건의 이야기화 전성기 속에 미스터리는 호조였지만, 매스미디어가 피해자중심의 보도로 이동한 전후로 그 속도가 떨어졌다는 관계성이 내재되어 있다. 원래 미스터리는 현실 범죄와는 관계가 없는, 책상 위의 환타지라고 보는 견해도 있을 것이다. 그러나 하드보일드의 미학이나 수수께끼 풀이의 재미라는 매니아적인 취미만으로는 90년대의 융성이 존재하지 못했을 것이다. 이 소설 장르에는 매스미디어가 사건을 이야기화하는 방식과 호응하는 질적인 측면이 존재하며, 또 시대나 사회의 상징으로서 범죄를 묘사한 작품이 있었기에 그만큼 판매된 것이다.

그러나 사건의 이야기화를 둘러싼 상황은 변했다. 그 변화의 파도를 온몸으로 맞은 미스터리 소설의 하나로 누쿠이 도쿠로貫井德郎 《살인증후군》2002을 들 수 있다. '필살' 시리즈의 현대판이라 할 수 있는, 초법률적으로 악을 징벌하는 팀을 그린 3부작 소설이다. 작품 속에는 범죄 피해자에 의한 복수의 잘잘못이 테마로 다루어지며, 피해자가 가해자로 바뀌는 모순과 고뇌가 묘사되어 있기에 엔터테인먼트 소설답지 않은 음울함이 감돌고 있다. 매스미디어에 의한 사건의 이야기화가 범죄자 중심에서 피해자 중심으로 이동한 상황을 반영한 작품이라 할 수 있는데, 바로 이 《살인증후군》과 동일한 테마를 《1Q84》에서도 엿볼 수 있다.

《1Q84》 홀수 장의 여자 주인공 아오마메는 남성의 폭력 피해자인 여성을 대신하여 상대를 처리한다. 특수한 바늘을 이용하여 살해하는 특기는 그야말로 '필살'이다. 그녀에게도 사람을 죽인다는 고민이 존재하겠지만, 하루키 특유의 스타일리쉬한 문장 덕에 《살인증후군》같은 음울함은 없다. 《1Q84》는 풍부한 에피소드, 탁월한 배열, 변함없는 뛰어난 캐릭터 조형으로 글의 가독성이 높다. 하지만 읽기 쉽다는 것이 곧바로 옳다는 것을 담보할 수 있을까?

매스미디어에서 사건의 이야기화의 변화를 반영한 미스터리 소설계 대표적 히트작이라고 하면 미야베 미유키의 《모방범》[2001]을 들 수 있다. 미유키는 《화차火車》[1992]에서 대출 파산, 《이유》[1998]에서 부동산 경매를 둘러싼 사건을 다루었으며, 시대와 사회를 상징하는 미스터리 소설을 썼다. 그리고 《모방범》에서는 범죄 피해자를 묘사하는데 주력하면서 동시에 매스미디어에 의한 사건의 이야기화를 비판했다. 이 작품에서는 가면을 쓴 교활한 범인이 미디어 스타로 떠오르게 되고, 여성 르포라이터의 글은 소외된다. 미디어가 사건을 이야기화하는 방식의 허망함을 하나의 테마로 다룬 이야기라 할 수 있다.

미야베의 《모방범》의 최종 도착지는 서민적인 인정에 대한 신뢰였으나, 히라노 게이치로平野啓一郎의 《결괴決壞》[2008]는 혼란이 확산되어 있다. 《결괴》는 《모방범》에서 다루었던 사건의 이야기화 비판을 보다 첨예하게 순수문학 계통 작가가 다룬 작품이라고 할 수 있다. 이 작품에서는 인터넷의 잡다한 글이 매스미디어에 의한 사건의 이야기화를 상대화하는 광경이 전개된다. 사건과 관련된 집안사람들이나 관계자들도 인터넷상의 커뮤니케이션에 의존하는, 당사자마저 사건을 직접 접할 수 없는 불안감이 작품 속에 퍼져있다. 아키하바라 사건 직후에 간행된 《결괴》는 사건의 이야기화가 변해간다는 점을 테마로 한 작품으로서 최근의 수확이라 할 수 있다.

한편 사건의 이야기화에 대해 비판적인 자세를 보이는 것과는 다른 방향성을 가진 작품도 찾아볼 수 있다. 예를 들면 엔터테인먼트 계통의 문예지 〈소설 스바루〉의 2009년 6월호에서는 '사건과 소설가'라는 특집이 실렸다. 그 대담과 인터뷰에 《숲에 잠든 물고기》[2008]의 가쿠타 미쓰요角田光代, 《빛》[2008]의 미우라 시온三浦しをん, 《악인》[2007]의 요시다 슈이치吉田修一가 등장했다. 미스터리 전문작가가 아닌 작가들이 장르 전형에서 벗어난 스타일로 범죄소설을 쓰는 예가 늘었다는 점에 착안한 특집이었다. 이들 작가에게 공통된 경향을 거칠게 표현한다면, 시대나 사회의 상징으로서 사건을 끌어내기 이전에 우선 사건에 관련된 인간관계를 쓰는 자세라 할 것이다. 이 또한 예전에 우세했던 사건의 이야기화와는 다른 이야기를 모색하는 시도라고 할 수 있다.

미야베, 히라노의 방향과 가쿠타, 미우라, 요시다의 방향은 다르지만, 사건을 이야기화하는 방식에 의식적이고자 하는 자세는 공통적이다. 이와 같은 흐름의 연장선에서 보면 《1Q84》에 대해 더욱 의구심이 생기게 된다. '선구'에 대해서는 교단의 리더가 소녀를 강간한다는 범죄의 의혹이 있고, 홀수 장에서는 아오마메가 그것을 살인이라는 범죄로 대항하려 한다. 한편 짝수 장은 '선구'에서 탈출한 소녀 후카에리가 쓴 소설 《공기 번데기》를 둘러싼 이야기로 이루어져 있다. 짝수 장의 주인공인 덴고는 난독증인 후카에리의 엉성한 문장으로 이루어진 이야기를 편집자의 요청으로 몰래 리라이팅하였고 그 결과 《공기 번데기》는 베스트셀러가 된다. 소설의 내용은 초현실적 환타지이지만 결국 '선구'에 있었던 후카에리의 체험담이다. 이 소녀는 아버지인 리더의 강간의 피해자이며, 리더의 가족, 즉 사이비교단의 관계자이기도 하다. 후카에리의 체험담과 그것을 고쳐 쓴 덴고의 관계는 《언더그라운드》《약속된 장소에서》의 인터뷰 대상자와 인터뷰어인 하루키의 관계와 닮았다. 그러나 하루키가 두 인터뷰집에서 보여준 진중함, 그곳에서 경험했을 긴장이나 갈등은 덴고와 후카에리 관계에서는 발견되지 않는다.

후카에리는 덴고의 리라이팅을 거절하지 않으며 두 사람 사이에 결정적인 대립이 발생하지도 않는다. 오히려 후카에리는 덴고와 성관계를 가지며 그를 깊이 받아들인다. 오타쿠 논단에서는 이와 같은 측면을 남성의 욕망충족을 위해 제작된 미소녀 게임과 동일한 상상력으로서, 《세계의 끝과 하드보일드 원더랜드》[1985] 와 유사한 작품이라고 비판하는 논자(예를 들어 사사키바라 고ササキバラ・ゴウ와 같은)도 적지 않다. 세계를 둘러싼 악으로 인해 남성주인공이 소녀와 맺어진다는 설정을 가진 《1Q84》가 한물간 '세계의 끝과 하드보일드 원더랜드' 계통의 소설이라는 야유를 받는 것도 무리가 아니다. 작가 스스로도 미소녀 게임이라는 필

터를 채용이라도 한 듯 장면을 묘사했기 때문이다. 사이비 교단의 현장을 들려주는 소녀의 말을 다시 고쳐 쓰는 주인공의 등장, 그 주인공이 미소녀 게임적인 도식에서 소녀에게 쉽게 허용되는 전개, 현실의 사건에서 힌트를 얻은 요소를 환타지와 접합시킨 것은 너무나 안이하게 여겨진다.

또한 BOOK1, BOOK2 두 권으로 간행된 《1Q84》에서는 많은 복선이 해결되지 않은 채 이야기가 끝나 버리고 만다. 이 가운데 가장 신경이 쓰이는 부분은 아자미의 존재다. 《공기 번데기》의 원고는 후카에리가 쓴 것이 아니라 그녀가 말한 것을 아자미라는 다른 소녀가 받아 적었다는 사실이 이야기 중간에 밝혀진다. 《공기 번데기》를 통한 후카에리와 덴고의 관계에는 아자미라는 또 한 명이 개재되어 있었던 것이다. 그렇지만 작품에서는 아자미가 클로즈업되지 않는다. 무척 부자연스럽다. 미야베, 히라노적인 방식, 혹은 가쿠타, 미우라, 요시다적인 방식 모두는 사건을 소설로서 이야기화할 때, 그 전달 방식, 받아들여지는 방식을 의식하려 했다. 하루키는 《언더그라운드》에서 그와 같은 문제의식을 가지고 있었음에도 《공기 번데기》라는 사이비 체험담을 수용하는 방식에서 아자미에게 강한 관심을 보이지 않은 것은 그답지 않다.

이와 같이 《1Q84》는 거침없이 재미있게 읽을 수 있는 작품임

에도 불구하고 다 읽고 나면 작가가 왜 이렇게 썼는지 납득할
수 없는 부분이 많다. 처음에 두 권이 간행되고 나중에 완결편
인 3권이 발표된 《태엽감는 새》처럼 《1Q84》에도 BOOK3 이후
가 있을 거라는 소문은 근거가 있다. 나로서는 그 소문이 현실
화되어서 이제까지의 불만을 불식할 수 있는 새로운 전개가 이
루어지기만을 바랄 뿐이다.

1Q84

031~034

⋮

'계란과 벽'을 넘어서

고시카와 요시아키(越川芳明) : 1952년생. 미국문학연구가. 저서로 《미국의 저편으로: 토마스 핀천 이후의 현대 미국문학》, 번역서로는 스티브 에릭슨의 《한밤중에 바다가 찾아왔다》 등이 있다.

1.

무라카미 하루키의 예루살렘상 수상과 수상식장에서의 연설로 매스미디어가 들끓었던 사실은 아직도 기억에 새롭다. 하루키의 영어 연설은 "역시 세계의 하루키!"라는 단순하고도 호의적인 내용에서 "어차피 할 거였으면 계란을 벽에 던지는 퍼포먼스 정도는 보여줬어야지"라는 비아냥거림까지 일본인 사이에 다양한 반응을 불러 일으켰다.

"만일 여기에 높고 단단한 벽이 있고 그곳에 부딪쳐서 깨지는 계란이 있다면 저는 항상 계란 편에 서겠습니다."

수상식 자리에서 하루키는 이렇게 말했다.

신문과 텔레비전 뉴스를 통해 그 말을 처음 들었을 때 가장 놀랐던 점은 매스미디어가 한결 같이 그 문학적 표현을 하루키의 이스라엘정부 비판이라고 받아들였던 사실이다. 보도관계자들은 이스라엘군에 의한 가자공격을 언급했다며, 벽은 이스라엘군을, 계란은 팔레스타인시민을 말한다는 단순한 구도를 그려냈다.

하지만 그렇게 받아들여지지 않았다. 문학적(다의적/애매한) 표현에서 벽은 과격한 시오니스트뿐만이 아니라 이슬람원리주의자도 될 수 있다. 그런 경우에 계란은 자폭테러로 희생된 이스라엘 시민을 말하게 된다. 다시 말하면 그 표현은 경직된 원리주의 일반에 대한 비판도 될 수 있다. 즉 '세계의 하루키'는 '나는 원리주의가 싫습니다' 라는 빤한 말밖에 하지 않았던 것이다.

직관적으로 보기에 하루키는 팔레스타인 시민의 편이라는 사실을 표명하지 않았다. 그렇기에 이스라엘 정부가 미리 연설원고를 읽어봤다 해도 수정을 요구할 것까지도 없었다.

다테노 마사히로立野正裕는 내가 아는 한 하루키의 수상 연설에 대해 가장 가혹하고 정곡을 찌르는 발언을 했다. 다테노는 어느 잡지에 실린 에세이를 통해 이렇게 단언했다. "폭력을 앞에 두고 굳이 스스로를 계란에 비유해 보이려는 인간의 목소리가 조금도 전해지지 않았다. 이런 연설을 두고 미디어에서처럼 가자 공격에 대한 비판이라고 하는 건 가소롭다.”

게다가 하루키나 수잔 손택과 같은 문학자를 포함한 유명인을 이용하는 권력시스템(비단 이스라엘 정부에 한정되지 않는)에 비판을 가하는 후지나가 시게루藤永茂의 “이단적인 발언이 허용된 것은 그렇게 눈감아 주는 것이 ‘언론자유 사회’라는 이미지에 공헌한다는 판단때문이다. 만일 피해가 발생해서 전체적인 손익이 마이너스가 된다면 즉각 정지시켰을 것이다”라는 말을 원용하면서 다테노는 다음과 같이 서술한다.

“사전에 하루키가 보낸 원고가 삭제나 수정을 요구받지 않은 것은 당연하다. 벽과 계란을 둘러싼 하루키의 말은 사전에 검열할 필요도 없었다. 왜냐하면 연설은 적당히 칼칼할 정도의 느낌이 좋겠다고 ‘벽’이 바라던 대로 ‘계란’이 말해준 것에 불과했기 때문이다.”(《사회평론》 157호, 2009년)

다테노가 말하고 싶었던 것은 가령 하루키의 발언이 아무리 ‘문학적’인 표현이었다 해도 하루키는 이스라엘 정부에 의해 ‘정치적’으로 이용되었다는 것이다. 하루키도 노벨상으로 가는 포석으로 예루살렘상 수상을 이용했다. 양자 모두에게 ‘세계의 이스라엘’과 ‘세계의 하루키’를 선전할 좋은 기회였던 것이다.

2.

무라카미 하루키의 《1Q84》는 1995년에 지하철 사린사건을 일으킨 옴진리교를 모델로 한 우화라고 할 수 있다. 1979년에 야마나시山梨 산 속에 종교법인화한 '선구' 라는 단체와 그 교주라 할 수 있는 리더가 나온다(덧붙여서 옴이 종교법인화한 것은 1989년이다).

이러한 사이비 종교단체는 당연히 원리주의적인 존재지만 소설 속 주인공 중 하나인 아오마메라는 이름의 서른 살 된 여성은 원리주의적인 존재에 대한 혐오감을 감추려하지 않는다.

가까운 공립도서관에 가서 신문 축쇄판으로 1981년에 일어난 사건을 조사하다가 '이집트 사다트 대통령 암살' 이라는 기사를 발견하고 종교 원리주의자들에 대해 '일관되게 강한 혐오감' 을 품는다. '그런 자들의 편협한 세계관이나 잘난 척하는 우월감이나 타인에 대한 무신경한 강요는 생각만 해도 분노가 치밀어 오르는' 것이다.

그 뒤에도 원리주의자는 혐오할 대상으로 '변비' 에 비견되고 있다. "변비는 아오마메가 이 세상에서 가장 혐오하는 것 중 하나였다. 가정폭력을 휘두르는 비열한 사내들이나 편협한 정신을 가진 종교적 원리주의자들과 똑같이."

왜 그럴까? 왜 그토록 아오마메는 원리주의자에게 혐오감을 품을까?

사이비 종교단체 '선구'가 벽이라고 한다면 과연 아오마메는 하루키가 이스라엘에서 영어로 기세 좋게 떠들던 것처럼 벽에 부딪치는 계란 쪽에 서 있는 인간일까?

그러나 아오마메를 둘러싼 이야기는 그렇게 단순하지는 않다.

화제를 조금 돌려보자. 이 소설은 아오마메, 그리고 그녀와 짝을 이루는 동갑내기 남자주인공 가와나 덴고川奈天吾를 중심으로 가족의 유대와 정신적인 의지처를 잃은 현대 일본인의 내면을 천착하는 새로운 형태의 '시대소설'적인 취향을 가지고 있다.

광고회사의 대두와 워드프로세서의 보급으로 상징되는 후기 자본주의정보·소비주의의 도래를 방불케 하는 1980년대 중반을 배경으로 그 속의 시민생활을 샅샅이 묘사하면서 이야기는 진전된다. 결국 하루키 문학의 수사적 장치가 아닌 시대정신의 반영으로 패션, 요리, 음악, 문학, 영화의 비유와 언급이 교차되며 다루어지는 것은 소설의 내적 욕구라고 할 수 있다.

그러나 《1Q84》는 왜 그토록 길어야만 했을까?

신문이나 잡지의 폭풍 같은 절찬에도 불구하고 내게 《1Q84》는 장황하게만 느껴진다. 한 예로 피터 케어리의 《켈리 갱의 진실의 역사》나 오르한 파묵의 《눈》같은 작품과는 달리 비유와 아날로지, 메타포가 저마다 분산되어 유기적인 기능을 이루고 있

지 않다. 마치 근육 하나하나는 잘 단련되어 있지만 전체적으로
는 균형이 맞지 않는 보디빌더의 몸을 보고 있는 것처럼 어지러
친 인상을 받는다.

특히 중요한 점은 소설을 읽어가는 동안 비밀이 점차 밝혀지
는 방법을 취해서인지 주인공의 비밀이 벗겨지는 부분의 경이
로움이 지나치게 떨어진다. 그래서 마음이 편하다는 독자도 있
을 것이다. 처음에 수수께끼가 펼쳐지고 점차 그것이 풀려나가
는 미스터리 서사 형식의 묘미라고 말이다.

그렇지만 《1Q84》에서는 주인공 내면의 비밀까지 뒤에 따라
오는 설명으로 대부분 이해가 되어버린다. 결국 그 설명부분을
언급하는 것은 이 소설에 대한 예의를 잃는 셈이 된다. 그러나
뒤에 따라오는 설명, 즉 줄거리를 얘기해서 흥미가 떨어지고 주
인공의 내면까지 다 알게 된다면 그런 것을 과연 소설이라고 할
수 있을까? 오락용의 가벼운 대중소설과 어떻게 다른 걸까?

3.

이제 아오마메와 원리주의적인 존재를 둘러싼 이야기로 돌아
가 보자. 독자에게 경이로움을 주지 못하는 이야기 전개 속에서
거의 유일하다고 해도 좋을 경이로운 장면이 〈BOOK2〉 전반부
에 펼쳐진다.

그 전에 몇 가지의 기본적인 사항을 언급해두려 한다.

우선 아오마메 자신이 원리주의적인 정신을 가진 인간이었다는 점이다. 그녀는 이른바 그 속에 벽을 품고 있는 계란이었다. 단순한 계란도 단순한 벽도 아닌, 복잡한 내면을 가진 인간이었다.

그녀의 성장에는 여호와의 증인을 연상케 하는 '증인회' 라는 기독교 원리주의단체가 연관되어 있다. 그 부모님이 수혈거부나 국가적인 행사 거부를 비롯하여 과격한 신앙에 의한 계율을 지켰고 그녀도 역시 열 살까지 신앙에 기초한 생활을 보낼 수밖에 없었다. 열 살 때 신앙과 결별했다고는 하지만 그 습성이 몸에 물들어 있었다.

그렇기에 아오마메의 원리주의자에 대한 비판은 자기비판의 색조를 지니고 있다. 하지만 어느 시점까지는 스스로 그 사실을 알아차리지 못했다. 우리 독자들도 마찬가지였다. 바로 그 어느 시점이 〈BOOK2〉의 전반부다.

아오마메는 원래 무장투쟁파였던 것이다. 현재는 스포츠클럽에서 강사로 일하지만 중고등학교, 대학교 시절에는 소프트볼팀에 소속되어 있었다. 친구는 없었지만 생애 단 한 명, 절친한 친구라 할 수 있는 여성이 있었다. 그 이름은 오쓰카 다마키大塚環로 같은 고등학교 소프트볼팀에 속해 있었다. 오쓰카 다마키는 대학 동아리 선배에게 강간을 당하는데, 아오마메는 그녀를 대신해 남자 선배에게 개인적인 제재를 가했다. 선배의 방을 야구 배트로 철저히 파괴한 것이다. 그 후 다마키가 불행한 결혼을 하고 가정폭력으로 어쩔 수 없이 자살하고 말았을 때, 그녀는 전남편에게 대신 제재를 가하기 위해 특제 아이스픽으로 죽음에 이르게 한다. 그곳에 자리 잡은 것은 '약자를 위해'라는 논리이며 옳은 일을 했다는 감격뿐이었다.

아자부麻布의 '버드나무 저택'에 사는 노부인 또한 하루키가 수상 연설에서 밝혔던 소위 벽에 의해 깨지는 계란 쪽에 서 있는 입장이라 할 수 있을지 모른다. 노부인은 원리주의적인 사이비 종교단체의 구성원들을 '인격이나 판단능력을 가지지 못한 사람들'이라고 단정한다.

노부인은 가정폭력의 희생자가 된 여성과 아이들에게 긴급피난소로 세이프하우스를 개방하고 아오마메에게는 개인적인 원한이 아니라 '더욱 광범위한 정의를 위해서'라며 가정폭력을 휘두르는 '비열한 사내들'을 살인할 것을 의뢰한다. 그러나 사회정의로의 확고부동한 신념은 아오마메의 말을 빌리면 노부인이 사로잡혀 있는 '광기와 비슷한 무언가'(혹은 정당한 편견)를 떠올리게 한다.

노부인은 일이 끝나면 아오마메에게 반드시 '당신은 틀림없

이 옳은 일을 했다'며 치하의 말을 건넨다. 이 시점에서 노부인과 아오마메 모두에게 정의와 악의 경계는 분명하다. 마치 후지타 마코토^{藤田まこと}의 드라마 〈필살사사인^{必殺仕事人}〉을 보는 것 같다.

4.

앞서 경이롭다고 했던 것은 그런 계란=정의, 벽=악이라는 단순한 구도가 무너지는 순간이 찾아왔기 때문이다.

노부인이 마지막에 아오마메에게 제재를 가해달라고 의뢰하는 대상은 사이비집단의 리더라는 남자다. 노부인이 얻은 정보에 의하면 이 남자는 노부인의 세이프하우스로 탈출해온 자궁이 파괴된 소녀 쓰바사를 비롯하여 초경 전인 네 명의 소녀를 강간했다는 것이다. 노부인에게 이 리더는 '일그러진 성적 기호를 가진 변태'이며 이 세상에서 말살되어야 할 악이었다.

시내 일류 호텔을 찾아간 아오마메가 목격한 남자는 사십대 후반에서 오십대 전반의 거구였다. 한차례 근육 마사지가 끝난 후 아오마메는 늘 하던 작업을 하려했지만 아이스픽의 최후 일격을 할 수 없었다.

그 남자가 아오마메에게 들려준 바에 의하면 한 달에 한두 번, 근육이 경직되고 마비상태에 빠진다. 교단에서는 그의 기이한 질병을 은총/신성한 증거라고 간주하여 발기된 그와 십대 소녀들의 후계자를 낳기 위한 교접 의식이 이루어진다. 그것은 무녀의 책무다. 교접은 리더의 육체를 점점 사그라들게 하지만 교단은 이를 '은총'의 대상이라고 생각한다. 그러므로 세속적인 의미의 강간이 아니라고 말이다.

리더인 남자는 안락한 죽음을 갈망한다. 아오마메가 자신을 죽이러 왔다는 사실도 알고 있다. 그러나 아오마메는 아이스픽을 꽂을 수 없다. 이 남자가 단순한 원리주의자가 아니기 때문이다. 분명 아오마메는 스스로의 내부에 있는 원리주의를 지각했기 때문이다. 그 남자 안에서 자신의 모습을 본 것이다.

마지막으로 아오마메는 이 사이비 단체의 리더를 죽음으로 이끌게 되지만 노부인에게 말한 것처럼 '옳은 일을 했다'고 납득하지 못 한다.

'세계의 하루키'는 이스라엘에서 다의적인 '계란과 벽'이라는 메타포를 사용하여 일본의 매스컴을 안개에 휩싸이게 했지만 이 책의 저자인 무라카미 하루키는 이 '경이로운 장면'에서 사이비단체의 리더로 상징되는 카리스마에 이끌려가는 공허한 현대일본인의 모습을 묘사함으로써 '계란과 벽'의 단순한 구도를 넘어선 것이다.

032

시간의 추이에 대한 미약한 저항

니이모토 료이치(新元良一) : 1959년생. 미국문학
연구가. 편저로 《번역문학 북카페》 등이 있다.

21세기가 시작되고 얼마 되지 않았을 때 뉴욕에 살던 나는 귀
국해서 누나의 가족들과 회전 초밥집에 간 적이 있다. 그런 가
게에서 식사를 못 해봐서 컨베이어 벨트 위에서 이동하는 참치
와 붕장어, 오이 초밥 접시가 왔다가 사라져가는 광경을 멍하게
바라보던 바로 그 때였다.

"여기 벨트 빨리 좀 못 돌리나."

눈앞에서 조카가 이렇게 말했다. 초등학교 3학년 정도인가
그 무렵 한창 성장할 때였으니 먹고 싶은 초밥을 어서 위장 속
에 넣어야겠다는 그런 마음에서 문득 한 말이었을 것이다. 하지
만 그 말이 내게는 다르게 들렸다. 집어 들고 싶은 접시가 올 때

까지 기다리는 것에 어떤 불만도 초조함도 없는 나와 달리 테이블 맞은편에 앉은 조카는 기다리는 수고는 집어치우고 원하는 것을 지금이라도 손에 넣고 싶다는 것이었다. 《1Q84》의 등장인물들은 아니지만 그 시점에 내가 알지 못 하는 곳에서 모르는 사이에 세상이 조금씩 변한 듯한 기분이 들었다.

여기에서 말하는 변화란 시간과 어떻게 마주대하느냐의 문제다. 시간의 추이는 누구에게나 동일하다. 미국 대통령이든 갓 태어난 아기든 시간은 평등하게 흘러간다. 지구가 탄생한 이후 변함없이 절대적인 존재인 시간이 진행되었기에 인류는 역사를 손에 넣을 수 있었다.

이야기가 약간 커져버린 것 같지만, 절대적이고 지배적인 존재에 대해 인간은 스스로 풀어낼 수 있는 방법으로 대항을 하는 게 아닐까, 요즘 수년간 그런 생각을 하게 되었다. 하지만 이것은 시간적 여유를 가진다거나 스케줄을 잘 조정하기 위해 누군가에게 업무나 잡일을 부탁하거나 IT기술로 정보처리를 향상시킨다는 차원의 이야기는 아니다. 설령 벨트가 빨리 돌아가기를 바랐던 조카는 아닐지라도 시간을 생각하는 대로 자유자재로 컨트롤하는, 이제까지 상식에서 벗어난 SF영화 속에서나 가능했던 세계를 사람들이 현실적으로 원한다는 사실을 피부로 느끼게 되었다.

최근 미디어에서 종종 다루어지는 안티 에이징을 떠올리게 될지도 모른다. 확실히 미용기술의 향상과 의약품 개발에 의해 실제연령보다 젊어 보이는 것은 나이를 먹는다는 시간의 추이를 멈추는 처치일 것이다.

그러나 미용을 목적으로 한 안티 에이징 이상으로 현대, 더구나 일상생활에서 인간에 의한 시간의 지배가 실제로 일어나고 있는 것 같다. 앞서도 스스로 풀어낸 방법이라 표현했지만 방법이 실행에 옮겨지려면 사람들 내면의 상상력이 필요하다. 그런 의미에서 소설처럼 이야기를 만들어내는 행위도 유사하겠으나, 인간의 손에 의한 시간세계의 장악, 그것이 불러일으키는 비애를 《1Q84》에서 강하게 느꼈다.

최근 시간에 대한 인간의 욕망을 느끼게 하는 서적은 《1Q84》만이 아니다. 미국의 '존 디디온'이라는 여성작가가 2005년에 《The Year of Magical Thinking》이라는 회상록을 발표하여 퓰리처상, 전미도서상이라는 큰 문학상을 받았다. 브로드웨이에서 바네사 레드그레이브 주연으로 무대에 오른 적도 있는 이 작품이 일본에서 번역되어 나오지 않은 것은 극히 유감스러운 일이지만 말이다.

내용은 사랑하는 남편과 딸을 거의 같은 시기에 잃는 불행에 휩싸인 디디온이 어째서 그런 재난에 이르렀는가 기억을 더듬어 확인해가는 이야기로 이루어져 있다. 그렇지만 과거가 재현되는 과정은 회귀, 노스텔지어와는 확연히 다른 것임을 알게 된다. 강박관념이라 할 수 있을 만큼 디디온의 과거를 향한 강한 집념은 예전의 일들을 자신이 지금 있는 곳, 즉 현재 지점으로부터 도망가지 못하도록 붙잡아두고, 벗어나지 못하도록 하는 독특한 허무함을 느끼게 한다.

그렇다면 《1Q84》의 경우는 어떨까? 말할 것도 없이 이 작품은 실화가 아니라 픽션이다. 등장인물이 존재하는 곳은 환타지풍에 하드보일드한 요소가 내재되어 있는 허구 세계 속이다. 그럼에도 불구하고 앞서 디디온의 책과 마찬가지로 시간 본래의 엄격한 법칙에서 도망치려는 사람들의 모습을 리얼하게 작중인물에게 투영함으로서 독자들에게 오히려 현실감을 가져다주는 것은 왜일까?

어느 잡지 서평을 빌어 '《1Q84》는 누구나 거론하는 시대라는 질문에 대한 스토리텔러 무라카미 하루키의 대답'이라고 쓴 적이 있다. 다른 각도에서 보면 '이야기를 만든다'는 것의 본질은 그것이 어떤 상황이건 과거의 재현을 의미한다. 가령 SF소설처럼 시대 설정이 과거가 아닌 미래라 해도 말로서 전하기 위해서 그 스토리는 '이미 일어난 사건'이어야만 한다. 그렇지 않으면 이야기를 만드는 행위 자체가 성립되지 않는다.

상상력을 사용한다는 점에서 이야기를 들려주는 것과 과거를 되돌아보는 회상은 유사하다고 했는데, 조금 더 깊이 그 공통점을 살펴보자.

우리는 이 세상에 태어난 순간부터 다행인지 불행인지 과거와 마주 보며 살아간다. 그러면서도 사리분별이 생기면 불행인지 다행인지 대부분의 기억은 매몰되어 간다. 기억이란 어떤 일을 경험한 사람 속에서의 과거의 일을 그대로 모두 되살려서 보여주지는 않는다. 빠진 부분이 반드시 존재하게 된다. 결국 과거를 소생시키려는 의욕이 강할수록 더욱 보완작용^{상상력}이 필요하게 된다. 즉 경우에 따라서는 향수라는 감정에 좌우되어 실제 사건과는 다른 과거가 인간의 기억 속에 떠오를 가능성도 있다. 의식적이건 무의식적이건 기억이 부분적으로 수정되는 것은 이야기가 만들어지는 과정과 비슷하다.

그래서 《1Q84》는 상당히 다의적인 내용의 작품인 것은 분명하나 소설을 형성하는 중요한 요소로서 주인공 두 사람, 덴고와 아오마메가 회상하는 장면이 반복해서 나온다.

열 살 때, 초등학교 동급생이었던 그들은 단 한 번 서로의 마음이 통하는 기회를 얻는다. 아오마메는 종교단체에 속해 있는 부모님들 때문에 동급생들에게 백안시당하고 소외되지만, 그녀에게 호의를 갖고 있는 덴고만은 달랐다. 정의감에서 궁지에 빠진 아오마메를 구해주고, 이후 굳게 잡은 손의 감촉을 20년이라는 세월이 흐른 지금도 두 사람 모두 잊지 못하고 있다.

현재 자신이 놓여 있는 상황을 바라보면서 그리움과 함께 두 사람은 손의 감촉과 그 광경을 추억해내지만, 그곳에는 후회하는 마음이 자리 잡고 있다. 그 때 왜 자신들이 품었던 애정을 솔직하게 전하지 않았을까, 행동으로 보여주었다면 스스로 변하지 않았을지도 모른다, 이런 인생이 아니었을 것이라며 말이다. 그러나 현실 사회에서는 아무리 갈망을 해도 시계 바늘은 되돌릴 수 없으며 마음에 남은 앙금을 해소하기 위해 이미 일어난 일을 고치지도 못 한다. 《1Q84》에서 덴고가 과거와 절연하려는 다음 장면은 냉철한 현실을 피할 수 없는 심정이 씁쓰레하게 그려진다.

"연상의 걸프렌드가 지적하는 대로다. 그녀는 옳다. 과거를 아무리 열심히 면밀하게 고쳐 쓴다 해도 현재 자신이 처한 상황의 큰 줄기가 변화하지는 않을 것이다. 시간이라는 건 인위적인 변경을 모조리 없애버릴 만큼 강한 힘을 가지고 있다. 그것은 이미 이루어진 수정 위에 거듭 수정을 덧칠해서 흐름을 원래대로 고쳐갈 것이 틀림없다. 세밀한 부분이 다소 변경되는 일은 있겠지만 결국 덴고라는 인간은 어디까지나 덴고일 수밖에 없다."

시간이라는 존재를 마치 살아 있는 존재처럼 그린 점은 흥미롭지만 이 시점에서의 덴고는 과거는 되돌릴 수 없는 것이라며 단념하는 듯하다. 하지만 나중에 아오마메와 재회하고 싶다는 일념으로 그는 '기억을 파헤치는' 행동에 나선다.

소설에서는 또한 덴고의 머리 속에 각인된 어머니가 아버지가 아닌 다른 남성에게 몸을 허락하는 정경이 반복되어 펼쳐지는 장면이 나온다. 그곳에 자신의 출생의 비밀이 숨겨져 있다고 느낀 덴고는 진실을 알기 위해 치매에 걸린 아버지를 찾아가지만, 그 행동도 역시 결락된 기억, 즉 인생의 공백을 스스로의 손으로 메우기 위한 염원에서 온다.

문제는 어째서 주인공들이 그렇게까지 과거에 집착하는가라는 것이다. 앞서 덴고의 절제된 말에서도 나타나듯이 현실과 사회, 시대의 흐름은 그들의 힘이 미치지 않는 존재이며, 냉정한 그 힘에 인간은 무작정 따라갈 수밖에 없다. 어느 곳에서 포인트가 바뀌어 자신 뿐 아니라 사회전체가 다른 세계로 빠져버릴 가능성이 있을지라도, 대부분은 이미 놓여 있는 선로로 나아갈 수 밖에 없다고 단념한다. 그러나 덴고와 아오마메는 무모하다고 할 정도로 현실과 사회, 시간의 흐름에 짓눌리기를 거부하고 맞서 나가려 한다.

덴고를 사랑하는 마음에 스스로의 희생도 두려워하지 않는 아오마메는 동시에 이런 말을 한다.

"생각해보니 결국 우리가 살아가는 세계 그 자체가 거대한 모델룸 같은 게 아닐까? 들어와서 그곳에 앉아 차를 마시고 창밖의 풍경을 바라보고 시간이 다 되면 인사를 하고 나간다. 그곳에 있는 모든 가구는……"

'우리가 살아가는 세계'는 눈앞에 펼쳐지기에 마치 그곳이 인간이 귀속해야 할 장소처럼 생각된다. 그러나 그 세계가 외관만 그럴싸할 뿐 당장 쓰러져갈 것처럼 실질성이 없는 경우에는 어떨까? 이기고 지는 것에 따라 인간의 가치가 정해지고 가족간에도 마음을 터놓을 수 없는 세계라면 어떨까? '우리가 살아가는 세계'라는 말이 애매하고 추상적이라면 그것을 '현실' '이 세상' '지금이라는 시대'로 치환해보면 이해하기 쉬울지 모른다.

어지간한 행운이 따르거나 현상에 어떤 불만도 가지지 않는 경우가 아니라면 정도의 차이는 있을지언정 누구나 그곳을 벗어나려는 생각을 하게 된다. 현실도피라고도 하지만 이곳이 아닌 어딘가로 가고 싶어지게 된다. 그렇다고 여기가 아니라면 어디나 괜찮다는 건 아니다. 가려는 곳은 현실이나 이 세상, 지금이라는 시대처럼 혼돈되고 복잡해서 알 수 없는 것 투성이어서는 안 되며 자신들이 안식을 느낄 수 있는 장소이어야 한다.

그것이 ‘이야기’ 나 ‘과거’ 라는 이름의 세계가 아닐까? 교묘하게도 소설에 나오는 사이비집단 ‘선구’ 의 리더는 ‘세계 속 사람들 대부분은 실증 가능한 진실을 바라고 있지 않다’ 고 하는데, 사람들은 조리가 맞지 않고 비논리적이라 해도 자신들에게 안녕을 가져다준다면 어느 정도의 시간과 에너지를 소비해서라도 ‘이쪽’ 이 아닌 ‘저쪽’ 세계에서 헤매기를 선택하는 것이다.

‘저쪽’ 에서 안녕을 얻을 수 있는 이유는 그들이 이해할 수 있는 장소이기 때문이다. 기억이 결락되거나 공백이 있다고 해도 어쨌든 과거는 한 번 경험했던 세계다. 어떤 것이 튀어나올지 예상할 수 없는 ‘미래’ 와 비교하면 불안감은 훨씬 줄어들고 재목을 쌓듯 결락된 부분만 메워 가면 세계는 구축할 수 있다. 잃어버린 것과의 재회도 가능하다.

‘이야기’ 역시 시련과 곤란이라는 장벽이 있다 해도 이를 품고 있는 세계의 구석구석을 자신이 알 수 있는 것만으로 만들어낸다. 때로 상상력은 예상도 못 할 전개를 낳는 경우도 있지만 그렇다고 ‘이야기’ 스스로가 그것을 만들어낸 자신을 버리지는 않는다. 개인의 블로그, 휴대전화 소설에서 볼 수 있듯이 누군가가 혹독한 비판을 해도 계속 써내려가는 이유는 그 끝에 자신을 만족시키기 위한 성취감이 존재하기 때문이며 자기희생에 의한 무력감과 피로감을 느낄 필요는 없기 때문이다.

앞서 리더가 했던 말의 의미를 뒤집어보면 세상의 기준으로는 지리멸렬, 황당무계하다 해도 자신이 주인공이 되어 관계를 맺고 마음이 통할 수 있는 존재를 찾아낼 수 있다는 점에서 상상력으로 창조되는 '이야기'도 '과거'도 진실이 될 것이다.

스토리텔러로서의 무라카미 하루키는 이 시대의 사람들이 '저쪽' 세계에 어느 정도 깊은 애정을 가지는지 감각적으로 인지하고 이해하고 있다. 그렇기에 《1Q84》의 독자는 하루키가 이끄는 허구의 세계가 실재한다고 생각하는 것이다.

033

음모문학가로서의 무라카미 하루키

가노 료스케(可能涼介) : 1969년생. 문예평론가. 저서로 《첫마디 말》 등이 있다.

2007년과 2008년에 문예시평 같은 글을 썼는데(《주간독서인》의 '시평'과 〈문학계〉의 '신인소설 월평') 그 결론은 '지금이야말로 음모(비판) 문학을!' 이었다. '현실에 만족하는 인물'이 주로 등장하는 일본 문학에서 지금 시점에 필요한 것은 예전에 나쓰메 소세키가 품었던 유신에 뜻을 둔 지사志士와 같은 기개, 어렸을 적에 《군주론》이나 《손자병법》을 읽었을 때 느꼈던 속내가 시커먼 무리(슈퍼 파워 엘리트 SPE라고 부르자)가 가진 악랄한 인간인식을 함께 담은 작품이라고 생각했다. 그런 작품을 쓸 작가는 좀처럼 떠오르지 않았지만, 문득 1982, 3년에 나왔던 《양을 둘러싼 모험》까지의 무라카미 하루키일지 모른다는 생각이 들었다.

그 책이 출판되었을 당시에 나는 중학생이었는데, 당시 내가 살던 지방의 작가라는 인식이 있어서 예를 들어 나카가미 겐지보다 '토착' 도가 높다는 인상을 받았다. 나카가미의 뇌 속에 '구마노熊野 강'이 차지하는 비율보다는 하루키 뇌속의 '아시야芦屋 강'이 차지하는 비율이 훨씬 높은 것처럼 느꼈다. 나카가미의 《고목탄枯木灘》처럼 주요 무대인 신구新宮에서 제목인 가레키나다枯木瀬까지는 지도상으로 보면 몇 십 킬로미터나 떨어져 있어서 황당무계함을 느꼈지만, 하루키에게서 예를 들면 제아미世阿弥, 일본의 전통 가면극 노(能)를 집대성하였으며, 많은 작품과 작극법 등을 남겨 현대에까지 그 영향을 미치고 있다 — 역주나 오리쿠치 시노부가 그랬던 것처럼 토지의 '지령地靈'과 교감하는 능력이 있다고 생각되었다. 《바람의 노래를 들어라》에서는 나라奈良 지령과의 감응을 감동적으로 풀어주는 장면이 있다. 홋카이도 지령(사자死者라 불러도 좋다)과의 교감이 있었다고 기억되는 《양을 둘러싼 모험》은 세계의 지배와 일반인의 '가축인양(羊)인간' 화를 도모하는 '흑막'에 대한 저항감을 그린 음모문학이었음을 상기하면서, 그 작품을 읽고나서 사반세기 동안 손에 들어본 적이 없는, 하루키의 작품을 2009년에 읽어 보았다.

《1Q84》를 읽고 난 감상은 "분명 하루키 작품은 음모문학이다. 그렇지만 미묘하다"였다. 개인적인 견해로 음모문학에는 SPE에 의한, 세계를 어떤 식으로 조작할까라는 계획이나 청사

진을 그린 음모 '긍정' 문학과, 그것에 저항하거나 경고하는 음모 '비판' 문학이 있다. 반대 의견도 많겠지만 전자가 헉슬리의 《멋진 신세계》나 오웰의 《1984년》이고, 후자가 우엘벡의 《소립자》나 이시구로의 《나를 보내지 마》다. 《1Q84》를 읽으면서 미묘하다고 느낀 점은, 그 동안 후자였다고 판단할 수 있었던 《양을 둘러싼 모험》 이후의 작가의 행보가 점차 전자로 기울어지는 것처럼 느꼈기 때문이다. 슬픈 사실이지만 전자에 속하는 작품들이 더 '깊이'가 있는 것은 사실이다. 그러나 영미권 작가라면 모를까 '속국일본'의 작가가 SPE에 가담한다는 것은 배신이다.

초기의 하루키는 '섹스'나 '폭력'이나 '삼인칭소설'은 '굳이' 쓰지 않는다고 발언했던 기억이 있다. 하지만 사반세기가 지난 지금 그것이 성장이나 성숙일지는 모르겠으나, 오히려 '굳이' '섹스'나 '폭력'만을 쓰는 것처럼 느껴졌다. 《노르웨이의 숲》의 여자 꼬시기나 《해변의 카프카》의 의사 근친상간이나 고양이 살해와 인간 살해의 '병치'도, 그런 것에 독자들을 '무감각'하게 만드는데 기여하고 있으며, 독자의 우민화라고 해야 할지 '양 인간'화를 추진하는 역할을 수행하는 것 같다. 《태엽감는 새》는 SPE에 의한 '세뇌'에 저항하거나 경고하는 책이 되었지만, 이것은 "여성에게 버림받은 적이 없다"는 하루키 스스로의 탁월한 세뇌능력에 의한 것이라 생각된다. 그렇지만 옴진리교 사건에 도전한 《언더그라운드》나 《약속된 장소에서》에는, 예를 들면 '옴진리교는 각국의 첩보기관이 도입된 국제적인 세뇌실험도마베치 히데토(苫米地英人) 《뇌의 이력서》' 이라는 시점은 존재하지 않는다. 《어둠의 저편》에서의 특이한 '삼인칭' 도입도 시점에 객관성을 부여하기 위해 '멀리 떨어져서 바라보는 것' 이라기보다는 SPE에 의한 정보수집의 수단이었을지 모를 인류학에서 말하는 '먼 시선' 에 가까우며 '저쪽' 에 한패가 된 것처럼 보인다.

《1Q84》는 '덴고' 가 원고를 리라이팅하는 '날조' 라는 측면에서 보면 음모문학에 상응하는 설정을 갖지만, 음모이론의 세계에서 '베이컨이 셰익스피어를 날조한 것은 작품에 카바라 사상을 심기 위한 것' '아도르노가 비틀스의 초기작품을 준비한 것은 세계에 마약을 퍼트리기 위한 것' 과 같은 황당무계한 음모는 현재로서는 보이지 않는다. 그러나 패럴렐 월드를 묘사하는 이 작품속에 '후타마타오' 라는 '두 갈래로 갈라진 세계' 를 연상시키는 지역이 나오는데 여기에는 분명 깊은 '의도' 가 숨겨져 있을 거라 직감하고 전철을 타고 가보았다. 장마가 시작되기 직전이었는데 휘파람새가 울고 제비가 날아다니며 계곡을 깊이 내려다보는 다리가 걸려 있고 옅은 안개로 둘러싸인 '이계異界' 였다. 어느 한 등장인물을 그곳의 '지령' 으로 충분히 읽어낼 수 있을 것 같았다.

그 지역에 조금 못미쳐(도심쪽) 오쿠타마奧多摩라는, 이계의 입구에 해당하는 장소에 '가베河邊'라고 하는 역이 있었다(한자는 '河辺'라고 쓴다). 그렇게 보면 이 작품에는 하루키 작품 특유의 '벽 뚫기'가 감추어져 있었던 것이다. 더구나 그 역 앞의 하무라羽村에는 '마이마이즈 우물'(달팽이 우물이라는 의미)이 있었다. 지반이 단단한 이 지대에는 《태엽감는 새》와 같이 수직으로 판 우물이 아니라, 주변에 원을 그리고 그것을 조금씩 좁혀나가면서 파나가는 절구통 모양의 우물이 존재했다. 이 작품이 그 우물을 팔 때처럼 서서히 핵심으로 다가가는 음모 '비판' 문학이 될 것을 기도하면서 글을 마친다.

034

대담:《1Q84》난도질!

오모리 노조미(大森望) : 1961년생. SF번역. 문예평론가.
도요자키 유미(豊崎由美) : 1961년생. 서평가. 저서로 《그렇게 읽어서 어떻게 할래?》, 공저로 《문학상 난도질!》 시리즈 등이 있다.

두 사람의 대담을 책으로 엮은 《문학상 난도질!》을 통해 거침없는 비평으로 유명하다 −역주

구성=아라이 유키코

SF적으로 논리는 엉터리

오모리) 우선, 등장인물한테 얘기하고 싶네요. 도서관에 가라고. 언제부터 달이 두 개 떠 있는지 알고 싶으면 어떻게든 조사해볼 수 있지 않냐고. 도서관에 가기가 귀찮으면 집에 있는 사전으로 '달'을 찾아봐야죠. 달이 두 개라면 각각 이름이 있겠죠.

도요자키) 둘 다 달이라고 불릴 리가 없어요.

오모리) 맞아요. SF를 하는 사람으로서 무척 신경 쓰였어요.

도요자키) 달이 하나인 세계와 두 개인 세계가 있다, 그런데도 이건 패럴렐 월드가 아니라고 하던데요.

오모리) 작품 속 인물이 그렇게 주장을 하죠. '선구' 리더하고 대화하는 장면에서 아오마메가 "패럴렐 월드 같은 것?"이라고 물으니까 "남자가 어깨를 약간 떨며 웃으며 말하기를 자네는 사이언스 픽션을 너무 많이 읽은 것 같군"이라고 하죠. 아이고, 찔려서! (웃음)

도요자키) 리더는 아오마메와 덴고는 1984년에서 1Q84년 세계로 '발을 들여놓았다' 고 주장하던데요.

오모리) 그러니까 그게 바로 패럴렐 월드라니까요. 쓰쓰이 야스타카筒井康隆 《탈주와 추적의 삼바》 패턴이지요.

도요자키) 맞아요, 그래요. 책을 읽으면서 도대체 어떻게 된 건지 궁금했는데 "저쪽에 1984년이 있고 이쪽에 분기된 1Q84년이 있을 뿐, 그것이 병렬적으로 진행하는 것이 아니야"라고 하더라고요. 그럼 1984년은 사라져버린 건가 하면서 어쨌든 납득을 했죠. 그런데 또 "선로의 포인트가 그곳에서 바뀌어서 세계는 1Q84년으로 변경되었어"라는 거예요. 역시 패럴렐 월드잖아요.

오모리) 하나의 시간선에서 다른 시간선으로 이행해버려서 병행세계 사이를 자유롭게 이동할 수는 없다는 얘기를 하고 싶은 건가?

도요자키) 돌아갈 수 없다고 패럴렐 월드가 아니라고요?

오모리) 그러니까, 아아, 그런 설정을 한 패럴렐 월드라고 하는 거겠죠. (웃음) 작중 인물이 이것은 패럴렐 월드 SF가 아니라고 부정하는, 자기언급적인 패럴렐 월드 SF. (웃음)

도요자키) 그렇겠네요. 어디까지나 등장인물이 패럴렐 월드가 아니라고 주장하는 것뿐이니까, 하루키 자신이 부정한 건 아니겠네요. 우리들 독자로서는 솔직하게 패럴렐 월드라고 생각하면서 읽어도 되겠네요.

오모리) 저는 모든 서평에다 다 그렇게 썼어요. 그랬더니 교도 통신사에서 전화가 왔어요. 신간 SF시평 첫머리에 '최근의 SF계에서는 무라카미 하루키의 《1Q84》가 단연 화제'라고 썼더니 "오늘 교정이 끝나는데 SF라고 단언해도 괜찮은지 의문이 생겨서……"라고 하더라고요. (웃음)

도요자키) 뭐예요. 그런 말을 하다니 너무 했네. 이 작품은 역사 개조 소설이기도 하잖아요?

오모리) 그래요. 어떻게 부르건 그건 독자 마음대로라고 봐요. 암살자 이야기니까 미스터리라고 하든, 요정이 나오니 환타지소설이라고 하든, 초능력자가 암약하는 전기 호러라고 하든 그건 독자가 읽기 나름이죠. 그렇지만 신문 같은 매체에서는 장르를 특정화하면 《1Q84》는 SF가 아니라고 독자한테 항의가 올지도 모르니까요.

도요자키) 모두 자유롭게 읽는 게 좋은데!

오모리) 글쎄, SF로 보면 지적할 점이 많아요.

도요자키) 미스터리로서도 꽤 많아요.

오모리) 흠, 논리는 엉터리예요.

도요자키) 예를 들면 아오마메가 '선구'의 리더를 만나러 가는 부분이 그렇죠. 그 정도로 중요한 인물의 경호를 맡는 인간들이 찾아온 사람의 보스턴백을 구석구석까지 조사를 안 하다니, 그런 일이 어디 있어요? 금속탐지기를 들이대도 좋을 장면인데요.

오모리) 그 점은 '투채널' 사이트에서도 지적했던데요.

도요자키) 그런 점에서는 좀 엄격하지가 못하죠. 장르 소설을 무시하는 것 같아요.

오모리) 장르소설에 대한 존중이 없는 건지 일부러 그런 식으로 하는 건지 약간 미묘하죠.

도요자키) 일부터 지적하게 만드는 것인지도 모르지요.

오모리) 굳이 장르 소설 문법에는 따라가지 않으려는 인상이 있어요. 달 이야기 같은 것도 SF적으로는 해석되지 못 하게 적어놨고.

도요자키) 따라갈 수 없는 게 아니라 따라가지 않는다는 거네요.(웃음) 뭐 어떻게든 해석가능.

마침내 무라카미 하루키가 아저씨 개그를

도요자키) 뭐라고 말들 해도 자꾸자꾸 팔려서 난리법석이니까 우리들도 이렇게 축제에 참가한 거잖아요. 하지만 그렇게까지 높이 평가할 수 있는 작품인가요? 하루키 작품 중에는 기껏해야 B 플러스 정도 점수를 매길 수 있을 것 같던데.

오모리) 저는 정말 재미있었어요. 오랜만에 하루키 작품을 보면서 흥분했죠.

도요자키) 하루키는 '종합소설을 쓰고 싶었다'고 인터뷰에서 밝힌 것 같은데, 어쩐지 이제까지의 작품을 재인용했을 뿐인 '집대성' 작품으로밖에 읽히지 않았어요. 우선 첫머리가 그런데요, 택시 안에서 흘러나오는 야나체크의 신포니에타가 아오마메에게 '뒤틀리는 것 같은 기묘한 감각'을 가져다준다고 했지요. 누구라도 《노르웨이의 숲》을 떠올리지 않을까요?

오모리) 하지만 그 장면은 팬티가 보이는 게 포인튼데요.

도요자키) 아!……네.

오모리) 택시를 내려서 서둘러서 철책을 넘어가는 장면에서 사람들이 다들 쳐다보는데 '미니스커트가 허리 언저리까지 말려 올라갔다'라고 하잖아요. 중년 남성들의 마음을 확 채갔죠. 이제까지 이런 장면은 없었어요.

도요자키) 하하하. 하지만 《노르웨이의 숲》만이 아니에요. 《세

계의 끝과 하드보일드 원더랜드》《언더그라운드》《태엽감는
새》, 결국 이제까지의 작품 테마나 모티브를 돌려쓸 뿐이잖
아요. 더구나 《태엽감는 새》만큼의 공격적인 자세도 느낄 수
가 없구요. 나이를 먹어서 그런지 모난 게 둥글어졌구나 그런
기분이 들었어요. 저는요.

오모리) 《태엽감는 새》하고는 등장인물이 공통적이지요. 무엇
보다 우시카와. 덴고 앞에 '재단법인 신일본학술진흥협회 전
임이사' 라고 나타난 기분 나쁜 사람.

도요자키) 또 하나 불만이었던 건 덴고의 캐릭터에요. 체격만
좋아졌지 내면은 이제까지 하루키 작품에 계속 나왔던 '나'
하고 완전 똑같잖아요.

오모리) 같지요. 그렇지만 왜 그럴까 생각해보면, 덴고 파트에
서는 후카에리가 주역이잖아요. 덴고는 후카에리를 빛나게
하기 위해 존재하지요. 어찌 되었든 상관없는 캐릭터니까 전
혀 신경이 안 쓰이던데.

도요자키) 그럴까요? 하루키적으로는 중요한 인물이라는 생각
이 드는데. 그런 것치고는 항상 똑같이 시시한 이야기만 늘어
놓는 캐릭터이긴 해요. 예를 들면 BOOK1 208페이지에 "사
람들은 공기가 깨끗한 산길을 걷기 위해 후타마타오까지 찾
아온다. 《맨 오브 라 만차》 공연이나 와일드하기로 유명한 디

스코 텍이나 애스턴 마틴의 쇼룸이나 바다 가재 그라탕으로 유명한 프렌치 레스토랑을 찾아서 후타마타오에 오는 사람은 없다." 이런 표현을 본인은 멋진 말솜씨라고 할지 모르지만, 완전히 쓸데없는 말이잖아요. 시건방진 표현일지 모르지만, 만일 얼굴을 마주 보고 있는데 내게 그런 말을 하면 때려눕힐 것 같아요. BOOK2 356페이지 "나는 무언가 생각을 하면 시간이 걸리는 편이지만 그렇다 해도 너무 시간이 많이 걸린다"라는 자기인식의 모습도 정말 그렇죠. '나' 그 자체라고요. 결국 그런 유사성은 그렇다 치고, 나는 덴고라는 캐릭터가 아무리해도 호감이 가지 않아요. 아이 때는 수학 천재, 커서는 뛰어난 유도 감각을 발휘하고 한 술 더 떠서 음악에도 평범하지 않은 소양을 보여주죠. 그래서 유도 코치와 선배한테 "너는 소양도 있고 힘도 있고 연습도 잘 해. 그런데 의욕이 없어"라는 말을 듣고요. 결국 의욕만 있으면 어떤 분야에서라도 굉장한 사람이 될 수 있다는 걸 내비치잖아요. 그것도 자기 스스로요. 얼마나 기분 나쁜 캐릭턴지. 지금까지 나온 '나' 캐릭터 중에서도 최악이었어요.

오모리) 비교적 에로 게임미소녀 캐릭터가 나오는 게임 -역주 같은 주인공상이지요. 어쨌든 소설가 데뷔도 못했고, 소설가가 되고 싶은 한심한 남자라고 생각하면 되죠.

도요자키) 그건 그렇지만요. 대신 아오마메 캐릭터는 새롭다고 느꼈어요. BOOK1에서 남자 사냥하러 다니는 장면이 있지요.

오모리) 대머리를 좋아하는 거요, 그거 참 좋던데요.

도요자키) 우선 '천국에 간다면 당신은 대머리 천국에 갈 거야. 지옥에 간다면 대머리 지옥으로 가지' 라고 생각한 후에 그 대머리 앞에서 아오마메가 옷을 벗고 "자기 고추는 꽤 큰데 내 가슴이 작아서 비웃고 있죠"라는 흐름은 정말 멋졌어요. 그 언저리에서는 상당히 재미있다고 생각했죠. 이제까지 하루키에게 없었던 캐릭터였고 상황이잖아요.

오모리) 하루키가 스미타니 와타루墨谷涉, 소설가. 여성이 급소를 차주기를 바라는 도착된 욕망의 주인공이 나온 소설로 유명 -역주라도 읽은 걸까 생각했죠.(웃음) 갑자기 레즈비언 장면이 나오는 것도 신선했고.

도요자키) 맞아요. 그 뭐였더라? 〈요미우리신문〉 인터뷰에서 "특히 이번 작품에서는 여성이 느끼는 방식이나 사고방식을 더욱 파고들어서 쓰고 싶었다"고 대답했었지요.

오모리) 그 인터뷰 보면서 웃긴 점은 "섹슈얼한 장면은 상당수 있다. 싫어하는 사람이 있을지 몰라도 이야기에는 필요한 장면이다"라는 대답이었어요.

도요자키) 네네, 맞아요.

오모리) "영화에 필요하면 벗겠습니다" 같은 느낌. (웃음) 하루키 아저씨, 그런 말은 안 하는 게 좋아요!

도요자키) 그런 변명은 안 하는 게 좋지요.

오모리) 오히려 책이 잘 팔린다면 에로라도 쓰겠습니다라고 하면 좋았을 텐데요. 대머리를 좋아하는 여성을 등장시키면 중년 남성들도 기뻐할 것 같아서라고요.

도요자키) 혹시 하루키 선생님 자신이 머리 부위가 약간 신경 쓰이게 된 건 아닐까 생각이 드네요. 그래서 아오마메를 대머리를 좋아하게 만들었다는. (웃음) 에로 얘기가 나오니까 생각났는데, BOOK2 302페이지에 덴고와 후카에리가 섹스하는 장면말이에요. 잠을 자고 난 뒤에도 덴고의 발기가 지속되잖아요. 그런데 자문자답을 하죠. "자고 있는 동안에도 발기가 계속 지속된 걸까? 아니면 한 번 가라앉은 다음에 새로 시작된 발기인가? '제2차 무슨 내각' 처럼 말이다".(웃음) 이거 보고 웃었어요. 예전의 하루키는 이런 말 안 썼잖아요?

오모리) 이렇게 힘을 뺀 개그가 상당수 들어가 있어서 유쾌했죠. 뭐라고 해야 할까, 아저씨 개그도 이젠 태연히 할 수 있게 되었구나 하고요. 둥글어졌다고 하기보다는…….

도요자키) 늙었다?

오모리) 여유가 생겼다.

도요자키) 자꾸 와타나베 준이치渡辺淳一, 소설가. 〈실락원〉으로 유명 -역주에 근접해간다고 할 수 있지요. (웃음). 아니, 하루키 소설은 기본적으로는 와타나베 준이치와 비슷해요. 그 쪽 주인공도 자화자찬, 아니면 여주인공에게 절찬 받는 패턴이잖아요. '자신이 보기'에라든가 섹스, 성기에 대한 표현이. 그런 점이 하루키가 자신의 분신인 '나'를 항상 인기 있는 사람으로 그리는 것과 별로 차이가 없는 것 같은데요.

오모리) 기본적으로 에로 게임 같지요. 더구나 이번에는 메인 시나리오가 지극히 순애보라서요.

도요자키) 열 살 때 손을 잡았던 사실을 잊을 수가 없다니!

오모리) 《운명의 사람》은 야마자키 도요코山崎豊子, 소설가 -역주가 아니라 하루키라고 하고 싶을 정도예요.

도요자키) BOOK2 21장이지요. 그 미끄럼틀 위에서 같은 달을 바라보던 두 사람의 스쳐지나감! 그거 정말 참을 수가 없던데요.

오모리) 있을 수 없는 사랑. (웃음)

도요자키) 낮에 방영돼서 인기를 끌었던 만화 《모래시계》같은 멜로 드라마 같아요. 노벨상 같은 이야기를 할 때가 아니지요. (쓴웃음)

오모리) 아무튼 굉장해요. 《세상의 중심에서 사랑을 외치다》라든가 《지금 만나러 갑니다》같이 소위 하루키 칠드런이라고 하는 작가들이 여러 가지 변형된 사랑을 그렸지요. 《1984년》과 비슷한 부류를 들더라도 이사카 고타로의 《골든 슬럼버》나 《모던 타임즈》가 더욱 치밀하고 구성이 탄탄하죠. 그래도 역시 지존, 하루키는 스케일이 달라요. 상상 그 이상으로 가지요. 저는 닮은 꼴 선발대회에 자신이 직접 참석해서 한 순간에 그 무대를 장악해버리는 그런 강렬한 아우라를 느꼈어요.

도요자키) 그건 잘 하고 못 하고의 문제가 아니라, 그저 본인이라고 밝혀서 장악하는 느낌이 아닐까요?

오모리) 그렇지만, 역시 잘 되어 있는 부분은 정말 뛰어나다고 생각해요.

도요자키) 많은 소도구나 설정이 결국은 덴고와 아오마메를 연결하는 것이라고 밝혀가는 구성은 잘 되었지요. 야나체크도 그렇고 리틀 피플도 두 개의 달도 체호프도 그렇고요.

'후카에리'는 '아야나미 레이'

오모리) 하지만 달을 이용하는 방식은 용서할 수가 없던데요.

도요자키) 오, 또 달 문제?!

오모리) 결국 중간까지 그런 말은 한 번도 안 썼다가, 사실 두 개의 달이 보이는 거였다고 하다니 그런 게 어디 있어요! 액자 소설인 《공기 번데기》 속에 두 개의 달이 나오지요. 그런데 편집자 고마쓰가 덴고에게 '대부분의 독자가 이제까지 본 적이 없는 것'이라는데 묘사는 정확히 되어 있어야지요, "독자는 달이 하나만 떠 있는 하늘이라면 이제까지 몇 번이나 봤다. 그렇지 않나? 하지만 하늘에 달이 나란히 두 개 떠 있는 것을 본 적은 없을 것이다"라고 하잖아요. 모두 그 세계에 달은 하나 밖에 없다는 전제라고 생각하지요. 그런데 BOOK2에서는 두 개로 보이게 돼요.

도요자키) 음, 확실히 갑자기 그렇게 보이게 되는 거네요.

오모리) 저는 중간까지 아오마메는 액자소설 속 인물이라고 생각했어요. 아오마메 파트는 덴고가 《공기 번데기》 개작을 마친 후에 쓰게 되는 소설의 일부일 거라고요. 그래서 《공기 번데기》 설정을 답습해서 달이 두 개가 있는 거라고 생각했지요. 그런데 후반에서 아오마메하고 덴고가 사실은 같은 세계에 있었다니요! 너무 놀랐는데 아무런 논리도 없더군요.

도요자키) 하지만 두 개의 달이란 게 선로의 전환 포인트라고 하지 않았던가요? 아주 호의적으로 읽어 보면 달이 보이게 된 시점부터 덴고는 1Q84라는 세계에 갔다는 해석은 가능할 것 같아요.

오모리) 그렇지만 아오마메의 경우는 달 뿐만 아니라 경찰 제복이 변하거나 역사 자체가 변조된 세계로 미끄러져 들어온 것 같은데, 덴고는 그저 달이 두 개 보였다는 것 뿐, 다른 어떤 어긋남도 느끼지 못 하잖아요.

도요자키) 확실히 그렇네요. 하지만 야나체크라던가 코뮌에서 도망쳐 온 소녀의 에피소드뿐만 아니라 덴고와 후카에리 편에서 중요하게 인용되는 체호프도 아오마메 쪽에 정확히 나오잖아요. 멜로 드라마적 요소로서 두 사람의 혼이 얼마나 서로 끌어당기는지 그 복선이 되는 것 같아요. 예를 들면 두 사람의 이름이 나오는 방식을 봐도, 덴고 쪽에 아오마메의 이름이 나오는 건 BOOK2 4장, 아오마메 쪽에 덴고의 이름이 나오는 건 5장, 이런 식으로 빈틈없이 호응시켜가려는, 어떻게 보면 약간 숨 막힐 정도의 그런 장치가 되어 있는 소설이기는 하지요.

오모리) 네, 맞는 말씀이에요. 결국 패럴렐 월드인데도 조리가 잘 안 맞는 것도 분명 일부러 그렇게 한 거겠죠. 덴고 파트에서 달이 두 개 있는 건 마음 때문에 그런 거니까, 보이는 사람한테는 보일 거라는 그런 비슷한 얘기가 되는 거죠. 아오마메 파트와 이야기가 전혀 다르지 않느냐고 하면 전혀 설명해주지 않고요. 바로 그런 소설이네요.

도요자키) 순수문학은 역시 좋아요! (웃음) SF나 미스터리 작가는 부럽다고 느낄 거예요. 장르 소설에서 그런 짓을 하면 그건 SF가 아니다, 미스터리가 아니라고 엄청 두드려 맞을 텐데요. 하지만 순수문학이라면 오모리 씨가 말했던 것처럼 일부러 그런 거겠지라며 눈감아주는 거죠.

오모리) 소설 속에 《공기 번데기》에 대한 평가로 자신의 의견도 슬쩍 끼워놓고는, 전부 계산된 거라고 생각하게 만드는 작전이지요.

도요자키) 덴고에게 후카에리 작품을 리라이팅하게 만드는 편집자는 분명 야스켄야스하라 겐이지요. 야스켄이 하루키 원고를 마음대로 팔아먹은 적이 있잖아요. 결국 하루키의 원고로 제멋대로 이익을 얻어간 셈인데, 결국 그 손실을 고마쓰라는 야스켄과 닮은 캐릭터를 내보내서 백만 부 이상 팔아서 모두 회수한거죠.(웃음) 정말 멋진 일 아니에요? 이런 확실한 경제관념은 다른 작가들도 배워야 해요.

오모리) 제가 보기에는 별로 험담도 안 써놨고, 의외로 애정이 들어가 있던데요, 그 묘사 속에. 벌써 화가 풀렸나?

도요자키) 세부적인 건 뭐 상관없잖아요. 어쨌든 손실을 돌려받았으면 됐죠.

오모리) 후카에리 데뷔도 잘 생각해보면 이상해요. 이런 거 사기가 아니냐고 덴고가 고민을 하는데, 그럴 거면 이름을 숨기고 하라든가 공동 필명으로 한다든가 여러 가지를 제안할 수 있었을 것 같거든요. 하긴 신인상 원고를 보다 보면 실제로 '여중생이 쓴 원고인데 이걸 아무개가 다시 써준다면 엄청난 베스트셀러가 될 텐데!' 같은 생각을 할 때가 꽤 있으니까 발상으로 보면 리얼하기는 해요. 3, 4년 전에 십대 작가 신인상 데뷔가 잇달아서 상당히 화제가 되었으니 문예지 입장에서는 제법 비판적인 화제일지 모르겠군요.

도요자키) 후카에리 에피소드에는 하루키가 작가로서의 자신을 투영시킨다고 생각하는 부분이 있었어요. BOOK2 484페이지요. "《공기 번데기》는 너무 화제가 되는 바람에 심사위원들이 경원시하게 되어 아쿠타가와상을 받지는 못 했지만, 고마쓰의 솔직한 표현을 빌리자면 "그런 거 필요 없어"라고 할 정도로 책은 팔려나갔다" 하루키의 아쿠타가와상에 대한 솔직한 마음이 나타나 있지요. 이건 어떤 종류의 복수소설일지도 모르겠네요.

오모리) 왠지 쓰쓰이 야스타카같은 느낌이에요. 스타일은 전혀 다르지만. 후카에리의 기자회견 장면도 무척 좋았어요. 멋지게 대답을 하는 부분이.

도요자키) 《헤이케 이야기》를 암송했지요. 으음, 맞아요, 그 부분 좋아요.

오모리) 하루키 사상 최강의 새싹 캐릭터 후카에리. 정말 최고 예요.

도요자키) 《사할린 섬》을 덴고가 읽어주면 그 사이사이에 감상을 말하는 부분이 좋던데요. '딱한 길랴크인' '멋진 길랴크인'. 갑자기 그 부분이 한자 없이 일본 글자로만 표기되어 있어서 흥미로웠어요. 아, 맞다. 누군가 길랴크인 티셔츠를 만들어 팔면 좋을 텐데. 후카에리 대사를 그대로 프린트하면 잘 팔리지 않겠어요?

오모리) 이와나미 서점에서 《사할린 섬》을 1,500부 밖에 더 안 찍은 건 세태를 잘 몰라서인 것 같아요.^{그 후에 더 인쇄했다고 한다 —편주}

도요자키) 10만부 정도 찍어두는 게 좋을 텐데.

오모리) 후카에리의 추천사를 책 띠지에다 둘러야지요.(웃음)

도요자키) "길랴크인 더 알고 싶어." (웃음) 의문 부호가 붙지 않는 말투를 발명한 것도 훌륭해요.

오모리) 그건 아야나미 레이^{'신세기 에반게리온'에 등장하는 가공인물, 14세로 설정 —역주} 잖아요.

도요자키) 아, 그래요?

오모리) 하루키가 이렇게까지 《신세기 에반게리온》을 자기화했다니. 아니 어쩌면 나가토 유키^{長門有希, 〈스즈미야(涼宮) 하루히의 우울〉의 캐릭터}일지 모르지만요.(웃음) 하지만 그렇게 생각하면서 읽으면 전체적으로 상당히 《에반게리온》 같아요. 그러니까 사실 후카에리는 열네 살로 해야 하는데 덴고와 섹스 장면이 있으니까 배려를 해서 열일곱 살로 한 거 아닐까요? 그러면 덴고는 이카리 신지 역할이니 그 정도로 딱 알맞지요. 무엇보다 《1Q84》가 에반게리온을 닮은 게 아니라 에반게리온이 무라카미 하루키를 닮았다는 이야기도 있으니까요. 신극장판 '파도'는 예전의 패럴렐 월드 같은 이야기였으니 그 다음 편은 확실히 'Q'가 되겠네요.

도요자키) 후카에리와 덴고의 섹스장면은 마치 《카마수트라》 같았죠.

오모리) 왠지 그 장면에서 갑자기 전기傳記 폭력violence 같은 분위기가 생기죠. 유메마쿠라 바쿠夢枕獏, 소설가. 에로스와 폭력과 오컬트의 작가로 알려짐 -역주라고 할까요? 의미를 알 수가 없어요. 어째서 그렇게 해야 하는지. 여성 독자들은 좀 끌어들이지 않겠나요?

이번은 '수수께끼 풀이' 작품이 아니다!

도요자키) 하지만 이걸로 완결됐다는 생각은 안 들어요. 요미우리 인터뷰에서는 "이 다음에 어떻게 할지는 천천히 생각해서 진행하고 싶다"고 했던데요.

오모리) BOOK3은 안 쓰는 게 좋다고 봐요. 쓰게 되면 자기 무덤을 파게 될 것 같은데요. 결국은 BOOK2도 없는 게 나았을 것 같아요.

도요자키) 아니, 그건 좀 너무하지 않아요? (웃음)

오모리) 제 얘기는 BOOK1이 더 재미있어서요. 만일 거기서 끝났더라도 중요한 건 다 전달됐고요. 길랴크인도 나오고 충분하다는 얘기. (웃음)

도요자키) 저는 적어도 한 권 정도는 더 썼으면 해요, 1년 이내에. 《태엽감는 새》도 4권째가 나왔으면 했어요. 읽고 부족했을 뿐만 아니라 작가도 얘기하고 싶은 걸 다 못 쓴 건 아닐까라고 제멋대로 생각했죠. 안 나오고 여기까지 와버렸지만요.

오모리) 의외로 《태엽감는 새》 4권이 나오면, 그게 1984년부터 시작되는 이야기가 될지도 모르죠.

도요자키) 아아, 그거 괜찮겠네요. 그 다음에 《1Q84》 3권을 쓰면 좋겠네요. 《태엽감는 새》도 1년 후에 3권이 나왔으니까요. 그러니까 그 다음이 있지 않을까요? 옴진리교 비슷한 '선구'도 어떤 사건을 일으키기 전에 끝났잖아요. 3권에서 지하철 사린사건 같은 일이 일어나고 그 처리가 되지 않으면 이상하지요. 하긴 지금으로서는 옴진리교일 필요를 못 느끼지만요.

오모리) 하지만 1984년 시점에서는 누구도 그런 전개를 예상

못 했을 거고 '컬트교단' 같은 말도 일반화되지 않았지요. 적어도 일본에서는 믿음의 자유는 지켜주자는 시대였죠.

도요자키) 나카자와 신이치나 요시모토 다카아키도 옴진리교를 옹호했지요. 아, 그럼 《1Q84》는 앞으로 큰 사건을 일으킬 '선구'를, 1984년 당시의 우리들은 예상도 못했다는 사실을 말해주는 이야기일까요? 하지만 이대로는 결국 리틀 피플이 무엇인지 전혀 알 수가 없잖아요. 어쨌든 뭔가 장치를 생각해두지 않았을까요?

오모리) 분명 아무 생각도 없이 쓰는 걸걸요. 논리적인 정합성 같은 것도 신경 안 쓰고요.

도요자키) 으음.

오모리) 작가 자신도 요미우리신문 인터뷰에서 "줄거리가 뻔한 이야기를 2년이나 걸려 쓰고 싶지는 않다"라고 말했죠. 그러니까 만일 쓰게 된다면 "리틀 피플이 뭐지?"라는 생각을 하면서 시작하겠지요. 그렇게 쓰고 있다가 이야기가 흘러가는 걸 보고 태도를 결정하면 되니까 장르소설적인 요소도 늘어가죠. 하지만 그래도 괜찮아요. 그런데도 용서받는 건 바로 무라카미 하루키니까. 30년 걸려서 그런 지위를 획득한 거잖아요.

도요자키) 그런 점이 훌륭하지요.

오모리) 정합성이 갖추어진 소설을 쓰는 작가는 하루키 말고도 많잖아요. 고민 없이 해결할 수 있는 사람은 고민하지 않아도 되죠. 모든 수수께끼를 풀라고 하는 것도 아니고요.

도요자키) 실제로 우리 인생 대부분의 수수께끼는 풀리지 않는 거고요.

1Q84

부 록

⋮

《1Q84》컬처 키워드 84

구성=오야마 구마오(大山 くまお)

1. 루이 암스트롱 : 1901~1971. 미국 재즈 뮤지션. 트럼펫 연주자인 동시에 재즈 싱어로 큰 인기를 얻었다. 대표적인 노래는 'What a Wonderful World'. 작품속에 등장하는 음반은 1954년에 발표된 《Louis Armstrong Plays W.C. Handy》.

2. 여명 : 작품속 고유명사. '다카시마학원'에서 학생운동을 했던 멤버를 중심으로 새로운 코뮌 '선구'가 시작되었고 이윽고 혁명을 바라는 무장투쟁파가 분파되어 나온 집단. 모토스本栖호수에서 경찰부대와 총격전을 벌여 괴멸상태에 이른다. 연합적군 등을 연상케 하며, 동시에 FBI와 총격전을 펼쳐서 괴멸한 미국의 데이비드 코레시가 이끄는 브랜치 다비디안도 근거가 되었을 것이다.

3. 《아틀란타 블루스》 : 루이 암스트롱의 앨범 《Louis Armstrong Plays W.C. Handy》의 마지막을 장식하는 곡명. 일본어판 CD표기가 《아틀란타 블루스》.

4. 아메리칸 엑스프레스 : 1980년에 아메리칸 엑스프레스라는 이름으로 일본 최초의 신용카드 발행골드 카드. 1983년에는 아메리칸 엑스프레스 카드기본카드가 발행되어 일반인에게 보급되었다. 광고 카피 '외출할 때는 잊지 말고' 가 유행어가 되었다.

5. 《잇츠 온리 어 페이퍼 문》 : 1933년 뮤지컬 영화 《Take a chance!》일본미개봉에서 사용되어 유명해진 재즈 보컬곡. 냇 킹 콜의 리메이크로도 알려졌다. 1973년 영화 《페이퍼 문》은 이 곡을 모티브로 한 것이다. BOOK1의 권두에 가사 일부가 발췌되어 있는데 '구경거리' 로 번역되어 있는 'Barnum and Bailey' 란 영화 《지상최대의 쇼》로 알려진 미국의 유명한 서커스단을 말한다.

6. 비발디 : 1678~1741. 미국 베네치아 출신의 작곡가. 바로크시대 말기에 활약했다. 대표작은 《사계》 등. 500여 곡의 협주곡과 많은 작품을 남겼다.

7. 워크맨 : 1979년에 소니가 발매한 휴대용 카세트 플레이어. 세계적으로 큰 히트를 쳤으며 사회현상으로까지 확대되었다. 1984년 당시에는 마쓰다 세이코松田聖子가 이미지 캐릭터였다.

8. 듀크 엘링턴 : 1899~1974. 미국의 재즈 피아노 연주자. 오케스트라 리더로서도 큰 인기를 얻었다. 무라카미 하루키는 듀크 엘링턴의 대표곡 중 하나인 〈스윙하지 않으면 의미 없네〉를 뒤집어서 《의미가 없다면 스윙은 없다》라는 제목의 음악 에세이집을 발표했다.

9. 조지 오웰 : 1903~1950. 영국의 작가. 대표작으로 《동물농장》《1984
년》 등이 있다. 전체주의적인 디스토피아를 그린 《1984년》은 전 세계의
영화, 문학 등에 큰 영향을 미쳤다. 물론 《1Q84》도 그 중 하나다.

10. 《올리버 트위스트》 : 디킨스의 대표작 중 하나. 순수한 마음을 지
닌 고아 올리버가 역경을 이겨내며 성장해가는 모습을 그린다. 마지
막에는 올리버의 출생의 비밀이 밝혀지고 다정한 신사의 보호를 받
으며 행복하게 산다.

11. 칼라시니코프 AK47 : 1947년에 소련군이 채용한 보병용 돌격총.
중국, 북한을 비롯한 구 공산주의진영의 군대에서 많이 채용되었으
며, 혁명, 자주독립의 상징으로도 받아들여진다. 아프리카의 모잠비
크 공화국에서는 곡괭이, 책과 함께 칼라시니코프가 국기에 디자인
되어 있다.

12. 《카라마조프가의 형제들》 : 러시아의 작가 도스토옙스키의 장편
소설. 자신의 부친을 모델로 한 표도르 카라마조프와 그 아들들에 관
한 이야기. 표도르의 살해와 그 사건을 둘러싼 재판을 통해 신앙과
가족관계를 그려낸다.

13. 《화려한 패배자》 : 1968년의 미국 영화. 노만 주이슨 감독. 스티
브 맥퀸, 페이 더너웨이 주연. 도둑인 토마스 크라운 어페어과 보험
조사원 비키의 대결과 사랑을 그린 영화. 1999년에 《토마스 크라운
어페어》로 리메이크되었다.

14. 《관현악을 위한 협주곡》 : 헝가리 작곡가 바르톡의 만년의 대표작으로 다섯 개의 악장으로 이루어진 관현악곡이다.

15. 간바 미치코樺美智子 : 1937~1960. 도쿄대학 문학부에 재학 중 공산주의자 동맹의 구성원으로서 1960년 안보투쟁에 참가하였다. 전학련 데모대가 국회에서 경찰부대와 충돌했을 때 사망했다. 안보투쟁에서 사망한 유일한 학생으로 기록되었다.

16. 제이 개츠비 : F 스콧 피츠제럴드의 소설 《위대한 개츠비》의 등장인물. 내면에 야망을 감춘 수수께끼의 대부호. 무라카미 하루키는 《위대한 개츠비》를 비롯하여 피츠제럴드의 전작품을 번역중이다.

17. 《황금가지편》 : 영국의 사회인류학자 제임스 프레이저가 쓴 미개 사회에서의 주술, 신앙 등에 관한 연구서. '왕의 살해' 풍습도 연구되어 있다. 프란시스 코폴라 감독의 영화 《지옥의 묵시록》에도 큰 영향을 주었다.

18. 19. 퀸과 아바 : 퀸은 영국의 록 밴드, 아바는 스웨덴의 팝 그룹이다. 1970년대 말부터 세계적인 인기를 모았다. 1984년 당시 무라카미 하루키가 연민을 느꼈던 뮤지션은 브루스 스프링스틴이었으므로 현란한 음을 자랑하는 두 그룹은 쉽사리 받아들여지지 않았을 것이다.

20. 클리브랜드 관현악단 : 1918년에 창립된 미국의 5대 오케스트라 중 하나. 그 이름대로 오하이오 주 클리브랜드가 거점이었다. 조지 셀이 음악 감독을 맡았던 약 20년간 큰 성장을 하였으며 세계를 대표

하는 오케스트라로 도약하였다.

21. 크루젠스테른 : 아담 요한 폰 크루젠스테른. 1770~1846. 러시아 해군제독 겸 탐험가. 러시아에서 최초로 세계일주를 하였으며 '일본해' 의 명명자이기도 하다.

22. 《겟어웨이》 : 1972년의 미국 영화. 샘 페킨파 감독. 은행 강도인 주인공이 갱단의 추격을 받으며 아내와 함께 멕시코로 도망간다. 스티브 맥퀸 주연.

23. 숀 코네리 : 1930~. 스코틀랜드 출신 영화배우. 《007》시리즈의 제임스 본드 역으로 알려져 있다. 아오마메는 머리칼이 약간 남아 있는 듬성한 머리를 좋아했지만, 그가 1983년에 주연한 《네버 세이 네버 어게인》에서는 제임스 본드의 이미지를 유지하기 위해 벗겨진 머리를 감추고 있었다.

24. 《사운드 오브 뮤직》 삽입곡 : 《도레미송》이 아니라 《My Favority Things》를 지칭한다. 나중에 존 콜트레인의 연주로 재즈 스탠더드가 되었다. 일본에서는 JR도카이東海의 광고음악으로도 유명하다.

25. 프랑소와즈 사강 : 1935~2004. 프랑스의 작가, 각본가. 대표작으로 《슬픔이여 안녕》이 있다. 장 폴 사르트르와의 교류로 실존주의의 영향을 받았다. 그러나 '매직 리얼리즘의 공기를 흡수한 프랑소와즈 사강' 이라는 표현은 의미가 명확하지 않다.

26. 선구 : 작품속 고유명사. '다카시마학원'에서 분파된 집단. '다
카시마 학원' 같은 원시공산제는 채용하지 않으며 사유재산제를 인정
한다. 그 후 사이비적인 종교단체가 되어 무장투쟁파집단 '여명' 괴멸
과는 상관없이 지명도를 높여 간다. 야마나시 현에 본거지를 두었으
며 영리한 대변인을 내세우는 점 등 옴진리교와 공통된 요소가 많다.
무라카미 하루키에게는 옴진리교와 관련된 두 권의 책《언더그라운
드》《약속된 장소에서》가 있다.

27. 사다트 대통령 : 1918~1981. 이집트 대통령. 제4차 중동전쟁에
서 이스라엘에 큰 타격을 입히고 국민적인 영웅이 되었으나 그 후 친
미정책으로 이스라엘과의 화평교섭에 나섰으며 1978년에 캠프 데이
비드 합의를 체결함으로서 노벨 평화상을 수상했다. 그러나 이런 행
동이 이슬람교도들의 반발을 불러 일으켰고 1981년에 암살당하였다.

28. 《사할린 섬》 : 1890년 안톤 체호프가 사할린에 유배된 재수들의
실태조를 기록한 대작. "체호프는 소설가임과 동시에 의사였다. 그는
한 사람의 과학자로서 러시아라는 거대한 국가의 환부와 같은 존재
를 자신의 눈으로 검증해보고 싶었을지 모른다." (BOOK1 p.462)

29. 《산쇼다유山椒大夫》 : 모리 오가이森鷗外가 1915년에 발표한 소설. 안
주安壽와 즈시오廚子王라는 어린 남매가 인신매매범에게 속아 장원의 영
주 산쇼다유에게 팔려가 노예로 고난을 겪는 이야기. 산쇼다유에게
서 탈주하는 도중에 안주는 즈시오를 도와주다 잡혀서 고문을 받고
투신한다.

30. 제프 백의 일본 공연 티셔츠 : 제프 백[1944~]은 영국의 기타리스트. 덴고가 입었던 티셔츠는 11회 공연했던 1980년의 일본 공연 티셔츠일 것이다[1984년 이전에는 73년, 75년, 78년에 일본을 방문했다]. 이 때 첫 번째 곡으로 연주했던 《Star Cycle》은 신일본프로레슬링 중계로도 유명하다.

31. 증인회 : 작품속 고유명사. 실재하는 종교단체 '여호와의 증인' 과는 기독교의 분파인 점, 적극적인 포교활동을 한다는 점, 무엇보다 특징적인 수혈을 일체 거부한다는 점이 공통된다.

32. 신주쿠의 나카무라야[中村屋] : 신주쿠역 동쪽 출구에 있는 카레로 유명한 레스토랑. 출판관계자들이 만남의 장소로 자주 이용하는 가게이다. 하루키의 에세이집 《무라카미 아사히당》에도 등장한다.

33. 《신포니에타》 : 야나체크가 63세 때 작곡한 만년의 걸작. 당시 큰 체육대회를 위한 팡파레 작곡을 의뢰받았던 야나체크는 애인 카밀라와 공원을 산책하던 중에 들려온 야외음악당에서의 연주에서 악상을 얻었다. 후에 프로그레시브 록 밴드인 에머슨 레이크 앤드 팔머 Emerson Lake and Palmer에 의해 편곡되어 보컬곡 '나이프 엣지'가 되었다.[1970년의 데뷔 앨범 《에머슨 레이크 앤드 팔머》에 수록]

34. 스위트 로레인 : 원래 코네티컷 양키즈에 의한 곡이었지만 냇 킹 콜의 보컬에 의해 리바이벌되어 인기를 얻었다. 1956년에 녹음된 앨범 《애프터 미드나잇》에 수록되었다.

35. 《스팅》 : 1973년 작 미국 영화. 조지 로이 힐 감독. 로버트 레드

포드와 폴 뉴먼이 사기꾼과 도박사로 출연한다. 그들이 갱단의 거물을 상대로 일생일대의 게임에 도전하는 내용이다.

36. 세이프 하우스 : 일반적으로는 첩보기관이 설치하는 안가, 혹은 증인을 보호하기 위한 숨겨진 집이라는 의미로 사용되는 말이다. 《1Q84》에서는 '가정내 폭력 보호소'와 유사한 의미로 사용되었다.

37. 조지 셀 : 1897~1970. 헝가리에서 지휘자로서 활동을 시작하였으나 나중에 영국, 미국으로 활동 영역을 옮긴다. 1946년에 클리블랜드 관현악단의 상임지휘자로 취임하여 1970년에 병환으로 사망할 때까지 그 책임을 완수하였다. 조지 셀이 지휘한 바르톡의 《관현악을 위한 협주곡》과 야나체크의 《신포니에타》가 수록된 LP음반은 CD로 제작되었으며, 《1Q84》의 인기로 인해 이 음반도 히트를 기록하고 있다.

38. 《1984년》 : 조지 오웰의 대표작. 전체주의국가에 의해 통치되는 가까운 미래세계의 공포를 그리고 있다. 무라카미 하루키는 "조지 오웰의 미래소설 《1984년》을 토대로 가까운 과거를 소설로 쓰고 싶다는 생각을 이전부터 해왔다"고 밝히고 있다. (《《1Q84》로의 30년 무라카미 하루키 인터뷰〉 요미우리 신문)

39. 소니와 셰어 : 소니 보노[1935~1998]와 셰어[1946~]의 부부 듀엣. 1964년에 결혼하여 데뷔[시저&클레오]한 후, 1974년에 해산[75년에 이혼]하였다. 《Beat Goes On》은 히트곡 제목이다.

40. 《대보살고개[大菩薩峠]**》** : 나카자토 가이잔[中里介山]에 의한 장편소설.

1913년부터 약 30년에 걸쳐 집필되었으며 41권에 이르는 장편이지만 미완으로 끝났다. 허무에 사로잡힌 검객 쓰쿠에 류노스케机龍之介를 주인공으로 불교사상에 기반한 인간의 업을 묘사하였다. 대중소설의 선구로서 유명하다.

41. '다카시마학원' : 작품속 고유명사. 전공투 세대에 의한 지지로 발달하였으며 사유재산을 금지하고 유기농법에 의한 농업을 영위하는 세계 최대의 농업계 코뮌 '행복회 야마기시회'와 공통점이 많다.

42. 페이 더너웨이 : 1941~. 미국의 여배우. 1967년에 제작된 미국 뉴 시네마의 효시 《우리에게 내일은 없다》로 세계 제일의 무법자 커플, 보니&클라이드의 보니를 연기하여 일약 주목을 끌었다.

43. 윈스턴 처칠 : 1874~1965. 제2차세계대전 중 수상을 역임하며 영국을 승리로 이끌었다.

44. 안톤 체호프 : 1860~1904. 러시아의 극작가, 작가. 대표작으로 《세자매》《벚꽃 정원》 등이 있다. 자연주의 영향을 받은 극작가로서 러시아 국내에서도 높은 평가를 받았다.

45. 디스렉시아 : 학습장해의 일종으로 실독증, 난독증, 식자장해, 독자장해 등이라고도 한다. 지능적 능력에 이상이 없음에도 문자를 읽을 수 없으며 때로는 그 의미를 이해하지 못하는 증상을 보인다. 미국에서는 인구의 1할이 디스렉시아를 앓고 있다고도 한다. 현재는 극복도 가능하다.

46. 디킨스 : 찰스 디킨스. 1812~1870. 영국의 작가. 주로 하층계급 사람들을 주인공으로 약자의 시점에서 사회를 풍자하는 작품을 다수 남겼다. 작가 스스로도 가난한 소년시대를 보냈으며 고아를 주인공으로 한 작품도 많다. 대표작으로 《크리스마스 캐럴》《위대한 유산》 등이 있다.

47. 텔레만 : 1681~1767. 후기 바로크 음악을 대표하는 독일의 작곡가. 4천곡에 이르는 방대한 작품을 남겼다. 당시에는 바흐보다도 지명도가 높았다.

48. 《영광의 길》 : 1957년 미국 영화. 스탠리 큐브릭 감독. 제1차 세계대전의 프랑스군과 독일군의 전쟁을 통해 사람이 사람을 죽이는 전쟁의 부조리를 풍자하여 그린 작품이다.

49. 도요타 크라운 로얄살롱 : 도요타가 1955년부터 생산한 고급자동차 크라운이 1974년에 발매하기 시작한 2600cc급 최상급 자동차. 현재까지도 다수의 택시회사가 도입하고 있다. 1983년에는 로얄살롱 G^{2800cc}가 등장했다.

50. 《그 날이 오면 On the Beach**》** : 1959년 미국 영화. 스탠리 크레이머 감독. 그레고리 펙 주연. 원작은 네빌 슈트의 동명 소설이다. 당시는 미국과 소련의 냉전이 한창이던 때였다. 제목은 T S 엘리엇에서 유래한다.

51. 냇 킹 콜 : 1916~1965. 재즈 피아니스트이자 가수. 재즈에만 머

무르지 않고 팝 싱어로서도 활약하였으며 미디어에서 활약한 최초의
흑인 스타로도 알려져 있다. 무라카미 하루키의 《국경의 남쪽 태양의
서쪽》은 그가 노래한 《국경의 남쪽》에서 따온 것이다.

52. 《니코마코스 윤리학》 : 고대 그리스 철학자 아리스토텔레스에 의
한 저작. 인간의 궁극의 목적은 '행복^{최고선}'이라고 규정한다. 저서명
은 편찬을 담당한 아들 니코마코스에 의해 채택되었다.

53. 바흐의 평균율 : 정확하게는 《평균율 클라비어곡집》. 바흐가 클
라비어^{건반악기}를 위해 작곡한 장조와 단조를 합쳐 48의 전주곡과 푸
카. 무라카미 하루키는 인터뷰에서 "바흐의 평균율 클라비어곡집의
포맷에 따라 장조와 단조, 아오마메와 덴고의 이야기를 교차로 쓰려
고 했다"(〈《1Q84》로의 30년 무라카미 하루키 인터뷰〉 요미우리 신
문)

54. 패럴렐 월드 : 어떤 세계에서 분기되어 병행하여 존재하는 다른
세계를 말한다. SF작품을 중심으로 문학, 영화 등에 자주 나온다.

55. W. C. 핸디 : 1873~1958. 미국의 작곡가, 뮤지션. 흑인들이 거
리에서 불렀던 블루스를 처음으로 악보로 만들어 출판, 전세계로 블
루스를 확산시켰다. '블루스의 아버지'. 대표작으로는 루이 암스트롱
의 연주곡으로 잘 알려진 '세인트 루이스 블루스' 등이 있다.

56. 바니 비가드 : 1906~1980. 미국의 재즈 클라리넷 연주자. 듀크
엘링턴이나 루이 암스트롱의 악단에서 활약했다. 바니 비가드가 몸

담았던 엘링턴악단에 의한 앨범 《In Mellotone》은 무라카미 하루키 자신도 《포트레이트 인 재즈》에서 소개하고 있다.

57. 《빌리 진》 : 1983년에 발매된 마이클 잭슨의 대 히트 싱글. 연간 랭킹 제4위. 이 곡으로 문 워크가 처음 연출되었다. 또한 이 곡의 비디오 클립은 MTV에서 방송된 최초의 흑인 아티스트에 의한 것이다.

58. 《이상한 나라의 앨리스》 : 영국의 작가 루이스 캐롤이 1865년에 발표한 아동문학. 이상한 나라에 휘말리게 된 소녀 앨리스의 모습이 풍자와 패러디, 프로이트적인 꿈의 요소 등을 혼입하여 묘사되어 있다. 환상문학으로서 어른들에게도 애호되고 있다.

59. 프로이트 : 지크문트 프로이트. 1856~1939. 오스트리아의 정신분석학자. 정신분석학의 창시자이며 후세에 큰 영향을 미쳤다. 그의 꿈 분석에서 꿈이란 억압되었던 원망이 형태를 바꾸어 나타나는 것이라고 해석되며 뱀이나 총은 페니스의 상징으로 간주되었다.

60. 문화대혁명 : 1960년대 중반 중국의 최고지도자 모택동은 사회주의 속에서 다시 발생하는 자본주의, 관료주의에 대한 투쟁을 사람들에게 호소하였다. 이에 응답한 홍위병이 '조반유리^{모든 반항과 반란에는 나름대로의 이유가 있음 –역주}' 의 슬로건 하에 모든 곳에서 권력자를 규탄, 중국 전역은 대혼란에 빠졌다. 그 실태가 전해지지 않은 채 새로운 혁명의 모델로 선전되어 전 세계에 영향을 미쳤다.

61. 《헤이케 이야기》 : 가마쿠라鎌倉 시대에 성립된 헤이케다이라(平) 씨의

영화와 몰락을 그린 이야기. 눈먼 승려인 비파법사에 의해 구전으로 전승되었다. 후카에리가 기자회견에서 암송한 것은 '판관 요시쓰네義経의 낙향判官都落', 덴고 앞에서 암송한 것은 '단노우라 전투'였다.

62. 헤클러&코흐 HK4 : 독일 총기 제조사, 헤클러&코흐사에 의한 최초의 제품이 된 세미 오토매틱 권총. 'HK'는 회사의 머리글자이며 '4'는 총신을 교환하면 네 종류의 구경을 사용할 수 있다는 점에서 명명되었다. 현재는 생산 종료되었다.

63. 헤밍웨이 : 어네스트 헤밍웨이. 1899~1961. 미국의 작가. 대표작으로 《노인과 바다》 등. 낚시와 바다를 사랑하며 30년대 중반에는 바하마에 체재했다. 무라카미 하루키에게 영향을 준 작가 중 한 사람이다.

64. 베레타 9밀리자동식 : 베레타 M92를 말한다. 이탈리아의 피에트로 베레타사가 개발한 세미 오토매틱 권총. 1985년에 미국이 군의 제식권총으로 채용했다. 일본에서도 경시청 특수범 수사계 등 일부에서 사용하지만 일본 경찰이 채용한 권총은 SIG SAUER P230이며 베레타는 거의 없다.

65. 빌리 홀리데이 : 1915~1959. 미국의 재즈 가수. 재즈사상 최고의 여성가수 중 한사람. 영화 《뉴올리언즈》일본미공개에서는 루이 암스트롱, 바니 비가드의 연주로 노래하는 장면을 보여주기도 했다.

66. 블라디미르 호로비츠 : 1903~1989. 우크라이나 출신의 피아노 연주자. 천재적인 피아노 기법을 소유하였으며 손가락을 펴서 치는

독특한 연주 스타일을 가지고 있다.

67. 마셜 아츠 : 격투기 전반을 지칭하는 단어. 스포츠클럽에서는 마셜 아츠를 도입한 운동도 있지만, 아오마메가 실시한 트레이닝은 상당히 본격적인 호신술이었다.

68.《마틴 처즐위트》 : 디킨스에 의해 1844년에 발표된 소설. 마틴 노인을 비롯한 이기적인 사람들로 가득한 처즐위트 집안의 사건을 통해 영국 사회에 만연한 이기주의를 지적한다.

69. 맥루한 : 허버트 마샬 맥루한. 1911~1980. 캐나다의 문명비평가, 사상가. "미디어는 메시지다"라는 주장을 펼쳤다. 60년대 말에 일대 붐을 일으켰으며 80년대 초반에 재평가의 바람이 불었다. 대표작으로《구텐베르크의 은하계》등이 있다.

70.《마태 수난곡》 :《신약성서》'마태에 의한 복음서' 의 기독교 수난을 제재로 한 바흐의 음성과 관현악을 위한 음악작품. 바흐의 혹은 서양 클래식 음악의 최고걸작이라고 평가받는다. 후카에리가 노래한 것은 아리아 '주여 불쌍히 여기소서' 다.

71. 스티브 맥퀸 : 1930~1980. 미국 배우. 대표작으로《황야의 칠인》《대탈주》《화려한 패배자》등. 미국을 대표하는 세계적인 슈퍼스타. 반체제, 반역의 영웅을 연기하는 경우가 많았다.

72. 만주철도 : 정식명칭은 남만주철도주식회사. 러일전쟁 후 중국

동북부에 위치한 만주국에 일본정부가 설립한 민관협동 특수회사.
《태엽감는 새》에서는 만주의 존재가 큰 의미를 가지고 있다.

73. 《마이크로의 결사권》 : 1966년 미국영화. 리처드 프라이셔 감독.
뇌장해를 일으킨 요인을 찾기 위해 과학자 그룹이 마이크로 사이즈
로 축소되어 특수 잠수함으로 인체 속을 탐험한다.

74. 찰리 밍거스 : 1922~1979. 미국 재즈 베이시스트. 1959년에는
인종차별을 규탄하는 곡 《포버스 지사의 우화》 등을 수록한 앨범 《밍
거스 Ah Um》을 발표했다. 또한 수록곡 《굿바이 포크파이 햇》은 제프
백도 리메이크했다.

75. 76. 멜 토메와 빙 크로스비 : 멜 토메[1925~1999]는 미국의 재즈 가
수. 대표곡은 '더 크리스마스 송'. 빙 크로스비[1903~1977]는 미국의 가
수, 배우. 대표곡은 '화이트 크리스마스'. 세계적으로 유명한 크리스
마스 노래를 불렀다는 공통점이 있다. 멜 토메에게는 《빙 크로스비에
게 바친다》라는 앨범이 있다.

77. 모토스本栖호수 : 후지산 다섯 호수 중의 하나. 야마나시 현 후지
카와구치코富士河口湖 마을에 있는데, 2006년 마을 합병 이전에는 가미
쿠이시키무라上九一色村에 속해 있었다. 이 마을 곳곳에는 사티안이라
부르는 옴진리교의 교단시설이 건설되었으며 사린 제조 등의 거점으
로 이용되었다.

78. 야나체크 : 레오시 야나체크. 1854~1928. 체코 출신의 작곡가.

스메타나, 드보르작을 잇는 체코 제삼의 작곡가로 알려져 있다. 자신이 태어난 모라비아 지방의 민속음악을 도입한 오페라, 관현악곡, 피아노곡 등 많은 곡을 남겼다.

79. 융 : 카를 구스타프 융. 1875~1961. 스위스의 정신과 의사, 심리학자. 정신질환의 요법을 위한 분석심리학융 심리학의 창시자. 인간 심리의 저변에는 공통의 집합적 무의식이 존재한다고 생각했다. 또한 공시성 개념을 제창했다.

80. 《라크리메》 : 16세기 영국의 작곡가이며 류트 연주자인 존 다울런드의 기악합주곡. 《라크리메》란 '눈물' 이라는 의미. 연주에 사용되는 옛 악기는 비올라와 류트다.

81. 《리틀 레드 루스터》 : 시카고의 블루스 작곡가 윌리 딕슨의 곡을 롤링스톤스가 리메이크. 1964년 싱글앨범 전 영국 1위를 차지했다. 덴고의 방에 걸려있던 것은 영국 음반 《Big Hits》 영국 음반인지 미국에서 발매된 《The Rolling Stones Now!》인지 알 수 없다.

82. 미셸 르그랑 : 1932~. 프랑스 작곡가, 재즈 피아노 연주자. 누벨바그기의 프랑스 영화에서 허리우드의 대작까지 다수의 영화음악에 관여했다. 《화려한 패배자》로 아카데미 가곡상을 수상했다.

83. '연대' : 1980년 사회주의국가로서는 처음으로 폴란드에 결성된 자주적이고도 전국 규모의 노동조합. 폴란드의 경제상태 악화는 정부와 연대의 대립을 초래하였으며, 1981년 10월에는 파업이 전국으

로 확대되었다. 그 전후에 브레즈네프 서기장을 비롯한 소련 수뇌부
는 폴란드 정부에게 여러 번 압력을 가하였다.

84. 롤링 스톤스 : 1963년에 영국에서 결성된 세계에서 가장 인기 있
는 록 밴드의 하나. 후카에리가 덴고의 레코드장에서 고른 것은 66년
에 발매된 앨범 《Aftermath》. 리더였던 브라이언 존스는 이 앨범 시
점에서 이미 소외되고 있었다.

옮긴이 **박연정**

1968년생. 일본문학연구자, 번역가, 현재 한국디지털대학교 실용외국어학부 교수로 있으며,
역서로 《청춘표류》 《카인의 후예》 《쓰쓰미추나곤 모노가타리》 등이 있다.

무라카미 하루키 1Q84 어떻게 읽을 것인가

초판 1쇄 인쇄   2009년 12월 24일
초판 1쇄 발행   2009년 12월 31일

지은이 가토 노리히로 외 지음_ 옮긴이 박연정
펴낸곳 (주)도서출판 예문_ 펴낸이 이주현
주간 이영기_ 편집 송현옥 · 김유진_ 디자인 배윤희
마케팅 채영진 · 성홍진_ 관리 윤영조 · 문혜경
등록번호 제5-477호_등록일 1995년 3월 2일
전화 02.765.2306_ 팩스 02.765.9306
주소 서울시 성북구 성북동 115-24 보문빌딩 2층 http://www.yemun.co.kr

ISBN 978-89-5659-138-4 03830